WEST VANCOUVER MEMORIAL LIBRARY

WEST VAN. MEMORIAL LIBRARY

656036

D0871633

...construcción ideal ...o de Aketatón, llamada ...del Horizonte de Atón».

WEST VANCOUVER MEMORIAL LIBRARY

El amargo don de la belleza

Du thies
48360
2/98
29.95

Colección Autores Españoles
e Hispanoamericanos

La Fundación José Manuel Lara y Editorial Planeta
convocan el Premio de Novela Fernando Lara,
fiel al objetivo de Editorial Planeta de estimular
la creación literaria y contribuir a su difusión

Esta novela obtuvo el Premio de Novela Fernando Lara,
concedido por el siguiente jurado:
Luis María Ansón, Juan Eslava Galán,
José Manuel Lara Hernández, Manuel Lombardero,
Carlos Pujol y José Enrique Rosendo

WEST VANCOUVER MEMORIAL LIBRARY

Terenci Moix

El amargo don de la belleza

Premio de Novela Fernando Lara
1996

PLANETA

Este libro no podrá ser reproducido, ni total ni parcialmente, sin el
previo permiso escrito del editor. Todos los derechos reservados

© Terenci Moix, 1996
© Editorial Planeta, S. A., 1997
   Córcega, 273-279, 08008 Barcelona (España)

Realización de sobrecubierta: Departamento de Diseño de Editorial Planeta

Ilustración sobrecubierta: Nefertiti, busto en caliza policroma,
   siglo XIV a. C., Museo Egipcio, Berlín (foto © M. Büsing/Bildarchiv
   Preussischer Kulturbesitz)

Ilustración guardas: Pere Llimargas (Olot)

Primera edición: octubre de 1996
Segunda edición: octubre de 1996
Tercera edición: noviembre de 1996
Cuarta edición: noviembre de 1996
Quinta edición: diciembre de 1996
Sexta edición: enero de 1997
Séptima edición: enero de 1997
Octava edición: febrero de 1997

Depósito Legal: B. 8.261-1997

ISBN 84-08-01899-X

Composición: Foto Informática, S. A.

Impresión y encuadernación: Cayfosa

Printed in Spain - Impreso en España

Munus:
> *Hippo-Saulo, dulci puero,*
> *furorem infundenti,*
> *animaeque decori.*

ESTA NOVELA FUE SOÑADA
EN LAS RUINAS de TELL-EL-AMARNA,
un día de enero de 1968, d. J.C.

Oh thou who hath
the fatal gift of beauty!

(¡Oh tú que tuviste
el don fatal de la belleza!)

LORD BYRON
Childe Harold

Oh, tú, Señora de la Gracia,
la más grande en mercedes,
Atón nace para adorarte,
y hace que en ti se multiplique
el amor del faraón, su hijo.
Grande y bella esposa real,
señora del Norte y del Sur,
Dama de las Dos Tierras:
que vivas por siempre en lo eterno
oh, tú, Neferperura-Atón-Nefertiti.

DEL HIMNO SOLAR DE AKENATÓN

DRAMATIS PERSONAE

La acción transcurre durante los últimos años
del reinado de Akenatón (*c.* 1350-1334 a. J.C.)

Los protagonistas

KEFTÉN: pintor cretense reclamado para trabajar en la
Ciudad del Horizonte de Atón. Amigo de infancia de
Akenatón y Nefertiti.
BERCOS: Adolescente, hijo del anterior y novicio en el
templo de Atón.
SENET: escriba real y amigo de infancia de Keftén.

La familia real

AMENHOTEP IV (Akenatón): faraón de la Dinastía
XVIII. Hijo de Amenhotep III y Tii.
NEFERTITI: esposa de Akenatón.
TII: también llamada «la gran madre». Viuda de Amen-
hotep III.
SMENKARÉ: joven noble, favorito de Akenatón y esposo
de la princesa Meritatón.
TUTANK-ATÓN: heredero del trono de Egipto a la
muerte de Akenatón y Smenkaré. Casado con la
princesa Anjesenpatón.
MUT-NAJMAT: hermana de Nefertiti.
Hijas de Akenatón y Nefertiti: Meritatón, Maketatón,
Anjesenpatón, Nefernatón, Neferure y Stepenre.

La corte

Horemheb: general al mando del ejército egipcio.
Ay: consejero de Akenatón.
Tuya: esposa de Ay y nodriza real.
Peneret: sacerdote instructor en la escuela de novicios del templo de Atón.
Ramose: visir cuya tumba tebana está decorando Ptahotep.
Nofret: dama de la reina Tii.
Amesis: dama favorita de Nefertiti.
Atonet: oficial de corte, pretendiente de Bercos.

Los artistas de la Ciudad del Horizonte de Atón

Bek: maestro de arquitectos.
Auta: escultora real.
Thotmés: escultor real.
Aprendices de Keftén: Sotis, Nefreru, Uajet, Semitern y Sekemer.

Amores de Keftén

Nellifer: cortesana de lujo. Amiga y confidente de Senet.
Mutare: viuda rica, residente en Menfis.

El pueblo

Ranit: intendente de la casa de Senet.
Cantú: jefe de los criados en la residencia de Keftén en la Ciudad del Horizonte de Atón.
Ptahotep: decorador de tumbas en Tebas. Fue maestro de Keftén.

Kimba: esposa del pintor Ptahotep.
Uftán: nubio, conductor del carro de Senet.
Senefrit: apodada Tueris, cocinera en la residencia de Keftén.
Jumar: capitán de barco.

En la memoria

Amenhotep III: faraón de Egipto y padre de Akenatón.
Tutmosis: primogénito del faraón Amenhotep III y hermano de Akenatón. Muerto a edad temprana.
Gresos: embajador cretense, padre de Keftén y amigo personal de Amenhotep III.
Naguiba: esposa de Keftén y madre de Bercos.

Otros países

Supululiuma: rey de los hititas.
Asuruballit: rey de los asirios.
Minos: legendario rey de Creta.

QUISIERA SER EL MENDIGO que cuenta historias en las puertas de los templos, el que fascina a los niños y hace que se detengan los caminantes, atraídos por tantas maravillas. Si fuese ese mendigo, gran señor de las palabras, contaría las historias que han enardecido a los pueblos del Nilo desde el principio de las generaciones; expondría las cuitas del náufrago que llegó a la isla donde vivía el gran dragón, las disputas de los Dos Hermanos, los viajes del médico Sinuhé o la lucha de Horus contra las fuerzas del mal en la región de los grandes pantanos. Sería acaso un buen narrador de lo que otros contaron mucho antes, pues el hombre ha vivido el mismo sueño desde el principio de los tiempos. Y el Tiempo no es más que un sueño narrado por los mendigos ante las puertas de los grandes santuarios.

Desde las costas del mar de Creta, donde escribo la crónica de mis días, se aprestan los recuerdos a volar, como los pájaros que pueblan mis pinturas. Vuelan los recuerdos, como la brisa de mi isla, en busca de los cañaverales del Nilo, donde quedó mi espíritu. Pues si bien nací cretense, pasé mi infancia en un palacio de Tebas, hogar del más grande de los reyes; y este recuerdo domina mi vida, este recuerdo la avasalla cada

9

vez que quiero encontrar en el pasado la incomparable dicha del inicio. Así ocurrió hace ya algunos años, cuando sentí que estaba entrando en el otoño de la vida y busqué desesperadamente aquellos días en que la ilusión soñaba con perdurar en el tiempo, como la juventud perdura en la memoria.

Así regresé a Tebas, después de muchos años de ausencia y sintiéndome un ausente de mí mismo. No lo hacía sin armarme de pretextos más justificables que la melancolía. Y fue que, hallándome en la remota Babilonia, recibí los dos mensajes que hacían retroceder los ríos de mi vida. Por un lado, el rey de las Dos Tierras me invitaba a trabajar con los artistas de su corte; por otro, estaba mi hijo, triste fruto de amores contrariados, a quien no había visto desde que nació. Y por el deseo de volver a ver al faraón que en otro tiempo fue mi amigo y por la curiosidad de descubrir al hijo desconocido, el tiempo voló sobre sí mismo y el pasado triunfó sobre el futuro.

¡Tebas, capital del mundo! Sus formas inigualables volvían a perfilarse para mí como si fuese todavía un niño que regresara de una larga excursión por los pantanos del norte. Acogiendo mi regreso se vislumbraban las casas de adobe que se apiñan en el barrio de los muelles; por encima de sus tejados asomaban las puntas irisadas de los obeliscos y los soberbios pilonos de los grandes santuarios, con sus banderolas ondeando en lo alto. Y a pesar de la oscuridad que cubría el cielo podía atisbar las gráciles palmeras de los jardines de los ricos, así como las puertas pintadas con vivos colores y el tocado de los colosos erigidos en homenaje a los faraones que dieron a la ciudad su poder y su grandeza.

Regresé a la más amada de las ciudades, pero incluso este recuerdo, que debiera ser dulce, es víctima de las trampas de la memoria, que mezcla la nostalgia con imágenes de un cataclismo sin precedentes en aquellos cielos.

A medida que el barco se acercaba al muelle, gigantescas nubes se iban posando sobre el desierto de los muertos y, en las aldeas del valle, los campesinos miraban a lo alto con el terror pintado en sus semblantes. Porque todo el mundo sabe que Tebas se aterroriza si cae agua del cielo, fenómeno que sólo acontece cada muchos años y es augurio de males incalculables.

Cuentan las historias más antiguas que ningún dios tolera una ofensa sin infligir a los hombres castigos equivalentes. Quienes esto creen comentaban con escándalo que la reina Nefertiti había salido a las calles conduciendo su carro dorado. Jamás se había atrevido a tanto una esposa real, de manera que las comadres vieron en aquella audacia una ofensa a los dioses. Y por eso había nubes rojas sobre Tebas, y por eso el Nilo se escapaba hacia el cielo dejando a los hombres sin amparo.

Vivía Tebas muy colmada de agravios. Días antes, la aparición en el cielo de la estrella Sotis anunciaba que había empezado el año decimoquinto del reinado del faraón Amenhotep, cuarto de su nombre, que se hacía llamar Akenatón como homenaje a una divinidad solar que se proclamaba única entre todas. Ese rey había osado levantarse contra el poder de Amón, el dios que durante generaciones patrocinó los triunfos de la gran dinastía de reyes tebanos. Un dios cuyo clero había alcanzado más riquezas y poder que muchos gobernantes del mundo conocido.

Por la saña de la nueva religión, el dios omnipotente se había convertido en dios prohibido. Pero no terminaba aquí el catálogo de ultrajes: años antes, Akenatón abandonó Tebas con toda su corte para fundar una nueva capital. Nació así, resplandeciente y rica, la Ciudad del Horizonte de Atón, a la que el vulgo llamaba la Ciudad del Sol, con la veneración que siempre ha inspirado a los egipcios ese astro munificente. Mientras, la desposeída Tebas lloraba de humillación. Los templos de los antiguos dioses estaban vacíos, nadie hacía cola a las puertas de sus capillas y en las mesas de las ofrendas no se posaban los pájaros porque no había restos de comida como antaño, cuando llevaban sus donativos las mujeres piadosas. Por eso lloraban los fieles y por eso tenían miedo los supersticiosos: porque los sacerdotes de Amón, antes gordos y relucientes, parecían ahora esqueletos y, en lugar de contar sus tesoros en los subterráneos de los templos, andaban mendigando por los caminos y soportando los insultos de los jovenzuelos que adoraban a la nueva divinidad sobre la tierra.

Todo esto sabía yo y a todo esto temía mientras el barco apuntaba hacia Tebas seguido por las nubes tenebrosas, de manera que los pasajeros egipcios, no sabiendo a qué atenerse, decían que la sangre coagulada de Amón venía a tomar venganza ocultando al sol, usurpador de su lugar en

12

los templos. Pero yo, que conozco las lluvias de Creta, sabía que el destino natural de aquellas nubes era resquebrajarse por entero y arrojar su caudal al mundo aunque no estuviese en los anales. Y, al observar los semblantes contraídos de mis compañeros de viaje, no pude evitar un sarcasmo pensando cómo reaccionarían cuando empezase de verdad la tormenta. Que así ocurrió, de improviso, pues un rayo feroz rasgó las entrañas del cielo y, a continuación, vino un trueno tan poderoso que dos aldeanas se desmayaron a mi lado.

Así me vi sumido en un torbellino de confusión, un caos que mezclaba el terror de los pasajeros con el de los deudos y amigos que los esperaban en el muelle. Pero esos desembarcos atropellados son accidentes que los pasajeros de fortuna podemos evitar con sólo aguardar simplemente al servidor garante de nuestra comodidad. En este caso, cualquier servidor de mi anfitrión: de Senet, el escriba real, con quien crucé mi sangre cuando éramos niños que correteaban alegremente por los jardines de palacio.

Así como la infancia es siempre un paraíso perdido, así el regreso es un paraíso imposible. Pero yo lo ignoraba entonces y me complacía imaginando que en los escenarios donde viví en otro tiempo yacían escondidos infinidad de tesoros aptos para hacerme revivir. No en la Ciudad del Sol, que no conocía por ser su construcción tan reciente, sino en los rincones de Tebas, y en aquella zona de la otra orilla donde Amenhotep el Grande levantó el esplendor de la Casa Dorada.

Allí, en el palacio divino, habían quedado mis recuerdos mejores, y entre ellos el de una amistad privilegiada; porque, además de Senet, mis otros compañeros de infancia fueron Akenatón y una niña hermosa como un sueño cuyo rostro no había podido olvidar.

A esa niña la llamaban ahora Nefertiti.

Elegida como concubina del faraón padre, acabó convertida en esposa del faraón niño. Llegó de lejanas tierras según algunos, aunque otros aseguraban que pertenecía a una noble familia del Alto Nilo. Había quien la llamaba Taduhepa y quien le daba el nombre de Maatceka. Entre todos los misterios que la envolvían sólo una cosa tuve por cierta desde un principio: cualquiera que fuese su nombre, era más justo el que le dieron los tebanos.

Porque, desde los tiempos más remotos, Nefertiti quiere decir: «la belleza ha venido».

Llegó, en efecto, para ser de Tebas y regresaba constantemente para ser el más preciado joyel de mi memoria. Volvía desde las profundidades de mi tiempo más íntimo el amado recuerdo de la infantil compañera, princesa de ámbitos entrañables, tierna beldad que mi mente colocaba a la altura de los astros como un sueño de serenidad que en nada se asemejaba a la imagen que me habían anunciado los pasajeros del barco, atrapados en el terror de la tormenta.

A MEDIDA QUE EL BARCO se iba vaciando aumentaba el terror de los pasajeros, tanto se ensañaban las nubes con ellos, y aunque corriesen cargados con todos sus bártulos, la amenaza continuaba persiguiéndolos por las calles de la ciudad como en un juego inventado por la ira de los dioses.

Me hallaba observando aquel desorden cuando sentí sobre mi hombro el contacto de una mano. Al volverme descubrí a un individuo de baja estatura y aspecto rollizo, aunque solamente lo justo para demostrar que estaba bien alimentado. Este detalle y una túnica escarlata de impecable hechura confirmaban que, si no era poderoso, tenía a alguien que lo era por él.

Me sonreía con afabilidad al tiempo que señalaba mis cabellos sin el menor disimulo. Poco le faltaba para echarse a reír, y era natural porque siempre resultan pintorescos para los egipcios los largos tirabuzones que están de moda entre los cortesanos de mi isla.

—Sólo tú puedes ser cretense —dijo el desconocido en tono solemne y afectado—. Sólo tú puedes ser Keftén. Nadie más que tú puede ser el amigo que llega del mar.

Tanto habían retrocedido mis ríos que atrás quedaba el nombre que me dan en otros países; así volví a ser Keftén, porque es «keftiu» como llaman a los cretenses en las tierras del Nilo desde los tiempos en que los míos llegaron para pagar los primeros tributos.

—Soy en efecto Keftén, hijo de Creta, pero no debería decírtelo sin que me ofrezcas garantías. Tus lujosos atavíos pudieran esconder a un ladrón especializado en sorprender la buena fe de los forasteros incautos.

—¿Ladrón dices? ¡Quita, hombre, quita! Debes saber que soy Ranit, hijo de Samos e intendente de la casa del ilustre Senet, quien te envía sus saludos con las siguientes palabras: «Tebas se abre ante ti llena de gozo, pero es la suya una pobre bienvenida porque yo te abro los brazos del amor que está en mi casa y no en otra parte.» De igual modo te recibo yo, ilustre invitado de un amo incomparable. Y aunque a veces me excedo en mis elogios, como todo sirviente agradecido, te auguro una feliz estancia porque Senet es hombre generoso y no repara en gastos a la hora de darse a los seres queridos.

Nos disponíamos a alejarnos hacia una litera custodiada por otros dos servidores cuando nos rodearon tres soldados que exigían revisar mi equipaje. Y aunque Ranit se apresuró a decirles que yo era hombre de cierta importancia, uno de ellos introdujo sus manazas en los sacos donde guardo mis enseres de trabajo. Sin la menor consideración se apoderó de mis pinceles y se puso a examinarlos con expresión bovina.

—Espero que no será un arma de esas que inventáis los extranjeros para coger por sorpresa a nuestro ejército.

—Si son armas, serán las que durante generaciones han servido para pintar la memoria de tus reyes; de manera que considéralas sagradas y no te atrevas siquiera a tocarlas porque los muertos podrían castigarte.

Como todo buen egipcio, reaccionó inmediatamente ante la mención de los difuntos y, dejando los pinceles en manos de Ranit, procedió a examinar otros sacos. Volvió a demostrar su rango de patán al fijarse en mis pinturas.

—¿Y esa porquería? Yo diría que es tierra de

16

la más vulgar, y aun aseguraría que la has mezclado con boñigas de mula enferma.

—Fabrico con ella mis sueños. Y me es muy necesaria pues, aunque las tierras egipcias son excelentes y sus pintores expertos en mezclarlas, dudo que pueda conseguir con ellas las tonalidades del rojo cretense. Pero, ya que no está en ti la facultad de comprender mi oficio, intenta por lo menos conocer mi alcurnia. Bástete con saber que soy huésped del ilustre Senet, el escriba de la reina madre y el ser más próximo al corazón del faraón desde que ambos eran niños.

El sirviente Ranit confirmó mis palabras y, cuando estaba a punto de aclarar que el faraón en persona me había mandado llamar, le pellizqué con disimulo. Tal y como estaban las cosas, no parecía oportuno explicar que había sido requerido para ensalzar en mis pinturas los dogmas de la religión que había arrebatado a Tebas su prestigio y al dios Amón sus altas potestades.

Una vez instalado en la litera pregunté a Ranit por qué razón su amo, esperándome con tanto amor como él decía, no se había dignado a recibirme en el puerto. El intendente se rió por lo bajo y comentó que Senet estaba tan asustado por la tormenta como cualquier verdulera del mercado y se habría escondido en lo más profundo de la bodega, y acaso en el interior de una tinaja. Con lo cual supe que aquel hombre quería a Senet, porque en Tebas sólo los criados que aman de verdad a sus amos se toman la molestia de reírse de ellos.

Mal podían fingir serenidad los porteadores: estaban tan aterrorizados como el resto de los tebanos, y si bien es cierto que su terror hacía tambalear la litera, no lo es menos que sirvió para adelantar la llegada librándome de un buen remojón. Porque al momento se rasgaron las nubes y mil torrentes se desparramaron sobre las calles y las gotas impetuosas violaron los sagrados lagos de los templos. Sólo las ocas, patos y gansos que cada egipcio tiene a las puertas de su casa disfrutaban con el acontecimiento y andaban batiendo las alas y chapoteando entre los barrizales que se formaban con el polvo y la suciedad.

Mis acompañantes me aseguraron que no corría peligro en casa de Senet pues estaba construida sobre una plataforma calculada para que el agua no alcanzase a la puerta en la época de la crecida. Y también me dijeron que esta construcción es típica de las casas de los escribas debido a que ellos guardan en sus papiros las palabras sagradas de los hombres y podría borrarlas el agua, aliada así con el olvido.

La mansión estaba situada en el barrio de los ricos; por lo tanto era amplia y generosa en su estructura, con numerosas estancias y almacenes adosados a los flancos. La parte trasera se abría a un jardín tan enorme como opulento: disponía de estanque y pérgola y, más allá, varios huertos adornados con frondosas viñas. Era un rincón paradisíaco, pero no lo supe hasta el día siguiente porque aquella tarde la lluvia había corrido una espesa cortina sobre el mundo y sólo de vez en cuando el fulgor de un rayo permitía atisbar los perfiles de las cosas.

Pero el perfil de Senet, mi amigo de infancia, no precisaba de la lluvia para desmentir su pa-

18

sado. Yo recordaba a un niño regordete, mofletudo, que siempre nos hacía reír con sus ocurrencias y se quedaba rezagado en los juegos porque había comido demasiadas golosinas en las despensas del gineceo real. En cambio, el Senet que salía a mi encuentro era un esbelto caballero de porte distinguido, acentuado por una túnica blanca e impecable, como corresponde a los grandes escribas. Y, al igual que todos ellos, llevaba la cabeza completamente rasurada y los ojos pintados en forma de pez. Su rostro se había hecho recio, huesudo, de facciones tan afiladas que diríanse acabadas de moldear por algún escultor de gran prestigio. Y el aspecto señorial que se desprendía de todo aquel conjunto era como lluvia del tiempo desplomándose definitivamente sobre los sueños de ayer.

Pero descubrí que conservaba el trotecillo de los torpes en la carrera que emprendió para arrojarse a mis brazos, conteniendo las lágrimas pero no el temblor en sus palabras:

—Amigo de otro tiempo, hermano de siempre, ¡qué mal día has elegido para volver a mi vida! ¿O es que quieres acompañar mis últimos suspiros en este fin del mundo?

Aunque me abrazó con efusión, fue un abrazo muy corto porque, al igual que los oficiales del puerto, saltaba sobre sus talones cada vez que se oía un trueno. Así pude comprobar que estaba presa de espanto, como me habían contado sus criados, los cuales, por cierto, se habían escondido detrás de las columnas y se tapaban los oídos para no escuchar el fragor del cielo. Y ante aquellas muestras de cobardía y las lamentaciones que surgían de las mansiones vecinas no pude evitar reírme, prescindiendo de mis deberes de invitado:

—De cuantas maravillas esperé ver en mis días maduros nunca pensé que vería a todo un pueblo aterrorizado por algo tan sencillo como la lluvia, fenómeno que en Creta consideramos una bendición de los dioses fértiles.

Dijo entonces Senet entre temblores:

—No se asustan las gentes de Menfis, según cuentan los que han llevado a pastar allí sus rebaños; pero en Tebas los torrentes celestes son un prodigio. Yo tengo más de treinta estíos, como sabes, y no sé de nadie de mi generación que haya visto algo parecido. Pero no me asusto porque fui educado en la Casa de la Vida, donde, antes de que llegase el dios de Akenatón, se enseñaba la tradición antigua. Por ella conozco que los dioses guardaron la lluvia para otros países que no tienen el Nilo en la tierra como nosotros. Pero también pienso que si, ahora, los dioses se llevan el Nilo al cielo, será que los tebanos habremos cometido impiedades que están fuera de toda medida.

Y pese a toda la ciencia que pretendía poseer, y sé por cierto que poseía, seguía reaccionando con temblores agitados cada vez que resonaba el trueno o crepitaban las hojas de las plantas bajo el goteo, del que sólo diré, en justificación de los miedicas, que era insistente y poderoso, como si cada gota fuese una catarata portadora de otras miles.

Mientras mi anfitrión seguía vigilando la hecatombe del cielo, yo contemplaba el río que acababa de invocar, el amado Nilo, que lleva en su cauce toda la memoria del mundo y estaba a punto de devolverme retazos perdidos de la mía. Y de ese oscuro, tenebroso telón en que el río se había convertido surgían de repente destellos de luz celestial que a su vez servían de aura a las imágenes largo tiempo atesoradas. Surgía, así, mi vida en el palacio de Amenhotep el Grande, en la otra orilla, donde termina el valle y empieza la aridez de los desiertos. Surgía del ensueño el vasto jardín que el faraón había arrancado a la Nada transportando desde lejanas tierras árboles increíbles, flores insospechadas, plantas de las más insólitas familias. Y del recuerdo de aquel vergel volvía a brotar, como por ensalmo, un lago en cuyo fondo dorado se reflejaba la faz de aquella niña, mensajera de todos los portentos.

En nombre de aquel recuerdo incomparable comenté a Senet:

—He oído contar a lo largo del Nilo que los dioses del cielo vomitan hoy sobre el mundo porque Nefertiti ha incurrido en osadías sin cuento; dicen que conduce su propio carro, aparece en los relieves de los templos con el mismo tamaño que el faraón y en otro tiempo amamantó a sus hijas en público.

—Entonces también habrás oído a los que dicen que la culpa es de Akenatón. Y es lógico que así piensen porque él nos ha prohibido adorar a los antiguos dioses para creer en un dios personificado en el sol, y ahora éste se oculta y nos hunde en las tinieblas.

—Cada vez estoy más convencido de que tu

pueblo se ahoga en un piélago de supersticiones estúpidas.

—Y yo he de decirte que más estúpido es un cretense descreído. Porque la sabiduría de nuestro pueblo es más antigua que las montañas de tu isla; y el amor de nuestros dioses antecede a la creación, ya que ésta nació de ellos y no al revés.

—¡Y ahora me recordarás la edad de las pirámides! No he olvidado que siempre recurrís a ellas para recordarnos a los extranjeros que vuestra antigüedad es anterior a la de todos los pueblos del mundo.

—Así será, como siempre ha sido. Porque es cierto que las pirámides tienen más de mil años y la esfinge ya estaba oteando el horizonte cuando más allá sólo se extendía el gran caos de lo increado.

Así supe que había vuelto a la sabiduría egipcia, que tiene a la prudencia como base y a la tradición como sustento. Y vi que el recuerdo de aquella sabiduría presidía la mansión de Senet pues en la hornacina de los dioses tutelares destacaba una estatua de Thot, el supremo escriba con cabeza de ibis. Él es patrón de la escritura, señor del arte, protector de cuantas experiencias se derivan del intelecto humano. Tan excelso es su patrocinio que a la hora del Juicio Final forma parte del tribunal de Osiris y va anotando en sus tablillas las faltas del difunto.

Senet pareció avergonzarse porque en casa de un escriba real apareciera en lugar tan preponderante un dios que pertenecía a la religión antigua. Teniendo en cuenta que yo había sido reclamado para reproducir en mis pinturas los

22

esplendores de las nuevas creencias, se creyó en la obligación de acreditar su fidelidad a las mismas, y así pasó a mostrarme un salón donde aparecían los principales símbolos de Atón, el dios solar. Debo decir que habían sido aplicados a una serie de objetos que destacaban por su abrumador sentido de la belleza así como por su perfecta ejecución, características todas del extremado grado de refinamiento que las artes habían alcanzado durante el reinado del anterior faraón.

La huella del faraón que fue mi amigo se dejaba ver en la singular iconografía de su único dios, representado por el disco solar que desparramaba sus rayos sobre el mundo. Pero eran rayos muy peculiares pues terminaban en manos que iban a posarse sobre una pareja ataviada con los atributos reales y seguida, en menor estatura, por graciosas niñas en actitud de oración, como sus padres. Así supe que, en el correr de los años, Nefertiti había dado a Akenatón seis hijas, una de las cuales estaba ya casada a pesar de su corta edad.

Los rayos del dios solar iluminaban una felicidad como yo no había visto jamás en los relieves y esculturas de los grandes faraones. Al mismo tiempo evidenciaban un cambio insólito. Por primera vez, la intimidad de los reyes-dioses era exhibida en público con un orgullo que en el pasado sólo se empleaba para reflejar en los muros de los santuarios las grandes gestas militares o las consabidas ceremonias religiosas. Por esto pensé que la felicidad debía de reinar en la Ciudad del Sol, si no mentían los mensajes que Atón enviaba a sus creyentes.

Los truenos habían cesado y cada vez se oían más lejanas las lamentaciones del pueblo, así que Senet perdió por fin el miedo y yo cerré puertas a la nostalgia, y pudimos abrazarnos varias veces en recuerdo de los viejos tiempos. Acto seguido ordenó esas tortas de miel que sólo saben hacer las cocineras de Tebas, y la cerveza que sólo puede salir de una cebada alimentada por el limo del Nilo. Y nos sentamos en cuclillas, a la manera egipcia, enfrascados en una discusión sobre la sabiduría antigua, cuando Senet me anunció que aquella misma noche celebraba un gran festín para distraer a sus amigos, que se aburrían mortalmente desde que la corte había abandonado Tebas para residir en la nueva capital de Akenatón. Y tanto suspiró, y con tanta melancolía, que intuí en sus palabras un reflejo de su propia vida.

—Me veo obligado a llevar la existencia del solitario —dijo en tono melancólico—. Es muy difícil hacer amigos en Tebas en estos días. Los jóvenes más cultivados viven en la Ciudad del Sol porque la doctrina de Atón ha conseguido ilusionarlos cuando ya los habían desengañado los hombres y los dioses, de manera que ya no quedan en Tebas artistas ni pensadores con quienes mantener un coloquio que pueda apasionar a un espíritu sensible. También se han ido los buenos amigos de otro tiempo, unos a medrar en la corte, otros a ocupar algún cargo administrativo en la nueva ciudad; y a fe que los cargos abundan porque la burocracia de Akenatón es mucho más compleja que la de cualquier reinado anterior. Allí los tienes a todos, revoloteando en torno a los grandes ministerios como las moscas sobre un plato de miel, y sin saber, los pobres, que esa miel dura lo que un suspiro. Tanto es así, que ni siquiera se disfruta el tiempo de digerirla.

Le dije que la situación no era en absoluto nueva para mí porque, de cuantas cosas he aprendido en mis viajes, ninguna me ha merecido tanto desprecio como la insensata carrera del hombre hacia el poder, y el prestigio de que éste goza entre los mediocres. Y he visto a los cortesanos de Babilonia llenar de halagos a su monarca, y he oído las lisonjas que los oficiales hititas dedican al rey Supiluliuma, y cómo se elogian entre ellos los traicioneros prestamistas de los mercados fenicios. Y, puesto que todo esto había conocido, ya no me sorprendía descubrir que entre las novedades del nuevo Egipto de Akenatón se encontraba la raza de los aprovechados.

—Aunque, si bien se mira, son peores los que no han conseguido nada —continuaba razonando Senet— porque se pasan la vida despotricando contra el faraón, como podrás comprobar si escuchas a los invitados de esta noche. Te digo que es mejor estar solo que soportar las petulancias de los poderosos o la eterna canción de los resentidos. Por eso soy un hombre solitario, Keftén, y, además, un aburrido, pese a que tengo acceso a la Casa Dorada y gozo del afecto de la reina madre.

Aquí, el recuerdo sufrió otra sacudida y la memoria un nuevo cataclismo, más poderoso aún que la tormenta. Jinete sobre el tiempo, regresaba a la Casa Dorada y volvía a experimentar, con un tremor de emoción, el cariño que sentí entre sus habitantes. Pues yo, que llegué a Tebas en calidad de adoptado, me vi tratado como un hijo más del gran Amenhotep. Fui, además, el niño más mimado por las esposas del harén; más mimado incluso que el propio heredero, el actual Akenatón, que aun así no me guardó rencor, acaso porque desde sus primeros días fue una criatura nacida para el amor y no para el odio. Y por esto yo le quería y por esto era yo querido.

Volaba la memoria a más velocidad de cuanto ella misma podía desear, y a cada batida de sus alas regresaba mi alma a aquel jardín, vergel de prosperidad en medio del desierto. Sus brisas, sus fragancias volvían a arrullarme como una melodía cuyos sones resonaban en aquel estanque donde vi reflejados, una y mil veces, los rituales de la amistad y las ceremonias renovadas del afecto.

Y era por esos recuerdos que mi alma otoñal, tan seca de emociones, se regocijaba con la posibilidad de regresar a los espacios donde la niñez se pareció a la verdadera vida.

Así intenté expresárselo a mi amigo:

—Muchas veces habrá crecido el Nilo y otras muchas habrá vuelto a menguar desde aquellos días felices. Yo me sentía entonces como un egipcio, creí que siempre sería uno de los vuestros, y nunca pensé que algún día sería devuelto a mi isla, a esa tierra donde nada es igual, donde el Nilo está en los cielos, como tú dices, y el mar se huele desde las montañas. Y tanto aspiré el aroma de las olas, que olvidé la fragancia de los lotos. Fui, pues, cretense, y luego dejé de serlo porque la vida me llevó por caminos muy lejanos y tan confusos que ya no sé lo que dejé en Tebas ni en Creta ni en lugar alguno. Sólo he aprendido que la vida huye veloz de nuestras manos y siento una infinita nostalgia por aquellos días en la corte del gran Amenhotep, cuando creía que el vacío del alma se llenaba con el trino de un pájaro y la tristeza se curaba copiando en mis tablillas los nenúfares del lago.

—Muchas veces ha crecido el Nilo, como tú dices, pero ninguna crecida ha servido para alimentar las aguas de ese lago donde solíamos soñar. Desde que Akenatón se fue a la Ciudad del Sol, el lago está triste. Incluso la reina madre se ha hecho vieja y sólo le apetece pasear un poco con sus damas, y aun porque se lo han recomendado sus médicos para evitar que sus huesos se entumezcan.

—¿Así está, pues, la gran madre? ¡Esa roca que dirigía con su fuerza todos los pasos de Amenhotep el Grande!

—Sigue siendo esa roca, seguirá siéndolo siempre, porque es de una cantera que nunca se destruye. Continúa gozando de gran poder. No sólo no ha sido desposeída de ninguna de sus prerrogativas sino que su hijo las ha enriquecido todavía más otorgándole la dignidad de «Belleza Eterna de la Real Casa», título que nadie más posee en este mundo. En el palacio donde fue feliz junto al magno Amenhotep ha organizado su pequeño reino, que dirige con la mano férrea que siempre la distinguió, pero aun cuando ha conseguido que los acontecimientos más brutales no la afecten, nada puede contra la erosión del tiempo. Y tiene que luchar contra la evidencia de que ya nada es igual que antes, entre otras cosas porque su hijo ha hecho que ya no sea igual el alma de los hombres. Por esas almas tan cambiadas, por esa reina envejecida yo te digo que no volverás a encontrar el lago que conociste. Y si tanto preguntas, deduzco que no sabes lo que ha ocurrido en Egipto en los últimos años.

—Las caravanas llevaban a todos los reinos noticias de las extravagancias del nuevo faraón. Para unos era motivo de risa; para los que viven de cerca la política eran causa de inquietud; para todos, de extrañeza. Unos decían que Akenatón es pacífico como un cordero; otros, que bobo como una oca. Su negativa a mandar tropas a las fronteras amenazadas se interpreta en unos lugares como signo de cobardía y en otros como señal de astucia. Algunos dicen que se niega a atacar a los sirios porque Egipto se ha vuelto débil, pero otros aseguran que es más fuerte que nunca y que Akenatón está ensayando nuevas estrategias. Más allá de los confines del Sinaí, nadie sabía a qué atenerse. Pero yo abría mi entendimiento a todas las noticias porque fui amigo de Akenatón y Nefertiti y nunca podré olvidar que un día, junto al estanque dorado, crucé mi sangre con la de ellos. Por eso los he querido siempre y siempre los querré, aunque entre nosotros medien mares y desiertos.

Acaso entendiendo que había mucho amor en mi nostalgia, Senet protestó con gran vehemencia:

—¡Qué ingrato eres! También yo crucé mi sangre con la tuya, Keftén, y no lo dices. ¿Tanto he perdido en tu afecto?

—No conozco tus extravagancias, luego no

tengo motivos para inquietarme. ¿O debería tener alguno?

—En absoluto: ya te he dicho que soy un hombre aburrido, por tanto la extravagancia no viene a visitarme. Aunque debo añadir que esta situación no carece de ventajas. Mi existencia discurre por cauces muy plácidos pese a todas las mudanzas que he visto a mi alrededor. Podría residir en la Ciudad del Sol disfrutando de las prerrogativas que corresponden a los altos dignatarios, pero Akenatón me pidió que permaneciese en Tebas para estar cerca de la reina madre. Tengo todo lo que quiero, y más podría tener porque Tii es generosa conmigo y, como no le falta inteligencia, sabe valorar los servicios de un escriba que, además de no cometer faltas, embellece el estilo de las palabras que ella dicta. Por lo demás, me limito a proteger mi entendimiento contra la locura de estos tiempos extraños. Y por miedo a la locura de los humanos busco cada vez menos su compañía y rechazo las añagazas del amor, que han hecho torcer tantos caminos. Los dioses me guarden de recorrerlos algún día.

—En cambio, yo los he recorrido y por eso te hablo de sequedad del alma, porque nada la agota tanto como un amor perverso. Durante muchos años no he podido olvidar que de un amor así nació mi hijo. Cada vez que pensaba en él se me aparecía la mirada asesina de su madre. ¡Maldita sierpe! Me estrujó el alma hasta dejarla inservible.

—Consuélate porque pudiera ser que ese hijo no te defraude. Tu historia se repite en él, Keftén. ¿No te seduce esta idea? A ti te recogió Amenhotep, a él Akenatón. Tú fuiste educado como un príncipe egipcio, a él le están educando como un hermano de los príncipes Tutank-Atón y Smenkaré.

—Sin duda, las almas inservibles pasamos de un extremo a otro, porque yo estoy pasando de la indiferencia a la curiosidad más desbocada. ¿Cómo es ese Bercos que está reviviendo mi infancia?

—Es gracioso. Entre otras cosas porque es insólito. Tiene el pelo del color del oro.

—Habrá algo de predestinado en este hijo. Porque su madre tenía el pelo del color del fuego. Pero en ella era lógico porque era un demonio del inframundo.

—Olvídate de esa madre y piensa en el niño. ¿He dicho niño? ¡Ay, el tiempo vuela a más velocidad que el ibis! Niño era tu hijo cuando yo lo vi en el palacio de la Ciudad del Sol. Los otros niños del harén llevaban la cabeza rasurada y la trenza de la infancia, pero a él cuidaron de cultivarle los rizos todas las esposas reales. Y es que si yo te digo que eran del color del oro, ellas aseguraban que eran del color del sol, y este detalle manda mucho en aquella corte solar. No sé si será igual el gracioso Bercos porque han pasado algunas cosechas. No demasiadas, pero sí las necesarias para que hoy sean irreconocibles los dulces rostros del ayer. Exactamente como nos ha ocurrido a nosotros dos.

Nos disponíamos a iniciar una nueva conversación sobre los recuerdos de antaño cuando uno de los sirvientes nubios anunció que estaban llegando los primeros invitados, de manera que Senet se apresuró a recibirlos y yo quedé contemplando la lluvia, que seguía golpeando insistentemente sobre las losetas del jardín. Y era cierto que los dioses se habían llevado el Nilo al cielo, pero también sus canteras, porque caían piedras de tan considerable tamaño que cortaban de tajo los papiros del estanque y formaban agujeros en los nenúfares que, así vulnerados, parecían barquichuelas a la deriva.

Esta circunstancia no parecía arredrar a los invitados, que llegaban en tropel profiriendo sonoras risotadas y cubriéndose la cabeza con mantas a rayas de las que tejen los negros a las puertas de sus cabañas. Y aunque aquellos toldos improvisados les daban aspecto de mendigo no tardaron en revelar los suntuosos atavíos que caracterizan a los nobles de Tebas y, sobre todo, a sus esposas.

Tengo que contar que entre las cosas que maravillan en Egipto está el modo con que sus damas asisten a un festín. Como sea que éstos se prolongan hasta la salida del sol y el calor nunca cede y ellas son muy miradas en los aromas que desprenden sus cuerpos, rematan sus riquísimas pelucas con un cono de cera perfumada que al irse derritiendo esparce sobre sus rostros las esencias más subyugantes de los dos países. Y así, gracias al sudor, ellas huelen a heliotropo y sus hom-

31

bres a almizcle, que es el aroma favorito de los grandes señores.

Aquella noche, la lluvia había mojado las pelucas y el perfume se estaba derritiendo mucho antes de lo esperado, de modo que, al entrar aquella gozosa asamblea, la casa se vio invadida por una turbadora alianza de aromas que provocaba más risas y más exclamaciones de sorpresa. Y mientras los sirvientes les proporcionaban lienzos para secarse, ellos y ellas comentaban el divertido aspecto que formaban las avenidas inundadas, y alguien dijo que había visto nadar a una de las esfinges de carnero del gran templo de Amón. Y otro invitado comentó que sería para hacerse notar porque, desde que Akenatón mandó cerrar los santuarios, la gente no hacía caso de aquellas bestias y se mofaba abiertamente de sus cuernos. Pero aquí comentó un joven en tono más grave que los demás:

—Aunque nosotros, siendo gente de alcurnia, no debemos caer en las supersticiones del populacho, tampoco conviene hacer burla de los dioses, porque es cierto que algo muy grande estará aconteciendo cuando los cielos que les pertenecen se ven invadidos por el fuego. Cuentan que esta misma tarde un buey macho ha parido dos serpientes trífidas ante la tumba del gran Amenhotep. Y se dice que, al oscurecerse el cielo, la multitud enloquecida ha apedreado a un sacerdote de Atón cuando salía de su santuario. Por eso os digo, sin ser supersticioso, que las señales del cielo están haciendo temblar la tierra.

Intervino otro invitado en tono igualmente agorero:

—También cuentan que, allá en su ciudad, Akenatón ha caído en la desesperación al ver que su dios solar se ocultaba a sus ojos por primera vez desde que ambos tomaron el poder. El viento del Nilo, que lleva y trae todas las voces, ha contado el delirio del faraón como otro presagio funesto. Pues haciendo caso omiso de la presencia de sus cortesanos, a quienes nunca conviene demostrar flaqueza, Akenatón corría como un orate por la estancia, con los brazos abiertos de par en par, invocando a su dios y llorando a lágrima viva pues decía que le había abandonado. Y era tal su estado que Nefertiti ha tenido que tomarle entre sus brazos y acunarle como si fuese un niño, hasta que al final ha conseguido adormecerle.

—Es natural —dijo una dama con aspecto de arpía—. Una mujer que conduce su propio carro ha de ser más fuerte que su esposo. Sobre todo uno como ése, que necesita el brazo de un sirviente para levantar un simple higo.

—Es cierto que la naturaleza tiene a veces caprichos singulares. Y, así, no es raro que haya dado a Nefertiti el coraje de un hombre y a Akenatón la debilidad de una parturienta.

Estuve a punto de protestar porque no era así como yo los recordaba, pero había pasado mucho tiempo desde que éramos niños y el hombre, al crecer, se va configurando como el barro en el torno del alfarero, era, pues, posible que aquellos a quienes conocí hermosos fuesen ahora monstruosos y los que eran santos fuesen asesinos. Porque del mismo modo que el agua del Nilo nunca transcurre dos veces, así el hombre nunca repite sus aspectos.

Pero como el afán de los indiscretos es siempre repetición, varios comensales continuaron insistiendo en la debilidad física de Akenatón, hasta que un anciano con rostro de sapo enriquecido se puso a cantar las alabanzas de los esplendores pasados poniendo voz de augur en el empeño:

—¿Qué descalabro habrá sufrido la divina sangre de los faraones? ¿Quién de mi generación no podrá decir que está aguada? De todos los que conocimos al padre de Akenatón, nadie hay que no lo añore. Divino Amenhotep, ¡qué cortos nos quedamos cuando le llamamos grande! Amenhotep, el tercero de su nombre y el primero en la gloria. Ése fue un rey. Su fama no necesita valedores. Sus gestas están escritas en los muros de los templos, y aunque es cierto que los reyes siempre escriben más de lo que hicieron, no lo es menos que a éste con lo que hizo le basta. No levantaba dos palmos del suelo y, sin embargo, ¡qué fuerza la suya! Gustaba exhibirse en el combate cuerpo a cuerpo, donde jamás fue vencido. Tampoco erró un tiro en la caza. Que cuente la reina Tii lo que era capaz de hacer en el lecho. Y no sólo ella puede atestiguarlo. Todas las mujeres del serrallo tenían razones para sentirse satisfechas. Era un toro, un león, una pantera, y al mismo tiempo tenía la inteligencia del lince y la astucia de una cobra. Así pudo hacer que el prestigio de Egipto sonase en todos los rincones de la tierra. ¡Qué diferencia de este Egipto de ahora, derrumbado como las columnas del templo de Amón! ¿Y aquellos honores que nos otorgaban nuestras conquistas? Buena es la paz, pero perniciosa cuando puede ser tomada por cobardía. Nos amenazan los hititas, se pierden las posesiones de Mitanni, se levantan las tribus de Nubia y, mientras esto ocurre, nuestros soldados desfilan en las procesiones de Atón vestidos de blanco como si fuesen sacerdotisas. En verdad os digo que la sangre de los reyes no vale nada si la lleva un reyezuelo obsesionado por la mística y dominado por una hembra que debiera ser su esclava.

A medida que aumentaban las chanzas sobre la pareja real reparé en distintos amuletos colgados de los collares o aplicados a los anillos de ágatas y azulinas, y me causó extrañeza que fuesen los de siempre. Aunque es cierto que nadie se atrevía a llevar el ojo sagrado de Amón, por ser el más prohibido entre los dioses, en cambio ostentaban a la sagrada rana Heket, que asegura la eternidad del ciclo de la vida, y a Shu, que representa el aire que nos envuelve, y a la santa hipopótama Tueris, patrona de los nacimientos, y a Nefertum, el loto encarnado en hombre que vela para que las fronteras de Egipto nunca se vean profanadas por los bárbaros. Y era como si nada hubiese cambiado junto al Nilo y los dos mil dioses de los antepasados continuasen imperando sobre el alma egipcia a su antojo y voluntad.

Nadie quería oír hablar de augurios, sólo de esas cosas placenteras que, al decir de los poetas, llenan de amor las noches tebanas. Y supe que nadie en toda la ciudad tenía tantas posibilidades de placer como los invitados de Senet, pues eran todos grandes terratenientes, excelsos dignatarios o soldados de prestigio. Y sus mujeres pregonaban el derecho a sentirse superiores a las demás, no sólo por sus suntuosos atavíos sino en el porte altivo y en el despotismo con que trataban a los sirvientes de nuestro anfitrión.

Por doquiera se habían dispuesto lujosos camastros y enormes almohadones de plumas que, al recibir los cuerpos de los invitados, emitían un crujido suave y delicuescente; pero ninguno era parecido al que hacía el lino que cubría a aquellos personajes, un tejido tan liviano que permitía vislumbrar las suaves formas de los cuerpos. Y todos y todas guardaban las proporciones de la nueva moda impuesta por Nefertiti: estrecho el talle, esbeltos los miembros, y la piel tan blanca como la piedra del valle que acoge la eternidad de los grandes reyes. Así supe que este color es el que distingue a los nobles de la gente común, cuya piel es rugosa y crujiente como el papiro por las horas que deben soportar el sol en los campos.

Cuando ya todas las damas estaban sentadas les fueron entregados abanicos de plumas de avestruz porque, a pesar de la lluvia, el calor seguía siendo sofocante. Y vi entonces que ninguna de ellas era inferior en belleza a las diosas que ocupan un lugar de privilegio en los altares de los grandes amadores. Y como sea que alguna estaba sola y observaba fijamente hacia el lugar que ocupábamos Senet y yo, recordé la reputación de ardor y fogosidad que se atribuye a las mujeres de Tebas y vi en ello la posibilidad de una noche de placer. Pero Senet se apresuró a advertirme:

—Guárdate de ellas porque son esposas que tienen a su marido de viaje y están en celo como la diosa gato cuando no consigue fornicar con el dios luna porque la noche es demasiado oscura.

—Lo que dices no es más que otra sandez

egipcia. Si su marido está de viaje, ¿qué mejor ocasión para gozar con ellas sin pensar en el mañana porque ya lo tienen ocupado?

—Recuerda lo que nos contaban nuestros preceptores sobre este tipo de mujeres. ¿Acaso no dijo el sabio: «Cuídate de la mujer forastera cuyo nombre no pueda ser pronunciado por todos tus vecinos»? Así la mujer que es forastera en el lecho de su marido. Existen mil historias sobre visires que se fueron a los nomos (1) distantes para recoger impuestos y, en su ausencia, la mujer sedujo a un jovencito inexperto. Cuando el marido regresó, aquel pobre amante apareció degollado en las afueras de Tebas, allí donde sólo habitan los chacales. Por esto te recomiendo que, si necesitas saciar tu deseo, te olvides de las malcasadas y busques la compañía de alguna meretriz, que las hay en esta fiesta y de toda confianza.

—Conozco perfectamente a las meretrices porque viví con una. La madre de mi hijo. Y si es cierto que no ejercía el oficio porque era de la alta nobleza cretense, conocía en cambio sus artimañas. Dudo que en todos los prostíbulos de Tebas haya una hembra con tantas artes para engatusar a los hombres y llevarlos a la perdición.

—¡Ay, Keftén, Keftén! Es la tercera vez en el curso de esta noche que me has hablado de esa mujer. Esto quiere decir que no puedes dejar de pensar en ella aun cuando el hijo que te dio tenga ya catorce años.

(1) *Nomo*: provincia, dentro del sistema de división territorial vigente en Egipto.

—Ya no pienso en ella sino en el dolor que me causó. Y fue tan grande que he de recordarlo día a día hasta que los hijos de mi hijo entren en los años de la vejez.

—Está escrito en los libros del Nilo que el hombre prudente debe madurar olvidando los locos amores de la juventud.

—Por los dioses, no recordaba que tuvieseis tantas cosas escritas los egipcios.

—Ya ves que todas y cada una. Hasta los peligros del amor y los males que la pasión depara. Pero nadie se cree los libros y nadie huye del amor porque todo el mundo sabe que es inútil intentarlo siquiera. Así que disfrútalo esta noche en brazos de una hermosa y mañana, cuando el dios de Akenatón surja sobre el horizonte y el terror del cielo haya pasado, piensa que fue un sueño maravilloso que no conviene prolongar para no sentirse hastiado de él.

Como sea que todos los invitados habían tomado asiento, Senet dio una orden al jefe de los criados y éste batió palmas para que otros las transmitiesen a las cocinas. No tardó en aparecer un desfile de manjares que fueron muy aplaudidos porque así se recompensa en Tebas el trabajo de los cocineros que tienen el arte de convertir en tesoro para el paladar lo que después acaba saliendo por el ano en el peor estado. Y los méritos de esta suerte de magia notábanse en la delicada disposición de los manjares, que fueron servidos sobre mesitas de alabastro colocadas al alcance de los comensales. Había pollos rellenos de dátiles y codornices surcadas con higos, pescado frito con especias del país de Kush y tortas rebañadas en miel de Arabia, frutas de todos los sabores —secas unas, frescas las más— y, presidiéndolo todo, huevos de avestruz, que constituyen el plato elegante por excelencia. Y mientras esos manjares circulaban de mano en mano, las criadas nubias llenaban las copas con un vino que fue aún más celebrado porque era de Siria y todo el mundo sabe que no lo hay más caro en los viñedos del mundo.

Ranit se consagraba a la dirección de los criados y vigilaba todos los detalles para que su amo pudiese dedicarse a la charla, que tanto le complacía. Y debo decir en honor del intendente que demostraba más autoridad que ante los soldados de la aduana del muelle, de manera que bien podía tomársele por un chambelán de palacio, tan altivo se había vuelto en su porte y tan comedido en todas sus acciones.

En un momento determinado hizo una señal y apareció un grupo de equilibristas procedente del nomo de La Liebre, que es donde se formaron siempre los más capaces. Eran cuatro doncellas, casi niñas, vestían sólo un liviano faldón rojo y llevaban trenzas que colgaban hasta el suelo y estaban rematadas por varios cascabeles que sonaban de distinta manera según la variedad de los ejercicios.

Pero esas gallardas jóvenes pueden convertirse en un tedio mortal cuando llevan más de media hora haciendo malabarismos, de manera que dejé errar la mirada entre las damas situadas al otro lado de la pista. Tampoco ellas dejaban de observarme, ya sea por la curiosidad que inspiraban mis cabellos, ya porque cumplían la observación que me había hecho Senet y su ardor podía más que la prudencia.

La más imprudente se levantó de improviso y vino hacia nosotros tambaleándose como una oca mareada. Era más bella que todas las mujeres del festín pese a que era también la más madura, pero el esplendor de su madurez la hacía aún más atractiva, y ella, que lo sabía, dispuso sus armas en forma de contoneo cada vez más agresivo. Al llegar ante mí se arrodilló y, cogiéndose los senos con ambas manos, me los brindó a guisa de ofrenda. En su tartamudeo noté que era víctima de las fiebres que da el vino de Siria.

—Infórmame, cretense. Dicen los viajeros que en los palacios de vuestros reyes las damas principales se pasean con los senos al aire. Y los más exagerados aseguran que las han visto bailar desnudas sobre los toros.

—No todas bailan —dije yo—, pero es cierto que las que lo hacen sólo llevan un ceñidor que les cubre el pubis. Y las damas de la corte llevan, en efecto, los senos libres como la diosa de las serpientes, que protege a Creta de los terremotos.

Seguía ella frotándose los senos y jugaba con ellos, mientras decía:

—Luego, para protegerse de esos torrentes que caen del cielo, una egipcia prudente debe sacarse los senos y agitarlos al aire y buscar quien sepa recogerlos como se coge la uva en la estación de Peret.

Senet debía de conocer sus artimañas porque se permitió una burla:

—Nunca hay que poner como excusa a los elementos para hacer lo que uno quiere. O sea que, si deseas exhibir tus pechos de vaca, hazlo en buena hora, porque no será la primera vez ni seguramente la última.

—¡Pobre de mí! —gemía ella—. Estoy demasiado fatigada para apartar siquiera la tela que los cubre. Por eso necesito que algún gallardo joven lo haga por mí y que sus manos no se aparten de mi piel durante toda la noche. Por esto: porque estoy en exceso fatigada y me siento perezosa.

—Será una forma de decir —insistió Senet—. Si a los efectos del vino le llamas tú fatiga, es cierto que has de estar reventada.

La mujer le dirigió una mirada de desprecio, pero al punto se desentendió de él para mirarme fijamente con ojos de cordera.

—Escucha, cretense: haz el esfuerzo que te pido y la divina Hator, que reina sobre todos los amores, sabrá recompensar tu dádiva. Porque has de saber que soy una pobre mujer que tiene a su marido de viaje; una mujer tan temerosa de la soledad que se ha colocado bajo la advocación de la Dama del Sicómoro para no morir de pena esta noche.

—Si adoramos a la diosa del amor terrenal, ¿qué dirá el dios de Akenatón, de quien se asegura que es universal y único?

—Ese dios no soluciona los ardores —balbuceó ella—. Ahí tienes a la pobre Nefertiti que, a fuerza de adorarlo, no ha conocido el calor de un hombre desde tiempo inmemorial. Ya lo has oído antes: hace de madre cuando debería ser ella la que se acurrucase como una yegua bajo el pecho de su macho. ¡Que les dé el sol a las fanáticas! Yo no soy partidaria de ese dios ridículo. Yo hago

41

mis advocaciones a Hator y, por las habilidades que ella me enseñó, sé que puedo hacerte enloquecer si tú te aprovechas de mi fatiga y buscas el calor de mis senos. Deposita entre ellos tu miembro viril y yo haré el resto.

—Yo estoy más fatigado que tú porque llevo la fatiga en el alma desde hace años. Tanto es así que el calor huyó de todos mis miembros, y no sólo del que tú buscas.

Pero ella no cedía, antes bien me acosaba arrojándose sobre mí y clavándome sus largas uñas como un ave rapaz.

—Mi cuerpo ha nacido para aliviarte. Cada rincón de mi cuerpo está empapado de perfume, como podrás percibir si los dioses no te han robado el olfato. Si así fuese, te quedará el gusto. Pues bien: has de saber que mis pezones están untados con miel, de modo que, si muestras destreza al catarlos, conocerás la dulzura incomparable del placer de Tebas.

—Me han prevenido contra las esposas insatisfechas y los mancebos que esperan en las esquinas del puerto. Me han prevenido contra todas las golosinas de Tebas. No tengo más deseo que el de no desear nada. Así pues, mujer, busca tu satisfacción con otro.

Viendo que los demás se estaban riendo de ella, la mujer se apartó violentamente. Sólo un movimiento muy rápido me permitió evitar que me arañase en pleno rostro. Pero no pude eludir que me escupiese mientras exclamaba a voz en grito:

—Si contra tantas cosas te han advertido, yo añado que debes temer abiertamente a una mujer despreciada. Y puesto que te niegas a endulzarte con la miel de mis pezones, te digo que puede amargarte la hiel de mi despecho.

La vimos alejarse hacia su sitio tambaleándose como antes y pronunciando expresiones malsonantes, entre las cuales creí entender una alusión a los cretenses castrados.

—Hiciste mal rechazándola con tanta brusquedad —dijo Senet—. A pesar de su embriaguez y su incontinencia, esa loca fue en otro tiempo adoratriz de Amón y todavía goza del afecto de la reina madre. Juega con ella un entretenimiento que consiste en mover fichas sobre un tablero y cuyas reglas no he conseguido entender pese a que he sido educado en la Casa de la Vida.

De repente sentí a mi lado un perfume más dulce que los demás; y como sea que cada vez era más cercano, me volví ligeramente y descubrí el rostro de otra mujer, no tan hermosa como la anterior pero con una belleza mucho más cálida, con un encanto más próximo. Y a pesar del exagerado carmín de los labios y el polvillo de oro que rodeaba sus ojos parecía sencilla y sin mayores pretensiones que pasar un rato agradable. Sólo la peluca, sobrecargada de perlas sobre un fieltro dorado, delataba a una dama del gran mundo.

Su voz fue dulce al musitar:

—Tiene razón Senet recomendándote prudencia contra las mujeres despechadas. Cuídate sobre todo de las que invocan demasiado a menudo a la divina Hator, porque ella también fue cruel en más de una ocasión. —Y al ver que mi única respuesta era la ignorancia prosiguió—: Una mujer que te quiera bien debe prevenirte de lo que, al parecer, ignoras. Y es que cuando la diosa del amor tomó la forma de la vaca sagrada quiso saciar su sed y en lugar de vino se emborrachó con la sangre de los humanos. Por eso el amor es vino y sangre a la vez. Por eso Hator lleva en la cabeza las orejas de la vaca cruel y en la corona la luna radiante que ilumina los cielos.

—No me habléis más de dioses porque empezaré yo con los que he ido conociendo en todos los países y no acabaremos nunca. Y tú, Senet, me has prometido una meretriz que no comprometa más que al placer. Tráemela porque mi cuerpo se siente frío y mi alma necesita afecto.

Entonces, la mujer depositó el rostro sobre mi hombro y susurró dulcemente:

—Yo soy tu meretriz. Y como, además, soy amiga y confidente de Senet estoy segura de que no te prevendrá contra mí como ha hecho con las otras. Porque soy una mujer sincera que se limitará a poner precio a tu placer sin pedirte nada más. Y estoy por decir que el precio debería pagarlo yo porque eres hermoso en tu madurez y, aunque es cierto que hay en Tebas hombres maduros tan hermosos como tú, ninguno tiene el color de tu piel ni la gracia de tus cabellos, ni en la mirada ese brillo extraño que me habla de tierras que no conozco y que me apetecería conocer. ¿Eres, pues, la aventura, dulce cretense? Si lo eres, quiero pasar tus cabellos por mis pechos y gozar con su contacto, y pagarte, si es tu gusto, porque me harás vivir una experiencia nueva.

Y, antes de dejarnos solos, advirtió Senet:

—Hazle caso, Keftén, amigo mío; síguela a

donde te lleve porque es Nellifer, la merecedora de cariño. Y es cierto que es amiga, y aun debo añadir que la mejor de todas. La tengo por confidente inmejorable porque sabe escuchar las penas de los demás y hacerlas propias. Por esto te digo: atiéndela, Keftén, porque está hecha para espíritus fatigados.

Cuando Senet se hubo perdido entre los invitados tomé el rostro de Nellifer entre mis manos y dije:

—Si tú renuncias a tu salario, yo renunciaré a la exigencia. Soy muy antiguo en mis gustos y, más que novedades, quiero sentir esta noche lo mismo que sintió la primera pareja en el alba de la creación. Dame, pues, el placer al modo eterno y yo me daré por satisfecho.

Como sea que ella conocía a la perfección la casa de Senet, me condujo hacia una pequeña estancia poblada por colchones de plumas sobre esteras de varios colores. A través de un ventanuco adivinábamos las palmeras del jardín, que ahora parecían fantasmas a causa de la densa cortina que desplegaba la lluvia. Y ante aquella profunda oscuridad, tan distinta de las iluminadas noches tebanas, ella se dejó caer entre las plumas al tiempo que me atraía sobre su cuerpo.

—Estoy acostumbrada a consolar a los hombres, pero esta noche necesito sentirme protegida. Me horroriza el clamor del cielo, por más que digan que es vulgar este sentimiento.

—Entonces deja que sea yo quien te proteja; y ese cuerpo que sueles vender concédemelo como pago por mi protección.

—He de decirte que mi cuerpo no se obtiene

fácilmente porque soy muy cara y sólo los poderosos tienen acceso a mis servicios. Soy una mujer rica, cretense, y sin embargo me siento desamparada. Los ruidos del cielo llegan a mi alma sin que haya en ella nada para oponerles.

—Así pues, somos dos tristes que han de encontrar alegría. Dame todo el calor de tu cuerpo, Nellifer, y yo te lo devolveré entre risas para que te rías tú también.

Nos revolcamos pegados el uno al otro y yo supe que su cuerpo estaba esperando al mío porque al instante se abrió para recibirme mientras toda ella temblaba por los truenos. Y al poseerla le supliqué que no precipitase mi placer porque quería estar dentro de ella y sentir que había llegado a algún lugar lleno de vida.

Llegaban del festín los ecos de un laúd que alguien tañía para acompañar a una voz aún más dulce que recitaba uno de los poemas más conocidos en el repertorio de los amantes de Tebas:

¡Amada mía! ¡Hermana de mi corazón!
Más querida me eres
que el pan al hambriento,
que la fuerza al débil
y que a la madre joven
el grito de su pequeño.

Así me fui adormeciendo sin abandonar su cuerpo, para que el placer pudiera regresar en medio del sueño. Sólo al clarear el día me vi obligado a salir de ella porque se estaba despertando, sorprendida por un rayo de sol que se filtraba por la ventana. Y celebramos juntos que el dios de

Akenatón rompiese las tinieblas de la noche para reanudar su reinado sobre la tierra.

Entonces, ella me besó con suma dulzura y dijo:

—He sido feliz esta noche porque a pesar del terror sentía que me amabas como si fuese doncella. Así me he sentido. Y te he observado mientras dormías y, aunque no estaba en mis intenciones, me he prendado de ti, cosa que no suele ocurrirme porque de cada dos hombres que conozco uno es horrible y el otro repugnante.

Volví a besarla en la esperanza de que no fuese la última vez. Y aun así no pude evitar ser sincero con ella:

—Quiero dormir en el interior otras noches, Nellifer, pero tengo miedo de que mi reposo sea la causa de tu inquietud, si no de tu dolor. Porque no puedo darte más de lo que te he dado; y, así, es lícito que no te pida más de lo que ya he obtenido.

Pero seguí recibiendo el sol abrazado a su cuerpo y ella me untó con delicados aceites, como hacen las cortesanas expertas. Y se deleitaba jugando con mis cabellos mientras yo contemplaba el Nilo e imaginaba que en la otra orilla me estaba esperando la Casa Dorada y todos sus recuerdos.

De pronto, Nellifer se levantó de un salto y señaló hacia la montaña de la necrópolis, como si en la cima se estuviese desarrollando un gran milagro. Y lo era en efecto para los tebanos porque se trataba del arco iris, que tendía su puente policromo como un homenaje a los muertos de Tebas y al mismo tiempo un consuelo para los vivos. Porque de las casas vecinas surgían voces y gritos, pero ya no eran de terror, como anoche, sino de sorpresa alternada con el júbilo. Y alguien decía que el cielo se había vuelto loco, pero que era de todos modos una locura bendita.

Como obedeciendo a un resorte que no sabía de épocas ni países, Nellifer rompió en un llanto emocionado y, sin dejar de mirar el arco iris, cayó de rodillas con los brazos levantados, en actitud de adoración, y en sus labios los salmos de la vida. Y luego supe que no era ella la única que había actuado de aquel modo. Supe que Tebas entera había cambiado de humor en un momento y que sus habitantes se arrodillaron en las plazas y en los mercados, en las chozas y en los palacios. Y dicen que hasta en las escuelas los maestros ordenaron a los niños que intentaran pintar en sus tablillas aquel prodigio sin comparación en el inmenso tiempo del cielo.

COMO SEA QUE LA REINA MADRE había prometido recibirme al mediodía, quise dedicar la mañana a recorrer las calles de Tebas en compañía de Senet. Aunque miente mi recuerdo si pongo esta intención en primer lugar, pues lo que de veras me importaba era conocer los alcances de las reformas de Akenatón en los lugares donde más había perjudicado; es decir, en los santuarios, antaño inviolables, del gran señor de Egipto. De Amón el Oculto.

También guardaba mi alma un íntimo deseo que ni el propio Senet conocía. Aprovechando que, para llegar a la Casa Dorada, era necesario pasar por el poblado de los obreros de la necrópolis, quería visitar a Ptahotep, el pintor de tumbas que, en otro tiempo, me inició en los secretos de su técnica. El hombre que me inspiró el deseo de convertirme en supremo copista de la naturaleza.

En todos mis deseos de aquella mañana se escondía una actitud que me apartaba de la realidad de Tebas y los intereses de sus habitantes. Los míos eran más altos, o así lo creí entonces. Si debía trabajar para Akenatón, necesitaba conocer las obras de sus artistas, obras que, durante aquellos años, habían llenado de perplejidad a los viajeros. Y si estaba destinado a aprender una nueva técnica, si se me proponía cultivar un nuevo estilo, era lógico que deseara regresar a los orígenes del mío en el poblado de los obreros de la necrópolis.

Estaba contando esas cosas a Nellifer, junto a maravillosas plantas de hojas embellecidas por la lluvia, cuando llegó Senet ataviado con sus vestidos de audiencia: una túnica de lino blanco, como exige el protocolo de Atón, y una pequeña capa donde llevaba bordados los atributos de su oficio, así como un pequeño babuino, animal emblemático de Thot, el patrón de los escribas y de toda su sabiduría. Y como sea que se representa a sí mismo en la forma de un pájaro ibis, sonreí al pensar que, pese a todas las revoluciones teológicas que pudiera emprender un rey, mis amados egipcios nunca dejarían de confundir la religión con un zoológico.

Nellifer me untó los cabellos con mirra, como suelen hacer los egipcios para peinarse, y, considerando que mis tirabuzones eran abusivos para pasear por Tebas, propuso cortármelos, pero yo le dije que, si lo hacía, no tendría nada para frotarse los pezones, como había hecho horas atrás con tanta destreza y tanto gusto por su parte. En realidad, yo no quería renunciar a los atributos que me distinguían de los egipcios porque todavía no tenía decidido si me apetecía integrarme a ellos o regresar a Creta acompañado de mi hijo.

En esta discusión nos hallábamos cuando llegó Ranit con el rostro contraído por la risa. Y efectuaba tal profusión de aspavientos que diríase sacado de uno de esos misterios sacros que representan los sacerdotes a la entrada de los templos en días de ceremonias especiales.

Contagiado por la risa, Senet exclamó:

—¿Te ha picado una avispa que antes se bebió el vino de todos los aljibes de Tebas? Porque en verdad que nunca vi a nadie que pareciese tan borracho a una hora tan temprana. ¿O es que has visto a un buey sagrado volando sobre tu cabeza?

—El joven que está aguardando en el vestíbulo no tiene nada de buey. Es un cortesano de Akenatón y, como todos ellos, es afeminado y tiene un dengue en el hablar que ya no se usa ni entre las vírgenes de Tebas, si es que hay alguna.

A lo cual comentó Senet reprimiendo la risa:

—No debes criticarle porque éste parece ser el destino de los jóvenes egipcios desde que cambiaron las armas por un ramo de lotos. Pero, en fin, le recibiré al momento. Podría traerme noticias del faraón, mi amigo. ¿Te ha dicho exactamente qué quiere?

—De ti no quiere nada, mi señor. Dice que le

urge hablar con tu huésped. Para ser más concretos, ha dicho: «Comunica a Keftén, el cretense, que al conocer su estancia en Tebas he abandonado la Ciudad del Sol sobre el espíritu de una alondra para llegar antes que mis pensamientos.»

—¿Eso ha dicho?

—Eso y más. Tantas y tantas idioteces, que me ha dejado el caletre echando humo.

—No sé quién puede ser —dije—; pero, al igual que tú, Senet, pienso que puede traerme noticias del faraón o algo relacionado con mi futuro trabajo. Te ruego que permanezcas conmigo mientras le recibo. Anoche noté entre tus invitados que los jóvenes han introducido muchos modismos extraños en la lengua egipcia y acaso te necesite como intérprete.

—Si es muy joven, nada podremos interpretar por mucho que conozcamos los modismos. Porque es privilegio de la juventud no dejar que la entiendan ni los propios dioses, y es dolor de los dioses comprobar cómo los jóvenes escapan a su alto entendimiento.

Oído que hube estas palabras, dudé que ni siquiera el petimetre que me esperaba pudiese acumular mayor número de sentencias que mi buen Senet, pero decidí correr el riesgo, aguijoneado por la curiosidad. Así, mientras Nellifer corría a preparar mi mejor túnica para la visita a la Casa Dorada, entró el joven aludido y, después de varias reverencias y un sinfín de invocaciones a Atón, me miró fijamente a los ojos mostrándome un rostro agradable, acaso bello, pero perjudicado por un exceso de afeites y pinturas. Por lo demás respondía al prototipo anun-

51

ciado por Ranit: vestidos blancos, livianos, pero sumamente complejos en sus innumerables pliegues, lazos y faldones postizos. Era la recargada moda que habían hecho famosa los elegantes de la Ciudad del Sol.

Del mismo estilo eran los modales de aquel joven: actitudes, ademanes y muecas sobrecargadas de afectación y petulancia. Pero todo esto desapareció de repente cuando pudo fijarse en mi aspecto. Entonces apareció en su rostro una expresión de asombro como las que había adoptado antes.

—Que Atón me proteja. ¿De qué vas peinado, cretense?

—De cretense. ¿De qué iba a ser?

—De cualquier cosa, porque es sabido que fuera de Egipto la gente no sabe arreglarse.

—Si mis cabellos te extrañan, espera a ver el aspecto de un asirio.

—Los he visto en los relieves de los templos prohibidos. Por eso sé que llevan pelo en la cara, cosa que en Egipto sólo hacen los que llevan luto o quienes carecen de medios para pagarse un barbero.

—Veo que eres experto en este tipo de cosas. ¿Eres acaso peluquero de alto rango? ¿Te envía la reina madre para que me pongas a tono con sus gustos antes de que comparezca ante ella?

Aquí volvió a adoptar su actitud altiva. Y en tono de desafío declamó:

—Has de saber que soy Atonet, ayudante personal del gran visir Ramose, y que, además, ejerzo un cargo de gran importancia en las oficinas de la Administración pública de la Ciudad del Sol. Por eso estaré siempre agradecido a Neferkeprura Amenhotep, llamado Akenatón; el Servidor de la Verdad, el Hijo del Sol, el Abogado de la Vida Celeste en las Dos Tierras...

Siguió recitando durante un buen rato, hasta que decidí interrumpirle por falta de tiempo y ganas.

—Te agradezco que me informes sobre todos los epítetos del faraón, pero preferiría aprenderlos con algunos años por delante. Dime de una vez qué quieres porque tengo a la ciudad de Tebas esperándome ahí afuera.

—La verdad es que no vengo en nombre del faraón sino en el de otro diosecillo que no te es desconocido. Y has de saber que la felicidad de ambos está en tus manos, si no mienten las costumbres de tu tierra.

—Me comprometes al confiarme dos felicidades pues ni siquiera he sabido resolver la mía. Pero te ruego que hables claro de una vez. Entiendo que te estás refiriendo a una tercera persona y no alcanzo a saber de quién se trata.

—De tu dulce hijo. De Bercos, amado de Hator.

—¿Qué me dices? ¿Mi hijo se ha amancebado con una vaca?

—Cretense, me complace decirte que la divina Hator es mucho más que una vaca.

—Lo sé, lo sé. Intentaba bromear ya que al parecer me está vedado comprender. Pero, viendo que el humor no es tu fuerte, dime de una vez, ¿qué comercio te traes con mi hijo?

—¿Qué estás diciendo? —exclamó él, escandalizado—. No es comercio, que es amor de hermanos; más que de hermanos: es el amor de Isis

53

por Osiris y el de éste hacia ella. Fíjate cómo sería ese amor que, siendo dioses hermanos, pasaron a ser padres del divino Horus.

—¿Con esto quieres decirme que tú y mi hijo habéis fornicado?

Reaccionó como yo esperaba: con un sonrojo tan encendido que convertía sus mejillas en dos rubíes.

—Tu habla es tosca cual corresponde a una isla de mercaderes. Debes saber que, si algo he hecho con tu hijo, es convertirlo en un altar viviente donde arden mis ansias de eternidad. Tu hijo es el árbol sagrado de Hator, pero también es su divino vástago Hipy, el niñito cuyo sistro nos hace entrar en el amor con la música y en la música con el amor. Ése es Bercos, mi bienamado. Su cuerpo es el sicómoro, árbol de la diosa, su vocecilla es el sistro del hijito. Y observa, burdo cretense, que te hablo con el excelso idioma de los poetas.

—En cualquier idioma del mundo esto quiere decir que habéis fornicado. Pero no sabía que entre las nuevas costumbres de Egipto se encontrase la de venir a informar al padre.

Se reflejó en su rostro una nueva expresión de estupor. Y Senet, a mi lado, se partía de risa.

—Todo lo contrario. El dulce niño me dijo que era costumbre de vuestra tierra. Te lo he dicho al principio. Cuando le propuse lo que jamás se ha propuesto a mancebo alguno, cuando deposité a sus pies todos los dones que un alma noble es capaz de sentir y expresar, él contestó con su voz inimitable que, por fidelidad a ti, estaba obligado a seguir las costumbres de Creta. Así me dijo: «En la isla de mis antepasados, un joven como yo tiene que ser raptado por su pretendiente para que todo el mundo sepa que es serio y formal y no un vulgar casquivano. Y a fin de completar esta evidencia, el raptor hablará con los padres del joven para que todo quede debidamente formalizado.» Esto dijo el niño que se parece a Hipy, y esto me he apresurado a cumplir no bien se supo en la corte que te detenías en Tebas antes de llegar a la Ciudad del Sol.

—Es extraño que mi hijo conozca esta costumbre pues jamás puso los pies en Creta. Y prefiero que se abstenga de hacerlo hasta que aprenda a contener sus ímpetus.

—Tampoco lo quisiera yo. Por lo que cuentan viajeros de crédito, hay mucha competencia en tu isla. Pero, la verdad, nunca pensé que te importase tanto.

—¿Por qué había de importarme? Yo mismo tuve amores con un mancebo que bailaba sobre el toro en los festivales reales, pero no hubo rapto ni permiso de los padres ni nada parecido.

—Ese bailarín torero no sería, si me lo permites, tan sublime como tu hijo.

—Es que en Creta siempre fuimos más prácticos. Y es posible que este sentido esté en la sangre de mi hijo. ¿Cómo ha reaccionado él al conocer tus propósitos?

—Es que no los conoce. He preferido adelantarme a las circunstancias para dárselo todo hecho. Y también temo que, de hablar antes con él, no me hubiese autorizado a dar este paso.

—¿No se te ha planteado la posibilidad de que te esté «dando largas»?

—¿Qué significa esta expresión? Desde luego no es egipcia.

—Que te esté rechazando y me ponga a mí como excusa.

—Imposible. Soy uno de los jóvenes más privilegiados de la Ciudad del Sol. Para que lo sepas de una vez: no sólo ostento un alto cargo en la Administración; además se me permite abanicar al faraón en su dorada intimidad.

—¡Habrá que verle con el abanico! —murmuró Senet por lo bajo.

Reprimí una risotada en beneficio de la severidad. Como todo el mundo sabe, el título de Portador del Abanico Real es el más alto de la corte y, en aquellos días, lo ostentaba el sabio consejero Ay. En manos del pelele que tenía ante mí, el real objeto perdía en valor como el respeto había huido de mi voz...

—Querido administrativo y diestro abanicador, me pones en un compromiso que, además, me coge por sorpresa. ¿Autorizar yo pasiones de las que sólo conozco una parte? ¿Decidir, aquí y ahora, el destino de un ser a quien ni siquiera he visto? Dame tiempo, por lo menos, para comprobar si ha cambiado mucho desde que tenía dos años. Me consta que en esa época no tenía amantes.

—Moriré en la espera. Y si no muero, me quitaré la vida por el temor de que la espera desemboque en la nada.

—No debieras. Se acercan fuertes calores y dudo que Akenatón tenga fuerzas para abanicarse solo. Abanica pues, y procura que el ejercicio te fortalezca la muñeca. Habrá de serte de gran utilidad.

—¿Para qué?

—Si mi hijo te acepta, necesitará que le masturbes con cierta gracia. Si, como imagino, te rechaza, la necesitarás para masturbarte tú con frenesí. En cualquier caso no habrás practicado el pulso en vano.

La ofensa que se reflejó en su rostro está fuera de toda descripción.

—Tengo que decirte, padre de mi amado, que no estoy hecho a este lenguaje.

—Lo utilizamos los pueblos del mar, acostumbrados a tratar con razas de muchos mares. Comprendo que a un egipcio, siempre pegado a un río que no se sabe de dónde viene, tanta inmensidad le venga grande. De todos modos, si te parezco basto, agradece que no te haya llamado mastuerzo, cretino y pedante. Y ya que tanta autoridad me concedes, permíteme desear un mejor porvenir para mi hijo: búscale un pariente del faraón y tú mete el culo en otra parte.

La indignación que se reflejó en el rostro del petimetre no es para describirla; si acaso para celebrarla. Porque, en pleno ataque, optó por batirse en retirada, y así salió corriendo de la casa como si le persiguiesen la serpiente maligna y todos sus compañeros del averno. Pero he de decir que, aun siendo la situación tan cómica, yo no tenía el menor deseo de reír. Por el contrario, me dejé caer en un banco dominado de una melancolía cuyo origen no me era desconocido. Y al levantar la mirada descubrí que Senet me estaba observando con gran cariño. Y, depositando la mano en mi hombro, murmuró dulcemente:

—Estoy acostumbrado a escribir las palabras

de los hombres y, a fuerza de hacerlo, he llegado a descifrar los silencios de un mudo. Por esto adivino que lo que te preocupa no es lo que en apariencia debiera preocuparte.

—¿Te refieres a la edad de mi hijo?

—Poca importancia tendría aunque fuese menor de lo que es. Te diré que hay en Tebas niños de nueve años tan expertos que han llevado al suicidio a más de un hombre sensato. Porque la locura del sexo no conoce edad, y menos en estos tiempos en que todo anda mezclado.

—Si he de decirte la verdad, habría deseado conocer bien a ese hijo mío antes de que tomase compromiso, ya fuese con mujer, ya con hombre, ya con uno de vuestros bueyes sagrados.

—Bien dijo Ranit que este cretino no era un buey, que pudiera muy bien ser lo que tu hijo necesita. O acaso precise lo contrario, porque nadie puede jactarse de conocer los designios de la carne. En cuanto a mí, puedo presumir de que he seguido los preceptos del Libro de los Muertos: nunca he fornicado con hombres ni jamás he orinado en los muros de los templos.

—Si te vanaglorias de tales menudencias es porque tendrás otras abominaciones de las que no puedes vanagloriarte. Pero yo, que orinaría sin prejuicios en el muro de cualquier santuario, sí los tengo al preguntarme cómo será ese hijo a quien acaso conozca demasiado tarde. Un hijo casadero ya no es un niño. Esto significa que mi juventud ha colmado su medida. Y estoy triste, muy triste, porque pienso que habría sido hermosa si hubiese sabido aprovecharla.

TEBAS, CAPITAL DEL MUNDO; Tebas, la gran cortesana. Colorida, palpitante, vivaz, chillona múltiple, nunca una Tebas sino un millar, como sus hogares, sus jardines, sus estatuas y obeliscos. Como mil eran sus almacenes, sus talleres, sus cafetuchos, sus zocos y lupanares.

Su verdadero corazón —¡ella, que tantos tenía!— no se hallaba ubicado en los barrios de los ricos, cuya perfecta geometría haría pensar en un lugar único; su verdadero corazón palpitaba en los numerosos barrios populares, amazacotados alrededor del muelle como ingentes colmenas por cuyos incontables vericuetos pululaban mil multitudes que, en las últimas generaciones, se habían ido ampliando hasta llegar a contener a representantes de todas las razas: sirios, babilonios, habitantes de las islas del Gran Verde, etíopes, sardos, fenicios, todos confundiéndose con los egipcios. Y es que muchos de esos extranjeros habían llegado como simples visitantes, otros eran hijos de prisioneros de guerra, incluso algunos fueron esclavos, pero a la postre habían conseguido abrirse camino y Tebas los acogía con la avidez de una madre dominadora que ansiase ampliar hasta el infinito el caudal de sus crías.

De los mil rostros de Tebas, ninguno sugería placidez, calma o serenidad. El tránsito era constante, el barullo aturdidor. Tropezaban los paseantes en las avenidas, se apretujaban en los mercados, chocaban unos con otros en los callejones que se iban estrechando hasta generar una jungla, densa e intransitable, un ovillo de corredores que se anudaban entre sí formando espacios tan estrechos que no permitían filtrar la luz del día. Y en la eterna noche de esas madrigueras malolientes correteaban ratas del tamaño de los conejos y era imposible dar un paso sin tropezar con montañas de inmundicias constantemente visitadas por ejércitos de moscas que producían un zumbido incesante y obsesivo. Era la melodía de Tebas; la que acallaba todas las demás: el reino de las moscas negras.

No nos adentramos en este mundo sinuoso porque, según me dijo Senet, allí no había penetrado la luz de Atón, luego no serviría para informarme sobre el nuevo Egipto que yo ansiaba conocer. Pero quise ver de nuevo los grandes monumentos que mandó construir el gran Amenhotep en el momento más próspero de su reinado: quise recorrer las salas del templo del Opet, cuyas columnas rematadas por pétreos lotos proyectaban una tenue penumbra y que, de niño, me inspiraban las más desbocadas fantasías. Quise pasear por la avenida de las esfinges, construida para unir los dos santuarios de Amón atravesando la ciudad de parte a parte y creando una arteria airosa, dotada de amplias perspectivas, que contrastaba con el abigarramiento de los barrios del muelle. Y al ensalmo de la memoria infantil, tan propensa a dejarse impresionar por todo, recordé el tumulto prodigioso que, en aquella calzada sagrada, levantaba el paso de los dioses durante las grandes ceremonias del Año Nuevo.

La barca sagrada de Amón salía de su altar, la ciudad se engalanaba, el mundo renacía y, haciendo gala de su omnipotencia secular, el propio

Nilo se convertía en camino sagrado. La barca de Amón lo surcaba instalada en otra barca mayor, con la colaboración excepcional del faraón, convertido en supremo maestro de ceremonias. Era el encuentro de dos dioses: el oculto y el viviente, y ambos enardecían el favor del pueblo, enloquecido ante tamaña magnificencia. Era la renovación del ciclo natural y al mismo tiempo el matrimonio divino, el coito de Amón y su esposa Mut, el contacto que fertilizaría la Vida y la Muerte de Egipto. Y después, la barca de Amón, a hombros de esbeltos sacerdotes, recorrería las principales calles de Tebas, y cada uno de sus pasos, resonando sobre el empedrado, serían como solemnes baldones que despertaban los cánticos y la algarabía de las masas.

Todo esto recordaba mientras atravesábamos el pilono del inmenso santuario de Amón. Bien podía decirse que era una ciudad dentro de Tebas porque entre sus murallas se hallaban otros templos consagrados a Mut y Konsu, esposa e hijo del dios, además de los numerosos recintos de la Casa de la Vida, donde se impartían todas las disciplinas relacionadas con el intelecto humano. Y a este inmenso conglomerado de edificios había que añadir los lagos sagrados y los enormes almacenes donde se guardaban las provisiones del clero y las incontables riquezas materiales que habían ido amontonando durante generaciones.

Debo decir que, pese a la prohibición dictada por Akenatón, el recinto continuaba inspirando respeto y temor incluso a alguien que, como yo, se rió siempre de los dioses. Y tanto el respeto como el temor llegaban acrecentados por las tinieblas que dominaban las inmensas salas, tinieblas que se iban haciendo más densas a medida que se avanzaba hacia el sanctasanctórum donde se conservaba, en oscuridad absoluta, la estatua del dios.

Allí, en aquella capilla inaccesible, Amón justificaba su sobrenombre de «el Oculto» y, en el cuidado diario de su estatua, los sacerdotes adquirían la consagración de sus privilegios; desde allí, sus tonsuras se levantaban sobre el mundo como un símbolo de poder más temible aún que el de la propia divinidad. Por lo menos así había sido hasta que un loco llamado Akenatón profanó el recinto levantando un santuario a su único dios.

Otros faraones antes que él habían obrado con idéntico afán constructor, pero siempre en honor de Amón. Desde la oscura capilla, cada nueva construcción llevaba el nombre de un rey que se glorificaba a sí mismo mediante la ofrenda. Salas, columnatas, colosos y pilonos eran compendio y resumen de la grandeza de Tebas expresada en nombres que hacían temblar a las generaciones.

Pero el sol de Akenatón quiso ser más fuerte que los demás y, así, su templo negaba todos los precedentes y se levantaba con todas las características de un sarcasmo. Porque nadie había osado transmitir su rebeldía bajo formas tan grotescas como las que aparecían ante mis ojos.

—Aquí quería traerte, porque aquí empezó todo —dijo Senet—. El faraón todavía no se había cambiado de nombre cuando mandó erigir este templo, pero recuerdo perfectamente el escándalo que provocó. La gente no sabía si tomarle por loco.

Al detenerme ante los colosos que se levantaban a la entrada del templo sólo pude exclamar:

—¿Qué son esos estafermos? ¿De qué cabeza ha podido salir semejante aberración?

Nada de cuanto pueda contar serviría para expresar el desconcierto que me producían aquellas figuras. Representaban al faraón en un estilo que nunca había visto antes en ningún lugar del mundo. Aunque ostentaba los atributos tradicionales de su poder, los rasgos correspondían a un ser físicamente deforme cuyas horrendas peculiaridades hubiesen sido llevadas a la exageración por un enemigo mortal. Y yo me pregunté qué artista se había atrevido a ridiculizar de aquel modo la divinidad de faraón sin recibir a cambio el más severo de los castigos.

Al ver mi asombro ante la inmensa barriga que asomaba por encima del faldón plisado, Senet se echó a reír. Pensaría que todavía quedaban cosas susceptibles de asombrar a alguien que, como yo, se creía de vuelta de todo.

—No te alarmes al ver esas figuras. Pese a las apariencias, Akenatón es completamente normal. Tal vez un poco barrigudo porque en la Ciudad del Sol se come muy bien.

—Mucho habrá tenido que comer para convertirse en este adefesio. ¡Pensar que, de niño, era esbelto y delgado como un junco de río! En cuanto a su rostro, tan delicado, ¿cómo ha podido degenerarse hasta tal punto?

En efecto: el rostro diríase el de un enfermo mental que tuviese, además, las orejas de un elefante y dos enormes lonchas de carne a guisa de labios. Sólo la barba postiza recordaba que nos hallábamos ante un faraón y no ante un monstruo de feria.

Uno de los colosos llevaba a la culminación aquel disparate pues representaba al faraón bajo la forma de un eunuco que mostraba un sexo de mujer completamente desnudo. Y, al expresar por tercera vez mi horror, dijo Senet:

—El vulgo asegura que es Nefertiti representada con la barba del faraón, pero en realidad es Akenatón, que ha querido representarse como él mismo y a la vez como Nefertiti. Sólo los fieles de esta religión saben explicar con certeza el significado de este contubernio entre sexos opuestos, aunque, si los escuchas, acabarás por enloquecer. Ellos dicen que ese eunuco que aquí ves significa que el faraón lleva en su cuerpo los principios masculino y femenino de la creación: que es padre y madre a la vez. Así rige Atón el mundo: depositando sus rayos divinos en este hijo a quien quiso crear hermafrodita. ¡Tan sencilla como era la historia de Isis y Osiris para que ahora nos vengan con esas complicaciones! Si yo, que soy escriba real y me eduqué en la Casa de la Vida, no sé comprenderlas, ¿cómo va a hacerlo el pueblo?

Pero mi asombro había dado paso a la indignación que me producía un arte tan disparatado.

—Esto no se parece al sagrado arte de los faraones —exclamé—. Si he de ser exacto, no se parece a nada que jamás hayan visto ojos humanos. Eso no es un hombre ni una mujer, sino un monstruoso combinado de íncubos y dementes. ¿Sabrá el propio Akenatón el fantoche que ha forjado?

—Tiene que saberlo puesto que ha instruido personalmente a sus artistas. Se habla mucho de la libertad de Atón, pero yo te digo que nada de lo que hay en este recinto ha sido creado a espaldas de su enviado sobre la tierra. Todo este arte responde a una intención que no entenderás hasta que estés iniciado en su doctrina.

—Mala cosa es que para pintar lo que veo tenga que aprender lo que no siento. Mala cosa si para pintar mis árboles o mis pájaros tengo que someterlos al dictado de otro, aunque se llame a sí mismo hijo de dios o de todos los dioses.

El sol del mediodía enviaba sus rayos sobre el rostro de los colosos, posándose en cada uno de sus rasgos como un dedo divino que quisiera destacar cada una de sus anomalías.

—De todos modos no debes asustarte —comentó Senet—. Esos colosos pertenecen a los primeros años del reinado de Akenatón. En los últimos tiempos se le han calmado los ánimos y el arte que se produce en la Ciudad del Sol es mucho menos exaltado. Por sus últimas muestras verás que tu amigo de infancia no se ha convertido en esta criatura monstruosa.

—Nada de cuanto puedas decir cambiará mi primera impresión. Esos retratos sólo pueden ser obra de alguien que creía firmemente en un dogma extraño. La fe crea pesadillas cuya intención se me escapa. Por esto te digo que, al llamarme para trabajar a sus órdenes, Akenatón se equivoca. Mi arte es mucho más reposado y no depende en absoluto de la fe. Yo siento el placer de la naturaleza, no el horror de los abismos.

—Déjame adivinar que no te ha llamado sólo para esto; no para que hagas lo que puede hacer cualquiera de los artistas que ha instruido él mismo. Déjame adivinar que tal vez necesita amigos a su lado. Porque, entre las maravillas de la Ciudad del Sol, acariciado por las manos de ese dios que nos da la vida, Akenatón también puede sentir la nostalgia de un lago perdido en algún lugar de su tiempo. Y esta nostalgia, tan parecida a la soledad, es algo a lo que ni los dioses ni los hombres pueden escapar.

Pero yo estaba harto de dioses y reyes, estaba exhausto a causa del desconcierto que me producían aquellas estatuas, tan distintas de las copias de la naturaleza que habían acompañado mi vida. De manera que dije a Senet que me devolviese a la tierra donde habitan los humanos, y esto significaba que estaba ansioso por recorrer las callejas de Tebas, sentir los inconfundibles aromas de sus mercados, mezclarme entre el trasiego de sus gentes, llegadas desde todos los lugares del mundo. Pero Senet dijo que evitaríamos ese trayecto porque entre todas las prerrogativas de su cargo estaba la de utilizar el embarcadero del templo de Amón, que conducía directamente al de la Casa Dorada. Y recordé que ese embarcadero había sido en otro tiempo una de las construcciones más comentadas entre las que emprendió el gran Amenhotep y que, al igual que muchas otras concebidas por esa gente egipcia, era una ruta mística que, empezando en el santuario del dios, cruzaba el Nilo y alcanzaba hasta el Valle de los Reyes, garantía de eternidad de todos los caminos humanos.

Mientras cruzábamos la eternidad de las aguas heridas por las refulgencias del sol, comentó Senet:

—¿Sigues con tus recuerdos, Keftén, amigo?

—Recuerdo, sí, los dones de un jardín y el espejo de un lago cuyas aguas serían tan selectas que la memoria me las devuelve doradas. ¿Había polvillo de oro en el fondo? Si es así, ¿quién lo arrancó de los altares de los dioses?

—La memoria te está jugando malas pasadas. En el fondo del lago sólo había este barro sucio y confuso, necesario para que crezcan los nenúfares. No busques, pues, en el fondo si quieres mantener la ilusión. Recuerda sólo la flor y no su origen.

Pero todo mi ser temblaba de excitación al pensar que aquella flor, cualquiera que fuese su origen o aroma, reviviría para mí en el jardín de la Casa Dorada. Sólo que Senet no parecía dispuesto a dejarme en mis ensoñaciones porque en un momento determinado recobró su tono sentencioso, aumentado por una severidad que se me antojaba nueva y hasta hiriente.

—Quiero hacerte algunas recomendaciones sobre Nellifer.

—Por lo que dijiste anoche entendí que no me prevendrías contra ella.

—Te prevengo contra ti. Contra lo que tú pudieras hacerle. Porque es mujer a la que se daña con facilidad y yo no lo quiero. Tendré que recomendarle prudencia.

Fue entonces cuando perdí la contención y estuve a punto de arrojarle al río.

—¿En algún momento dejarás de ser tan prudente? Te ruego que lo hagas de una vez porque en contactos de hombre y mujer nada puede vuestra sabiduría antigua. Pudiera ser que algún dios más travieso que los otros, y por tanto más grato, decidiera que nazca el amor donde hasta ahora sólo hubo soledad.

—Entonces este dios sería malo con Nellifer. La llevaría a prendarse de un cretense descreído que puede matar sin saberlo porque tiene el alma seca. Y éstos son los peores asesinos que ha conocido la raza de los solitarios.

Ahora fui yo quien le miró con el sarcasmo que él solía utilizar con tanta gracia; yo, que regresaba herido al mundo después de circular por muchos infiernos; yo, que nunca di amor sin recibir puñaladas, tenía que soportar que me advirtiese alguien que se mostraba perfectamente acorazado. Y estuve a punto de decirle: «Tu prudencia es odiosa pues sale de un alma que nunca corrió riesgo alguno. Tus consejos son ridículos porque nunca los viviste tú mismo. Si tanto presumes de aburrido es porque en realidad lo eres, pero también lo buscas, porque nadie retrocede ante tantas cosas como las que tú me aconsejas rechazar. Y si en verdad crees que puedo dañar a una mujer, pregunta a las que me han dañado a mí, a las que han ido asesinando todas las esperanzas de Keftén, el cretense. Éste es el apodo que me dais como extranjero, pero debes saber que en mi tierra me llaman Sabis, el desolado, porque he ido sembrando valles y montañas con aullidos de amores contrarios a la razón. Y he sido tan original en mis desdichas que he llenado con el agua de mis ojos la sequedad de los desiertos. Échate a andar por esos mundos y pregunta cuántas veces fui asesinado. Pregunta a la divina Sabel de Babilonia, y a la hermosa Betzekar de Mitanni; pregunta a Samía, la flor de Biblos, y a Roxana, la favorita de los ricos de Siria. En todas las geografías que tu sapiencia pueda conocer no hay hembra divina que no se haya ensañado con mi alma; y ninguna que no haya contribuido a dejarla seca. Por eso te digo que eres estúpido si piensas que al asesinar con el amor no cumplimos al mismo tiempo un acto de suicidio.»

Pero todavía había en su mirada la prevención del prudente entrometido; de modo que dije:

—No temas por Nellifer. Cada puñalada que ella reciba la habré sentido yo primero. Que sean los dioses tradicionales, y no el de Akenatón, quienes decidan. Que elijan ellos la víctima. Y tú déjame en paz por unos instantes pues, de todos los ríos, éste era el que mi nostalgia quería recuperar, y tú me estás arruinando el encuentro.

Medité sobre el reflejo de la vida humana en las aguas del Nilo y vi que, en efecto, nada permanecía más que un segundo y que todo partía hacia el fin arrastrado por la corriente. Y pensé si no era mejor seguir hablando antes que sufrir en carne viva el suplicio de la fugacidad.

No tardamos en divisar la gran escalinata del embarcadero real, custodiada por los soldados que la protegían del asalto de los curiosos, generalmente forasteros que, de entre las maravillas de Tebas, no querían perderse aquella que constituía la única parte visible del esplendor de la Casa Dorada, siempre prohibida a los humanos.

Y era cierto que las escalinatas del embarcadero impresionaban a la vez que complacían, pues parecían surgir del fondo del río y elevarse con lenta solemnidad hasta alcanzar los palmerales; pero esta visión, aunque grandiosa, no podía compararse en hermosura al reflejo que depositaban en las aguas las columnas policromas del templo consagrado a las divinidades tutelares (o así lo recordaba yo en mi ingenuidad, porque ahora estaba consagrado a la gloria de Atón, como todo cuanto veníamos viendo).

Lejos de detenernos para formular las preguntas rutinarias, los centinelas se inclinaron tres veces a nuestro paso, por lo que entendí que Senet era más conocido de cuanto él mismo aparentaba; y en esto volví a considerarle hombre sabio, porque sabiduría es, a fin de cuentas, la no ostentación de la propia importancia.

—Mi señor escriba —dijo uno de los centinelas—, déjame que te advierta sobre las incomodidades que puedes encontrar hoy en tu camino a la Casa Dorada. Hemos recibido altísimas órdenes de redoblar la guardia; así que no te extrañe si te ves obligado a soportar algún control no habitual o si algún soldado que no conoce tu identidad te somete a algún interrogatorio inoportuno.

—¿A qué se deben tantas precauciones? —preguntó Senet—. ¿Se han producido nuevos robos en las tumbas de los reyes?

—Serán los mismos de siempre, y esto no podemos remediarlo los centinelas porque más fuerte que el reposo de los muertos es el hambre de los vivos. Así que la causa de nuestra vigilancia no es el hambre ni el reposo. —Y, acercándose más, añadió en voz baja—: Debes saber, mi señor escriba, que se está acercando a Tebas la nave real.

—¿Cuál de ellas? —preguntó Senet sin esconder su sorpresa—. Porque hay dos a falta de una. También en esto se distingue Nefertiti de todas las reinas del pasado. Su propio carro, su propia nave, y hay quien dice que su propio reino a poco que la dejen.

—Y dicen bien, mi señor escriba, porque es Nefertiti la que llega. Por eso la extremada vigilancia; porque nadie debe verla en su trayecto hasta la Casa Dorada. Os diré, en confianza, que todo ha sido ordenado por la reina madre. Y, digo yo, ¿para qué tanto secreto si al final todo se sabe? Máxime cuando Nefertiti regresa a Tebas al cabo de tantos años sin salir de la Ciudad del Sol. Yo nada entiendo del tráfico que se trae la gente del poder, pero que me aspen si esto no es un acontecimiento que ha de acarrear grandes sorpresas.

—No será ninguna que tú debas conocer y mucho menos pregonar. Guárdate de la indiscreción porque he oído contar tenebrosas historias de centinelas que aparecieron degollados por divulgar secretos que eran de estado sin que ellos lo supieran.

—Esto sería en tiempos pasados —dijo el mozo alegremente—. Todo el mundo sabe que hoy no muere nadie por faltas leves, pues todas las perdona nuestro faraón, que sirve a un dios de clemencia a cuyos ojos todos los hombres somos iguales.

—Guárdate de la indiscreción en cualquier caso; pues bien pudiera ser que este dios no fuese tan clemente como se dice ni todos los hombres tan iguales como crees. —Y, dejando al joven con la inquietud reflejada en el rostro, Senet me cogió del brazo y me guió hacia la salida del embarcadero mientras decía—: Hace bien en asombrarse ese patán porque la visita de Nefertiti es el suceso más inesperado que recuerdo en los últimos tiempos. Y, además, con la complicidad de la reina madre. ¡Un encuentro secreto entre dos reinas! A fe que no puede tener peor aspecto.

Nos esperaba un carro conducido por un servidor de la Casa Dorada llamado Uftán: un nubio de aspecto poderoso como todos los servidores de la reina madre, que solían ser reclutados entre las tribus de Etiopía vencidas en tiempos del antiguo faraón. En su carro atravesamos el valle, que se mantenía igual que en mis recuerdos porque así se ha mantenido desde el origen de la memoria humana. Era el conocido despliegue de huertas y palmerales que no se interrumpía hasta llegar al gran templo funerario de Amenhotep el Grande, más allá de cuyos muros empiezan las tierras áridas, dominio de los muertos.

Aquel templo era el edificio más inmenso que habían visto mis ojos en Egipto o en cualquier otro lugar de la tierra. Era, ciertamente, una Morada de Eternidad, y servía para los oficios fúnebres destinados al alma del difunto, mientras su cuerpo embalsamado yacía en el vientre de la montaña sagrada, junto a los reyes que le habían precedido en las innumerables generaciones del poder.

La gran fachada estaba presidida por dos colosos de justo renombre, tanto por su tamaño como por la altísima categoría que representaban. Porque eran, en efecto, la representación de Amenhotep en toda su gloria; de Amenhotep mirando hacia la salida del sol, presidiendo el horizonte, recibiendo todas las evoluciones del astro rey en su diario viaje por el mundo. Y una vez más me asombró la capacidad de mentir que tenían los artistas egipcios porque yo, que había tratado a Amenhotep en su intimidad, no reconocía ninguno de sus rasgos. Por el contrario, los dos colosos se parecían extraordinariamente a otros faraones, con la misma actitud de poder, el mismo ademán de indiferencia hacia las cosas del mundo e idénticos atavíos. Al compararlo con las grotescas estatuas de su hijo Akenatón volví a pensar que algo muy importante había ocurrido en la mentalidad de los artistas egipcios, y que ya nada podría ser igual que antes.

Pese a las falsificaciones en el aspecto de mi antiguo protector, penetré en el templo para quemar incienso en su memoria y pronuncié su nombre diez veces, efectuando así una acción no sólo de amistad sino también de filantropía porque, en Egipto, invocar el nombre de un difunto equivale a despertar su recuerdo, y eso es garantía de eternidad y certeza de que el hombre no muere para siempre. A fin de cumplir con este proyecto, Senet quemaba mirra y pronunciaba palabras rituales ante la estatua de otro Amenhotep, el hijo de Apu, el gran amigo del faraón, el arquitecto que había conocido el honor de tener sus estatuas junto a las de su señor en todos los templos del

73

imperio. Y era tal su prestigio que ni siquiera Akenatón se había atrevido a prohibir su culto para no acarrearse las iras de los sabios, como ya se había acarreado las de los creyentes.

Y oí que decía Senet:

—Justo Amenhotep, hijo de Apu: yo te suplico el don de la sabiduría como otros suplican la salud y, los más, la riqueza. Quítame la fortuna en provecho del conocimiento; quítame el vigor de la juventud en favor de los achaques de la reflexión. Hazme, como tú, sabio, justo y prudente. Intercede por mí ante los grandes hombres del pasado, sé mi valedor cerca de los profetas de la inteligencia y también de los sacerdotes que aprendieron el lenguaje de los astros en los sagrados muros de Heliópolis, de los hombres justos que aprendieron las verdades de Ptah, mientras él moldeaba al primer hombre en su torno divino. Moldéame así, Amenhotep, hijo de Apu, y yo pronunciaré tu nombre hasta cien veces y lo emplazaré junto al de Thot, el escriba divino, para que lo lleven por los cielos sus cuarenta babuinos sagrados.

Al final renunció a su tono solemne para comentar en voz queda:

—Quiera también el sabio Amenhotep, hijo de Apu, que no traiga consecuencias funestas ese encuentro entre dos reinas. Que se sirva inculcar prudencia a la vieja Tii y criterio a la joven Nefertiti. Y que no acaben arrancándose las pelucas porque no están para demasiados bollos los hornos de Egipto.

De pronto, la intimidad del culto viose invadida por un eco de timbales que llegaba del exterior como anuncio de un evento excepcional. Algo que sólo podía tener relación con las más altas figuras del estado.

—Será la reina madre que ha salido a visitar las obras de su tumba —comentó Senet—. Lo hace a menudo, y hay quien dice que empieza a traer objetos de su afecto porque teme que, una vez muerta, no se los pongan junto al féretro y se los apropien deudos y sirvientes, como tantas veces ha ocurrido.

—No es la gran madre, no, que es Nefertiti —iba murmurando Uftán mientras salíamos al exterior—. ¡Ella, sí, ella en Tebas! La belleza ha regresado después de tantos años.

Los campesinos que habitaban en aquella parte del valle se amontonaban para ver de cerca el magno acontecimiento. Fiando demasiado en sus privilegios, Senet intentó abrirse paso para encontrar el mejor sitio en el linde del camino, pero con tantas demoras tardamos más que los otros en atisbar la comitiva real; en realidad, cuando la descubrimos ya se había producido un coro de exclamaciones, que iban del asombro a la admiración que el pueblo experimenta en estos casos, porque es grande la pompa que sigue a los faraones de Egipto en cada una de sus apariciones. Pero en este caso existía, además, el acicate de la novedad porque Nefertiti llegaba desde su propia nave y conduciendo su propio carro, como contaban las comadres de Tebas.

Pasaron los guardias reales ostentando el emblema de Atón; desfilaron las sacerdotisas de este culto esparciendo flores secas sobre el polvo del camino; pasó después un grupo de sacerdotes portando los abanicos reales, y, detrás, el carro de amianto arrastrado por dos airosos corceles empenachados. Recuerdo, también, que todos los miembros de la comitiva iban vestidos de blanco, de manera que parecían copos de nieve caprichosa expuesta a los rigores del sol, y que entre ellos destacaban las plumas de los caballos, de colores tan variopintos que diríase llevaban un pavo real a guisa de sombrero.

Blanco como el sol de Atón era también el atavío de Nefertiti: una túnica de lino que la brisa pegaba contra su cuerpo formando primorosos pliegues que correspondían con precisión a cada uno de sus miembros. Y en esta maniobra se marcaba claramente la pelvis, licencia que en nada perjudicaba la reputación de la que era, al fin y al cabo, el símbolo de los poderes engendradores de la vida.

Pero esa madre nutricia, esa sacerdotisa de la encarnación se permitía un asomo de coquetería que oscilaba entre la propia de una dama tebana y la de un aguerrido faraoncito preparado para el deporte de la caza. Pues su cabeza, erguida sobre un cuello esbelto y alargado, se tocaba con un casco de oro del que emergía el símbolo solar de Atón y el ureus con la serpiente y el buitre, emblema del poder del faraón sobre las Dos Tierras.

Como sea que los destellos que el sol arrancaba a aquel tocado vinieron directamente a mis ojos, bajé la cabeza con tanta fuerza que a punto estuve de darme contra las piedras. Pero Senet me propinó un codazo acompañado por la risita típica de quien se ha especializado en descubrir la torpeza ajena.

—Ya no es costumbre esconder la cabeza ante los reyes de Egipto puesto que todos somos iguales ante su dios. Puedes mirarla cara a cara.

Y la miré para mi asombro y también para mi desgracia, porque al instante supe que aquel rostro estaba destinado a perseguirme como me había perseguido el recuerdo de sus rasgos infantiles.

No era la más excitante de entre todas las mujeres que yo había visto en mis correrías, pero sí la que reunía todos los secretos que dan a la hermosura su condición indescifrable. Por esos secretos deliran los poetas; por su misterio se enardecen los artistas; por sus incógnitas enloquecen los enamorados. Y, sin embargo, no había arcanos tan indescifrables en aquella manifestación de la beldad porque todos los rasgos de Nefertiti obedecían a un equilibrio perfecto, a un reparto de proporciones tan exacto que el conjunto despedía una etérea sensación de paz.

Mucha gente conoce hoy su rostro y la extremada finura de su cuello gracias a los bustos del gran escultor Thotmés, bustos que los piadosos de Atón conservan en los altares domésticos en sustitución de la antigua diosa del amor. No hubo en la historia de Egipto reina más retratada ni otra que adoptase ante los ojos de los creyentes mayores aspectos de la divinidad. Como intermediaria de Atón, era el principio femenino que alimenta las fuerzas de la tierra; como heredera de Hator, era la encarnación del amor, del arte y de la belleza. Y ya sólo me quedaba averiguar qué sería como mujer... si alguien se molestó jamás en formularse tal pregunta.

Se había detenido en el cruce de caminos de donde partían, por un lado, el que lleva a la Casa Dorada y, por el otro, la avenida que conduce al templo de la reina Hatsepsut, adosado a una de las estribaciones de la Montaña Sagrada. Pese a que en una de sus inscripciones la gran reina había mandado dibujar a su propia madre haciendo el amor con el dios Amón, para así legitimar su origen, Nefertiti inclinó la cabeza prescindiendo de dioses y de mitos. Era el homenaje de una mujer poderosa a otra que lo había sido más que ninguna.

Al descubrir la presencia de Senet, que era dilecto a sus ojos, le mandó llamar por medio de una de sus doncellas. El escriba y la reina intercambiaron varias frases que al parecer fueron de la complacencia de ambos. De pronto, ella me señaló con la mirada y se echó a reír, no de forma estentórea, porque esto es algo que ninguna majestad tolera, sino con un leve rictus que indicaba condescendencia y complicidad con Senet. Y éste me cogió de la mano invitándome a acercarme al carro, desde cuyo estribo ella, dominante y dulce a la vez, se dignó hablarme:

—Así que Keftén se ha dignado volver al cabo de tantos años. Muchas veces anunciaste tu visita, y ahora que la cumples no te detienes en la Ciudad del Sol. Debería hacerte prender por tu descortesía.

Y yo, que estoy habituado a hablar con los reyes de la tierra, titubeé un instante. Al fin me armé de valor y dije:

—Pero no lo harás, mi reina, porque sabes que no merezco tu rencor. La madre del faraón me anunció que deseaba verme antes de que pusiera los pies en vuestra ciudad. Así pues, me encaminé a Tebas sin ver a mi hijo siquiera... y eso después de tantos años, como tú misma has dicho.

—Conocía la petición de la gran madre. Siempre quiere ser la primera en todo, pero no debemos enojarnos porque es cierto que lo fue en otro tiempo y sería cruel quitarle la costumbre. Ve pues a sus estancias, preséntale tus cumplidos y luego ven a verme porque debo pedirte un favor muy grande.

—¿Un favor tú, mi reina? ¿Desde cuándo en Egipto el poder desciende hasta la súplica?

—Ningún poder tiene autoridad sobre el amor de un padre, y a él afecta lo que quiero pedirte. No te lleves al dulce Bercos porque está muy cerca de nuestro corazón.

—Eres la segunda persona esta mañana que invoca la dulzura de este hijo a quien no conozco, y así veo que es un error imperdonable por mi parte no haberle buscado mucho antes. Porque si va ganando afectos tan altos, debe de ser un joven de gran virtud y merecedor de muchas cosas buenas.

—Hablaremos de él en privado. Y también de ti, hermano de otro tiempo, porque no sólo eres el padre de nuestro favorito sino el mejor amigo que tuvimos. En nombre de tanto afecto ven a verme sin dilación porque quiero regresar a la Ciudad del Sol por la mañana.

Retrocedí unos pasos para hacer mi reverencia como ordena el protocolo; pero aproveché mi condición de extranjero para formular una pregunta que tuvo el valor de escandalizar al cauto Senet:

—¿Se acuerda la reina de Egipto que en cierta ocasión mezclamos nuestras sangres?

Desde lo alto del carro, ella me dirigió una mirada que pretendía ser severa sin conseguirlo. Incluso estuve por asegurar que contenía un punto de travesura.

—La reina se acuerda —dijo—. Por eso está impaciente por conocer los caminos que ha recorrido Keftén al cabo de tantos estíos. ¿Será todavía digno de llevar en sus venas la sangre de la amistad? Me gustaría que así fuese porque los reyes no andamos sobrados de amigos, y mucho menos de hermanos.

Ahora sí me miró fijamente y, ante el asombro de todos, nobles y plebeyos, me tendió la mano, que besé casi sin darme cuenta, como si cada uno de mis movimientos surgiesen del fondo de un sueño más profundo que todos los que había alimentado hasta entonces.

Encontrándome yo en pleno éxtasis, ella levantó el brazo indicando a su comitiva que se pusiese en movimiento. Tensó las riendas doradas y los caballos iniciaron un trote ágil que levantaba entre las piedras un polvo que, de repente, era dorado. Y todo el mundo se inclinó a su paso porque las manos de Atón, al posarse sobre la real persona, arrancaban reflejos que sólo tienen las piedras preciosas de las rocas del Sinaí.

Y esto dijo Uftán, el nubio:

—En verdad que es tan hermosa como cantan los salmistas. Y eso que sólo he podido verla a medias por culpa del gentío. ¡Por los dioses que nunca eché tan en falta el derecho a ocupar los primeros lugares en las procesiones! Nunca, hasta que he sentido el dolor de no ver de cerca a Nefertiti.

Pero yo no podía contestar. Veía cómo su carro se perdía entre una nube ígnea más allá de las tumbas, hacia la Casa Dorada del gran Amenhotep, donde fue niña. Sólo las palabras de Senet me apartaron de mi ensueño; pero eran palabras que, por lo irónicas, resultaban hirientes en aquel trance.

—Como puedes ver, gana mucho en relación a los relieves de su culto. ¿Qué dices tú, Keftén, que eres artista?

Eché a andar a pasos cortos, como un sonámbulo, con la mirada perdida en algún pedazo de tiempo que ya sólo pertenecía a Nefertiti.

—¿Qué puede decir un hombre cuando los cielos le abren sus puertas? He visto en Babilonia jardines que desafían toda descripción y, a orillas del Éufrates, he admirado edificios que se levantan hasta el cielo. He visto la nieve en la cumbre de los montes de Creta y los leones alados de Siria y los vastos palacios de Troya. Y de todas esas maravillas yo os digo que ninguna puede igualar la serenidad de ese rostro ni la majestad de ese porte. Y aunque me hubiesen preparado todos los escultores, aunque me hubiesen advertido todos los poetas, sólo ahora puedo afirmar que sois un pueblo afortunado porque la belleza vive entre vosotros.

CUANDO NOS ALEJÁBAMOS DEL TEMPLO descubrí que tenía un pie entre las fértiles plantas del valle y el otro ya estaba hundido en la arena del desierto, donde se niega a crecer la vida. Y al levantar la vista dejé de ver las cañas y los árboles, y me encontré ante el atormentado muro rojizo que forma la Montaña Sagrada.

El sol arrancaba destellos lunares a los riscos afilados como lanzas, a los barrancos de verticalidad pavorosa, a las fantasmagóricas protuberancias que, de repente, configuran angostos senderos abiertos en la roca donde los elegidos de Tebas buscan sus refugios de eternidad. Es como una inmensa ciudad subterránea con sus barrios reservados a las distintas categorías del hombre en este mundo. De todos esos barrios, el más lejano, el más profundo es el que ocupan las tumbas de los grandes reyes, rincones tan inhóspitos que sólo son frecuentados por los chacales y los ladrones de tesoros. Más cercanas al valle del Nilo se encuentran las colinas de los nobles, así llamadas porque contienen, en hacinada multitud, las tumbas de los grandes dignatarios, así como las de los ciudadanos ricos que pueden pagarse un lujo semejante. Y en otro rincón, más alejado hacia el sur, se halla una zona conocida como la Sede de la Belleza porque en sus laberínticos senderos reposan las reinas que en otro tiempo cautivaron a los tebanos, y también los principitos que no llegaron a vivir lo suficiente para tener una tumba de envergadura.

En una de esas terrazas más bajas, formadas

sobre una afilada plataforma que se abría entre las paredes de dos barrancos, apareció el otro punto de mi peregrinaje: el diminuto poblado que, desde los tiempos del gran Tutmosis, sirve de vivienda a los artesanos que trabajan en la necrópolis. A esos hombres elegidos por la inspiración la lengua egipcia les rindió tributo desde antiguo otorgándoles nombres que nadie más posee. Así, recordaba yo que el maestro escultor recibe como apodo «el que da la vida», y que al pueblo donde habita junto a pintores y alfareros se le llama Sede de los Servidores de la Verdad. Y a fe que hay mucha certeza en tales nombres pues ninguna verdad ha conmovido tanto mi vida como la que descubrí, de niño, en la pequeña mansión de Ptahotep, maestro de pintores, y su dulce esposa Kimba, maestra de matronas.

Fue allí donde, a requerimiento de la reina madre, recibí mis primeras clases de pintura y, después, las de práctica, perfeccionada día a día en la estrecha comunicación con el gran Ptahotep y sus ayudantes.

Por eso, al descubrir la muralla de ladrillo que encierra las casitas de los Servidores de la Verdad, caí de rodillas en señal de adoración y me froté el rostro con arena mientras irrumpía en un llanto incontenible.

—Amigo Senet —exclamé—, déjame llorar como un pobre idiota porque mi alma acaba de encontrar la alegría del origen. Deja que todo mi ser se regocije porque aquí, entre esos muros, descubrí mi vocación. Y en verdad te digo que nunca he vuelto a sentir un goce semejante ni volveré a sentirlo.

—Entonces llora, amigo mío, porque esta primera vez del arte en la vida del hombre es un segundo nacimiento y, por tanto, un don de los dioses. Y es cierto que el supremo milagro de la vocación es tan fuerte como el milagro de la vida, y más duradero y fértil que los espejismos del amor.

Y así debe de ser porque era un pedazo de amor frenético lo que yo estaba recobrando mientras corría por el terreno baldío con los brazos abiertos en señal de adoración, gritando contra los muros de la montaña el nombre de mi maestro.

—¡He vuelto, Ptahotep! ¡Despierta a todos los reyes! ¡Haz revivir todas las pinturas de esas tumbas porque quiero sentirlas otra vez!

La memoria volvió a ser mi mejor guía; nada más necesité para abrirme paso por las estrechas callejas que se forman entre las casas, todas iguales, todas como pequeños cubos de piedra tostándose bajo el ardiente sol. Pero como sea que en los dinteles de las puertas aparecían los símbolos representativos del oficio practicado por sus respectivos propietarios, no me fue difícil descubrir el que caracterizaba a Ptahotep: un hombre arrodillado que empuñaba un pincel con una mano mientras la otra acariciaba una vasija que representaba la pintura.

Pero, además, había una inscripción que me recordó al instante las supersticiones de la buena Kimba: se trataba de una cigüeña; y todo el mundo sabe que esta ave representa al amor filial, pues después de haber sido alimentada por sus padres nunca se separa de ellos y les presta sus cuidados en la vejez y hasta la muerte. Por todo ello dije a Senet:

—Al igual que esta amable cigüeña, un amor más antiguo que todos los siglos de la tierra me impulsa a regresar para devolver con lágrimas de agradecimiento el amor que recibí en esta casa.

También el interior respondía a un patrón único, repetido en todas las casas del poblado: una amplia sala que servía de comedor y dormitorio y desde la cual partía una escalera que bajaba a una cueva destinada a almacén de provisiones. Otra escalera subía a una azotea que comunicaba con las de los vecinos y donde se hacía vida por las noches en razón de las extremadas temperaturas de la zona.

Había también un vestíbulo presidido por un altar donde se veneraba al dios tutelar, que no siempre era el mismo pues las devociones variaban según el humor y disposición de la dueña de la casa y las necesidades de cada estación. Kimba era conocida por su amor hacia los gatos, a quienes los egipcios llaman «*mau*» a causa del raro sonido que emiten, y por esta razón el altar tutelar estaba presidido por la diosa Bastet, que desde la ciudad santa de Bubastis protege a aquellos felinos e intercede por el buen morir de quienes cuidan de ellos.

Cuando entramos en el vestíbulo descubrí a mi viejo maestro sentado de cuclillas frente al altar de la diosa gata. Tenía los ojos cerrados y las manos cruzadas sobre el pecho. En su plegaria pronunciaba una y otra vez la palabra «*mau*», por lo que comprendí que en aquella casa los gatos continuaban ocupando un lugar preponderante.

Pero, antes de entrar en averiguaciones, me dejé llevar por la emoción y, arrodillándome a su altura, tomé sus manos y dije:

—Abre los ojos y reconóceme, Ptahotep, servidor de la Verdad; reconóceme como a un hijo que vuelve. Yo soy el niño a quien llamaban Keftén en la Casa Dorada y a quien tú llamaste Chapuzas porque era inepto en mis dibujos y tosco y desmañado cuando mezclaba los colores. Pero has de saber que, gracias a tus enseñanzas, he sido respetado entre los hombres y, si bien es cierto que nunca he igualado tu arte, también lo es que he conseguido hacerme dueño del mío.

Mi maestro se limitaba a dirigirnos miradas vacías al tiempo que se lamentaba:

—Los dioses todavía demuestran piedad hacia los ancianos aunque ya nada tengamos que hacer en este mundo. Todavía son buenos los genios de la noche porque esparcen un polen de consuelo sobre la negra hiel de la tristeza. Bendito seas, Keftén, que vuelves a mi vida en días de luto. Porque has de saber que ha muerto nuestra gata preferida, y aunque todos nuestros vecinos han traído amuletos para su tumba y mis amigos los embalsamadores no han cobrado nada por preparar su cuerpo para la inmortalidad, lo cierto es que ni siquiera el cariño de la buena gente consuela de la falta de una gata que era única en todo. Así que déjame llorar a solas porque estoy hundido en el dolor, pese a que he comprobado la bondad de los vecinos.

Vimos que tenía las cejas afeitadas, como hacen los egipcios piadosos a la muerte de su gato oficial; y aunque es cierto que siempre tuve desprecio por los dioses, también lo es que guardo un gran respeto por aquellos que, al acatar sus decretos, se vuelven más humanos. Así que dije:

—Compartiré con gusto tu dolor, así como el de tu esposa Kimba cuyas bondades recuerdo con agrado. No puedo olvidar que, mientras tú me reñías por mis errores en el dibujo, ella me daba bajo mano dátiles y tortas de trigo endulzado.

Pero él seguía gimoteando:

—No podrás ver a la buena Kimba porque ha ido en peregrinación al santuario de Bubastis para enterrar convenientemente a nuestra amada gata. Y aunque yo propuse enterrarla en la Sede de la Belleza, junto a la tumba de alguna reina, para que así le aprovechasen sus tesoros, las vecinas convencieron a Kimba de que en ningún lugar está mejor una gata favorita que en el sacro solar de la diosa Bastet. Ella se ha dejado convencer y, así, se ha ido a Bubastis con esas mujerucas dejándome un poco inquieto, tengo que decirlo, porque ya se sabe lo que son ellas cuando van de enterramiento: vuelven borrachas porque una vez depositada la momia de la gata se detienen en todas las aldeas probando mostos nuevos como locas.

Empezó a contar historias de enterramientos de gatas, canes y hasta pájaros famosos, y era como si sólo le importase invocar una memoria que nosotros no podíamos alcanzar. Pero de repente detuvo sus lamentaciones y, aferrándose a mi brazo, exclamó:

—Pero ¿qué estoy diciendo? ¿Eres en verdad Chapuzas, mi demonio favorito entre todos los diablillos de aquel tiempo? Sin duda eres tú, mi bienamado, y yo te entretengo contándote historias de gatos y viejas beodas. A ti que todavía estás degustando los licores de la juventud.

—Ya se agotaron, maestro mío. Estoy en los umbrales de la madurez y en el desconcierto de tener que traspasarlos.

—La madurez es la adolescencia de la senectud, hijo mío. Desde los años viejos se ve tu edad como el principio de la vida porque todo cuanto vino antes no fue vida sino sueño. Por eso te digo que regresas en el momento en que yo hubiera querido conocerte, porque nunca como ahora te servirán tanto las cosas que aprendas. Bendito seas si, como dices, has aprovechado lo poco que yo sabía para hacerte más sabio de lo que yo fui. Bendito seas si haces que lo que yo sé no muera conmigo.

Hablamos de los viejos tiempos, que es el recurso más sobado cuando los nuevos asustan. Y, al observar a mi alrededor, vi que nada había cambiado en la vida de aquel hombre, como seguramente no habrían cambiado sus trabajos ni el camino que le llevaba a ellos. Recordé los senderos que conducían a las tumbas, serpenteando entre los riscos de la montaña, remontando las afiladas rocas que encerraban el gran templo de Hatsepsut y, después de un largo descenso, la abrupta hondonada a cuyo fondo se extendía el Valle de los Reyes. Y como sea que habría resultado extremadamente fatigoso efectuar ese camino dos veces por día se emplazaba un pequeño campamento a las puertas de la tumba en construcción, de manera que los artistas no volvían al poblado más que para conmemorar sus dos días de asueto. Pero entonces la ocasión era magna y se reunían las familias en las azoteas para enlazar la noche con el día y el vino corría alegremente por las piedras mientras allá a lo lejos, al otro lado del río, brillaban las mil luces de Tebas.

Todo este ritual seguiría formando parte de la vida de Ptahotep del mismo modo que no había cambiado ninguno de los objetos de su casa. Eran los mismos cotidianos objetos que durante generaciones han servido para sobrevivir en la aridez de la Montaña Sagrada: las vasijas de barro cocido, los cestos de mimbre, los arreos del asno que ayuda en la fatigosa tarea de transportar los cántaros hasta el río para recoger agua cada cinco días y almacenarla en la propia bodega o en el aljibe que servía para uso de toda la comunidad en previsión de tiempos de sequía.

Como siempre ocurre en una casa egipcia, el dueño sentíase en la obligación de mostrarse dadivoso haciéndonos partícipes de todo cuanto tenía, que no era poco pues, dentro de lo fatigoso de su existencia, los artesanos de Tebas siempre han estado muy bien retribuidos. Ptahotep disponíase a obsequiarnos con queso de cabra y fruta fresca; pero, al levantarse, tropezó y fue a dar contra uno de los escalones que subían a la azotea. Fue entonces cuando me di cuenta de que estaba casi ciego, aunque no fue necesario que yo lo comentase porque él mismo se apresuró a decirlo entre lamentaciones que me rompían el alma.

—No creas que es una torpeza propia de la edad, que son mis ojos inútiles. Tanto me he acostumbrado a trabajar en las entrañas de la tierra que ya no sé descifrar la luz del día.

Recordé las condiciones en que los hombres como él se movían en la larga vida del oficio. Yo mismo, cuando ya era más diestro y nadie osaba llamarme Chapuzas, había ayudado a Ptahotep en la decoración de la tumba de un mercader y, al cabo de varias horas de encierro en una cámara de la tercera galería, creí volverme loco. Porque eran más de ocho horas diarias pintando los detalles más diminutos bajo la única luz de una antorcha, con el aire oliendo a brea y a resina, y retumbando en los oídos el eco incesante, obsesivo de los picos de los obreros no especializados que abrían nuevas cámaras al otro lado de la nuestra.

—Todo se paga en esta vida —seguía diciendo Ptahotep—. Si hubiese trabajado en los campos, mis ojos se habrían solazado en la belleza de los días; pero ahora mi cuerpo estaría encorvado y mi piel reseca y llena de llagas. Como he sido yo quien creaba la belleza en las tinieblas, mi cuerpo está erguido como una palmera joven, pero mis ojos han pagado el tributo y están secos como un higo. ¡Si supieras las pinturas que he realizado desde que tú venías a ayudarme! Dioses, reyes, nobles, todos han pasado por mis manos, todos están en el vientre de esta montaña. Pero ya ves el precio: aunque todavía tengo el pulso firme y el pincel actúa como una caricia sobre el estuco, cada figura que he pintado ha ido restando fuerza a mis ojos y, así, mi visión ha cumplido antes de tiempo el plazo que tenía fijado sobre la tierra.

—¿No te ayudan tus hijos? —preguntó Senet—. Todos los artistas de la corte hacen elogios de los hijos de Ptahotep.

Al llegar a este punto, mi maestro levantó los brazos al cielo como una plañidera en los funerales de Tebas.

—¡Mis hijos, dices! Que los dioses los bendigan ya que no quieren devolvérmelos. Cinco hijos tuve, cinco tengo, a los cinco venero y a todos los echo de menos. Con razón los alaban en la corte. Escúchame bien, pequeño Chapuzas: no había entre los obreros de la necrópolis mejor equipo que el que yo formaba con mis cinco hijos. Cuando los nobles venían a visitar sus tumbas quedaban tan maravillados que nos cubrían de obsequios, y alguno llegó a regalarnos algún objeto de valor que guardaba para su vida eterna. Tan regalados estábamos que mi mujer ha podido hacerse un ajuar de reina para la tumba que nos estamos construyendo a la entrada del valle, concedida por el propio intendente Skimus a cambio de que le decoremos la suya, que está justo a la entrada del pueblo.

Senet, poco condescendiente con cualquier discurso que no fuese suyo, se apresuró a interrumpir al viejo preguntando a bocajarro:

—Abrevia, maestro: ¿qué se ha hecho de tus hijos? ¿Han muerto?

—No lo quieran los dioses. ¡Que antes me quiten a mí la vida y me la devuelvan cien veces para quitármela de nuevo! Están trabajando en la Ciudad del Sol. Allí están, sí, reclamados por el faraón como todos los jóvenes que aprendieron su arte en este poblado. Al brillo de la luz de Atón quedaron ciegos para todo lo que hasta entonces había sido nuestro arte. Más ciegos que yo, pues te repito que, en las entrañas de la tierra y con mis pinceles en la mano, todavía soy capaz de ver claro. Os lo demostraré si me lleváis a la tumba del visir Ramose...

—¿Y no ha de molestarle que la visitemos sin su permiso?

—¡Qué ha de molestarse si vive en la Ciudad del Sol! Como todos los nobles de Akenatón, se está construyendo allí una nueva tumba. Mis hijos trabajan en ella siguiendo los nuevos preceptos. Aquí sólo quedamos los de mi edad, velando por las amadas fórmulas de nuestros antepasados. Las que tú aprendiste, Keftén, hijo recobrado. Y en nombre de ellas, en nombre de lo que aprendimos, te digo que acaso no debamos desesperarnos; por mucha gente que se vaya a la Ciudad del Sol, siempre habrá muertos en Tebas. Los pocos que quedamos iremos cavando en la montaña hasta dejarla llena de hoyos de eternidad. Ya ves que no es la falta de trabajo lo que me preocupa. Si una tumba no es para Ramose, será para Najt o para Sennefer. Desgraciadamente siempre habrá más muertos que montaña.

—¿Qué te aflige entonces, Ptahotep? ¿Qué te hace llorar?

En vez de responder avanzó a trompicones hacia la puerta, y tuvimos que ayudarle a cruzar el dintel porque la luz del día le hirió con más fuerza de lo que seguramente esperaba. Tras conseguir que se apoyase en nuestros hombros, caminamos por las angostas callejas hasta atravesar la muralla donde nos esperaban Uftán y su carro.

A aquella hora, el poblado aparecía casi desierto porque los hombres estaban trabajando en las tumbas y las mujeres habían ido al valle a recoger comida para el ganado, o a la orilla del Nilo a proveerse de agua para los días que se anunciaban calurosos. No fuimos, pues, molestados por miradas impertinentes, sólo por el zumbido de las moscas devoradoras que corrían a pegarse a los ojos resecos de Ptahotep como si ya estuviese muerto. Y no diré yo que no lo estuviese en cierto modo, pues, conmocionado aún por el recuerdo de sus hijos, señalaba hacia una casa vecina a la suya y su respiración se entrecortaba como si fuese a fallarle.

—Mi mujer llora constantemente al ver la casa tan vacía, pero más lloro yo viendo la otra cerrada a cal y canto. Es ésa, la que tiene en la puerta los sellos de nuestra corporación. Allí vivían mis hijos, allí se criaron y aprendieron el oficio antes de que el dios del faraón se los llevase para siempre.

—Esto debiera enorgullecerte —dijo Senet en tono consolador—. Siempre se ha dicho que nada es tan placentero para un padre como enseñar su oficio a sus hijos para que lo transmitan de generación en generación.

—Así debería ser —gimoteó Ptahotep—, y así fue desde que el hombre empezó a enumerar las generaciones. Pero la experiencia de ayer ya no sirve para los hijos de hoy. Los cinco están haciendo nuevas formas que yo no consigo comprender. Por eso te digo que deberíamos tener valor para quitarnos de en medio al llegar a la vejez. Porque no hay nada más triste para el hombre que sobrevivir a su propio tiempo.

Así llegamos a las tumbas de los nobles, Pta-hotep montado en el carro de Uftán y nosotros siguiéndolos a pie sin gran esfuerzo ya que la distancia era corta y el lugar estaba muy concurrido por fieles de la antigua nobleza que venían a hacer compañía a sus difuntos. Pero tenía razón mi maestro en lo referente a las nuevas tumbas: habían sido abandonadas en plena construcción y nadie se ocupaba de acelerar sus trabajos porque creían que la corte nunca regresaría de la Ciudad del Sol.

Un centinela se prestó a acompañarnos con una antorcha mientras uno de sus compañeros recurría al sistema que utilizan los artesanos cuando trabajan en las primeras galerías de las tumbas: una plancha de metal que recibe de lleno la luz solar y proyecta su reflejo hacia el interior.

Por fin pudimos contemplar los relieves que tanto llenaban de orgullo a Ptahotep, aunque no los había pintado él sino un compañero muerto tiempo atrás. Y es cierto que sería difícil hallar una obra cincelada con tal primor ni artesano que los iluminase con tanta exquisitez, de manera que sentí el gusanillo de la envidia que siempre inspira la perfección a quienes nos hemos pasado la vida intentando alcanzarla.

Los relieves reproducían escenas arquetípicas que variaban entre el entierro de Ramose y los placeres que había conocido en su vida terrena. En ninguno de los dos casos me fue difícil reconocer el estilo que, durante generaciones, ha sido orgullo de los artistas tebanos y, al mismo tiempo, una facultad que siempre sorprende a los extranjeros: la destreza, específicamente egipcia, de llenar de alegría las tinieblas de la muerte. Y a fe que ninguna muerte era tan jovial como la de Ramose ni ninguna eternidad tan bien acompañada. Porque a un lado de la tumba se reproducía un elegante festín con damas muy parecidas a las que yo había conocido la noche anterior en casa de Senet. Y el relieve era de una época muy reciente porque todos los invitados vestían la moda impuesta por la corte de Akenatón, con sus abundantes pliegues y sus pelucas recargadas. Ante tanta belleza tuve que reconocer que el estilo clásico había alcanzado su perfección en las entrañas de la montaña tebana.

Quizá fuera cierto que Ptahotep veía a través de las tinieblas porque nos condujo directamente hacia el muro opuesto, donde otro artista, de talante muy distinto, había labrado unos relieves que diríanse la negación de los que acabábamos de admirar. Su trazo era violento, su expresión brutal y las fisonomías que reproducían tenían rasgos casi caricaturescos.

Allí estaban Akenatón y Nefertiti rodeados de sus hijitas en la adoración al disco solar. Allí estaba la santa forma cuyos rayos, terminados en manos, se posaban sobre la pareja real, que se encargaba de transmitirlos a sus súbditos. Era una ceremonia que destilaba una extraña paz, un cuadro familiar insólito en toda la iconografía de los grandes faraones; pero en su misma anomalía provocaba una inquietud extraña, un desconcierto que amenazaba con derrocar uno a uno los sagrados preceptos de la creación.

Senet me sonreía de manera misteriosa, como

si quisiera insinuarme que, al final de todas mis preguntas, sólo había respuestas sorprendentes.

En aquellos momentos sólo Ptahotep parecía tener alma para responder. Y al hacerlo no hacía sino recuperar el dolor que venía comunicándonos desde hacía rato:

—Escucha, Keftén: te hablo desde la agonía del arte que he cultivado. Cuando me pidan que pinte una nueva tumba seguiré el estilo antiguo al que tanto amo; y, por más que corra, nunca podré alcanzar a la gente nueva. Y esto me hace sentir viejo aunque mis dedos sean todavía ágiles al empuñar los pinceles. Esto es lo que me destruye, Keftén, no la ceguera.

Como sea que yo continuaba sumido en mis meditaciones, Senet me acarició el cráneo como suele hacerse con los amigos de infancia. Y, en un tono más dulce que de costumbre, comentó:

—Aprende esta lección ya que vas a encontrarte con tu hijo. Lo que él haga siempre irá más allá de lo que tú hiciste, porque así ha sido desde el origen de los tiempos.

Pero yo tenía una lección más urgente que aprender, y era la que se derivaba de aquellos relieves, la que emanaba de aquella escena familiar que en otro tiempo habría sido considerada herética por el clero de Amón. Y, una vez más, las formas del nuevo arte y los preceptos de la nueva religiosidad creaban en mi mente un torbellino extraño que me repelía y fascinaba a la vez.

Tras dejar a Ptahotep en la ciudad de los artesanos proseguimos nuestro camino por las estribaciones de la montaña hasta llegar a una zona ya desértica donde se levantaba la muralla de la Casa Dorada. Si bien estaba construida con adobe, su aspecto era imponente y anunciaba que en el interior se custodiaban los tesoros más excepcionales. Esto para los asombrados viajeros de todo el mundo. Para mí la muralla significaba mucho más: contenía la promesa de las únicas emociones que el tiempo no había conseguido arrebatarme.

Regresó entonces otro lejano pasaje de mi infancia, una borrosa remembranza de la época que precedió a mi llegada a Egipto. Resucitaron mis primeros años en Creta, en las estancias que mis padres ocupaban en el inmenso recinto del palacio real como otros miembros de la nobleza. Por esta condición, y por la atmósfera de inefable felicidad que imperaba en la isla, sólo ocupa mi memoria una plétora de imágenes excepcionales: la placidez de la vida cotidiana, el bucolismo de los paisajes, la alegría de las gentes, el júbilo de las grandes celebraciones y, por encima de todas las virtudes, una sólida impresión de paz. Recuerdo que, desde tiempo inmemorial, los grandes palacios carecían de murallas defensivas, tan impensable era que algún día tuviésemos que defendernos de cualquier violencia. Y, de pronto, todos mis recuerdos se pierden en una nebulosa donde confluyen la furia de los elementos y el fragor de una batalla. ¡Qué espantoso cataclismo en la memoria! Tajante como el hacha que simbolizaba nuestro poder, cayó sobre la isla un ejército extranjero compuesto por demonios más feroces que las bestias de las montañas. No recuerdo rostros, sólo yelmos gigantescos que prestaban al enemigo un aspecto monstruoso que bastaba para aterrorizar al contrincante. Así sorprendidos, los pacíficos cretenses vieron arder sus palacios y hasta la última choza de los fértiles campos. Fueron pasados a cuchillo los campesinos y decapitados nuestros mejores jóvenes mientras las doncellas eran arrastradas hacia una flota que se las llevó más allá de los mares.

Entre el fuego y las ruinas quedaron los cuerpos mutilados de mis padres y todos sus sirvientes.

Sería alguien cercano al rey quien decidió que yo debía sobrevivir a la matanza porque fui literalmente arrojado a una nave llena de nobles que zarpaba del sur de la isla hacia la peligrosa región de los inmensos laberintos acuáticos. Y recuerdo el envite de olas feroces y el barco zarandeándose a causa de los infinitos remolinos que arrancan del fondo del mar en una tromba que sube a unirse con los truenos del cielo. Pasado ya el peligro, divisamos las costas de Egipto, una lengua dorada que nos condujo a las dunas del desierto y, después, a las plácidas rutas del Nilo, donde los barcos parecen avanzar sobre espejos desplegados. Y es eso tan cierto que, aunque llevasen a la muerte, ésta acontecería siempre al ritmo exacto de un ensueño.

Así fuimos descendiendo hasta Tebas, en cuyo palacio fui bien recibido porque, según me contaron después las mujeres del serrallo, el faraón Amenhotep y mi padre, Gresos, habían sido grandes amigos en otro tiempo.

En su calidad de embajador, Gresos era el encargado de entregar al faraón los tributos de amistad que, cada año, marcaban las buenas relaciones entre nuestros países respectivos. Pero, aunque ejercía con gran placer ese oficio que tiende a establecer lazos de amistad entre los hombres, Gresos era hombre muy enérgico, siempre ansioso de desahogar mediante la acción las fuerzas que le sobraban en sus tranquilas asambleas con los poderosos de la tierra. Hasta tal punto es así que, de joven, había bailado sobre los cuernos del toro en el teatro del palacio real.

Pese a que mi padre ya no tenía la agilidad de la primera juventud, su fuerza seguía siendo portentosa, de modo que despertó la admiración de algunas damas, amén de la complicidad del faraón, que quiso tenerlo como compañero en algunas actividades deportivas. Como sea que éstas abundaban en Tebas, Gresos se acostumbró a prolongar sus estancias más tiempo del que requerían los asuntos de estado y lo que aconsejaban sus asuntos en otras naciones.

Se le vio como participante habitual en la caza del hipopótamo, persiguiendo leones en las montañas del desierto, domando bueyes bravos en las granjas de la orilla y derribando a veces al propio faraón en la lucha cuerpo a cuerpo.

Éstas fueron las gestas de mi padre, Gresos, en suelo egipcio, además de algunos lances de serrallo que mis nodrizas no me contaron, ya sea por prudencia, ya porque más de una sucumbió en secreto a los ardores que siempre despierta un cretense. Tanta animación, tanta fuerza y tanto encanto hicieron que Gresos fuese el más querido de cuantos embajadores tuvimos en aquellas tierras. Y aunque poco sabía de su fama cuando mis salvadores me llevaron a la Casa Dorada, no se me escapaba que estaba entre los privilegiados pues, a pesar de mi corta edad, Amenhotep me recibió en el gran salón del trono, reservado a las grandes personalidades, y cantó las alabanzas de mi padre en el tono elegiaco que suele dedicarse a los difuntos. Y después me contaron mis acompañantes que no había en aquel discurso el menor asomo de lisonja porque Amenhotep había amado realmente a mi padre y su muerte era para él como la de un hermano.

Aunque me habían aconsejado que no osara levantar los ojos hasta que el faraón dejase de hablar, mi natural inexperiencia me llevó directamente a la curiosidad. Como sabía de memoria las gestas de mi padre, desvié la vista hacia el trono vecino y descubrí el rostro de mujer más extraño que había visto en mi vida: el de la reina Tii, escondido bajo la máscara del ceremonial y, por tanto, inexpresivo. Sin embargo, esta inexpresividad no escondía los aspectos más determinantes de un carácter que aprendí a conocer, a temer y finalmente a admirar: tenía la cabeza pequeña, muy redonda, como la de una muñeca de trapo de las que los niños egipcios hacen en sus casas para venderlas por las calles a los forasteros incautos. Aquella pequeñez encajaba también con la del cuerpo, que parecía desaparecer bajo la coraza de oro laminado que la cubría, asemejándola a la diosa Isis. Tanta pequeñez era, sin embargo, engañosa, porque las facciones eran duras y afiladas y las manos, que se cerraban sobre los cetros del poder, parecían dos poderosas garras de águila real. Pero lo que más me asombraba era la piel, delicada y exquisita, de un tono tan oscuro que se confundía con los soldados de su guardia personal, formada por vigorosos etíopes de piel negra.

Todo eso recordaba el día de mi regreso mientras los guardias amigos de Senet nos abrían las enormes puertas que daban acceso al recinto principal.

Ahí estaba el palacio tal como yo lo recordaba: dorado bajo el oro del sol, bronco ante la austeridad del desierto, rodeado por unos jardines tan vastos que se necesitaba un día para recorrerlos y varias lunas para disfrutarlos. Decían de ellos que sólo tenían precedente en los que, varias generaciones antes, había hecho edificar Hatsepsut a los pies de su templo funerario. Precisamente en uno de sus muros se narra la famosa historia de la expedición al país de Punt, y sus relieves muestran, debidamente catalogadas, las especies de plantas y animales que trajeron consigo los expedicionarios para asombro de los egipcios, que nunca habían visto cosa parecida.

Del mismo modo que la reina inmortal había hecho traer animales exóticos y plantas desconocidas, así el gran Amenhotep mandó buscar en los países que le rendían tributo las especies más raras en sus formatos más opulentos. A las acacias, palmeras y tamarindos, tan habituales en Egipto, añadió los preciados cedros del Líbano, las encinas perfumadas de Tiro, el fresno procedente de los países bañados por el mar, los robles que crecen en la nación de los hititas... Tan variada era aquella floresta que todo aquel que quería ponderarla decía que sus especies llenaban de envidia a los carpinteros que trabajan para los ricos, pues con esas maderas se fabrican los preciados muebles que tanto nos deslumbran en los palacios de la gente principal y en sus mansiones de eternidad.

En medio de tan milagrosa exuberancia serpenteaba el lago que el faraón había hecho construir para que se pasease en barca de oro su reina bienamada. Era como un Nilo artificial abierto en las áridas tierras donde el Nilo no alcanza, y su compleja construcción despertó el asombro de los expertos, del mismo modo que el lento avance de la nave de Tii por las aguas encalmadas maravillaba a quienes la observábamos cada mañana desde los sicómoros de la orilla. No sólo era un espectáculo de suntuosidad inigualable, sino un exquisito exponente del refinamiento que la vida había alcanzado en la corte de mi protector.

¡Deliciosas trampas de la memoria! Con la lenta majestad de un cisne avanza esa nave conducida por remeros negros vestidos de oro reluciente. Remos igualmente dorados quiebran la paz de las aguas interrumpiendo la quietud de los nenúfares. La brisa mueve las livianas cortinas que cuelgan de un baldaquino de marfil a cuya sombra Tii se solaza escuchando a sus arpistas o atendiendo los menores caprichos del faraón, si éste ha encontrado tiempo para acompañarla. Y con la música, que va creando sinuosas imágenes en el espacio, llega hasta mí el delicado crujir de las túnicas de las doncellas, el evanescente susurro de los grandes abanicos y hasta el bostezo de los galgos blancos que dormitan a los pies de la reina.

Toda esa belleza había conocido en mi infancia y toda esperaba recobrarla ahora; pero el jardín ofrecía un aspecto desolado porque la tempestad del día anterior había inundado los parterres y el granizo había cortado los tallos de las flores más hermosas. Y los senderos, antes limpios, confundíanse con la maleza y las hojas podridas que caían a montones de los árboles, de manera que, antes que el esplendor de Egipto, encontré una de esas imágenes tristes que se producen en Creta cuando la estación de los calores toca a su fin y el cielo se cubre de nubes negras y los montañeses buscan pieles de cabra para abrigarse.

En medio de aquella desolación, Senet se limitaba a repetir por lo bajo:

—Es mal asunto ese encuentro entre dos reinas. Muy mal asunto.

Yo sólo pensaba en los lugares donde había sido feliz, los espacios donde fantasmas ayer amados podían reencarnarse. Y no sólo los difuntos, benditas almas huidas para siempre, sino aquellos seres que, aun estando vivos, ya no podían ser como yo los había conocido.

Nos condujeron al salón del trono, el mismo que me había recibido tantos años atrás. La reina madre obedecía así las reglas del protocolo y, acatándolas hasta el final, no permitió que sus emociones la traicionasen. Fue el suyo un saludo cortés, una sonrisa de aproximación que recordaba la del gran Amenhotep cuando se complacía en distinguir con una muestra de afecto a algún embajador de lejanas tierras que formaba parte del grupo de enviados oficiales en cualquier celebración de gala. Y con aquella sonrisa furtiva y lejana, los grandes reyes hacían evidente que tenían corazón, aunque no fuese de buen tono demostrarlo en público.

Pocos testigos hubo en aquel encuentro con mi pasado: bajo el baldaquino real, la gran Tii acompañada de cuatro de sus damas; junto a ellas, el gran chambelán, encargado de anunciar en voz alta los principales atributos de los visitantes; a los pies de los tres peldaños de oro que nos separaban del trono, Senet y yo, de rodillas, porque las reformas introducidas en el protocolo de Akenatón no contaban en aquel salón donde el poder tenía la edad de los milenios.

Cuando el chambelán se disponía a iniciar su discurso, la gran Tii dio un leve bastonazo en el suelo y con su voz seca y ronca, que yo recordaba muy bien, ordenó:

—No empieces a recitar títulos porque sé que este cretense no tiene ninguno, salvo los que le otorga mi afecto. Y tú, Keftén, hijo, acércate un poco más porque los años me han vuelto sorda y no puedo oír los latidos de tu corazón.

Obedecí sus órdenes, tan suaves en realidad que se limitaban a ser un deseo. Pero al recibir en mi estómago un codazo amistoso comprendí que su ascendente popular no había desaparecido completamente pese a tantos años de reinado.

—La proximidad es buena consejera —añadió con una sonrisa—. Ahora sí; ahora puedo percibir que tu corazón palpita como el mío; y en esto veo que somos de la misma ley porque no has olvidado que en esta casa fuiste muy querido y yo nunca olvidaré que te quise mucho... —De pronto su sonrisa se torció y su tono se hizo ligeramente severo—: Pero debo reprenderte. Me han llegado muy malos informes de ti, y esto me incomoda porque esperaba que llegases precedido por nubes de gloria.

—Tu servicio de información es muy rápido y, por lo que veo, de gran alcance. ¿Te han contado que tuve unas pendencias en Babilonia?

—¿Y a mí qué me importa Babilonia? Demasiados desiertos entre sus ríos y el nuestro. Es aquí mismo, en la corte, donde una noble dama ha echado cizaña sobre tu nombre. Es una tal Nofret a quien anoche pusiste en ridículo ante ilustres tebanos. Francamente, me molesta que una atolondrada venga a despertarme diciendo de buenas a primeras: «Cuídate en tu audiencia de hoy porque el hombre que viene a verte tiene el alma negra y es cruel con las mujeres.» ¿Es que Senet no te advirtió de los peligros de rechazar a una hembra que empieza a tener los ríos secos? Dale placer, hijo mío, y que no me complique la vida. Dáselo no bien termines conmigo porque a las perras, cuando están calientes, conviene calmarlas lo antes posible. Y ahora acompáñame a mis estancias. Desde que mi hijo se fue a la Ciudad del Sol este salón sólo sirve para que jueguen los niños de los criados.

Recordé que en otro tiempo era el único rincón donde no se nos permitía entrar, exceptuando los días de las grandes conmemoraciones religiosas. Recordaba, de aquella época, los singulares despliegues de suntuosidad, las evanescentes túnicas de las sacerdotisas, las pieles de leopardo sobre los hombros de los sacerdotes, el deslumbrante bruñido de las corazas de los soldados, el variopinto vestuario de los embajadores extranjeros... y, por encima de todas las cabezas, el despliegue de enormes abanicos y el delicioso fluctuar del incienso. Recordaba todo aquel esplendor, sí, pero en su lugar sólo encontraba gigantescas columnas, testigos del silencio, apenas iluminadas por una penumbra incierta y enormes mosaicos que no habían sido pisados desde hacía muchos años.

Y ella. La gran madre. La suprema mandona. La incomparable dominatriz. ¿Qué quedaba de esa imagen antaño potente? Sólo una figura encogida, una espalda encorvada, unas manitas huesudas apoyadas en el bastón de oro que había sido del faraón, como tantas otras cosas que seguían pregonando por doquier la omnipresencia de aquel gran hombre. Una sombra acaso que planeaba sobre aquella anciana protegiéndola con un amor que llegaba desde más allá de la muerte. Porque ella había sido la más amada y estoy seguro que amó a su vez con veneración.

Así llegamos a sus estancias privadas, que eran muy austeras, como corresponde a esa edad de la vida en que a un egipcio le preocupa más amueblar su tumba para la eternidad que adornar las habitaciones de su vida provisional. Pero entre los objetos que nos rodeaban descubrí muchas imágenes que reproducían a Akenatón y Nefertiti adorando al sol, así como diminutas esculturas sobre el mismo tema. Y en un rincón, presidiéndolo todo, una escultura del gran Amenhotep hecha en el estilo antiguo, ese que reproducía a los reyes como los creyentes los imaginaban y no como fueron en realidad.

Pero ¿qué es la realidad cuando el recuerdo se obstina en vencer a la muerte? Éste era el supremo mensaje del pueblo que me había educado: la lucha permanente contra el olvido, la encarnizada batalla contra la fugacidad de las cosas y los decretos fatales del tiempo. Y, seguramente, ese espíritu combativo se me había contagiado porque desde mi llegada yo no hacía más que preservar desesperadamente los momentos más dulces de mi vida sobre la tierra.

La primera entre todas las combatientes, la gran Tii, trataba de acomodarse en un asiento de oro al que una de sus doncellas había añadido varios almohadones mientras otra le levantaba las piernas para depositarlas sobre un escabel que reproducía, una vez más, los símbolos de la religión atoniana: el disco solar del que surgían multitud de manos benefactoras.

Mientras otra dama nos servía una bebida de jugo de granada, la reina tuvo el detalle de recordarme que era éste el refresco que nos gustaba a los niños de palacio. Y volvió a citarlos a todos, uno a uno, mientras Senet, en un rincón, parecía destilar una lágrima.

La gran Tii volvió a dar muestras de su antigua energía al indicar a su amado escriba que le tenía demasiado visto y no iba a tolerar su presencia en aquel encuentro conmigo que tanto había deseado, de manera que le despidió con esa grosería que sólo puede producir la confianza y sólo por el afecto se disculpa.

Mientras Senet salía de la estancia a regañadientes volví a mirarla a ella, que había sido la más poderosa. Recordé sus facciones: rectas, afiladas, seguras y ciertas, perfectamente equilibradas en un rostro diminuto como un camafeo. Pero era aquella pequeñez la que solía hechizar a todos cuantos la trataban, porque era como si el más diminuto de los duendes del Nilo se hubiese cruzado con una horda de gigantes para dar al mundo aquel producto asombroso.

Tuvo todos los dones necesarios para que un rey se fijase en ella; pero, con el tiempo, sus rasgos se habían acentuado, y ahora era como las mujeres que tejen cestos de mimbre a las puertas de las cabañas de Nubia. Y, aunque el poder de la mirada seguía intacto y las manos no soltarían jamás ninguna presa, la piel se había vuelto rugosa y áspera como un pergamino puesto a secar al sol del desierto. Yo intenté aliviar tanta sequedad improvisando uno de esos elogios que hasta las viejas agradecen; o ellas más que nadie porque son quienes más los necesitan. Pero mi retahíla de cumplidos recibió por respuesta un gesto de rechazo:

—¡Qué tonterías dices, Keftén! ¿Tanto te ha cambiado Creta? ¿Te han enseñado sus mujeres el arte de la lisonja o sus hombres las malas artes del embuste, que para el caso es lo mismo? Elogias mi aspecto cuando ya ni siquiera puede ofrecer una sombra de sí mismo. Me hablas de belleza cuando tengo que buscarla en las cosas para recordar si algún día tuve algo parecido. Y quisiera romper todos los espejos, pero no se dejan porque su metal es tan duro como las verdades del tiempo.

Así supe que los años también habían corroído su alma, que su probada fortaleza no servía para esconderle el drama que afecta a todo ser humano. Y, como si no quisiera saber nada del mío, se interesó únicamente por el efecto de mi regreso a las tierras del Nilo sin preocuparse de caminos anteriores. Entonces le conté lo que había hecho desde mi llegada y le expuse vivamente mis ansias de reanudar los paseos por Tebas y sentir los olores inconfundibles de las casas de comidas junto al Nilo y sorprenderme con el vuelo del ibis entre los cañaverales.

Pero ella cortó mi ensoñación comentando en tono agrio:

—Esa Tebas ya no es lo que fue. Te lo digo yo, que viví sus días y supe de la alegría de sus noches. Y lo mismo te dirán en Menfis. Sólo el general Horemheb mantiene su fidelidad, supongo que porque nació cerca de allí; de otro modo, ¿quién se construiría un palacio en un lugar moribundo?

Fue la primera vez que oí el nombre de Horemheb. Ignoraba entonces su poder y su importancia, de manera que no me importaba en absoluto donde edificase su palacio o su primera tumba (que sería en Menfis, como supe después). Aquella mañana dejé que Tii supliese mi ignorancia con sus lamentaciones por el esplendor perdido.

—Y eso que Menfis fue grande entre las ciudades y ningún egipcio piadoso dejaba de visitarla, aunque sólo fuese para estar a buenas con el dios Ptah, que todo lo podía en aquellos tiempos. Ahora sólo sirve como centro administrativo, y aun si se lo permiten los oficiales de la Ciudad del Sol.

—Me dicen que Egipto ha cambiado mucho —comenté con apatía—; pero, la verdad, no creí que fuese tanto.

—No lo era cuando mi hijo empezó a reinar. En aquella época todavía se molestaba en seguir los consejos de su padre. Tanta prudencia duró lo que un suspiro. Ahora sólo piensa en la Ciudad del Sol y es como si no existiesen otras ciudades en Egipto ni otros habitantes que esos jovenzuelos afeminados que pululan por sus calles coronados con guirnaldas de flores y entonando cantos de paz.

Escuchando aquellas palabras temí que el gran cisma que conmovía a Egipto hubiese alcanzado a la Casa Dorada; seguramente, la gran Tii adivinó mis pensamientos porque se apresuró a añadir:

—Una madre debe hablar bien de su hijo aunque no tenga motivos para hacerlo. Pero yo los tengo, Keftén, porque, si bien es cierto que Akenatón está loco, es preferible su locura a la mediocridad de otros reyes. Lo que ha hecho en la Ciudad del Sol desafía a la imaginación: nunca se vio una ciudad tan bella, ninguna donde la vida sea tan grata. Es una ciudad de luz, puesto que la luz la ha inspirado; y lo más sorprendente es que en su disposición reina un orden como jamás se había visto en el mundo. Pero no sé yo si es sensato desnudar a un dios para vestir a otro. Y mi hijo ha desnudado a dos mil para llenar de púrpura a su dios único... —De repente se interrumpió y, dirigiéndome una de sus miradas más incisivas, añadió—: Es cierto que antes sangraban a Egipto los sacerdotes de Amón, pero ahora el nuevo culto nos sangra doblemente. Mi hijo ha inventado una nueva raza de mantenidos: los artistas. Si exceptúas a los burócratas, son los que más han sabido aprovecharse de la nueva situación.

—Pues me congratulo porque yo pertenezco a esa raza.

—Bastante lo sé. Algunas de mis doncellas guardan sus afeites en esas vasijas que tú decoras. Nos llegan cada año con vuestros tributos. Y aunque reconozco que son bellas, no las tendría en mi tocador por nada del mundo porque me asustan esos peces gigantes y esa criatura con cientos de patas que parecen hechas para estrangularnos.

—Son las bestias del mar, gran madre. Y, puesto que todo artista pinta lo que tiene cerca, yo he pintado a los sonrientes delfines, que aseguran las travesías de nuestros navegantes, y al pulpo de grandes tentáculos, que alegra las mesas en los festines del rey de Creta.

—Guárdenos Atón de esos monstruos y líbrenos más aún de las profundidades donde habitan. No me vengas con misterios lejanos; bastante tengo con los de mi casa. Y está en mi voluntad arreglarlos porque, como te he dicho, quiero a mi hijo y, pese a lo que murmuren los ociosos, no detesto *completamente* a Nefertiti.

—No recuerdo que la detestases cuando era niña. ¿Por qué ibas a hacerlo ahora?

Se echó a reír como si acabase de hacerme caer en una trampa.

—Podría detestarla porque ocupa mi lugar por segunda vez. Primero como concubina de mi esposo; ahora como madre de mi propio hijo. Podría aborrecerla porque su comportamiento no es el que conviene a una reina de Egipto. No se limita a hacer cosas propias de hombre; además ha usurpado la función del faraón haciéndose representar con el casco de guerra y aplastando con el puño a un montón de enemigos extranjeros. ¡Eso mientras mi hijo está hablando de paz a todas las naciones! ¿Cuándo se vio cosa igual en una reina? Pues bien: pese a tantas salidas de tono, ni la aborrezco ni la detesto, y ella lo sabe. Pero es probable que a partir de hoy la tenga como enemiga porque he sido encargada de comunicarle un mensaje que no ha de gustarle. Y, al mismo tiempo, ella ha roto su aislamiento en la Ciudad del Sol para venir a reprenderme severamente, según me han contado mis espías. —Se inclinó para susurrarme al oído—: No le gusta que yo siga manteniendo amistad con los sacerdotes de Amón. Lo ha dicho en público. ¡Descarada! Esto es algo que ni siquiera mi hijo se ha atrevido a reprocharme. Y, ahora, de tú a tú: ella es más fanática que el propio Akenatón. De todos modos no sé si dejará de serlo después de lo que tengo que comunicarle.

—Según lo que he oído contar es lógico que en la Ciudad del Sol no vean con buenos ojos al clero enemigo. Y tú misma deberías recordar que en otro tiempo sus sacerdotes te hacían objeto de su desprecio. O así se contaba en los rincones de palacio.

—¡Cuidado, Keftén! No admito reproches que

yo no me haya hecho antes. He sido reina y conozco el paño. Mi hijo me manda mensajeros a escondidas de Nefertiti, y lo hace porque sabe que puedo aconsejarle. Pero la prudencia de quien ha reinado tiene que ser anterior a todo consejo. Yo llegué al harén real protegida por un esposo que me adoraba. Esto me valió la enemistad de las otras esposas, hasta que tuvieron que darse por vencidas y comprendieron que yo llevaba en mi frente la promesa del amor de un príncipe... un gran amor, por añadidura. Pero no creas que era la enemistad de aquellas arpías lo peor que me esperaba. Como tú bien dices, estaban los sacerdotes de Amón. ¡Cerdos sebosos! En un principio creí que me detestaban porque no era de sangre real; después me aborrecieron porque ejercía demasiada influencia sobre el faraón. Llegaron a decir que le había hechizado con malas artes. Todo este odio es cierto pero, del mismo modo que antes me rehuían, ahora me buscan como las moscas a la miel, mejor dicho, como los buitres a la carroña, porque no se me escapa que tengo un pie en este palacio y otro en la tumba.

—Esto no debiera preocuparte. A buen seguro tendrás una hermosa eternidad.

—No me vengas con monsergas. Dicen que la vida eterna es la perfección y que si conseguimos pasar el tribunal de Osiris se entra en la gloria; pero lo cierto es que como en la propia casa no se está en ninguna parte, y mi casa es este palacio. Llevo demasiado tiempo en él para pertenecer a otro sitio. Yo soy este palacio y todas sus sombras, Keftén. Pero, a lo que íbamos: no te extrañe si te cuentan que la reina madre y el sumo sacerdote de Amón pasean juntos cada tarde. Mientras Akenatón y Nefertiti se dedican a soñar entre los jardines de su ciudad, alguien tiene que tocar con los pies en el suelo. Cuando era hermosa tuve que aprender a ser astuta, cuando ya era poderosa quise ser sabia. Ahora sólo aspiro a ser prudente. Y hay una cosa que desde siempre han dicho los profetas: cuando andan dioses de por medio, el sabio debe tomar precauciones.

—En este caso anda de por medio un solo dios.

—Que ya es bastante, te lo aseguro. Todos los demás no son bien recibidos en la Ciudad del Sol, y no estoy segura de que su venganza no nos aceche... —Volvió a mirar a su alrededor y, viendo que seguíamos solos, me tendió la mano en señal de súplica—. Ayúdame a levantarme porque las primeras víctimas del furor divino han sido estas piernas mías. Cierto que, después de descansarlas, todavía consigo jugar a pelota con mis damas; pero dentro de poco no me quedará siquiera ese consuelo.

Se dirigió a la escultura del gran Amenhotep y, con la punta del bastón, señaló unas inscripciones formuladas en la base. Entre los jeroglíficos habituales del protocolo real aparecía, inconfundible, el disco con sus brazos benefactores. Y al ver aquella imagen extraída de las reproducciones de Akenatón y Nefertiti, mi mente se vio sacudida por un recuerdo muy anterior, un recuerdo que la gran madre se apresuró a confirmar con voz rotunda:

—Como puedes ver, mi hijo no ha inventado nada. El gran Amenhotep y yo misma rendíamos culto al sol antes de que él naciese. ¿Recuerdas el jardín donde solíais jugar?

—No he recordado otra cosa en todos esos años, pero sólo ahora se perfila la imagen de lo que sin duda quieres recordar...

—El pequeño templo que se levantaba al final de la alameda. Recuerdas sin duda que, desde allí, el sol presidía nuestras vidas. Los sacerdotes de Amón me hacían culpable de la devoción de mi esposo. ¡No es cierto! El sol reinaba en el alma egipcia mucho antes de que naciésemos todos nosotros, pero los malditos sacerdotes de Amón no veían con buenos ojos que ese dios prosperase. Era su poder el que estaba en juego: un poder que amenazaba con superar al del trono. ¿Crees que mi esposo no pensó en aplastarlo? Pero supo contenerse porque era más cauto que Akenatón. Mantuvo al clero de Amón a raya mientras seguía cultivando su sueño religioso.

—Tal vez tuviese miedo.

—Pudiera ser —dijo ella, pensativa. Y al cabo de unos instantes añadió—: El clero de Amón es temible. Mucho más de lo que cree la gente. Y yo ya estoy cansada, Keftén, muy cansada, pues debo velar para que se respete el sueño de mi esposo y, al mismo tiempo, se cumpla el de mi hijo, y procurar que ninguno de los dos perjudique a Egipto como lo están perjudicando ahora. Si a esto añades que mi nuera me ha salido respondona, comprenderás que no esté de humor para nada. Tengo que recibirla y sé que la entrevista será ingrata. Nada de lo que tengo que decirle, y nada de cuanto voy a escuchar de sus labios, me complace como mujer ni como reina. Pero esto no evitará que vaya a hacer mi paseo diario por los jardines y juegue a la pelota con mis damas, porque es cierto que, haya mil dioses o uno solo, el cuerpo debe seguir adelante y responder con donaire a los achaques que plantea el alma. Y hablando de achaques: aplaca tú los de esa insensata de Nofret para que no siga importunándome. Es un sexo hambriento. Cólmalo y, como ella fue adoratriz de Amón, igual recibes bendiciones que a la familia real le están negadas.

Me disponía a salir de la estancia cuando me detuvo con un ademán cariñoso y una sonrisa de complicidad:

—Mis espías favoritos me han contado que ya has visto a Nefertiti. —Yo asentí con la cabeza. Ella añadió—: ¿Sigue siendo tan bella?

—Mucho —murmuré—. Para serte sincero, nunca vi belleza igual. Y te aseguro que he visto muchas.

—¿No te habrás enamorado de ella tan pronto? Si es así, no hace falta que te excuses. Todos los artistas caen rendidos a sus pies. Seguramente por eso la sacan tan favorecida en los retratos. Entre nosotros: dicen que ha perdido mucho con la edad, que ya no es lo que fue. Hay quien habla incluso de papada.

Me hizo gracia aquel gesto de coquetería que, sin embargo, llegaba demasiado tarde porque ponía desprestigio en terrenos donde ella ya no tenía nada que abonar. Pero fue un buen pretexto para que nos despidiésemos con una sonrisa de complicidad y yo pudiese creer, como el resto de la gente, que las dos reinas de Egipto se amaban tiernamente en nombre de Akenatón.

116

Pero tales sutilezas no fueron apreciadas por Senet, que me estaba esperando en el salón de las audiencias, sentado sin la menor consideración en un pequeño trono que en otro tiempo había servido de asiento a los príncipes reales. Y aunque estaba francamente gracioso, con una pierna encima de la otra y la túnica ligeramente levantada, la preocupación seguía reflejada en su rostro. Y no cesaba de repetir:

—¡Qué mala espina me da ese encuentro entre dos reinas! ¡Cuántos presagios funestos!

—No debes preocuparte —dije yo, indiferente—. Podrás enterarte antes que nadie puesto que debes registrar la conversación.

—Han prescindido de mí y de todos los demás escribas. Por eso te digo que tanto secreteo no puede traer nada bueno. ¡Cómo será lo que tienen que decirse que renuncian a que sus palabras queden escritas para la eternidad!

Yo pensé que de la eternidad se ríen los monarcas, pues tienen la urgencia como norma y la inmediatez como necesidad. Y estaba a punto de comentarlo en voz alta, para disipar los temores de mi amigo, cuando se nos acercó una doncella vestida con la túnica transparente que era moda en la Ciudad del Sol. Como además sostenía una palma dorada, comprendí que ejercía algún cargo en la cámara real. Y ella lo confirmó con sus palabras, que eran, por cierto, altaneras y soberbias:

—Sin duda eres Keftén, el cretense, porque nadie se atrevería a exhibirse con esas greñas sin ser tomado por un bufón de plaza pública. —Yo estaba a punto de contestarle de modo improcedente, pero ella continuó su discurso prescindiendo de mis reacciones—. Yo soy Amesis, doncella personal de Nefertiti. Ella me ha dicho: «Transmite a Keftén, mi hermano de sangre, un mensaje que sólo él debe oír. Dile así: Una dama de la corte, llamada Nofret, se ha anticipado al protocolo de mi llegada viniéndome a hablar mal de ti. Ha echado cieno sobre tu nombre y ha complicado en ello a la casa real. Te ruego que le des satisfacción porque bastantes problemas tiene el trono de Egipto como para que venga a aumentarlos un extranjero. Queda en la paz de Atón hasta que pueda recibirte. Que será después de cumplir yo con la gran madre y tú con la ultrajada.» Esto ha dicho la reina. Y yo, conociéndola bien, añado que, de cuanto hagas por la insensata Nofret, no tienes que informar al trono.

Observé que me dirigía una mirada llena de intención, y no precisamente amable. Por eso pensé que me consideraba a la altura de un esclavo destinado a dar satisfacción a sus amas ardientes o, peor aún, uno de esos perros diminutos que utilizan las viudas para calentarse el sexo en las largas noches de soledad.

—¿Dónde se encuentra la dama en estos momentos? —pregunté ante la mirada divertida de Senet.

—Estará haciendo tonterías, como suele —dijo la doncella sin variar en absoluto su expresión hostil—. La encontrarás tañendo el arpa o escuchando poesías amorosas. Espero que lo que tengas a bien concederle aporte un poco de interés a su mediocre existencia. Desde que se han quedado sin trabajo, esas adoratrices de Amón tienen que entretenerse en algo. Déjale, pues, que juegue con tus tirabuzones y los retuerza hasta hacerte daño.

Se prestó a acompañarme a las estancias que en otro tiempo pertenecieron al harén real. Como sea que las esposas y los niños habían sido trasladados a la Ciudad del Sol, con el resto de la corte, sólo quedaban las damas destinadas al servicio personal de la gran madre.

Al verme llegar, Nofret despidió violentamente a sus compañeras y, una vez a solas conmigo, se puso en jarras y empezó a llenarme de insultos. Pero todos se reducían a que yo la había rechazado en público, lo cual no sólo era una ofensa para ella sino especialmente para su marido, que quedaba ante los ojos de la sociedad como un hombre atado a una mujer digna de desprecio. Ante tamaña muestra de cinismo opté por cortarla gritando a viva voz; pero, viendo que mi furia no la aplacaba, decidí mostrarme suave y complaciente, como al fin y al cabo se me pedía desde las más altas instancias del poder:

—Escucha, Nofret: sé que has hablado en contra mía porque desprecié tus senos, y ahora comprendo que hice mal porque era mucho lo que me ofrecías y no supe apreciarlo. Por esto te digo que morderé tus pezones con más avidez que un recién nacido sediento; pero, ya que me desafías, también te diré que sólo con este néctar no se satisface a un hombre maduro cuya experiencia va mucho más allá de tu deseo.

Ella me miró con expresión sorprendida, como si un genio libidinoso se dispusiera a atentar contra su ya remota virginidad.

—Cuidado, cretense, no debes traspasar más

umbrales que los que yo he decidido abrirte. Has de saber que soy adoratriz de Amón y, por añadidura, mujer casada con un noble varón que se hace respetar y ejerce un cargo de altura en este palacio. Por tanto no debes acercarte siquiera al lugar de mi cuerpo donde él pudiera encontrar mayor ofensa.

—Tú has querido que no encuentre umbrales cerrados a mi deseo. Si lo has despertado, ¿qué culpa tengo yo? Hasta ahora me acusabas de haberte dejado en mal lugar; ahora debes conseguir que no quede yo en lugar peor. Porque si no llego donde debe llegar un buen amante, todos dirán que mi virilidad está averiada y pasaré mayor vergüenza de la que tú has pasado por mi rechazo de ayer.

Me arrojé sobre su cuerpo sin darle tiempo a reaccionar y lamí sus pezones con deleite y fruición aunque ya no supiesen a miel. Gemía ella de placer, y he de decir que yo mismo llegué a experimentarlo plenamente, de manera que mi lengua fue descendiendo hasta su vientre y allí mordí con avidez tal que gritó de gozo invocando a la diosa del amor y a todos sus acólitos. Noté que era diestra como Nellifer, aunque no tan cálida, y por eso no le di afecto, antes bien la aferré con violencia hasta el extremo de arrancarle la peluca. Rugía ella como una leona guerrera y en un momento de la batalla agarró mi pene y lo paseó por su cabeza rasurada como se ha hecho en Tebas desde que el primer hombre y la primera mujer convirtieron el amor en una forma de arte.

Pero, aunque se hallaba inspirada, todavía le quedaba algún resquemor sobre el destino último de mi placer. No bien quise penetrarla sacó un estilete y lo apoyó sobre mis testículos mientras su mirada me indicaba que estaba dispuesta a todo para conservar su integridad.

—Aparta ya ese estilete, mujer estúpida; no vayas a matar la fuente del placer que tanto buscabas.

Me dio la razón a gritos, y hasta se le escapó que, a fin de cuentas, todas las damas de Tebas conocen remedios para engañar a sus maridos restaurando con habilidad los estragos que hiciera en su sexo cualquier pene agresivo; y, mientras iba invocando todos los remedios posibles —incluso los que sirven para engañar al propio Amón, como saben sus adoratrices—, la penetré varias veces, y a cada una pedía más y, al final, apretó con tal fuerza que sentí un estrangulamiento feroz y nuestros ríos coincidieron en un derrame egregio de los que la divina Hator sólo concede en horas privilegiadas.

Quedó extenuada pero en modo alguno muda, pues era de esas mujeres a quienes place comentar todos y cada uno de los detalles del lance a que han sido sometidas. Y, una vez enumeradas las ventajas de aquella sabrosa celebración, acabó diciendo:

—En verdad que he quedado satisfecha, cretense mío, porque el arte que demuestras en el lecho no lo poseen muchos mortales, tanto es así que te auguro un espléndido porvenir entre las damas de Tebas.

—Guarda discreción en lo posible; no quisiera que corriese la voz y verme convertido en el semental del reino. Porque estoy viendo que en cada tebana hay un fogón ardiendo, y a fe que no tengo yo tiempo para apagarlos todos.

Y sonreí con tanta picardía que se echó a reír sin dejar de hablar:

—¿Qué me importan las otras? Yo he conocido el edén y esto me basta. Satisfecho ya mi honor, cantaré continuamente las alabanzas de tu cortesía. Y si mi dulce esposo descubre que un intruso franqueó los umbrales que sólo a él pertenecen, diré: «Alégrate, Tekén, mi dueño y señor; elogia mi prudencia porque el que ocupó tu lugar es el más educado entre los hombres y sabe deshacer entuertos con tal gracia que debemos tenerlo como espejo de virtudes cortesanas...» Eso diré, y aun he de añadir que me he convertido en la mejor de tus aliadas y no ha de haber pregunta sobre ti que no obtenga como respuesta un elogio y hasta una recomendación.

Así nos despedimos, como camaradas que hubiesen compartido horas de gloria en las campañas de Nubia. Pero, sobre todo, comprendí que las sacerdotisas egipcias habían cambiado mucho en los últimos años, y también que en esas tierras la mujer tiene mucho más poder y libertad que en cualquier otra del mundo.

Volví a reunirme con Senet que, en la espera, había apurado todas las posturas posibles en el trono de los príncipes y ahora se dedicaba a dar vueltas por el salón, como un niño que jugase a saltar los mosaicos. Lejos de interesarse por mi experiencia con Nofret se apresuró a comunicarme que la entrevista entre las dos reinas ya había tenido lugar. Por su mirada comprendí que estaba muy lejos de conocer los resultados.

—Nadie sabe de qué han hablado —me espetó con voz atropellada—. Dicen que, cuando entró Nefertiti, la gran madre la besó con afecto extremo. Cuando Nefertiti salió ni siquiera se dirigieron la palabra.

Estaba a punto de contarle mi encuentro con la reina Tii cuando volvió a aparecer la doncella Amesis empuñando la palma con la falta de flexibilidad que caracteriza a las antipáticas. En el mismo tono de antes me comunicó que debía seguirla hasta el lugar donde me estaba esperando Nefertiti. Y mi corazón se puso a latir con tal fuerza que la gran madre se habría burlado de saberlo.

Senet, que al parecer sólo pensaba en su propia curiosidad, me dijo en voz queda:

—Espero que consigas averiguar algo, porque yo estoy sobre ascuas.

—¿Qué quieres que averigüe? —pregunté sin demasiado interés.

—La verdad es que no lo sé —contestó él, sorprendido de sí mismo—. Pero algo habrá cuando esas reinas se dedican a fomentar el arte del tapujo.

La doncella me condujo a un pequeño jardín que yo no conocía y, desde allí, hacia los vastos vergeles de acacias y sicómoros que rodeaban el gran lago. Una vez más corrió la memoria a atacarme con sus mensajes desesperados. Regresaron todas las visiones de la infancia, regresaron los cuatro niños perdidos en el tiempo y la infinita distancia que me separaba de ellos. ¿Era yo? ¿Eran Akenatón, Senet y Nefertiti? Eran seguramente muchos más, no tan afines a mi amistad, nunca tan predilectos y, sin embargo, omnipresentes en los juegos cotidianos, en las clases que solían impartirnos los maestros reales, en los ejercicios al aire libre, y después, ya en la pubertad, compañeros de incursiones furtivas por los barrios menos recomendables de Tebas. Niños perdidos, sí, criaturas que navegaban en la pleamar del tiempo convertidos ahora en hombres a los que sería incapaz de reconocer. Pues las muchas crecidas del Nilo que me separaban del día en que fui devuelto a Creta habían fertilizado las tierras de Egipto como una medida del devenir humano que yo debía pagar a un precio muy alto. Y éste es el que suele exigir la madurez, estación ingrata que, para afirmarse, necesita ahogar en el olvido las dulces experiencias del ayer.

Así, en aquel jardín repentinamente mustio, en aquel lago de aguas apagadas, yo sólo recordaba a tres niños, porque eran los únicos con los que verdaderamente me había comunicado. Y todas las emociones de aquella comunicación regresaban ahora ante la imagen de una mujer bellísima cuya altiva apariencia no conservaba ni una leve sombra de la antigua jovialidad. Una mujer que me recibía junto al lago de nuestras quimeras acaso para infligirme el mismo daño que ella sentía ante el pasado.

Y, sin embargo, se dejó sorprender en un momento de abandono indigno de su majestad. Todo su cuerpo estaba inclinado sobre el lago y sus manos impulsaban la lenta navegación de un loto, como en otro tiempo habíamos hecho con nuestros barcos de juguete. Y, al descubrir mi presencia, suspiró profundamente y me dijo en tono lastimero:

—Llegas en un momento de extrema melancolía, Keftén.

—Llego desde el otro lado del tiempo, mi reina. No sé si esto ha de servirte de consuelo o de agravio.

—De lo que fuere, ¿qué importa ya? Ese lugar de donde llegas me sirve de poco. Sólo en el presente puedes serme de utilidad. Por eso te digo: vente conmigo a la Ciudad del Sol. Tu presencia empieza a ser muy deseada.

—¿Cómo puede serlo la de alguien tan lejano?

—Creo habértelo dicho antes: hay mucha necesidad de afecto en la casa de los reyes. Pero también está la voluntad del faraón, mi esposo. Desea que no demores por más tiempo tu trabajo. Y debes considerar que, además, está tu hijo.

—Debería sentirme culpable porque de todas las cosas que me han preocupado desde mi llegada él sigue ocupando un lugar secundario. Pero cada vez que alguien me lo recuerda me asalta una extraña inquietud. Todavía no he asumido que tengo un hijo egipcio.

—Es más que egipcio. Es de Atón.

—Como todas las cosas de Egipto, según vengo averiguando.

—Él es distinto. Te dije antes que regocija nuestro corazón, y ahora te digo que sus beneficios van mucho más allá. Mi esposo le consagró desde niño al culto de Dios. No te extrañe si, con los años, llega a alcanzar el rango de sumo sacerdote. Con este privilegio no haríamos más que devolverle los privilegios de su afecto y su fidelidad.

Aquella noticia me desconcertó. Esperaba encontrar un niño juguetón y revoltoso y, en cambio, me ofrecían un beato. Pero había algo que me preocupaba todavía más, y era que, a causa del sacerdocio, él se privase de vivir todas las experiencias que yo había conocido. O, simplemente, de vivir.

—Hablas de devolver, y yo te pregunto: ¿quién le devolverá a él la juventud? —exclamé, airado—. Porque sin duda es lo que está depositando ante vuestros altares.

Sentí que acababa de dar un paso en falso porque Nefertiti adoptó una actitud severa, transmitida con una mirada que, de repente, era de piedra. Y comprendí que mi llegada acababa de convertirse en una amenaza porque llegaba de un mundo ajeno a la mística de Atón. Yo era un mensajero de la realidad. Sin abandonarla en ningún momento recordé al portador del abanico real que, pocas horas antes, había venido a solicitar la mano de mi hijo.

Por eso no pude reprimir una sonrisa malévola. Porque me costaba conciliar la piedad de Atón con los placeres carnales que, al decir del abanicador, había degustado el niño Bercos.

Pero comprendí que era inútil disuadir a Nefertiti porque seguía hablando desde algún lugar del delirio que a los no creyentes nos está vedado frecuentar.

—No conoces a los jóvenes del nuevo Egipto, Keftén. Creen en Dios con fe ciega; por lo mismo, constituyen un movimiento imparable contra todos sus enemigos. Eso es lo que, al parecer, preocupa a la reina madre, demasiado apegada a las viejas costumbres. Por cierto, ¿te ha pedido que me espíes?

—Espero que no se le ocurra. La tengo en un lugar demasiado alto para esperar que me pida semejante cosa.

—Y, sin embargo, veo en ti la mirada de un espía. ¿Por qué me miras así, Keftén? ¿Tanto te sorprende el paso de los años?

—Sólo porque compruebo que eres más bella de cuanto la memoria se atrevió a soñar. Por eso sé que aprenderé a espiarte de otra manera, no calculada por las leyes de la intriga. Sé que vigilaré todos tus pasos y buscaré cada una de tus expresiones para no borrarlas nunca de mi mente.

—Y yo tendré que reprenderte, Keftén, porque la amistad tan limpia en otro tiempo se habrá convertido en una ponzoña que amargará tus días y acaso los míos.

—¿Quién está capacitado para prevenir lo que puede suceder entre un hombre y una mujer?

—La mujer siempre. Sobre todo si sabe que está destinada a una causa más alta que todos los amores de este mundo. La mía lo es, Keftén, aunque el dolor del presente pueda mancillarla. Escucha: me has encontrado en un momento de gran dolor porque la entrevista con la reina madre ha sido más dura de lo que ambas suponíamos. Has de saber que Akenatón ha decidido tomar por esposa a una princesa hitita, la hija menor del rey Supiluliuma. Esto es lo que la gran madre tenía que comunicarme cuando yo he venido a reprocharle su amistad con los sacerdotes de Amón. ¿Lo ves? Dos noticias por el precio de una. No tendrán queja de sus reyes los espías de Egipto.

—La tengo yo porque tantas sutilezas escapan

a mi entendimiento. Me cuesta aceptar que Akenatón busque otra esposa y te relegue a ti a un segundo término. Tendré que dar crédito a quienes dicen que las cosas no andan bien en la Ciudad del Sol.

—Los años te han vuelto ingenuo como una mujer del mercado. Olvidas la educación que recibiste en este palacio porque hablas de los reyes como si fuésemos seres vulgares que dejasen morir sus días a la orilla del Nilo. Y aunque a veces he pensado que sería hermoso ser eso y no otra cosa, también te digo que Dios nos ha llamado para empresas mucho más altas y, seguramente, más difíciles.

Volvió a señalar el templete consagrado a Atón, pero esta vez no invocaba nuestros recuerdos de infancia sino las evidencias de un presente absoluto.

—Hay lazos entre Akenatón y yo que son indisolubles; lazos que ni siquiera la razón de estado puede romper, porque la razón de estado somos nosotros dos como pareja. Juntos edificamos la gloria de Atón sobre la tierra. No olvides que, por nuestra unión, el dios único bendice diariamente a la humanidad.

—¡El dios único! Mira, Nefertiti, que estás hablando con un adulto.

—Me congratularé si ese adulto demuestra que lo es creyendo en la verdad. Lo lamentaré si se muestra ciego a ella. Y puedo hablarte con causa, Keftén, porque esa verdad se abrió paso en nuestros corazones como una luz deslumbradora que cegaba los ojos al tiempo que abría los del entendimiento. Cuando aquí, en este templete, Akenatón me habló de sus visiones celestes supe que eran las mías. Si es cierto que, en un principio, las adopté por amor a él, después el amor de Atón pudo más que este lazo terrenal, porque amándole pongo mi amor en cada cosa del mundo.

—Eso y sólo eso pregonan los mil dioses que he conocido en cualquier lugar.

—No te estoy hablando de mil dioses, Keftén. Te estoy hablando del único. Te estoy hablando de Dios.

—Creo que en esto os aventaja la sabiduría antigua. Si mil dioses, dedicados cada uno a un quehacer, no han conseguido arreglar el mundo, ¿cómo va a conseguirlo uno solo? A fe que lo tendréis ocupado todo el tiempo.

Aunque era yo un descreído, no lo era tanto como para no admirar la imaginación del hombre cuando, en la inmensa soledad de los tiempos oscuros, volvió los ojos hacia el mundo que le rodeaba e inventó un protector para cada incógnita. ¿Qué me importaba que no fuese cierto si era mágico? ¿Cómo no admirar a ese hombre asustado que, en el principio de los tiempos, dio un rostro al Nilo, una voz a cada uno de sus vientos, un cuerpo a las nubes y un demonio a las tierras áridas del desierto donde nada crece? Por el conjuro de su imaginación, el hombre que inventó a los dioses era un dios en sí mismo. Y a buen seguro que sus sueños eran como la divinidad que surge de la paleta de un artista.

Pero Nefertiti abominó de mis ideas con ademán abiertamente despreciativo:

—Ese hombre antiguo al que tanto elogias dispersó la verdad en fragmentos tan diminutos que ha sido imposible encontrarla a través de los tiempos. Nosotros somos más afortunados que todos cuantos nos precedieron, Keftén, porque somos la generación que ha descubierto a Dios.

Ningún sacerdote del más fanático de los cultos se mostró tan locuaz como aquella mujer; ningún dios tuvo jamás una pregonera tan exaltada. Seguía hablando sin cesar, y de pronto sus manos, hasta ahora inertes, adquirieron la movilidad de dos palomas enloquecidas. Y en el tintineo de sus pulseras creí reconocer la música que hacen las sacerdotisas cuando agitan los sistros al unísono.

Ante aquel despliegue de emociones no pude reprimir unas palabras de admiración:

—Eres bella, Nefertiti, y cuando hablas lo eres más todavía. ¿Qué fuerza en el cielo o en la tierra pudo crear tanta belleza?

—Si esa belleza existe se la debo a la verdad. La misma que te guía cuando pintas. Esa verdad, más fuerte aún que todos los afectos, ha hecho que mi esposo te reclame a la Ciudad del Sol. No demores por más tiempo tu viaje. Mañana al amanecer parte mi nave. Que Senet disponga todo para que estés a tiempo en el muelle dorado.

Con unas ligeras palmadas reclamó la presencia de su doncella, dando a entender que la audiencia había tocado a su fin. Entonces se me ocurrió que, por muchos cambios que se hubiesen operado en el protocolo, me correspondía arrodillarme y besar su mano como vasallo y como amigo. Obtuve así un placer tan grande que tuve miedo de echarlo de menos en adelante. Pero estaba viviendo un espejismo porque la mano de Nefertiti estaba fría y era como si la sangre del corazón no la alcanzase.

Ella recurrió a todo su empaque para decir:

—No debes preocuparte por mi destino, porque está marcado por la razón de Dios. Todo lo que ocurra más allá de sus propósitos carece de importancia. Y si la tuviese, yo sabría cómo anularla en provecho de la verdad única.

Me vi conducido de nuevo por los largos pasillos de las estancias reales y, después, por el complicado laberinto de dependencias de los almacenes, hasta que llegué a los establos, donde me dijeron que estaban esperándome Senet y su conductor nubio.

No tardé en descubrir el carro dorado y los penachos de los caballos, pero no estaban con ellos mis dos acompañantes. Busqué a mi alrededor sin resultado, hasta que unos gemidos intensos y seguidos llamaron mi atención. Entre los montones de paja acerté a vislumbrar dos figuras que se retorcían entre las sombras. Eran dos hombres. Uno estaba de pie, el otro arrodillado delante de él y, al cabo de un segundo, entre sus piernas. La imagen era tan contundente como sencilla. El negro Uftán exhibía una poderosa verga que Senet acariciaba con labios ansiosos. Pero como más ansiosa es la soledad, juzgué preferible esperar en el exterior jugando con los lebreles reales.

Estaba a punto de convertirme en el mejor amigo que jamás tuvieron aquellas bestias cuando llegó Senet con expresión apurada. Se sacudía la paja de la túnica mientras iba maldiciendo su falta de prudencia. Por fin se dirigió a mí en tono de lamento:

—¡Ay, Keftén, amigo mío! ¡En qué trance me ha puesto la magia del crepúsculo! ¡Qué edad tan peligrosa la nuestra!

—No tienes por qué excusarte —dije yo—. Esas cosas suelen ocurrir en los mejores establos.

—Es cierto que no tengo por qué dar excusas. ¡Faltaría más! Pero, ya ves tú: he contravenido un precepto del Libro de los Muertos. Ahora sólo me queda orinar en los muros de un santuario.

Eligió para su acto una capilla consagrada al culto de Isis en las últimas estribaciones de la Montaña Sagrada. Y, como sea que orinó sobre unos preciados relieves de la época del gran Tutmosis, pensé que el talento de un escriba y la sensibilidad artística no tienen por qué ir necesariamente acompañados. Pero, con sensibilidad o sin ella, más allá de cualquier talento, era evidente que la vida del buen Senet no era siempre tan aburrida como él pretendía.

LA MAGIA DEL CREPÚSCULO se extendía sobre el cielo de Tebas mientras en la cima de la Montaña Sagrada se anunciaba el plenilunio. Por las esquinas aparecían las primeras antorchas y en los barrios populares la gente había subido a los tejados con los manjares prestos para la cena, como suele hacerse en los días de gran calor. Y mientras en las plazas se oían los estruendosos tambores de alguna compañía de músicos ambulantes, en las mansiones de los ricos sonaban tenues melodías arrancadas a los instrumentos más exquisitos.

Senet me condujo a casa de Nellifer, como al parecer habían acordado a mis espaldas, y en el camino tuve ocasión de recuperar viejas, amadas imágenes de la noche tebana. Porque teníamos que recorrer el barrio de los muelles e internarnos por la avenida de las esfinges hasta llegar al suntuoso vergel donde se levantan las casas de los poderosos. Y debo decir que, aunque Nellifer presumía de ser una mujer rica, me sorprendió que pudiese serlo tanto. El suyo era uno de los palacios más vastos de todo el barrio y sus jardines ocupaban tanto espacio como los de los santuarios de algunas divinidades menores. Y en las puertas de las cocinas se agolpaban los mendigos, señal inconfundible de que en aquella casa se hacía gasto.

En el preciso momento de nuestra llegada salía una litera en cuyo interior pude atisbar a un hombre vestido a la moda oriental con mucho oro incrustado en sus vestiduras. Recordé que Nellifer dijo que, de cada hombre que trataba, uno era asqueroso y el otro repugnante, pero debo decir que aquel gordinflón pertenecía a las dos categorías. Así pues, me resistí a pensar que momentos antes había estado gozando del adorable cuerpo de mi meretriz y preferí dirigirme a ella como si fuese enteramente nueva. Y así apareció: fresca como un capullo que aún no se hubiese abierto y elegante como una flor que ya hubiese aprendido a poner alegría en los mejores jardines. Aunque iba completamente desnuda, todos sus miembros aparecían realzados por piedras preciosas; y en el sexo, convenientemente depilado, se sostenía, como por encanto, un amuleto de oro que representaba a Hator en su forma humana.

Nos recibió ofreciéndonos dos copas de vino. Y antes de que Senet tuviese tiempo de pronunciar uno de sus habituales discursos, ella se arrojó a mis brazos riendo sin cesar:

—Hermoso cretense; debo decirte que te has convertido en mi capricho. He dispuesto una cena magnífica y te he preparado los mejores ropajes para que veas que no sólo te convengo para calentar tu cuerpo por las noches sino para dirigir tu casa cuando te dignes ponerla.

—Nadie me ha hablado de mi casa. Ni siquiera sé si tendré que vivir con los otros artesanos o acabaré durmiendo bajo algún sicómoro acogedor.

—¡Hombre de poca fe! —exclamó Senet—. No permitirá Akenatón tal desamparo, ya que no lo permite con ninguno de sus nobles. Por lo que he oído decir a la reina madre, te ha sido reservada una espléndida residencia en los jardines del palacio real. Y el faraón ha permitido que tu hijo abandone las estancias del templo, donde habitan los novicios, para estar contigo, por lo menos hasta que sea consagrado sacerdote.

—Dos hombres solos nunca han sido buenos para llevar una casa —insistió Nellifer—. Incluso la más humilde tiene numerosas puertas y todas son de mucho guardar. ¿Tienes tú idea de cómo se lleva una cocina importante?

—Ni importante ni ordinaria. Jamás he puesto los pies en una cocina. Pero estoy seguro de que habrá criados que se ocupen de ella con sumo gusto.

—Con gusto tal vez, según les venga en gana; pero ¿qué me dices de la diligencia? A los criados hay que saber tratarlos; no con rigor excesivo, tampoco con demasiada amabilidad, sino en ese punto medio que un hombre es incapaz de conseguir. Así pues, necesitas una mujer que sepa mandar a tus criados.

Y mientras seguía pregonando los inconvenientes de un hogar llevado por dos hombres me espetaba en tono vehemente:

—Pero come, hombre mío, come, porque esa adoratriz te ha dejado exhausto a juzgar por tus ojeras. Y hasta un poco torpón te veo; así que come y recupera tus fuerzas para dedicármelas a mí.

Senet, que tenía tantos motivos como yo para sentirse fatigado, reía a mandíbula batiente sin dejar de saborear un delicioso vino del Delta.

—Diga lo que diga ella, una mujer así no te conviene porque en sus manos acabarás gordo y lleno de adiposidades y sólo te querrán las adoratrices insatisfechas y las viejas de lupanar.

Conté a Nellifer lo sucedido en el harén real. De pronto me detuve por temor a dañarla, como Senet me había advertido que podía suceder. Pero ella se inclinó sobre mí y, en tono más dulce que de costumbre, dijo:

—No debes arrepentirte porque, aunque fuese celosa, no tendría derecho a demostrártelo. Mientras tú estabas con esa hembra tan voraz yo he divertido al mercader sirio con quien te habrás cruzado al llegar. Es cierto que se ha entretenido mucho tiempo, pero diré en su favor que no me ha fatigado porque ya no está en sus años mostrar voracidad y ni siquiera deseo. Siempre es generoso conmigo y me llena de joyas y abalorios, de modo que no hay dama en Tebas que vaya tan adornada. Por eso no debes arrepentirte, Keftén; porque ya ves que lo único que puedo depositar a tus pies es un amor de ramera.

—En esta vida, todos somos rameras —dijo Senet—; todos lo somos, sí, porque las cosas que buscamos con tanto afán no son las que nuestra alma reclama en realidad. Y así nos entregamos y así cedemos, alejándonos cada vez más de la verdad.

Estimulado por la dulzura de Nellifer y el afecto de Senet, levanté mi copa hacia la luna que se dibujaba en toda su plenitud sobre la cima de la Montaña Sagrada.

—Que la luna bendiga ese instante en que las almas solitarias se encuentran para tornarse cómplices. Que el vino sea el néctar de la dicha y la eternidad acepte quedarse en nuestras manos para que siempre podamos ser lo que ahora somos, sin que el tiempo consiga modificarnos como monigotes sujetos a su antojo.

Nellifer se abrazó a mi cuerpo y ambos rodamos por el suelo prescindiendo de Senet, que desapareció en algún momento de la noche con la prudencia que le caracterizaba. Y Nellifer volvió a aplicar su ciencia a mi deseo, pero aquella noche fue en vano porque mi deseo estaba en un lugar inalcanzable y ya no podía contar con él. Entonces deposité un beso gélido sobre el cráneo rasurado de mi meretriz y murmuré:

136

—Tengo el alma rota, Nellifer, porque he visto unos ojos que me han hechizado. Y puesto que desde el primer momento nos propusimos ser sinceros, debo decirte que son esos ojos los que estoy viendo ahora y no los tuyos. Por eso tengo ganas de llorar, porque soy víctima de una extraña tiranía y, al mismo tiempo, verdugo de tu bondad.

Noté que todo su ser temblaba en mi abrazo, pero ya no era el suyo un temblor de placer sino una acelerada convulsión que se parecía mucho a la desesperanza. Y algo sobrehumano habría en aquella mujer, pues, apartándose ligeramente de mi pecho, rompió en risas como si no hubiese conocido nunca un momento tan dichoso.

—¡Qué extraños sois los hombres! —exclamó—. Anoche te lamentabas porque eras incapaz de sentir nada y ahora te quejas porque puedes sentir vivamente. En mi opinión deberías alegrarte porque gracias a esos ojos que te hechizan has vuelto a las fuentes de la vida.

—Di más bien que he ingresado en la gran ciudadela del desvarío. La mujer que me ha herido es inaccesible. Su nombre está tan alto que el solo hecho de pronunciarlo me convierte en un ser abyecto.

—En cambio yo soy afortunada, Keftén, porque estoy ocupando en tu cuerpo el lugar reservado a una diosa. Y no me quejo de no ocupar tu alma porque en las cosas del amor hay que ser práctica y, en última instancia, el alma nadie la ha visto. Y ahora vuelve a poseerme porque te digo que, a falta de otra cosa, en mi seno te sentirás protegido.

Pero ese día no vimos juntos el amanecer porque estaba destinado a verlo junto a Nefertiti, que era como verlo sin luz, tan inalcanzable seguiría ella en el horizonte de mis esperanzas. Y mientras Nellifer me vestía, poniendo en cada uno de sus gestos un cuidado solícito, pensé en cuán insensata es el alma humana que teniendo la perfección a su alcance se obstina en perderse entre nubes de quimeras. Así lo expresé en voz alta y Nellifer se encogió de hombros porque sin duda sabía que ninguna meditación conseguiría arrancarme de la confusión en que andaba sumido. Pero en tono consolador susurró:

—Cada pueblo tiene sus costumbres y todas cambian en cada pueblo, de manera que lo que para unos es sensato para otros es cosa de locos. Pero el corazón humano no cambia en ningún lugar, y así te digo que lo que es locura en una nación lo es en todas.

Aunque yo le dije que se limitase a despedirme en sus jardines, ella se empeñó en acompañarme hasta la casa de Senet, que se hallaba en el mismo barrio. Así pudimos pasear por la avenida de las esfinges y acariciar el lomo de la que representaba al gran Amenhotep para que nos trajera suerte. Pero sólo era un animal de piedra cuyos ojos estaban vacíos. Y en su sonrisa, ambigua como la de todas las esfinges, me pareció percibir un sesgo de burla.

Cuando nos despedimos a la puerta de la casa de Senet, Nellifer todavía me besó, no con la pasión de las otras veces, sino con una complicidad más propia de los compañeros de escuela que han coincidido en alguna travesura. Y así dijo:

—No tomes este paseo como una despedida,

Keftén, porque pudieras llevarte una sorpresa. El espacio que nos separa de la Ciudad del Sol no es tan grande... ¡Ojalá fuese tan corto el que separa a los seres humanos!

—De ti no me separa ningún espacio —dije con absoluta sinceridad—. Ven a verme siempre que lo desees.

—Si por mí fuese, ya estaría esperándote en ese Muelle del Sol que dicen es la maravilla de las maravillas. Allí estaría como quien recibe a un viejo conocido que no desea estar solo. Y no serían menester más excusas que la curiosidad que nos inspira a todos esa ciudad que ha ofuscado el poder de Tebas. Esto haría si siguiese la inconsecuencia que se ha adueñado de mi corazón. Pero a lo largo de mi vida he aprendido a administrar mi cuerpo y no es lección que me convenga olvidar a estas alturas. Si siempre fui prudente en mis ganancias, tengo que serlo también en mis pérdidas.

—¿De qué depende entonces que volvamos a vernos?

—Tengo que decidir si es preferible amar sin esperanzas a no amar en absoluto.

La vi alejarse entre las dos hileras de esfinges, como si fuese una más, sólo traicionada por el suave movimiento que la brisa matinal arrancaba a su velo morado. Y cuando la hube perdido de vista descubrí que Senet había salido a recibirme y estaba apoyado en el dintel con los brazos cruzados y afectando un tono ligero pero útil para representar la prudencia de que tanto gustaba presumir.

—Quiero decirte, Keftén, que lloraré antes de

llegar al muelle. Y es que si el reencuentro fue un néctar muy dulce, la despedida tiene que serlo todavía más para que no sea un adiós sino la promesa de volver a encontrarnos. Así los nuevos instantes siempre serán tan dulces como el anterior.

—Tanta dulzura acabará por empalagarme —exclamé, sintiéndome demasiado comprometido en el afecto. Y añadí—: Sólo quiero que tu amistad no me abandone nunca. Pero ahora te exijo que no te pongas sentimental y que tus criados saquen mi equipaje sin más tardar. En cuanto me haya ido haz con tu dulzura lo que quieras.

Nos abrazamos efusivamente y reímos a placer como dos niños. Después me acompañó hasta el muelle, demostrando así que sólo el terror de la tormenta le había disuadido de venir a recibirme el día de mi llegada. Y antes de embarcarme todavía me dijo:

—Esta noche he tenido un sueño maravilloso. Aparecía un mancebo sonriente, con la edad que tú y yo tendríamos cuando mezclamos nuestras sangres. Pero lo más sorprendente es que él tenía el cabello del color del oro y unos ojos tan azules como no los ha tenido el cielo de Tebas en sus días mejores. ¿Habría algo milagroso en esta aparición o era simplemente una advertencia?

—Seguramente nos advierte que ya hemos sido sustituidos en la escala de la vida.

—Ese niño te está llamando, Keftén, y seguramente te pide ayuda. El pobrecito no sabe que es a ti a quien va a ayudar. Deja que lo haga; entrégate a él completamente, y si algo queda de esa

140

ayuda, llama a este pobre solitario. A saber si podremos recobrar en tu hijo las cosas bellas que vivimos juntos.

Quedó allí, en el muelle, diciéndome adiós con la mano y lloriqueando como era su costumbre. Y así se fue perdiendo en la distancia mientras mi barca entraba en la niebla del río en busca de Nefertiti.

De pronto, la magia se adueñó de la madrugada, porque entre el denso cortinaje que formaba la niebla emergía el rostro de la reina de las Dos Tierras; de Nefertiti, sí, su esbelto cuello completamente erguido para mantener el rostro en actitud vigilante. Y, coronándolo, el tocado de su indiscutible majestad.

No era un rostro, sino varios: Nefertiti multiplicándose entre la niebla, que era como decir entre el delirio. Cuatro manifestaciones de Nefertiti revelándose para mí y, al mismo tiempo, negándose a mi alcance. Porque aquella visión no correspondía a la magia ni al ensueño: era simplemente el extremo superior de los remos que seguían la costumbre egipcia de ostentar en lo alto la efigie del dueño de la nave. Pero, aun no siendo magia ni ensueño, nunca pude olvidar que la belleza había salido a recibirme.

TODAVÍA REINABAN LAS TINIEBLAS cuando unos sirvientes me acompañaron al camarote que me había sido destinado. Y debo decir que respondía a las leyes de la hospitalidad y aun las excedía, tan colmado estaba de cuanto puede necesitar, no un viajero, sino un príncipe.

Una vez instalado, me dispuse a salir a cubierta con el fin de cumplimentar a Nefertiti. No tuve siquiera tiempo de intentarlo porque me impidieron el paso dos jóvenes sacerdotes de aspecto tan temible que hubieran podido pasar por dos verdugos. A punto estaba de preguntar si debía considerarme un prisionero cuando apareció Amesis, la dama que me había atendido en la Casa Dorada con tan escaso sentido de la cortesía. Por otro lado no parecía dispuesta a cambiar su actitud del día anterior. Continuaba observándome con altanería, sonriendo con una mueca torcida, el cuerpo erguido como un palo y el brazo doblado para sostener la palma dorada con propiedad tan absoluta como falsa. Y aunque en alguna otra ocasión yo habría sabido apreciar su belleza e intentar dominarla a mis antojos, no era el caso esa madrugada en que todo mi ser vivía anhelante de un nuevo encuentro con Nefertiti. Y así se lo hice saber a la doncella sin molestarme en aparentar una amabilidad que, a juzgar por su actitud, no habría apreciado.

—Debo confesar que no era a ti a quien esperaba, pese a que eres lo bastante hermosa como para constituir una presencia refrescante y, sin duda, una compañía agradable.

—Guárdate tus cortesías para quien sepa apreciarlas —dijo ella con su mordacidad acostumbrada—. A buen seguro que será una repulsiva adoratriz de Amón y ninguna de nuestro culto. En cuanto a tus esperanzas, siento defraudarte si las ocupa Nefertiti. No podrás verla hasta más tarde. Está preparándose para sus oraciones, pues no tardará Dios en alumbrar sobre su horizonte y no conviene recibir la caricia de sus manos sin tener el alma convenientemente dispuesta... —Y, con mirada hastiada, añadió—: Nefertiti me manda decirte: «Haz saber a mi hermano de sangre que, en el regocijo que ha de producirme la adoración al sol, no puedo olvidar las tinieblas en que él se halla sumido. Dile que su ignorancia ha producido un profundo dolor en mi alma y no he podido conciliar el sueño pensando que la luz de Atón no saldrá hoy para él.» Y en medio de ese dolor me ha sugerido que aprendas por ti mismo el camino hacia la verdad. Así pues, me corresponde asistirte mientras dure la ceremonia y, por deseo real, debo iniciarte en los misterios de Atón.

—No es necesario —dije yo sin esforzarme en aparentar el menor interés—. Los misterios, cuanto más misteriosos mejor; así que déjalos como están y distráeme con cosas más amenas. O, si no me desprecias tanto como para negarme el conocimiento de mi porvenir, dime de una vez qué se pretende de mí. Esos centinelas colocados a mi puerta me dan la sensación de ser vigilado.

—Esos centinelas son amables sacerdotes que se limitan a impedir el acceso de los pasajeros a la proa porque ha sido consagrada como altar de Nefertiti y sólo ella tiene el privilegio de acceder a él. Su intimidad es sagrada cuando se comunica con Dios.

—No sabía que hubiese otros invitados a bordo. ¿De quién se trata?

—Creí que te lo habría dicho la reina. No es

un secreto, en cualquier caso. Viaja con nosotros Horemheb, jefe supremo de las tropas del faraón, acompañado por tres de sus oficiales que, dicho sea de paso, duermen en las bodegas para que tú tengas todas las comodidades a las que la intimidad con los reyes te da derecho.

Como sea que los sacerdotes continuarían cerrándome el paso, me resigné a mi encierro mientras Amesis tomaba ventaja del mismo acorralándome con sus explicaciones.

—Tal vez tu incredulidad se dé por vencida cuando conozcas la historia de la gran revelación de Akenatón. La recitan los niños en las escuelas, la recuerdan los sacerdotes en las grandes celebraciones y los novicios la van pregonando por las calles a fin de que los paseantes no se olviden del portentoso origen de la Ciudad del Sol.

A una orden suya, los sacerdotes dieron paso a dos niñitas que sostenían sendas bandejas. Iban desnudas, a excepción de un pequeño ceñidor que les cubría el pubis, mientras palpitaban, libres y graciosos, unos pechos recién apuntados.

De una de las dos bandejas, Amesis tomó un papiro doblado en cuya cabecera pude reconocer el signo que representa a Atón. Ese signo obsesivo cuyas largas, dadivosas manos se complacían alcanzando a todos los seres del mundo, menos a mí.

Pero esta exclusión no estaba dispuesta a tolerarla mi instructora que, a modo de recitado, expuso:

—Has de saber que la Ciudad del Sol está delimitada por doce estelas y que en una de ellas se cuenta la historia de la Gran Fundación. Ha sido reproducida fielmente en estos rollos, y Nefertiti te ruega que los leas detenidamente para, así, iniciarte en el conocimiento de las grandes verdades.

—Cuando los egipcios disteis el nombre de Sede de la Verdad a los pueblos donde habitan los artistas anunciasteis mi razón de ser. Ningún dios conseguirá convencerme de otra.

—Tú lee porque alcanzarás a conocer los milagros de la fe. Esto y no otra cosa es el prodigioso nacimiento de la Ciudad del Sol.

—¿Así, de manera tan simple, nació la ciudad que, según todos, ha de ser pasmo del mundo? Permíteme que persevere en mis dudas. ¿No será que mi amigo Akenatón ha demostrado ser más práctico de lo que parece amortizando, con la excusa de la fe, un terreno que no servía para nada?

—Eres blasfemo como cabe esperar de un hombre que acepta rozar la piel de una vulgar adoratriz de Amón... —De pronto se detuvo, consciente de que acababa de violar la intimidad de un invitado real. Pero no dulcificó su tono al decir—: Sean cuales fueren tus pensamientos, yo te digo que la Ciudad del Sol no ha de defraudarte. Mucho he oído hablar de los grandes palacios de Creta pero, por vastos que sean, no igualarán la amplitud de nuestras mansiones cuando termine su construcción...

—¡Cómo! ¿Es que esa ciudad tan milagrosa está inacabada?

—Tú debieras saberlo mejor que nadie, ya que estás destinado a decorar los muros de la nueva residencia real. Pero, en efecto, todavía queda mucho por hacer porque el Nilo sólo ha crecido diez veces desde que los obreros levantaron los primeros cimientos del gran templo y las prime-

145

ras columnas del palacio real. Y, aunque se trabaja día y noche, incluso Atón necesita tiempo para obrar sus grandes prodigios.

Estaba a punto de zaherirla con una nueva ironía, pero nos interrumpieron unos cánticos que sonaban en algún lugar de la nave. Y cuando la tenue luz del amanecer se filtró por las cortinas entendí que se estaba celebrando la perpetua renovación de la vida.

Tú te elevas hermoso en el horizonte del cielo.
Oh Atón viviente, creador de la vida,
cuando brillas en el horizonte de Oriente
llenas todas las tierras con tu hermosura.
Tú abrazas las tierras por ti mismo creadas,
tú das al mundo la vida entera...

Tanto Amesis como sus dos pequeñas servidoras se arrodillaron hasta que terminó la última estrofa. Acto seguido anunció ella, con la mirada perdida en el éxtasis:

—Ningún cántico puede parangonarse con la belleza de estos salmos. Los escribió el propio faraón con el alma inspirada por el soplo...

—Sé lo que vas a decirme: inspirado por el soplo de Atón. ¿O dirás que fue por su luz? ¿Por su espíritu acaso? ¡Ea, qué más da! Incluso tú reconocerás que la situación es sorprendente. ¿Cómo podían esperar los grandes faraones del pasado que algún día serían sustituidos por un poeta? Ignoro si será bueno para Egipto pero, como no soy rey ni soldado ni embajador, renuncio al esfuerzo de deducirlo. Contéstame, en cambio, a una pregunta: ¿por qué te desagrado tanto?

146

Ella no desvió los ojos como haría una doncella prudente, antes bien me dirigió una mirada incisiva y acaso juguetona.

—No me desagradas, extranjero, y es posible que, si fueses un mendigo, te diese de comer y, si fueses un leproso, te diese refugio, como está escrito en las leyes caritativas de Atón.

—Agradezco a cualquier dios que no sea ninguna de las dos cosas. Pero, de todos modos, es evidente que te desagrado.

—Insisto en que no es así, pues Atón nos prohíbe cualquier sentimiento negativo hacia otros seres humanos, frutos todos de su creación. Pero, ya que me lo preguntas, te diré que me repugnan las adoratrices de Amón y tú has rozado la piel de una de ellas, y la más obscena por añadidura. En virtud de este roce tu cuerpo está más contaminado que el de todos los leprosos que se esconden en las cuevas del desierto.

No encontré en sus palabras la comprensión que sus propósitos manifestaban, pero sí era consciente de que, estando ella tan cercana a Nefertiti, me convenía ganar su aprobación, si no su afecto. Y como sea que antes que sacerdotisa era mujer busqué en el fondo de su alma un rincón travieso donde hubiese anidado el gusanillo de la vanidad.

—Sé que mi cuerpo está contaminado por un cuerpo que te es odioso. Piensa, sin embargo, si otro más puro no podría redimirlo. El tuyo, por ejemplo.

Creo que estas palabras contribuyeron a romper la tirantez, porque ella se echó a reír nerviosamente mientras decía:

—¡Ay, cretense! Eres peor que todos los blasfemos de las Dos Tierras, puesto que ni siquiera respetas la santidad de un cuerpo consagrado a Dios. Pero cállate ya porque Él se anuncia en el horizonte y está a punto de aparecer Nefertiti.

No podía imaginar hasta qué punto las ceremonias organizadas en torno a Atón estaban pensadas para comunicar una intensa sensación de paz, como si todos los espíritus del mundo estuviesen, al fin, reconciliados. Así, vi avanzar a los oficiantes con tan etérea disposición que podría jurar que sus pies no rozaban la cubierta de la nave. El paso calmo, la lenta ejecución de las acciones, comunicaba a los cuerpos un equilibrio irreal, como si estuviesen arrancados de un libro de preceptos y no de la experiencia humana.

Avanzaban delicadas doncellas, con sus livianas túnicas y, detrás, los hermosos sacerdotes apenas cubiertos por un escueto faldón plisado. Ellos y ellas se tocaban con guirnaldas de flores semejantes a las que llevaban en las manos, con exquisito cuidado pues eran la ofrenda del dios. Porque, según me contó Amesis en voz baja, la diferencia entre Atón y las demás divinidades era que sólo pedía flores y frutos, tan arraigado estaba en las fuerzas de la naturaleza.

Apareció la reina divina con la cabellera surcada por flores silvestres y una túnica tan transparente que mostraba sus partes púdicas, sin ceñidor alguno, ofrendadas a la vida, a la que en realidad representaban. Era allí donde la verdad de Nefertiti se proclamaba única, por más que Akenatón la hubiese usurpado cuando se hizo representar con los atributos de una mujer. ¿Qué insólito pacto, incomprensible aun para la propia naturaleza, se cumplía en aquel pintoresco reparto de papeles? No podía saberlo entonces, ni lo deseaba, porque para mí sólo era Nefertiti la que se disponía a abrirse a la vida. Y en aquella entrega que pretendía ser una exégesis de la creación hallé un nuevo manantial donde alimentar mi locura.

Desgraciado el hombre que, en el orden y en el equilibrio, sólo sabe encontrar exaltación porque en su interior está el caos y no en el universo, al que culpamos de todos los cataclismos. Así yo. Así mi desvarío. Porque mientras soñaba con la posesión de aquel pubis magnífico se estaba cumpliendo en los cielos y en la tierra el cotidiano milagro de la renovación. Ya el disco solar se posaba sobre las aguas del Nilo, ya se hundía en sus profundidades, arrancándoles destellos plateados; y, lentamente, como una caricia propiciada por un amante más dulce que fogoso, los rayos fueron a depositarse sobre la vela, y desde allí invadieron el cuerpo de Nefertiti y toda ella resplandeció.

Con los brazos en alto, la cabeza echada hacia atrás, los pliegues de la túnica pegados al cuerpo, Nefertiti seguía recibiendo a su amante el sol. Y entonces un coro de niñas desnudas rompió a cantar:

Oh, tú, Señora de la Gracia,
la más grande en mercedes,
Atón nace para adornarte,
y hace que en ti se multiplique
el amor del faraón, su hijo.
Grande y bella esposa real,

señora del Norte y del Sur,
Dama de las Dos Tierras:
que vivas por siempre en lo eterno,
oh, tú, Neferperura-Nefertiti.

En aquella tierra donde los reyes se creían dioses, yo no podía dejar de ser uno más entre los hombres, y por la debilidad que esta condición me comunicaba hubiera deseado hundir mis labios en el seno de Nefertiti y buscar ansiosamente sus esencias de mujer y no de diosa.

Pero hubiera sido inútil intentar siquiera acercarme a ella porque se había vuelto fugaz, inaprensible, como la brisa del Nilo. No había terminado la última estrofa de los himnos cuando la vi desaparecer hacia sus camarotes, tan custodiados que ni siquiera una brizna de aliento matinal hubiera podido traspasar los límites sin antes declarar su identidad. Pero la mía era de sobras conocida, además de solicitada, y sólo estaba esperando una señal para acudir a una nueva cita con mi pasado. Y en esta esperanza me consumía cuando regresó Amesis, con mirada compungida, demostrando que empezaba a tomarme afecto:

—¡Ay, qué mala suerte estás teniendo, mi señor y casi amigo! Has de saber que Nefertiti tampoco podrá recibirte ahora ni seguramente en todo el día. Y no es por falta de aprecio, te lo aseguro, porque ayer mismo, sin ir más lejos, nos cantaba todas tus gracias, y hasta aventuró que no le desagradaría en absoluto emparejarte con alguna de nosotras...

Dejó su discurso en suspenso, con una intencionalidad que no se me escapaba. Pero todo el placer que hasta entonces había encontrado jugando con las palabras se había esfumado y ahora mi acento fue rudo y aun grosero, pues la dejé con las suyas en la boca.

Regresé a mi camarote, cabizbajo y aturdido, inmerso en un remolino donde se mezclaban todas las imágenes de aquel viaje. Fue entonces cuando mis ojos tropezaron con los papiros que Nefertiti había insistido en enviarme. Sus deseos, unidos a la ceremonia que acababa de presenciar, aumentaron mi curiosidad, y así busqué la pintoresca historia que se cuenta en la estela norte de la Ciudad del Sol...

«... En el año cuarto de su reinado, en el día trece del cuarto mes de la segunda estación, Akenatón partió de Tebas guiado por la inspiración de su dios único. No quiso acompañantes, no deseó testigos, pues iba en busca del gran altar donde el dios debía manifestarse sobre el mundo. Avanzó conduciendo su carro de amianto hacia las tierras donde el sol emerge sobre el horizonte. El sol inundaba la vida con sus rayos. Los cielos estaban en fiesta, la tierra aparecía gozosa y los corazones de los hombres se estremecían a la vista constante de sus bellezas.

»Sólo las almas limpias de culpa están en grado de vislumbrar la belleza que a otros hombres se esconde. Así impulsado, llegó Akenatón a un vasto terreno situado a medio camino entre Menfis y Tebas: un lugar desolado donde no aceptarían residir ni el chacal ni la serpiente, que tan habituados están a la desolación. En este terreno abrasador, situado a los pies de bajas colinas que componen la forma de una herradura, Akenatón vio la vida cuando el resto de los humanos habría visto la muerte; vio regocijo donde los demás verían desolación. Y supo así que en aquel inmenso páramo su padre solar depositaba sus rayos con mayor fuerza y que éstos no podían esparcirse más allá porque lo impedía el vasto hemiciclo de rocas.

»Enfrentado a la vasta soledad, bajó Akenatón de su carro y besó el ardiente suelo. Y así exclamó:

»—Atón, padre mío, señor de todo lo creado: en este sitio levantaré tu capital. Todas las razas acudirán aquí a cantar tu gloria. Te edificaré un templo abierto a la luz de tus rayos, un recinto abierto donde la esposa real, Nefertiti, acudirá cada mañana a adorarte. Allí estará la mansión solar en toda su gloria para alegrar tu corazón, Atón, mi padre; y no lejos construiré mi palacio y el palacio de la gran esposa real. En los flancos de la montaña haré cavar una tumba para yacer durante toda la eternidad junto a la gran esposa real y mi hija Meritatón. Todo esto se hará a partir de ahora, en el año cuarto de mi reinado.

»Tras regocijarse en la aprobación de su divino padre, Su Majestad volvió a Tebas y ocupó su trono. Tras convocar a los notables de su corte anunció:

»—Que me traigan a mis únicos amigos. Que vengan los grandes, los hermosos, los inteligentes, los jefes de los soldados, todos los elegidos de las Dos Tierras. Atón me ha ordenado que erija su ciudad como un monumento eterno a su gloria. Nadie más me ha guiado hacia el sitio donde levantaré la Ciudad del Horizonte de Atón sobre la tierra que me pertenece. Ningún dios, ninguna diosa, ningún príncipe ni princesa, nadie ha tenido jamás derecho alguno sobre esta tierra. Es la tierra original de Atón. La que él mismo eligió desde el principio de los tiempos.

»Y respondieron todos los leales:

»—En verdad, la ciudad de Atón debe levantarse como el disco radiante se eleva en el horizonte, desde eternidades hasta eternidades. Alabado será por siempre el dios en el sitio que por tu mediación ha elegido.

»Y por voluntad de todos se hizo para siempre el día donde sólo la noche había reinado.»

Cuando la diosa Nut empezó a desplegar sobre el cielo su manto oscuro, el barco atracó para pasar la noche en la parte más segura de la orilla. Y al preguntar por qué no aprovechábamos para seguir navegando me dijeron que no era prudente hacerlo pues Atón se había retirado y no podíamos esperar ninguna protección. Así supe que incluso los viajes dependían de que las manos de Dios acariciasen la nave impulsándola con rumbo feliz. Pero habíamos ganado con el cambio porque, en la noche más negra que habían visto mis ojos, centelleaban miles de luces y, en el centro, la diosa luna, rebelándose contra el dominio de Atón, gobernaba sin rivales como había hecho durante todos los siglos.

Fue entonces cuando Amesis me dijo que Nefertiti me estaba aguardando, libre ya de rezos o acaso de simples deseos de soledad.

Pero estaba completamente sola cuando la descubrí en un rincón de proa. Sola bajo la luna que arrancaba a su piel tonos tan blanquecinos como el marfil. Y comprendí por qué ante los creyentes de la Ciudad del Sol ella encarnaba a todas las diosas de la fecundidad y aun a las de la poesía.

—Es hermosa la noche, Keftén... —murmuró dirigiéndome una mirada llena de melancolía.

—¿Aunque Atón no esté en ella?

—Atón está en ella también. ¿O es que puedes pensar en algo o en algún lugar donde no estuviera?

No respondí. El mágico dosel que en aquellos instantes cubría el mundo tenía todos los atributos para considerar que cada una de sus estrellas, luceros y planetas tenían derecho a ser divinizados.

—Has sabido elegir bien —murmuré—. Cada una de esas estrellas me recuerdan las que solíamos contemplar de niños, cuando creíamos que eran almas de los difuntos y nos marcaban el camino de la eternidad.

—Así era entonces y así será para muchos que son niños ahora. Pero nosotros hemos crecido y cada estación ha ido dejando un poco más de incredulidad en nuestro corazón. Son también velos que nos pone el Nilo, cuyas aguas fluyen sin compasión. Aunque es posible que a ti te los pusiera el mar de Creta no bien te alejaste de nosotros.

—Mi corazón se quedó en el pasado y es dudoso que jamás quiera volver.

—¿A qué viene esa filosofía tan desengañada? Tú no eras así, Keftén. Te recuerdo jovial, alegre y siempre dispuesto a conseguir que los demás lo estuviésemos contigo.

—Te estoy infinitamente agradecido por recordarme así, pero ha transcurrido demasiado tiempo desde aquella alegría. Ahora sé que la vida está llena de descuidos. Es como si el destino estuviese mal organizado.

—El destino es una orden de Dios. Y sólo acatándola serás sabio entre los hombres.

—No me des más sabiduría porque la que tengo me amarga el alma. De todos cuantos conocimientos he atesorado ninguno ha conseguido apartarme de un gran vacío.

Callé un instante porque intuía lo que iba a preguntarme, pero se limitó a decir:

—Acaso vives demasiado pendiente de unos amores desgraciados. ¿Te extraña que esté enterada? Por el lugar que tu hijo ocupa en nuestra corte sabrás que conocí a su madre. Sabrás también que pasó demasiado tiempo entre nosotros para no enterarnos del daño que te hizo. Pero murió, Keftén, y con ella debiera haber muerto tu rencor.

—Sería muy infantil si te dijera que mis males vienen de una mujer, o aun de cientos. De las culpas que reprochamos a los demás, la mitad son ficticias. Es cierto que Naguiba destruyó mi vida, pero la recompuse y volví a destruirla. Huyendo de ella caí en nuevas redes y, si bien es cierto que fui dañado, también lo es que causé daño. No me importaban los países, no reconocía las fronteras. He sido hombre de muchas mujeres, Nefertiti. He ido constantemente en busca del placer.

—Me entristece todo cuanto dices porque es como el espejo de una vida malgastada.

—Los espejos devuelven imágenes. ¿Te estoy devolviendo la tuya?

—Yo no he malgastado mi vida, Keftén, si bien es cierto que acaso no sea la que pude tener porque a veces los espejos también son crueles haciendo aparecer mil vidas posibles. Es de sabios soñarlas, pero de más sabios todavía dejar que se borren al despertar. Por eso te ruego que me dejes en mi sabiduría y no me preguntes nada sobre lo que fui desde la última vez que nos vimos.

—Sé cómo eras en aquellos días lejanos y eso me basta. Mil veces te he recordado a la entrada de la Casa Dorada, despidiéndome entre Akenatón y Senet...

—Y yo recuerdo, en efecto, cómo se alejaba la caravana y tú te volvías constantemente diciéndonos adiós con mano temblorosa. Se cerraron las puertas de la muralla y nunca volví a tener noticias tuyas. Dámelas ahora. ¿Qué hiciste cuando te devolvieron a Creta?

—Preguntarme constantemente por qué me habían devuelto. ¿Sabes qué significa esta pregunta? Tu cuerpo está en una parte y tu corazón en otra. Paisajes nuevos van colmando tus ojos sin que tú los asimiles. Empiezas por no ser nada hasta que un buen día eres otra cosa. Así dejé de ser el niño que habías conocido sin llegar a ser siquiera el hombre que ahora soy. Y si me preguntas cómo es ese hombre, diré que es un compendio de lugares que nunca le pertenecieron.

Atisbé en su mirada un deje de tristeza, tan repentino como una tara recién descubierta en el fondo del alma. Pero acaso este reconocimiento era una respuesta a cuanto yo acababa de decir: era algo destinado a hacerme comprender que también ella se sentía extraña.

Como sea que conozco a la perfección la raza de quienes se sienten extranjeros en todos los lugares, proseguí en el mismo tono:

—Pero me has preguntado sobre mis actos y no sobre mis sentimientos; así que debo responderte a la manera de los que escriben las crónicas. Cuando llegué a Creta habían desaparecido las huellas de los sangrientos sucesos que marcaron mi infancia. Así me fueron restituidas las propiedades de mi padre, y me encontré convertido en uno de los jóvenes más ricos de la isla. Con semejante patrimonio ningún placer me estaba negado. Y a ninguno me negué, justo es decirlo.

Ella esbozó una sonrisa de alivio que no escondía un nuevo temor.

—Estoy a punto de sobresaltarme, Keftén. Conozco el caso de muchos jóvenes ricos que acabaron mendigando por los caminos después de dilapidar su fortuna en placeres sin cuento.

—No lo hice, porque he sido pendenciero pero en modo alguno estúpido. Mis placeres me han vaciado el alma, nunca la bolsa. Pero aunque hubiera sido así, la fortuna seguía llegando a mis manos atraída como las moscas a la miel. He ganado considerables sumas con el arte que aprendí en Egipto: cuando ya había descubierto el placer de aplicarlo se me presentó la posibilidad de verme retribuido. No sólo soy rico, sino que, en el caso de que dilapidase mi fortuna, podría enriquecerme de nuevo manejando mis pinceles. Lo he hecho en cuantos países he recorrido.

—Eres en verdad afortunado si ni siquiera una mujer como Naguiba consiguió arruinarte.

Yo me eché a reír ante aquel temor pese a que el solo nombre de mi mujer me llenaba de furia.

—También en esto te equivocas, Nefertiti. Esa zorra a la que creí mía no era una vulgar saqueadora de haciendas. Pertenecía a otra de las grandes familias de Creta y su padre se sienta a la diestra del monarca y es invitado al *megaron* de la reina cuando ésta se aburre y necesita conversar. Naguiba estaba en lo más alto, luego no tuve que inclinarme para recogerla. En cambio, cuando me abandonó, todos mis amigos tuvieron que agacharse para recoger los pedazos dispersos de mi alma. Pasé mucho tiempo sintiendo las heridas del amor y, en muchas ocasiones, estuve tentado de seguirla. Cuando supe que había ido a parar a vuestra corte, el amor ya se había trocado en odio. Ni siquiera me animó a buscarla el saber que llevaba un hijo en sus entrañas. Todo lo contrario; llegué a odiarlo porque era suyo. Nunca pensé que, al correr de los años y posarse la nieve sobre mis cabellos, ese odio al hijo haría un camino inverso al que recorrí con su madre. Hoy, ese odio está deseando trocarse en cariño.

—Aunque tu hijo sea maravilloso, su madre era mala, Keftén. En atención a su elevada calidad, mi propia nodriza la asistió en el parto. Tuvieron que sujetarla fuertemente para que se mantuviese en cuclillas, ya que así parimos las mujeres en Egipto, como sin duda sabes. Ella luchaba con todas sus fuerzas para arrojarse al suelo y golpearse contra él para evitar así el nacimiento de ese niño. Lo odiaba porque era tuyo, y creo que así fue durante toda su infancia... mientras yo aprendía a quererle por el mismo motivo. Porque era hijo tuyo y tú llevas mi sangre y la de Akenatón, que es la sangre de Dios.

—¿Por qué se quedó Naguiba en la Ciudad del Sol?

—Por las mismas razones que dirigieron toda su vida. Creo recordar que había un hombre. Y luego otros. En realidad fueron bastantes, según contaron en la corte. Porque has de saber que las gestas amatorias de Naguiba fueron muy pregonadas. Ni siquiera en la Ciudad del Sol hemos conseguido superar las murmuraciones. Se habla, y mucho. En este caso se habló demasiado porque esa mujer tuvo la osadía de colocar sus ardores a los pies del trono.

—¿Estás intentando decirme que llegó hasta el propio Akenatón?

—La cortesía del faraón es infinita para con sus amigos. Tú deberías saberlo mejor que nadie pues te beneficiaste de ella. Y lo mismo tu hijo. No te extrañe entonces que su hospitalidad se extendiese hacia una mujer que, por otro lado, era más bella que todas las esposas del harén real. Me afrentó, Keftén, y yo tuve que soportar esa afrenta porque, a pesar de lo que has visto en los relieves de los templos, en el serrallo sólo manda Akenatón. Tanto es así que incluso la esposa real debe...
—De pronto se interrumpió, como si acabase de rozar un límite del que se había prometido alejarse. Así, añadió con apresurada cortesía—: Per-

dona, no tengo derecho a incomodarte con mis preocupaciones.

—¿Qué ibas a decir, Nefertiti? ¿Qué puede preocupar a la que todo lo puede?

Cogió unas flores destinadas al dios y las apretujó con una violencia que jamás le hubiera supuesto.

—No estoy tan serena como aparento, Keftén. Ayer te hablé del dolor que me causa la llegada de esa princesa extranjera, y hoy puedo decirte que este dolor me sobrepasa y se convierte en una preocupación que afecta a los intereses de Egipto. He dado seis hijas al faraón y en ellas se basa nuestra felicidad, y es cierto que nunca hubo una esposa tan feliz ni un esposo más dichoso. Pero no he podido darle un hijo varón, no he podido asegurarle un heredero para el trono. Y yo se lo prometí, una y mil veces, amparándome en la seguridad que me otorgaba ser al mismo tiempo la esposa de Dios. Cuando inauguramos la Ciudad del Sol, yo le dije: «En esta tierra bendita tendrás tu primer hijo o yo regaré sus piedras con la sal de mis lágrimas.» Y era tal el júbilo de aquel día que mis palabras parecían ciertas. ¡Si lo hubieses vivido! ¡Si hubieses participado en ese viaje hacia una tierra tan llena de promesas! Akenatón, mis hijas, mi hermana, mis más leales doncellas ocupaban la barca real, y todos al unísono cantábamos los himnos a Dios. Nos seguía tal multitud de barcas que era imposible ver las aguas del Nilo. Allí estaban todos nuestros fieles, encaminándose hacia una nueva vida. Impulsadas por el soplo de la fe, las barcas se deslizaban suavemente, sin que los remeros necesitasen hacer el

160

menor esfuerzo. Y mientras en el horizonte se perdían los pilonos y los obeliscos de Tebas, yo iba repitiendo en mi interior que en la tierra prometida daría un hijo al faraón.

De pronto rompió en amargo llanto.

—¡Que Dios me proteja contra los recuerdos hermosos! —exclamó—. ¡No me permitas invocarlos de nuevo! ¿No ves que son los que nos hacen más daño? Escucha: las palomas son el pájaro preferido de mi esposo y el animal que, por su blancura, complace más a Atón. Pues bien, si la noche me brindase una paloma, la estrangularía con mi propia mano para tener ante mis ojos una agonía que se pareciese a la que yo siento.

Arrojó al suelo las flores que antes había aplastado y echó a correr hacia la parte más oscura de la nave, perdiéndose en sus estancias privadas.

Repuesto de mi sorpresa, intenté seguirla, pero me lo impidió una espada de oro que se posaba sobre mi estómago. La empuñaba un soldado de aspecto recio cubierto con una coraza también de oro y el casco que distingue al más alto mandatario del ejército egipcio. Era el general Horemheb, protegido de Horus y paladín de la casa real.

Sus palabras fueron tan rotundas como su aspecto. Su tono, el de alguien que estaba acostumbrado a organizar el mundo.

—No intentes detenerla, cretense. Está triste y tiene todos los motivos para estarlo. Tantos que lo suyo ya no es tristeza, sino dolor.

—¿Estabas escuchando? —pregunté, escandalizado.

—No lo necesito —contestó él con aplomo—. Además, no soy un espía ni una cocinera indiscreta. Me limitaba a oír. Y en esto debes elogiarme porque cumplía con mi obligación. Ya te habrán contado que soy los ojos y los oídos de Egipto.

—Nada me han contado excepto el alcance de tu poder. No sabía que éste se extendiese a la vida privada de la familia real.

—Casi soy parte de esta familia —dijo él riendo—. Yo di mi brazo para defenderla. Y mi brazo ya forma parte de ese gran cuerpo cuya robustez nos sobrepasa.

Recordé que alguien me contó que Horemheb había sostenido la causa de Akenatón desde un principio y que, mucho antes, se había abierto camino como hombre de confianza del gran Amenhotep. Pero su aparición en la Casa Dorada se produjo cuando yo ya no vivía en ella y todo cuanto podía saber de su reputación, que era muy alta, lo había escuchado en países extranjeros. Y aun estas referencias se limitaban a su papel en los campos de batalla y no afectaban en absoluto a las demás facetas de su personalidad. Por esto dijo él, dirigiéndome una mirada de ironía:

—Dices que no te han contado nada sobre mí y en esto se nota que llevas pocos días en Egipto. Yo te aventajo porque conozco toda tu historia y hasta la que te espera al llegar a la Ciudad del Sol.

No puedo recordar qué me dijo exactamente porque mi corazón continuaba turbado por las reacciones de Nefertiti y sólo pensaba en obtener alguna información que contribuyese a aclarármelas.

—Si eres soldado, serás mujeriego...

Comprendí que mi comentario era perfectamente estúpido porque incluso un hombre tan experimentado como Horemheb se extrañó.

—Mujeriego... —murmuró en tono divertido—. Sólo lo justo para que mi cuerpo no se estremezca de soledad por las noches.

—¿Lo justo para comprender el poder que irradia Nefertiti? —insistí yo.

—Para comprender que afecte a otros hombres y para impedir que me afecte a mí en ningún sentido. Si así ocurriese, mi brazo sería indigno de defenderla a ella y a los suyos.

Comprendí que me hallaba ante un profesional, alguien que, aunque se hubiese sentido atraído por una mujer, jamás se hubiese permitido que esta atracción se interpusiese en su carrera, pero yo lo ignoraba entonces, de modo que proseguí con mi inoportuno interrogatorio:

—He bebido mucho vino con militares de todas las latitudes. Conozco la medida exacta para haceros hablar.

—Entonces te ruego que no me contamines con su zafiedad. Un soldado borracho podría hacerte confidencias; un general del faraón jamás. Sobre todo en momentos delicados para Egipto.

No dijo más, aunque sin duda estaba ansioso de decirlo porque un viejo refrán asegura que un comentario a tiempo sobre los males del estado es el mejor método para exorcizarlos. Y cuando tuvo confianza para hacerlo ya ningún mal tenía remedio y ningún bien era posible desde el orden de Akenatón.

Al día siguiente, Amesis volvió para hacerme compañía durante el tiempo que durasen las oraciones de Nefertiti. Llevado por el tema a una nueva perorata sobre asuntos religiosos, me adelanté pidiéndole informes sobre Horemheb, si bien ocultándole nuestro encuentro de la noche anterior. Y así dijo ella:

—Es preferible que no sepas nada sobre él porque así podrás creer mis elogios, que no todo el mundo compartiría. Especialmente en la Ciudad del Sol, donde no está bien visto que, al igual que la reina madre, mantenga contactos con el clero de Amón. Pero Horemheb es muy listo, tanto como Tii, y si ambos continúan tratando a esos buitres, será porque saben que no están completamente destruidos. No terminan aquí los cargos contra Horemheb en las hablillas de los envidiosos. Los que no pueden soportar su éxito en la corte le tienen por taimado e intrigante. Para desacreditarle se ha llegado a decir que procede de muy bajo origen; pero no es cierto pues su familia tiene posesiones en Menfis y su prestigio ha venido durando de generación en generación. Muchas otras cosas podría decir en su defensa, pero bástete con saber que es fiel a la familia real, y esto, en los tiempos que corremos, es de suma importancia.

—¿Es tan fiel como para ofrendar flores a Atón y a la vez sacrificar un carnero a su dios enemigo?

—Es tan fiel como para pensar que algunas veces el faraón se equivoca. Y esto es hacerle un favor, te lo aseguro. Porque, en confianza, no se te habrá escapado que la familia real está un poco en las nubes...

—Empiezo a pensar que tienen instalado allí su nido de amor, y no junto al sol como aseguran. Pero me sorprende que lo reconozcas tú, una sacerdotisa de ese culto tan estricto.

—¡Ay, extranjero! Yo seré sacerdotisa, y de las más creyentes si tú quieres, pero lo que no soy es tonta.

Me dejó intrigado a la vez que abatido, porque de nuevo Nefertiti se permitió no recurrir a mí en todo el día. Al caer la tarde se repitieron las oraciones en honor a Atón y, como sea que el manto estrellado de Nut volvía a extenderse sobre el mundo, la nave atracó en un puertecito vecino a Abydos, que en tiempos de mi infancia fue uno de los lugares más sagrados de Egipto.

Me hallaba sumido en mis recuerdos cuando Amesis regresó para comunicarme que Nefertiti solicitaba mi presencia. La encontré reclinada bajo su baldaquino completamente sola, como si necesitase exorcizar un estado de ánimo que rechazaba la compañía de las arpistas, los abanicadores y aun los contadores de historias, que en otras ocasiones solían despertar su complacencia.

No me fue difícil comprender que su talante era muy distinto del de la noche anterior y que incluso la melancolía se había trocado por una máscara de intenso pesimismo.

—Es terrible la noche... —dijo casi en un susurro—. Créeme, Keftén, es nociva porque está poblada de demonios.

—Ayer dijiste que la noche era hermosa. Ayer no veías demonios, sino estrellas.

—Son las mismas, o así me lo parecen. Y así tiene que ser pues nada cambia en la vida de una estrella. Al fin y al cabo, las pobrecitas no son dioses.

—No me hables de dioses esta noche.

—No lo haré puesto que es tu deseo, y acaso sea también el mío. Acaso Dios colmó mi alma con tantas mercedes que necesito vaciarla un poco para no morir agobiada. Así pues, diviérteme, Keftén. Háblame de todo cuanto has visto en países extraños y entre gente insólita. Cuanto más raras sean, más me divertirán. Intrígame, Keftén. Llévame lejos de aquí. Hazme volar hacia algún horizonte donde Nefertiti nunca existió.

Y, al notar en esas palabras el tono de una súplica, percibí también que algo había cambiado en su rostro. Viendo que el cambio la desmejoraba, pregunté:

—Sólo se me ocurre una pregunta: ¿estás viva, Nefertiti? ¿Eres real?

—Para oponerme a tus delirios sobre la noche cantaré en mi respuesta la grandeza del día. Y te diré que estoy tan viva como la Ciudad del Sol. Yo soy esa ciudad. De ella saco toda mi fuerza.

—Tii dice que ella es su palacio y yo digo a veces que soy mis pinceles. Pero hay mucha soledad en el palacio de Tii y ningún pincel calma la mía. Todo esto son muletas para pobres lisiados. Cuando desaparecen dejamos de existir. Y a fe que es muy poca existencia si huye como los pájaros de Creta cuando sienten llegar la tormenta.

—Mientras exista la Ciudad del Sol existirán Nefertiti y, por supuesto, Akenatón, que son una misma persona.

—Yo las separo en mi mente. Y, de esta separación, tú emerges, divina como el sueño de un poeta.

—Tenía mucha curiosidad por saber en qué te habías convertido, y ahora lo sé. Entre todos los oficios no has elegido el de pintor, como pretendes, sino el de soñador. Por eso confío en que un día verás la luz de Atón, que es el más hermoso de los sueños.

—¡Nefertiti, Nefertiti! ¿Por qué tu nombre llena mi alma de locura? Cuando lo pronuncio sé que estoy pronunciando lo que dijeron todos los egipcios: la belleza ha venido. Y aun la gran esfinge debiera repetirlo. Mejor dicho, todas las esfinges debieran proclamar a los cuatro vientos la divinidad de Nefertiti.

—En esto te equivocas. Yo no traje la belleza, sino que la recibí al llegar al Nilo. Gracias a Egipto se me abrieron los cielos. Es justo que devuelva esta dádiva aportando la verdad a sus gentes.

—Y tú podrías darme esa verdad devolviéndome a la vida.

—Eres hermoso, Keftén, mucho más de lo que podía suponer cuando supe que volvería a verte al cabo de los años. Es crueldad de la vida devolvernos un niño amado convertido en un hombre que podría llenarnos de gozo. Pero, cuidado: lo que acabas de oír es un comentario que se les escapó anoche a mis doncellas. En casos así, la reina de Egipto sólo está autorizada a sonreír con un gesto de condescendencia, disculpando la frivolidad de las jovencitas. En cuanto a la esposa de Akenatón no debería hacer ni siquiera esto. Sólo debe pensar en lo que él está necesitando: un hijo varón.

—¿En eso piensas cuando Akenatón se dispone a tomar una nueva esposa? ¡En verdad que eres insensata, mujer!

—¿Qué puede importarme ella? Has de saber, Keftén, que ese hijo ya está en mis entrañas. Y será varón porque así me lo ha anunciado Dios. Por esto te digo que si al levantar tu mirada hacia mí cometiste falta, al hacerme objeto de tus sueños cometes sacrilegio. Y yo he estado a punto de cometerlo porque he recordado que eres el más apuesto entre los hombres cuando debí contentarme recordando que eras el más simpático entre todos los compinches.

Me arrodillé ante ella y fijé la mirada en el suelo sin la menor mezcla de ironía. Porque si ella y Akenatón encarnaban a la divinidad sobre la tierra, ese hijo que llevaba en sus entrañas debía ser un niño divino.

Pero al igual que esas divinidades traviesas que se complacen en permanecer ante los hombres durante el tiempo de un suspiro, Nefertiti ya no estaba ante mí cuando levanté la mirada. Y al buscar a mi alrededor sólo descubrí la formidable presencia de Horemheb, que se hallaba apoyado en un montón de cuerdas de amarraje y me miraba con un asomo de ironía.

La mantuvo al decir pausadamente:

—Tranquilízate, no estaba escuchando. Simplemente oía.

Sea cual fuere su actitud, no le presté atención. Regresé a mi camarote con el alma llena de júbilo porque estaba seguro de que en aquellos mismos instantes Nefertiti lloraba por mi culpa, y esto es algo que llena de gozo a cualquier enamorado porque encierra toda la maldad del amor y todo el egoísmo de la posesión absoluta.

AQUELLA NOCHE NO PUDE conciliar el sueño, pero mi vigilia no se debía a los sombríos augurios que me pareció entrever en el semblante de Horemheb y que podían afectar al destino de Egipto; por el contrario, eran imágenes referidas a la raíz misma de este destino y a sus consecuencias. Al áureo nacimiento de la Ciudad del Horizonte de Atón, sí, a la crónica de sus trabajos y el recuento de sus arcanos...

En mi sueño estallan las canteras, saltan disparados fragmentos de montaña que infatigables ejércitos de obreros transportan Nilo arriba. A cada día que pasa tiene que haber crecido una parte de la ciudad y ésta debe de ser ocupada en un tiempo que en las fortalezas de Nubia se necesitaría para levantar una muralla. Va creciendo así, precipitadamente, día y noche, sin una sola hora de descanso: piedra para la mansión de Dios, ladrillos y barro cocido para las casas nacidas de la prisa, aunque sean las del propio faraón. De todos los rincones de Egipto van llegando hombres para relevar a los que están exhaustos; desfilan artistas y arquitectos, geómetras y agrimensores, todos inventan técnicas nuevas que permitan el aceleramiento; los muros construidos con demasiada prisa acaso se derrumben, alguno lo ha hecho ya, pero nada consigue debilitar la voluntad de Akenatón y cada muro es levantado de nuevo, mientras a su lado van creciendo muchos más. En mi sueño, el faraón aparece bajo los rasgos del supremo agrimensor: crea las ideas, las aplica, visita las obras, consuela a los obreros, bendice los cimientos de algún nuevo ministerio, instruye a los artesanos sobre las pinturas del santuario, indica a sus nobles dónde deben construir su tumba y los motivos que deben adornar sus muros interiores...

En el corto plazo de tres años, la Ciudad del Sol ha nacido donde antes sólo hubo desolación. Y hasta Dios, en lo alto de los cielos, se maravilla de tamaña eficacia y elogia sin reservas la inaudita fuerza del empeño humano...

Esto soñaba, esto veía, esto creía estar viviendo.

Entre el tráfago de la ciudad nacida de la urgencia, del egregio disparate surgido de la Nada, se me figuró entonces la lenta construcción de un ser humano: de Nefertiti, sí, que era la Ciudad del Sol y al mismo tiempo su desarrollo. Lo mismo que sus mansiones, ella arrancaba de un terreno completamente estéril que eran las horas perdidas de la infancia e iba ampliando sus facultades, como un muro construido paso a paso, como un obelisco acabado de erigir en el atrio del gran templo. Y si es cierto que se me escapaba la mujer, el símbolo seguía consagrándose, y todo en él hablaba de excelsa complacencia destinada a iluminarme.

Ella. La gran desconocida. Nefertiti. La que trajo la belleza.

De cuantas representaciones me habían propuesto los relieves ninguna complacía tanto a mis sentidos como las que la representaban en el centro de una plácida, serena intimidad; esa que la ortodoxia oficial le reprochaba porque era contraria al estilo heroico que conviene a la pompa faraónica. Triunfaba la imagen de una Nefertiti convertida en patrona de la maternidad: ella rodeada por las seis princesitas que revoloteaban a su alrededor, picoteando aquí y allá sin el menor sentido del protocolo, ignorando que también ellas eran un instrumento de Dios y que esta condena las perseguiría durante toda la vida. Y en aquellas imágenes idílicas, la gran reina se rebajaba al papel de una nodriza, mientras Akenatón abandonaba el cetro de la realeza para mostrarse como un padre convencional.

Nefertiti, Akenatón, sus hijas: ofrecían una imagen demasiado hermosa para ser cierta, demasiado serena para no tener nubarrones. Y era posible que éstos no existiesen en los cielos de Egipto porque se habían quedado en la tierra, acechando arteramente la paz de la Ciudad del Sol. Era así como las imágenes se contradecían y acaso se burlaban unas de otras. Era así como en las idílicas escenas familiares que adornaban los muros de los templos aparecía de pronto un drama que ni siquiera Dios podía controlar.

El padre perfecto tomaba nueva mujer y la esposa real escondía sus penas rememorando con un amigo de infancia horas perdidas, dulces quimeras, idílicas imágenes de una inocencia que ninguno de los dos podía recobrar.

Y mientras esperaba a su princesa hitita, Akenatón se rodeaba de todas sus hijas para entonar ante el pueblo los himnos de la vida:

Cuando apareces con el alba,
oh tú, Atón del día,
ahuyentas las tinieblas
y nos colmas con tus rayos de luz...

ME ASEGURARON QUE, en contraste con todos los muelles de Egipto y del mundo, el de la Ciudad del Sol era ponderado por su orden y limpieza, porque se entendía que no es lícito entrar con bullicio y desconcierto en un terreno sagrado. Pero yo no tuve ocasión de apreciarlo ese día porque el barco atracó en las afueras con el objeto de que la reina pudiese efectuar un acto religioso que el protocolo consideraba necesario y al que ella misma era adicta.

La nave amarró en un puerto natural que, al contrario del que utilizan en Tebas los habitantes de la Casa Dorada, no tenía una sola construcción digna de destacar. Sólo lo distinguía un abrupto promontorio que formaba parte del gigantesco hemiciclo de piedra que cierra entre sus límites la Ciudad del Sol. Y en este promontorio se hallaba una de las estelas que Akenatón había mandado construir para precisar los límites del terreno sagrado. Aquel terreno que prometió no traspasar en todo lo que le quedaba de vida.

No bien empezaron a desembarcar los tripulantes noté que guardaban todos un silencio respetuoso y algunos, los más exagerados o acaso los más serviles, se arrodillaron ante la hornacina cavada en la roca. Allí aparecía el magnífico relieve que muestra al disco solar desparramando sus rayos. A sus pies tenía una mesa llena de ofrendas y, a un lado, las figuras de Akenatón y Nefertiti con los brazos en alto, en típica actitud de adoración. Tras ellos, las dos princesitas que ya habían nacido cuando la estela fue concluida.

Al igual que los componentes de su séquito, Nefertiti se arrodilló ante la estela y, tras efectuar una corta plegaria, besó por tres veces el suelo, como si fuese santo. Supe que era una forma de consagrar su regreso, y, para mejor asegurarlo, se cantaron de nuevo los salmos de Akenatón, y así pude solazarme en la espléndida imagen que formaba Nefertiti al entrar en trance. Y es posible que la beatitud del instante le sirviese para exorcizar los demonios de la noche anterior porque al terminar sus rezos me dirigió su sonrisa más serena. Acto seguido ordenó a Horemheb:

—Que cinco oficiales escolten a Keftén hasta el palacio que le ha sido destinado. Que reciba trato de rey, porque un rey es en mi afecto y en el de mi esposo... —Y, mirándome con ironía, murmuró—: Y más lo serías si tus ojos no se empecinasen en permanecer cerrados a la verdad. Pero, en fin, queda en la paz de Atón hasta que yo pueda recibirte en la paz de mi casa.

Su buen talante inspiró al mío, de manera que quise ser socarrón.

—Permíteme que yo recurra a otros dioses además del tuyo. Necesito a los dos mil de siempre porque hay mucho trabajo que hacer en mi pobre vida y, a partir de ahora, en la de mi hijo.

—Cierto: el tierno Bercos. Recuerda lo que te pedí: no te lo lleves de nuestro lado. Está en manos de Atón, y esto significa que no puede estar en mejores manos.

—En las de un padre, acaso.

—Eso si el padre es digno, lo cual está por demostrar. Y es arduo hacerlo según cuentan las generaciones del mundo.

Reacia a entablar una nueva discusión, se puso al cuidado de sus doncellas, que la ayudaron a instalarse en una silla de posta mientras Horemheb subía a su caballo para escoltarla. Así, la comitiva avanzó lentamente por las partes menos escarpadas de la colina hasta salir al inmenso llano donde se asentaba la Ciudad del Sol.

En el futuro conservaría pocas impresiones de mi llegada, que se efectuó por la parte trasera de la ciudad, donde fuésemos menos observados. Sólo percibí la disposición de las calles en ordenada cuadrícula, como todos me habían anunciado, y la asombrosa cantidad de árboles que sobresalían de los patios de las grandes mansiones, delimitadas con tal precisión que parecían figuras geométricas arrancadas del plano. También reparé en una construcción aérea que, al levantarse por encima de los tejados más altos, era asombro de todos los viajeros; se trataba de un puente cubierto que unía el palacio real con el santuario de

Atón y que utilizaban los reyes y las princesas para sus desplazamientos privados en las distintas horas del culto.

Sin tiempo de fijarme en más detalles, me encontré en el palacio que me había sido destinado y que coincidía con los pronósticos de Senet: muchas y muy variadas estancias, por las que entraba la luz a raudales, jardines exuberantes y una decoración tan exquisita y, sobre todo, tan acorde a mi sensibilidad que parecía como si la hubiese elegido yo mismo. Porque todo en ella constituía una réplica a los dones del Nilo y no había flor, pájaro o pez que no estuviese allí representado.

Igual prodigalidad había demostrado Akenatón en la elección del servicio. Estaba formado por tres esclavos de segundo orden, un criado personal para mis estancias privadas, una cocinera y un jefe de establos, todos ellos al cuidado de un intendente a quien llamaban Cantú y era el encargado de tratar conmigo. Tenía un porte tan señorial y unas maneras tan afectadas que lo hubiera confundido con uno de los sacerdotes principales de cualquier culto próspero que se hubiera quedado sin trabajo. Hablaba sin mover un solo músculo facial, no digamos ya las manos o los brazos. Y desde esta inmovilidad, que se parecía mucho a la altanería, me anunció que me estaba esperando una dama recién llegada de Tebas.

Fue así como la estancia se llenó de alegría al recibir a Nellifer.

Apenas me dio tiempo a reaccionar. Se arrojó a mis brazos y me llenó de besos mientras intentaba calmar mi asombro con apresuradas explicaciones:

—No te extrañe que mis deseos se hayan anticipado a los tuyos porque el camino del desierto es más rápido que las aguas del Nilo, donde los vientos siempre dictan su capricho. ¿De qué te extrañas? Si una reina puede tener su propio carro, una meretriz de crédito puede poseer el mejor caballo que hay en los establos de Tebas.

—¡Ay, Nellifer, Nellifer! Me da miedo esta decisión que veo en tus ojos. Porque hay en ellos mucho ofrecimiento y, en mi alma, pocos ánimos para corresponderlo.

—Tengo una excusa para no sentirme rebajada ante ti. Visitaré el templo de Atón como cualquier peregrino, pasearé por los mercados, buscaré túnicas que me hagan grata a tus ojos. Adornaré mis brazos con pulseras y ajorcas hasta parecerme a las damas más elegantes de la Ciudad del Sol. Tengo que hacerlo porque he venido con lo puesto y no quiero que te avergüences de Nellifer. Y no has de temer por tu bolsa: ninguno de mis caprichos ha de costarte nada porque ya te he dicho que soy una mujer poderosa. Con mis ganancias podría comprar este palacio y hacer que el propio faraón durmiese bajo las palmeras. Así es la vida. Otros hombres han pagado lo que tú disfrutarás. Hazlo en buena hora, Keftén, porque para mí todo será mejor si lo disfrutas.

—No quisiera ofenderte, Nellifer, pero tengo algo más importante que disfrutar; algo que excede en intensidad al placer de una noche. Es algo que sólo puede darme mi hijo.

Lejos de sentirse rechazada, ella tomó mis manos y las depositó sobre su pecho, cálido y palpitante.

—Ese placer está ya en mi corazón y nadie podrá quitármelo. No pido más, puesto que es mucho. Así pues, toma de tu hijo la intensidad que tanto necesitas y déjame compartirla.

—Ese hijo no destaca precisamente por su cortesía —refunfuñé—. O yo no entiendo las costumbres del nuevo Egipto o debería estar esperándome.

Pregunté a Cantú, que se limitó a dirigirme una mirada circunspecta, como si estuviese procurando que ninguna de sus palabras se pareciese remotamente a una indiscreción.

—Tu hijo ha estado aquí repetidas veces para vigilar que todo estuviese en orden a tu llegada. Y he de decirte que su presencia ha causado gran sensación entre el vecindario, no sólo porque es locuaz, dicharachero y presto a hacerse amigo de todo el mundo, sino por sus cabellos, que tienen un color dorado como yo no había visto en ser alguno... —De pronto se detuvo y, tras unos segundos de meditación, añadió—: Hablando de cabellos, te diré, si me lo permites, que los criados han hecho comentarios.

—No serían egipcios si no los hicieran —rió Nellifer—. ¿Tanto los han divertido los cabellos dorados de ese joven?

—Más les han chocado los tirabuzones del amo, si el amo me lo permite. La cocinera, el jardinero y el jefe de establos han coincidido en afirmar que el hijo ha salido al padre, porque pelos como ésos no se habían visto nunca en Egipto. Sin embargo, para tranquilidad del amo, recordaré un viejo refrán que dice: «Bendita la rama que al árbol sale», de manera que todo queda en orden a ojos del servicio y, espero, que a ojos de Atón.

En aquel momento entró corriendo uno de los esclavos etíopes. Tras inclinarse respetuosamente dijo algo al oído de Cantú, quien respiró con alivio al comunicarme:

—No tardarás en conocer al joven amo. Me anuncian que acaba de hacer su entrada en el jardín. Y se nota que es un jovencito de alto rango porque llega a lomos de un asno de su propiedad.

Nellifer intervino con la prudencia que la caracterizaba:

—Este encuentro te pertenece por completo. Permíteme esperar en la habitación contigua. Mientras hablas con tu hijo ordenaré tus cosas, para que sepas lo que es tener una mujer en casa.

Al quedarme a solas tuve la extraña impresión de que estaba completamente indefenso ante mi hijo. Tenía todas las trazas de convertirse en un enigma que me sobrepasaba: el de alguien que estaba empezando su vida cuando yo tenía la mía tan colmada. ¿Cómo debía reaccionar semejante criatura? Y, sobre todo, ¿qué pensaría de mí? Ante este temor me sentí repentinamente viejo y hasta un poco estúpido. Yo, que siempre me mostré firme y seguro ante los poderosos de la tierra, me sentía amedrentado ante la opinión de un renacuajo que, además, nunca había salido de un remoto rincón del mundo. Yo, que siempre fui mimado por las mujeres más bellas, me sentía ahora vulgar y mal parecido. Ya no era yo mismo.

Era un extraño que debía enfrentarse a un extrañito.

En realidad no lo fue su físico, tanto me lo había ponderado Senet en sus recuerdos. Allí estaban los cabellos dorados que en tanto aprecio tenían los egipcios, pues es sabido que cuando ellos quieren lucir este color deben recurrir a pelucas fabricadas con pelos de berebere, o bien al de algunos nubios que, a pesar de la negrura de su piel, tienen el pelo quemado. Pero, en tales casos, los cabellos parecen de estopa y tienen el color de las mazorcas, mientras que el de mi hijo tenía el ígneo refulgir del oro, como también había dicho Senet. Y, a pesar de los años transcurridos desde que éste le vio en el gineceo real, conservaba su nariz respingona, que resultaba particularmente graciosa en un rostro dominado por el equilibrio de todos sus rasgos. Y por el intenso azul de sus ojos y la blancura de su piel supe que era un digno hijo del mar de Creta, y no del Nilo.

Vestía un escueto faldón de lino en lugar de la túnica de los novicios, por lo cual adiviné que en el templo le permitían ciertas libertades, debidas sin duda a sus privilegios cerca del faraón. La ligereza del atavío me permitió observar que su ascendente cretense se demostraba en las perfectas proporciones de su cuerpo. No era excesivamente alto, pero en la finura de su talle y la anchura de sus hombros era posible reconocer el estilo de los jóvenes nobles que pasean por las terrazas del gran palacio de Minos.

Entró con la energía y la decisión propias de quien, a temprana edad, posee asno privado. Avanzaba con pasos rotundos, mostrando una seguridad que, sin embargo, se revelaba vulnerable por el solo intento de imponerse a toda costa. Igualmente delatora era la mirada, que recorría todos los detalles sin detenerse en ninguno. De pronto se detuvo en mi peinado con el mismo estupor que veía reflejado en el rostro de todos los egipcios. Así pues, tuve que soportar la pregunta habitual:

—¿Por qué llevas esos tirabuzones, señor padre?

—¿Por qué tienes tú ese pelo tan dorado, señor hijo?

—Lo mío es voluntad de Atón; en cambio, lo tuyo está hecho por manos humanas y, por tanto, tiene mucho delito. Pero, en fin, depende de la voluntad de cada uno llevar tirabuzones o cortárselos. De todos modos, por ellos veo de dónde vienes, y por este lugar entiendo que eres aquel a quien tanto he esperado. Debo decirte, en primer lugar, que nunca he llamado padre a nadie que no sea Dios. Comprende, pues, que me cause un poco de extrañeza.

—Nunca he llamado hijo a nadie. Comprende, pues, que me cause un gran placer.

—Todo esto me parece muy extraño, señor padre. Sé que debiera arrodillarme ante ti y jurarte obediencia, pero también pienso que debo ser prudente y averiguar antes si la mereces.

—¿Qué quieres decir con esto, señor hijo?

—Que el respeto no es una limosna que se otorga de buenas a primeras, y que, antes de que te muestre mis virtudes, debes mostrarme tú las tuyas y excusarte por no haberme querido conocer antes.

—Es cierto que debo sentirme culpable a tus ojos, pero no a los míos. He viajado mucho, y entre el equipaje que se recomienda para recorrer tierras lejanas nunca se incluye un recién nacido.

—El Nilo ha crecido catorce veces desde que nací. Estoy seguro que a la décima inundación ya pudiste llevarme contigo. Y te habría hecho quedar muy bien en cualquier reino de la tierra porque todas las mujeres del gineceo dicen que fui un niño muy despierto y propenso a la sabiduría. Ésta es una virtud de la que puedo vanagloriarme. Te la ofrezco, señor padre, para que veas lo que te has perdido negándote a conocerme.

—Señor hijo, la experiencia me ha enseñado que es de necios ponerse flores antes de que los demás te las adjudiquen.

—Es que me valoro, señor padre. Si no lo hago yo, ¿quién lo hará? No tú, por supuesto, porque ya se ha visto que nunca te ha importado ni yo ni mi situación; la cual es, por cierto...

Le detuve con un ademán casi agresivo, pues lo cierto es que empezaba a aturdirme:

—No vuelvas a empezar, niño. Y no te quejes por falta de valoración. La propia reina me ha hablado maravillas de ti. Y, al poco de mi llegada a Tebas, vino a verme un oficial del faraón pidiéndome que cerrase entre vosotros ciertos vínculos de lo más curiosos. Hablando con franqueza: me sorprendió que a tus pocos años hayas conocido ciertos aspectos de la vida que son un poco... no sé cómo decírtelo... me resulta un poco violento...

—Pues es muy fácil. Quieres decir que he conocido los goces de la carne.

—Así es si así quieres llamarlo. Y, aunque me tengo por hombre de mundo, debo recordarte que hasta los dieciséis años no entrarás en la hombría. O sea que te faltan dos.

—Eso dicen las leyes egipcias, en efecto, pero ¿a qué esperar tanto? Piensa que en la Ciudad del Sol hay chicos de mi edad que ya son padres de familia.

—Dudo que puedas ser padre de familia si te unes a ese petimetre del abanico. ¿O es que el dios de Akenatón ha dado a sus oficiales la facultad de parir?

—No deberías burlarte así de Dios. ¿Te gustaría a ti que alguien se metiera con los de Creta?

—Francamente me daría igual. Todos los dioses me son ajenos.

—¿Y eso por qué? —preguntó él con expresión tan ingenua que era un gozo a la mirada—. ¿Cómo es posible que te sean ajenos los dioses que todo lo pueden?

—Porque en todas partes donde mandan sólo he visto la injusticia y el desatino. Porque sus servidores son los más canallas entre los hombres. Porque se dedican a explotar a los pueblos basándose en su credulidad. Y, en última instancia, porque los dioses me negaron la posibilidad de creer en ellos, luego no tengo que darles el placer de esforzarme. Sólo una cosa entiendo en estos momentos: se presenta ante mí el ejercicio de la paternidad y es un oficio que me apetece mucho. Para decirlo francamente: estoy en una edad en que te necesito. No me preguntes la razón porque yo mismo la ignoro.

—No sé a qué viene todo esto. Yo no había

pensado en irme; además, no puedo, pues soy novicio del templo de Atón y estoy destinado a su culto y el faraón no permitiría que lo abandonase por más que se lo pidiera el del abanico. Que, por cierto, es tonto de remate, como ha demostrado viniendo a importunarte con una historia que sólo concierne a él y a mí. Es decir: más a él que a mí, porque yo sólo quería gozar de su cuerpo bajo las palmeras del parque y él se lo ha tomado como si tuviésemos que gozar de todos los palmerales de Egipto. Y aunque le dejé bien claro que no estoy en disposición de tomar compromisos ha organizado esta historia, mezclando en ella a todos los dioses. Y en esto también demuestra ser corto de entendederas porque, en un momento en que cualquier dios que no sea Atón está mal visto, él me compara con el hijo de Hator, diosa que por cierto es de órdago en las materias del amor. Sin contar que esta comparación me deja en muy mal lugar a ojos de mis superiores en el templo. Por esto te digo que, si el del abanico vuelve, le des un buen puntapié en las posaderas, como se hace con los criados embusteros y los niños que se niegan a aprender... ¿Por qué me miras así?

—Porque el jefe de los criados me había dicho que eras locuaz, pero, ¡pardiez!, nunca creí que lo fueses hasta tal extremo.

—Mira, señor padre, que es un extremo necesario porque me sirve para hacerte ver que no deseo alejarme de tu lado; por el contrario: deseo fervientemente estar contigo, como vengo soñando desde que era niño y veía que todos mis compañeros tenían un padre y una madre mientras yo tenía que conformarme con una madre y veinte padres a la semana.

—Señor hijo, no debes hablar así de quien te dio el ser.

—Sería por casualidad, porque al ritmo que llevaba podría haberles dado el ser a otros trescientos y quedarse tan ancha. Pero es verdad que no debo hablar mal de mi madre por muy cerda que fuese, que lo era mucho, y en cambio debo celebrar que estés por fin a mi lado; pues, aunque tú también fueses un cerdo, yo todavía no lo sé, y por tanto debo darte crédito y concederte la posibilidad de ganar mi afecto. Pero tendrás que trabajar muy arduo, porque una cosa es que haya soñado contigo todo este tiempo y que ahora, al conocerte, piense que eres un padre muy apuesto y con aires de buena persona, y otra cosa muy distinta es que reconozca tu autoridad sin que tú hayas hecho méritos. Y ahora me preguntarás: «¿Cuáles son esos méritos, señor hijo?» Y yo responderé con las palabras de los sabios ampliadas a las ventajas de las nuevas doctrinas, que consisten en aplicar la razón estricta en las relaciones entre padres e hijos. Quiero decir, y con esto concluyo, que si tú sigues estas enseñanzas, todo irá bien; y que, por el contrario, me rebelaré contra ti si osas tratarme como mi madre, que, desoyendo las enseñanzas del faraón, rozó los límites de la injusticia. Bástete con saber que se atrevió a reñirme.

—Si tu madre te riñó es que algo malo harías.

—No fue completamente horrible, pero malo sí, porque yo era muy travieso. Descuida, ahora no lo soy, ahora soy comedido y justo como un profeta; pero, cuando era travieso, tenía ganas de jugar con todo, como es lógico. Y hete aquí que una tarde que mi madre había fornicado con un capitán de la guardia real se me ocurrió gastarles una broma que al principio consideré de todo punto inofensiva. Y fue que, estando ellos dormidos, exhaustos el uno junto al otro después de la batalla, me acerqué de puntillas y até un cordel dorado al pene del capitán y el otro extremo a una puerta. Hecho que hube esto, me deslicé con suma cautela a mi habitación y advertí a una de las criadas: «Sequit, ha dejado dicho mi madre que la despertases cuando el sol estuviese sobre los jardines del templo», y, como sea que el sol ya se estaba retirando sobre la colina de la tercera estela, la mujeruca se apresuró a cumplir el mandato. Y abriría la puerta con tanta furia... Bueno, yo sólo oí los gritos del capitán y me eché a reír; pero como sea que los gritos seguían (¡venga gritos, venga gritos!) y acudía mucha gente y los sirvientes corrían en busca del médico del faraón me interesé por lo que había ocurrido. Quedé francamente horrorizado. Y es que, aunque no lo creas, el pene del capitán colgaba de un extremo del cordel lleno de sangre. Un asco, señor padre; un verdadero asco.

—¿Y qué esperabas, señor hijo?

—Esperaba hacerle daño, pero no provocarle semejante amputación. Al fin y al cabo, uno siempre piensa que un pene tiene más resistencia, sobre todo si es de soldado, que de eso alardean, pues de otra cosa no pueden. De todos modos, yo era travieso pero no tan incauto que no me considerase merecedor de una reprimenda. Sólo que mi madre se excedió; lejos de mostrarse constructiva imitando las enseñanzas del rey Merikara a su hijo, lejos de recitarme los consejos del sabio Amenemope, me propinó dos bofetones como si fuese un sirviente de los establos. Por eso comprendí que había sido mala contigo: porque conmigo lo fue más allá de toda medida.

Tanta hostilidad, manifestada con tal vehemencia, me hizo temer por la futura tranquilidad de Nellifer. Decidí abordar la cuestión sin circunloquios.

—Hijo mío, tengo que decirte que traigo una mujer conmigo.

—Entiendo que estás en tu derecho, pero debes decirle que no intente hacer de madre porque ya he tenido una y, como has podido entender, no me satisfizo la experiencia. Insisto en que lo que necesito es un buen padre. Y ahora, si me lo permites, quiero retirarme porque tengo cosas importantes que hacer y la conversación ya está agotada.

No pude reprimir un suspiro de alivio.

—No sólo te lo permito sino que te lo ruego; porque, si la conversación está agotada, yo estoy exhausto de seguirla. Y de cara a mi futura tranquilidad permíteme preguntarte, hijo mío, si siempre hablas tanto.

—Hoy me has cogido parco en palabras porque el príncipe Smenkaré me ha ganado siete veces en el arco; pero cuando no he sido víctima de ninguna humillación suelo explayarme largo y tendido, porque dicen los sabios que las palabras que se guardan van carcomiendo las entrañas y acaban por corromperlas.

—Guárdate algunas palabras, hijo mío; piensa que tienes mucha vida por delante y puedes necesitarlas.

—Lo haré si es tu deseo; pero no pienso guardar las que quiero decirte ahora. Me ha gustado mucho cuando, acaso sin quererlo tú, me has llamado «hijo mío». De verdad que, por un momento, he sentido que te pertenecía y he notado que me dedicabas una especie de protección que hasta ahora sólo me había prestado Dios. Pero tengo que decirte que me gusta más la tuya.

Su conversación me había dejado demasiado extenuado para que tuviese tiempo de conmoverme, de manera que me dejé caer en un amplio diván mientras le veía alejarse hacia la puerta del jardín. Pero él era implacable porque todavía se volvió una vez más para preguntar:

—Padre, al entrar vi en el atrio una mujer vestida de ramera cara. ¿Es la tuya?

—Ésa es, en efecto. Se llama Nellifer y te pido que le des respeto.

—Antes le daré un consejo. Lleva pintados los ojos a la manera de las tebanas, pero esta moda ya no se estila en la Ciudad del Sol y pudiera dejarte en ridículo cuando la lleves de paseo por la avenida de los mercaderes. ¿Me permites que le diga, con buenas palabras, cómo debe hacer para no estar tan horrenda?

Se fue sin aguardar respuesta y, por lo que Nellifer tardó en entrar, comprendí que el consejo se habría convertido en un tratado sobre moda. En cualquier caso, ella reía de buena gana y, al arrojarse en mis brazos, comprendí que Bercos le había gustado.

—Padre e hijo sois bien extraños. ¡Tú con tus tirabuzones y él con ese pelo dorado! Si os exhibieseis por las ferias de los templos os haríais ricos.

—Espero que no te habrá faltado al respeto.

—Me ha preguntado si soy ramera.

—No se le puede negar que es directo.

—Y comprensivo. Ha dicho que, al fin y al cabo, su madre también lo fue.

Reímos a gusto porque el aplomo de aquel muchacho, recién nacido a la vida, se prestaba a todas las caricaturas. Pero en el fondo, su presencia me había producido un extraño malestar, y así se lo comuniqué a Nellifer.

—Sé que acabaré queriendo mucho a ese gorrión; pero, de momento, su extremada juventud me entristece. Oyéndole hablar con tanta seguridad he sentido un extraño vacío en el alma, porque ya no hay en ella todo ese vigor que él despliega con tanta gracia. Es tan joven que ha querido exponerme todo su mundo de una sola vez, y en su catarata de palabras he notado una prisa de la que yo carezco porque sé que ya nada me espera.

—Excepto él —dijo Nellifer con extrema dulzura—. Él te está esperando y sin duda presiente que toda su vida depende de tu experiencia. Déjale que te llene de palabras, deja que te inunde de insensatez. Tus ríos están demasiado secos y sólo un agua completamente nueva puede llenarlos.

—Eso he sentido, Nellifer; pero al mismo tiempo he temblado, porque pienso en todo lo que yo he vivido y lo que a él le queda por vivir.

Ese inmenso espacio que se abre ante él me ha producido un vértigo indescifrable. Y por esto tengo miedo y por esto siento ganas de llorar.

—Así ha sido siempre y así será. Cuando los jóvenes irrumpen en nuestra vida nos llenan de alegría y a la vez de zozobra, porque ellos son nosotros como ya nunca volveremos a ser. Deja que aprenda de ti, de mí, de todo cuanto le rodea. Mientras, los mayores nos quedaremos con lo que somos para sentirnos un poco acompañados.

Nos hicimos compañía a nuestro modo, con besos y caricias de complicidad más que de deseo. Pero en mi ánimo seguía prosperando la congoja porque sabía que en algún rincón de aquella ciudad extraña estaba Ella, la que ya todo lo podía en mi alma. La que regresaba constantemente para sumirme en un desamparo infinito que ni siquiera el amor de un hijo podía llenar.

A VECES CIERRO LOS OJOS para mejor recordar las bellezas de la Ciudad del Sol. Entonces, sus magníficos edificios, sus deslumbrantes jardines se me presentan con todo el esplendor de una apoteosis celestial. Y esto no es un espejismo que quepa atribuir a la memoria —siempre tan voluptuosa—; tampoco es una treta del recuerdo. La magnificencia de la Ciudad del Sol fue real, y aunque hoy nadie se acuerde de ella, algún día renacerá en la mente de todos los soñadores de la tierra.

Llegué en pleno esplendor, sin presentir que,

allá en el horizonte, dioses adversos habían decretado un patético ocaso. Llegué cuando nadie podía presentir que, en los tres años siguientes, todos los logros del faraón soñador se encaminarían al fracaso para confirmar que sólo la muerte y la desolación esperan al hombre al final de sus caminos.

Pero ninguna ciudad recibió jamás un nombre que obedeciera mejor al lugar que ocupaba entre todos los milagros de la creación. ¡La Ciudad del Sol! Milagro que se renovaba día a día cuando el amanecer arrancaba a los edificios destellos blancos como el marfil y a los jardines una policromía exuberante, mucho más deliciosa de cuanto pudieran soñar mis pinturas.

En ningún lugar de la ciudad, y acaso del mundo, se manifestaba la belleza con tan resplandecientes poderes como en el recinto llamado el Maru-Atón, donde los delirios estéticos del faraón habían depositado los más variados dones de la naturaleza, convertida a su vez en una continua exaltación de la divinidad sobre la tierra. En aquel conjunto de frondosos parques amenizados por risueñas fontanas y encantadores edificios —quioscos, rotondas, pabellones de reposo...— empecé a comprender por qué, en la doctrina atoniana, gozaba la naturaleza de tanto prestigio. Porque era, en resumen, su mayor milagro.

El verdadero nombre de la ciudad era Aketatón, nombre que para los egipcios significa «Atón en el horizonte». Y era cierto que la presencia del dios era constante y su influjo permanente, e incluso obsesivo para quien no estuviera cegado por la luz de sus rayos. Incluso el gran templo estaba sometido a su imperio pues, para mejor recibirlo, carecía de techo y tanto los numerosos altares como las tablas de ofrendas veíanse acariciados continuamente por las manos sagradas de Dios. Manos que se extendían sobre el palacio real, prodigioso edificio anexo al templo y unido a éste por un puente suspendido en el aire. Esta asombrosa construcción, que no tenía semejanza con ninguna que yo hubiera visto jamás, era el camino utilizado por la pareja real para desplazarse al templo conservando su intimidad. Así podía decirse que los hijos del sol avanzaban por el aire, como correspondía a los ilustres vástagos de un padre divino.

Y en respuesta a esa divinidad sólo puedo decir, ahora, que mis recuerdos se llenan de gloria y mi nostalgia se ve dominada por la inconfundible huella de la magnificencia.

TRANSCURRIERON MIS PRIMEROS DÍAS sin noticias de palacio: nadie se interesaba por mí, nadie reclamaba mis servicios, ningún alto dignatario se molestó en explicarme los pormenores de mi trabajo o dónde debía realizarlo. La impaciencia que esta situación me provocaba aumentó debido a mi ardiente deseo de volver a encontrarme con Nefertiti, lógica reacción del enamorado a quien se regatea el objeto de su amor. Sin embargo, a medida que pasaban los días, la desesperación del amor herido se fue trocando por la irritación a causa de la vanidad insultada y, así, el eje de mis ataques ya no fue Nefertiti, sino Akenatón. Porque ese ser, en quien años atrás había depositado un enorme cariño, se dignaba prescindir de mí, e incluso de nuestro pasado. El hecho de que Bercos la viese a diario en las ceremonias del templo no hacía sino aumentar mi encono. No era que mi hijo ocupase mi lugar: es que ni siquiera se me había dado la oportunidad de ocupar alguno.

En tales circunstancias tampoco me apetecía pasear por la Ciudad del Sol, porque, siendo un sueño de la pareja real, cada una de sus calles me recordaría las humillaciones de que me creía víctima. Y, aunque Bercos me había insinuado en más de una ocasión cuánto le ilusionaría que le viese desfilar en las procesiones del templo de Atón, el solo nombre de este dios bastaba para sacarme de quicio. Tanto llegué a asociarle con Akenatón y Nefertiti que me negaba a pasear de día para que sus rayos no me alcanzasen. ¡Odiadas eran sus manos, que seguían acariciando todas las cosas del mundo menos a mí!

En mi despecho busqué la compañía de dos mitos tan antiguos como Egipto: la luna y el Nilo. A ellos confié mis pensamientos, mis quejas y hasta mis suspiros de amor.

¡Celeste luz! Mi sueño se arrastraba río abajo con velas que no precisaban de viento alguno, pues seguía impulsándolas la memoria. En el crepúsculo, de madrugada, en las horas lánguidas del amanecer, el supremo mensaje de Egipto se estaba adueñando de mí. ¿O acaso traía ya conmigo el deseo de vivirlo intensamente? La belleza existió aunque yo no viese a Nefertiti. La belleza surgió de la soledad para envolverme, y en cada uno de mis paseos sentí ganas de llorar. Belleza aprendida, sí; belleza profundamente asimilada; pero ¿en qué lugar, junto a quién, en qué remoto sueño de infancia?

El río, con su vejez de siglos, volvía a ser nuevo para mí; la luna, parlanchina y soez, aumentaba mi sed de belleza en lugar de saciarla. Supe entonces que el tormento era bello, el silencio fructífero y la soledad pródiga en posibilidades. Imaginé que había encontrado la llave de los ignotos abismos donde la perdió el primer enamorado o acaso el primer niño. Y descubrí que de las piedras estériles brotaba un cántico de vida que nada tenía que ver con el dios de Akenatón. Era el compendio de algo que yo había estado buscando durante toda mi juventud y que se fue perdiendo en países y cuerpos que ya no me importaban en absoluto.

Este reconocimiento tenía lugar cuando, en momentos de lucidez, mi hijo me preguntaba detalles sobre mi vida pasada. Tan ansioso estaba por conocerme, tan necesitado de cosas mías, que la lista más o menos jugosa de mis amores dispersos se convirtió en tema favorito de las comidas que compartíamos con Nellifer, como si fuésemos una familia. Y en la atención de mi hijo, en su expresión divertida cada vez que me refería a una aventura galante, encontraba yo un deleite singular.

Me pedía que le hablase de los jardines de Babilonia y yo, sabiendo lo que esperaba de mí, entornaba los ojos mezclando la nostalgia con la picardía:

—¡Ah, los jardines de Babilonia! Cada uno de

sus rincones tiene un nombre de mujer. Es un deseo fugaz que todavía saboreo, como un pastel que se llamase Nerena. O, mejor aún, es una fruta que se llama Samara. Seguro que, con el tiempo, no habrá perdido su sabor.

Bercos y Nellifer batían palmas al unísono, y ella preguntaba, entre risas, cuáles eran mis recuerdos de la tierra de los beduinos.

—Los desiertos que les dan cobijo ofrecen lujuriosos oasis, y en ellos existen límpidos manantiales donde se bañan desnudas las muchachas de piel de cobre. Adentrándome en la noche descubrí que a la luna le gusta hacer de alcahueta. Por eso, los manantiales de los oasis se llaman Bitia: porque la impúdica luna la puso en mis brazos.

Al llegar a este punto, Bercos me dirigió una mirada aterrorizada y, casi sin transición, se echó a llorar desesperadamente. Ni siquiera tuve tiempo de consolarle pues, dando un salto, abandonó su posición en cuclillas y echó a correr hacia la habitación que ocupaba junto al jardín.

Me disponía a seguirle cuando Nellifer me lo impidió con un gesto autoritario, propio de mujer que se hubiese pasado la vida haciendo de matrona de su hogar.

—Deja que sea yo quien le consuele. Tú no sabes nada de hijos y podrías empeorar la situación.

Se fue, para regresar al cabo de pocos minutos. Tenía la sonrisa ancha y suficiente de quien ha comprendido mejor que los demás, o así lo cree.

—En verdad que es dulce tu hijo porque me ha dicho que me está cogiendo mucho afecto, pero también dice que su pleito es con su padre y no conmigo. Ve, pues, con él, pero lleva cuidado, puedes herirle al invocar lo que más falta le hace.

Seguí su consejo sin que el desconcierto me abandonara completamente; todo lo contrario: me arrodillé junto al camastro donde se hallaba tendido mi hijo y le acaricié nerviosamente, con toda la inseguridad de un adolescente que no supiera cómo aliviar las penas de otro de su misma edad. Así pues, sacando fuerzas de flaqueza, murmuré en voz queda:

—Háblame, hijo mío; confíate a mí. Aunque, si es posible, muéstrate conciso y no pródigo en palabras como sueles. Es decir: cuanto más claro mejor.

—Seré parco como me pides porque es cierto que con menos palabras mejor se explica un dolor. Y ahora acabo de sentir uno en lo más profundo de mi corazón. He descubierto que yo soy más noble como hijo que tú como padre.

—¿No será que te precipitas en tu descubrimiento? Porque éste no tiene base alguna en que apoyarse.

—La tiene, padre, la tiene. Yo te pregunto continuamente cosas sobre tu vida y tú no te has molestado en preguntarme todavía cuáles son mis sentimientos.

—Porque tú eres un niño metomentodo y yo soy un padre de lo más prudente.

—Ya no soy un niño, padre mío. Tengo la edad del príncipe Smenkaré, el yerno del faraón, a quien quiero y respeto como mi mejor amigo. Pero también es cierto que le envidio, pues se le permiten cosas que a mí me están negadas.

Cuando salimos juntos a cazar se complace contándome las cosas que hace con Meritatón, su esposa, y yo noto que se me enciende la sangre a pesar de que debería tenerla calma para ofrecérsela a Atón. Y no es así, padre, no es así. Los sacerdotes me han enseñado parte de su ciencia: astronomía, cálculo, a leer y escribir... Me han enseñado todas esas cosas, sí, pero de todo ello sólo he obtenido una infinita nostalgia que me hace llorar.

—¿Qué puedes saber tú de nostalgias? Éste es un placer, si placer puede llamársele, reservado únicamente a los viejos.

—Te equivocas, padre. Sé de la nostalgia de alguien a quien no conozco. Sé de la nostalgia por un río lleno de prodigios donde tengo que bañarme un día para ser feliz. Esto sé o esto sueño, padre mío; pero nunca acaba de llegar. Y así soy víctima de idiotas como el abanicador real, que en lugar de sueños me traen pesadillas.

Sus palabras me recordaron las que me dirigió Senet después de acariciar con sus labios la verga del negro Uftán. Y al recordar que, después de escucharle, percibí el eco inconfundible de la soledad, tuve miedo por el futuro de mi hijo y deseé que se hubiese quedado en las lecciones de astronomía, contemplando las estrellas del cielo en vez de descender a los lodazales de la tierra.

—Perdona este arranque indigno de un niño adulto —dijo por fin Bercos secándose las lágrimas. Y añadió—: Seguiré esperando el momento propicio. Y sé que llegará. Y sé que entonces me entregaré sin reservas y alcanzaré el éxtasis que sólo han sentido los dioses.

Le miré a los ojos. No eran los de un místico, nunca podrían ser los de un religioso: eran los de alguien que estaba firmemente determinado a enamorarse de la vida a la primera oportunidad. Este detalle me hizo pensar mucho más que todas sus nostalgias anteriores; y estaba a punto de preguntarle si su dolor tenía alguna relación con su encierro en el templo de Atón cuando entró Nellifer, haciendo grandes aspavientos con las manos, para anunciar que pedía por mí el general Horemheb. Y a fe que su actitud resultaba graciosa porque nunca fue pronunciado con menos solemnidad el nombre de un héroe nacional.

Oportuna como siempre, se ocupó de Bercos diciéndole con gran astucia que tenía para él unos dulces como jamás se los darían los avarientos sacerdotes de Atón. Ésas fueron sus palabras, y mi hijo se rió de manera harto irreverente, como ha hecho siempre el pueblo al referirse a la glotonería de los sacerdotes, cualquiera que sea el culto al que pertenecen.

Recibí a Horemheb en el gran atrio que utilizábamos para los festines, aunque debo decir que él no pareció reparar en la importancia que le concedía. Por el contrario, su actitud era tan poco solemne como el anuncio de Nellifer. De hecho, nada hubiera delatado su alta autoridad a no ser por la coraza de oro y el bastón de mando que, de todos modos, sostenía con displicencia, igual que un niño empuñaría una rama hallada en el bosque. Y, acaso para inspirarme confianza, sonreía abiertamente, mostrando una dentadura sana y fuerte como no suele verse en estas latitudes.

—Eres afortunado, cretense. El faraón desea recibirte fuera del protocolo.

—¿Cuándo será? —pregunté.

—Ahora.

—¿Ahora? —Él asintió con la cabeza sin dejar de sonreír. Yo añadí—: ¿Quién está loco? ¿Tú, el faraón o los dos a la vez? A esta hora duermen hasta los cocodrilos.

—Desconozco el horario de los cocodrilos, pero te recuerdo que ellos no tienen que levantar una ciudad en medio del desierto. En cambio, Akenatón no duerme pendiente de que a cada amanecer haya surgido una nueva maravilla en su ciudad.

Horemheb me abrió paso hacia la salida y, desde allí, a los jardines que comunicaban con el palacio real. El recorrido era tan corto que lo cubrimos con un pequeño paseo en cuyo curso quise enmendar la mala impresión que temí haberle causado en nuestros primeros encuentros.

—Creo que fui demasiado brusco la noche en que nos vimos en el barco real. Para ser más exactos: no fui excesivamente afortunado. Sin duda olvidé el arte de guardar distancias. Y, además, estoy seguro que preguntar a un comandante por sus preocupaciones es lo que, en la guerra, puede parecerse más a la indiscreción.

—¿Indiscreción dices? Al contrario: desde que Egipto vio nacer a un nuevo dios, las preocupaciones del jefe de la milicia se han convertido en cosa pública. A estas alturas, todo el mundo sabe que al general le preocupa el estado en que se encuentra el cuerpo que manda.

—He oído decir, en efecto, que el ejército egipcio se ha vuelto débil y hasta afeminado.

—Y holgazán. Demasiada paz. Tanto descanso puede hacer que, si algún día entramos en batalla, los soldados no respondan como debieran.

—La verdad es que entiendo poco de guerra y no quiero entender en absoluto porque una de ellas marcó mi infancia. —Le conté brevemente el capítulo dramático de mi vida en que la muerte irrumpió sobre los montes de Creta. Al final añadí—: He viajado mucho por naciones aliadas de Egipto, he hablado con soberanos que son vuestros vasallos, pero no entiendo cuál es exactamente la situación.

—¿Exactamente dices? No es necesario buscar tanta exactitud. Con una sola visión se comprende que el Imperio egipcio se está desmoronando. Esos a quienes llamas nuestros vasallos pueden dejar de serlo de un momento a otro. Pero, además, están los enemigos seculares, a los que nunca conseguimos avasallar completamente. Las tribus libias arrasan a sangre y fuego los puestos fronterizos del norte. Más allá de la tercera catarata, los nubios han pasado a cuchillo a nuestros colonos. Y ante todas estas afrentas, el estado egipcio se limita a mandarles cruces de la vida y poesías dedicadas al sol.

—¿Tan obstinado es Akenatón?

—Tanto como Nefertiti —dijo Horemheb sin disimular una sonrisa displicente—. Como entienden sobre asuntos de paz, nos impiden actuar a los expertos en la guerra. Pero, en fin, no creo que el faraón te hable de esas cosas. Cuando se habla de esos asuntos siempre hace oídos sordos.

Y un amigo de infancia es sin duda el menos apropiado para cambiar repentinamente de actitud. Pero noto que estás nervioso y no debieras. No tienes nada que temer. De hecho, nadie tiene que temer en la Ciudad del Sol porque está tan tranquila como el tedio.

—Tengo algunos motivos, en mi opinión, fundamentales. Tiemblo siempre que me dispongo a enfrentarme a un pasaje de mi vida largo tiempo enterrado. ¿Cómo se habrá vuelto Akenatón? Ni sus hechos ni las reproducciones que he visto en los templos corresponden al amigo cuya resurrección estoy anhelando. Por esto tengo miedo: porque el impacto del presente podría perjudicar imágenes que siempre he considerado muy amadas.

—No hay que vivir pensando en el pasado, amigo mío. Yo no recuerdo nada de mi infancia. Creo incluso que detestaba las armas, y, sin embargo, he llegado a ser soldado. Todo lo demás se borró en la larga escalera que me condujo hasta donde estoy ahora.

—Posiblemente, la memoria no sea necesaria para guerrear...

—En efecto: cuanta menos memoria mejor. En la victoria dejamos atrás mucha gente desgraciada. En la derrota también. Sea cual sea el resultado, la guerra es la única experiencia humana que se levanta sobre la muerte. Así pues, sólo debemos pensar en la próxima batalla. Y en este caso también conviene desechar la memoria. Es una forma de alejar el hedor de los cadáveres.

Debió de entender por mi mirada que me estaba formando una mala impresión porque al punto rectificó, adoptando una actitud más comprensiva:

—Escucha, cretense: como sea que te verás envuelto en alguna polémica provocada por el pacifismo de nuestros reyes, quiero defender mi posición a partir de ahora. Soy un soldado, pero en modo alguno un carnicero. Ni Seth, ni Montu, ni Sekmet se cuentan entre mis dioses tutelares, pese a que son los patronos de la guerra. Mi dios siempre fue Horus y, aunque he jurado fidelidad al dios del faraón y pienso mantenerla, no he renunciado al alto patronazgo del halcón. ¿Por qué?, preguntarás. Y yo te contestaré con la historia que conocen todos los niños de cualquier escuela: Horus vengó a su padre Osiris persiguiendo al asesino de éste por todos los rincones del Nilo, y en esta venganza siempre han visto los hombres sensatos un triunfo del bien sobre el mal. Así entiendo la suprema misión de la guerra.

—¿Qué tienen que ver tus cultos privados con la actitud del faraón?

—En los gloriosos tiempos del imperio, el faraón era considerado el padre de los ejércitos. Todos los soldados, del primero al último, se consideraban sus hijos y, por lo tanto, sus protegidos. El olvido de esta función por parte de Akenatón ha hecho que el ejército pierda la fe; el enemigo, cualquiera que sea, sabrá aprovecharse de una situación como ésta. No te extrañe que el imperio se derrumbe. Las demás naciones no están dispuestas a renunciar a sus afanes de libertad o de expansión porque un rey necesite añadir calles a su ciudad y fuentes a sus jardines. Y aun añadiré algo que ha de servirte en el futuro: digan lo que digan sus enemigos, Akenatón no está loco. Otra cosa es que su sensatez no convenga en estos días.

Así llegamos a un pabellón que se levantaba, completamente aislado de los demás edificios reales, en un jardín adosado a los muros traseros del templo de Atón. El lugar era tan inesperado como la hora, pues más bien parecía un almacén donde se hubiesen atesorado todas las obras de arte que, de un modo u otro, guardaban alguna relación con los ceremoniales religiosos de la Ciudad del Sol. Había mosaicos, fragmentos de estuco con dibujos, tablillas con inscripciones en jeroglíficos, otras en la escritura vulgar y, sobresaliendo entre todo lo demás, una enorme mesa de granito que contenía numerosas estatuillas que representaban a todos los miembros de la familia real. Y, como eran muchos, no es de extrañar que aquellas piezas formasen un pequeño ejército.

Cuando entramos en la estancia, el faraón estaba de espaldas a nosotros, acariciando una primorosa estatuilla que representaba a la reina madre sin los pesados ornamentos de las ceremonias oficiales o del culto. No seguía los cánones de los grotescos colosos que me habían horrorizado en el santuario de Karnak, antes bien reproducía todos sus rasgos con prodigiosa exactitud y obedeciendo al refinado estilo que pronto aprendí a admirar.

A cada extremo de la mesa se hallaban un hombre de mediana edad y una mujer todavía joven. Como sea que ambos llevaban mandiles sobre sus vestidos de gran moda comprendí que hasta pocos momentos antes se habían estado ocupando en algún trabajo relacionado con las esculturas que provocaban los elogios de Akenatón:

—Bien hacen quienes os llaman servidores de la Verdad, porque no puede haberla más alta que la que veo representada en vuestras obras. Yo sólo puedo añadir: seréis recompensados por servirme la belleza.

Aunque los dos escultores se deshicieron en palabras de agradecimiento —tan raro resulta que un poderoso reconozca una obra de arte—, el faraón no pareció inmutarse; por el contrario, continuó largo rato en la misma actitud. Ni siquiera se volvió al oír la voz de Horemheb anunciando mi llegada. Para mi asombro, se limitó a decirle al escultor:

—Preséntate tú mismo a Keftén, hijo de Creta, para que yo no tenga que abandonar tu obra ni un segundo. Me he enamorado de ella y su solo contacto enardece mis sentidos.

Perplejo como yo ante aquella actitud, el hombre se dirigió hacia mí con la mano abierta en señal de amistad:

—Yo soy Thotmés, escultor real.

Lo mismo hizo la mujer, no sin antes limpiarse las manos con el mandil.

—Yo soy Auta, escultora real.

Ninguno de los dos parecía tener nada más que añadir, ni siquiera qué hacer. Se limitaban a observar al faraón, en espera de sus órdenes. Pero él continuaba de espaldas, y así dijo:

—Creo haberos felicitado por vuestro trabajo. Ahora marchaos. Y tú también, Horemheb. —Y, como si presintiese sus protestas, añadió—: Puedes marcharte tranquilo. No necesito tu espada.

Estoy protegido, si no por la bondad de este hombre, bondad que todavía no he comprobado, sí por la tutela de Dios, que nunca me abandona.

Quedamos por fin a solas Akenatón y yo, sin que su actitud variase durante unos minutos, que se hicieron eternos. Mi impaciencia iba en aumento, también mi decepción. Porque ni siquiera las exigencias del protocolo justificaban aquel silencio sobre el afecto que nos tuvimos en el pasado.

Se fue volviendo lentamente hasta que pude ver su rostro, tan esperado desde que lo contemplé en los grotescos colosos de Karnak. Al igual que Nefertiti, me mostró una imagen distinta de la que había mandado reproducir a los primeros artistas de su revolución. Sus rasgos eran finísimos, su piel blanca, sus ojos hundidos en una expresión de extrema abulia. Pero en un detalle no habían mentido los artistas: sus labios eran gruesos y carnosos, tan pronunciados y agresivos que, más que a un místico, parecían corresponder a un hombre extremadamente sensual.

Pensé que era el momento más adecuado para la explosión de afecto que yo estaba esperando, pero no fue así. Continuó mirándome con expresión impasible y en sus palabras sólo había frialdad:

—Te has demorado mucho, cretense. Tanto es así que he estado a punto de encargar las pinturas de mi nuevo palacio a otros pintores, no tan reconocidos pero seguramente más rápidos.

Nada quedaba del niño de la Casa Dorada en aquel hombre negado a la amistad. Y como sea que prosiguió con sus reproches en tono igualmente distante, me defendí con vehemencia aduciendo en mi favor el haber sido llamado por la reina madre, mi estancia en Tebas y el lógico deseo de reencontrar los lugares de la infancia. Pensé que esta referencia bastaría para despertar sus recuerdos, luego su afecto, pero no fue así:

—Todo cuanto oigo no son más que excusas para encubrir tu falta. ¿Es acaso mi madre el faraón de Egipto? No lo es. Entonces, sus deseos deberían ser secundarios a mis órdenes. Sé que debo atribuir tu falta a otras razones. Te has vuelto presuntuoso porque tu nombre ha traspasado los límites de tu isla. Sé que has trabajado para varios reyes, unos amigos de Egipto, otros enemigos. Esto te ha envanecido, sin duda, y ahora quieres hacer notar tu importancia al faraón.

—Si el faraón conociese mis pinturas, esa importancia me la hubiera otorgado él recibiéndome el mismo día que llegué.

—El faraón conoce perfectamente tus pinturas, de otro modo no te habría llamado.

¿Cómo expresar la desilusión que me produjo aquella acogida? No le interesaba averiguar en qué habría cambiado, ni siquiera comprobar si quedaba en mí algo del niño con quien cruzó la sangre; ni el deseo, como yo lo tenía, de conocer todos los pasos de su evolución.

—El faraón me abruma —exclamé con una frialdad idéntica a la suya—. Por lo que veo, mi regreso no tiene más valor que el de un mercader que viniera cada año a mostrarte sus fruslerías. Pues bien, te serviré como es mi obligación, y te aseguro que, en esto, no has de tener queja. ¿Qué quieres de mí, Akenatón?

—Quiero que la naturaleza entre a raudales en mis palacios. Quiero tener en los muros todos los portentos de la creación de Atón. El libre volar de un pájaro. El batir de sus alas sobre los lotos cimbreados por la brisa. Eso quiero, Keftén, y eso harás.

—Me han dicho que vives rodeado de artistas. ¿Por qué no se lo encargas a ellos?

—Porque he visto las pinturas de los cretenses y he reconocido en ellas la libertad que nunca se ha dado en el arte de mis antepasados.

—Por la convicción de tus palabras comprendo que, en efecto, has instruido tú mismo a los artistas de tu corte. Pero yo te digo que no soy el hombre adecuado para ti. Yo no sirvo para que me instruya nadie.

—¿Servir dices? ¡Qué palabra tan basta en todos sus sentidos! Refínate, cretense, y di que estás dispuesto a que Dios entre en tu alma y dirija tus pinceles.

—No sé si tengo alma, mi rey. Y mucho menos si en ella cabe todo un disco solar. He venido a pintar, no a ejercer un sacerdocio. Tú me has dado órdenes; yo me limito a darte un consejo: tómame como soy y no intentes cambiarme. La naturaleza entrará a raudales en tu palacio, pero será gracias a mi mano, no a las de tu dios. Y ahora, si me lo permites, iré a tomarme un descanso porque quisiera comenzar mi trabajo cuanto antes.

Me dirigí hacia la puerta sin molestarme siquiera en mirar atrás. Me detuvo un grito de amenaza que conservaba toda la autoridad, todo el despotismo de los viejos tiempos.

—¡Deténte, cretense! El faraón todavía no te ha despedido.

Regresé al lugar que tenía asignado y soporté de nuevo la augusta mirada, guardándome para mis adentros la rabia que aquella situación me producía. Máxime cuando Akenatón se iba acercando a mí con mirada furibunda y llena de ira.

Se detuvo a mi lado. De pronto empezó a apagarse lentamente, hasta que pareció no haber existido nunca. Una luz nueva empezó a brillar en el fondo de su mirada, y ese brillo fue aumentando hasta que tuvo los inconfundibles destellos del amor.

Akenatón se llevó la mano a las sienes como si fuese víctima de una convulsión inesperada. Pero no encontré en ello otra anomalía que la de una emoción largo tiempo contenida; esa emoción que no quiso manifestar en nombre de ignoro qué exigencia surgía ahora como una inundación destinada a ahogarme a mí también. Y en aquel rostro extraño y fascinante resbalaron unas lágrimas.

—Keftén, amigo y hermano mío: soy culpable de villanía porque tus demoras han despertado mis celos. Pero déjame decirte que, al verte, he sentido latir mi sangre. Lleva unas gotas de la tuya, y esa mezcla la ha sublevado y me ha hecho débil. Por esto te digo: aprovéchate de este instante. Mi corazón está en tu poder y puedes hacer con él lo que desees.

Me arrodillé para besarle la mano, pero él la retiró inmediatamente y me imitó, arrodillándose a mi altura. Acercó su rostro al mío y pude sentir que sus lágrimas eran cálidas y sus labios dulces. Por todo ello supe que, en lo más profundo de su corazón, el hijo del gran Amenhotep acababa de recobrar a un ser amado.

SE ME COMUNICÓ QUE DEBERÍA DECORAR un palacio que el faraón deseaba ofrecer a Smenkaré, esposo de su hija mayor y, al mismo tiempo, su favorito entre todos los jóvenes de la corte. Y aunque mucho se hablaba sobre este favoritismo —¿qué padre regala un palacio al yerno, y no a su hija?—, decidí que no era éste un tema que me incumbiera, como no fuese en relación a Nefertiti. Su ausencia continuaba mortificándome, su posible indiferencia me hería profundamente. Hasta que, cierta tarde, cuando regresaba de mi nuevo trabajo, anunció Cantú que me estaba esperando una dama digna de gran respeto pues era portadora de la palma real. No necesité preguntar: era Amesis quien aguardaba en el jardín con la sonrisa casi amable que había aprendido a dedicarme en nuestros últimos encuentros.

—Hermoso cretense, como de costumbre me toca a mí llevar mensajes. La verdad es que siempre es el mismo, si bien estoy segura que no te desagradará: Nefertiti reclama tu presencia en palacio, y no por una cuestión de trabajo, sino de placer.

—Bastante placer es que se digne recibirme. ¿Qué otro más podría añadir? ¿Alguna parte de su cuerpo libremente otorgada?

Ella se tapó la boca para esconder una risita traviesa.

—Siempre dices cosas que tienen el valor de sonrojar a las personas serias. —Se detuvo unos instantes meditando sobre algo que no se atrevía a formular. Por fin dijo—: Ya que eres tan dado al atrevimiento no te importará proporcionarme una pequeña información. Sé que anoche paseaste con Horemheb. ¿Te ha contado algo que no debiera? Quiero decir si te ha hecho confidencias de esas que os hacéis los hombres y en las que las pobres mujeres siempre salimos perjudicadas...

En aquel momento no acerté a comprender sus palabras; pero, días después, una de sus compañeras más envidiosas me comentó que incluso una doncella tan fiel a sus creencias como Amesis podía sentirse atraída por una musculatura poderosa, y que hasta un militar tan poco mujeriego como Horemheb sabía encontrar horas de asueto para disfrutarlas con una hija del dios único. Lejos de escandalizarme, opté por considerar extremadamente saludable aquel contubernio entre la religión y la milicia.

Cuando llegamos a palacio, Akenatón y Nefertiti acababan de regresar de su paseo diario por los jardines del Maru-Atón. Solían efectuarlo en compañía de todas sus hijas, y Amesis comentó que era una excelente ocasión para sorprenderlos a todos juntos en el pabellón de recreo. Yo me mostré socarrón de nuevo al comentar que sería como ver a todas las figuras de los relieves en movimiento.

—Nada más cierto... —dijo Amesis—. A buen

seguro que nunca habrás visto una familia más retratada. Y no sólo en los templos. Todos los nobles de la Ciudad del Sol tienen a la entrada de su casa una estela o una escultura que representa a la familia real en alguna ceremonia. Y si tienes la curiosidad de visitar las tumbas que esos ricachones se están construyendo en la montaña, verás que en todas ellas se reproducen otra vez escenas del mismo estilo. ¡Esta familia está dispuesta a acaparar incluso las rutas de la eternidad! No sé yo si Anubis, Osiris y Thot no quedarán desconcertados al ver tanta vida doméstica trasladada al otro mundo.

—Y no sé yo si Atón no considerará que tu lengua es demasiado afilada. Creí que la fe no toleraba sarcasmos.

—Ya te dije que soy piadosa pero no tonta. Una cree lo que cree, pero también ve lo que ve. Y si tu hijo, a quien conozco de vista por su cabello extravagante, tiene el buen criterio de contarte las cosas que sin duda verá en el templo de Atón, comprenderás exactamente por dónde voy. Pero, como nosotros vamos a las estancias privadas de los reyes, dejaré para otra ocasión argumentos y quejas varias.

Ya he contado que mi casa estaba anexa al palacio real, pero he olvidado añadir que éste no era el único de la Ciudad del Sol. Había, en la parte norte, un palacio privado que utilizaba Nefertiti; allí se retiraba ella para meditar a solas, lejos del ajetreo de la corte. Para ocasiones más familiares se disponía de tres fincas de recreo situadas en los arrabales de la ciudad. Cuando la familia real se desplazaba a aquéllas lo hacía en barca, desplegando todo un ceremonial que levantaba la admiración de los ribereños. Producía el efecto de una suntuosa manifestación del sol que estuviese remontando las aguas para instalarse en nuevos rincones, a cual más paradisíaco.

También debo decir que toda esta pompa estaba ausente de las estancias a que me condujo Amesis. Distinguí en ellas las características principales de las construcciones de la Ciudad del Sol tal como me las había anunciado la reina madre: espacios generosos, ventanales que permitían auténticas inundaciones de luz, y pinturas y mosaicos que representaban grandes temas de la naturaleza: pájaros de todo tipo, peces de las más imaginativas especies, grullas, perros y gatos de pintorescos pelajes mezclándose con plantas de mil colores. Tanto el bestiario como la flora se beneficiaban de la libertad que inspiraba el nuevo estilo: una libertad gozosa, llena de júbilo, aunque no carente de ingenuidad.

Y yo me reafirmé en la pregunta que había formulado a Akenatón la noche de mi primer encuentro: ¿para qué necesitaba pintores de otras tierras cuando la Ciudad del Sol había sido capaz de inspirar tanta belleza?

Idéntica impresión me produjeron el mobiliario y los objetos de uso cotidiano, todos dotados de formas exquisitas y elaborados con materiales preciosos, sin apartarse de una sencillez que contrastaba con los recargados fastos de las grandes cortes asiáticas que había tenido ocasión de conocer en el curso de mis viajes.

Con la misma sencillez que sus ambientes se me apareció Akenatón, completamente ataviado de blanco, al modo de los sacerdotes. En su rostro, pacífico y morboso a la par, se dibujaba una sonrisa plácida, muy distinta a su actitud de la noche anterior. Se interesó por mis relaciones con Bercos, a quien elogió vivamente, como ya empezaba a ser costumbre. Acto seguido quiso conocer todos los detalles sobre el palacio que me había sido destinado y las comodidades que pudieran faltar. Supe entonces que todo había sido organizado por Nefertiti, y elogié la sabiduría de sus elecciones y agradecí su afectuosa disposición.

—Es la que nos guía a todos —dijo Akenatón acariciándome la mejilla con sorprendente familiaridad—. Perdona que anoche no me arrojase a tus brazos como mi corazón ansiaba desde hace muchos años. Debes considerar que estaba celoso porque tu afecto visitó a muchas personas antes de acercarse al mío.

—No existen tantas personas en el mundo que puedan hacer competencia al niño que compartió mis horas más felices.

—Hablaremos sobre ese niño, porque no te escondo que muchas veces intento recobrarlo. De momento quiero que sepas que no necesitas recobrar mi afecto porque nunca dejaste de tenerlo. Y quiero hacerlo extensible a todos cuantos componen mi familia; de manera que conócelos y, a partir de ahora, disfruta de su cariño.

Nefertiti se encargó presentarme a la familia real y algunos cortesanos de excepción. Excuso citar la larga lista de parientes del faraón, así como sus distintas alianzas con oficiales de la Ciudad del Sol. Hermanos y hermanas de sangre por parte de Amenhotep y no de Tii, lo cual significaba que eran de distintas damas del harén donde, como es sabido, el gran faraón reinó con tanto poder como en su trono. Había, así, primos y primas de todo rango, esposas lejanas, sobrinos varios y aun hijos de éstos. Era la compleja rama de Akenatón; pero, además, estaba la de Nefertiti, tan complicada a su vez que se mezclaba lo real con lo inventado o simplemente supuesto. Porque uno de los secretos mejor guardados de aquella corte era la procedencia de la reina, a quien todo el mundo otorgaba orígenes místicos, acaso para borrar de la memoria del pueblo que, en otro tiempo, fue concubina del padre de su esposo.

En tan descomunal embrollo dinástico, lo único real para mí seguía siendo el nombre que el pueblo concedió a Nefertiti: la belleza ha llegado. Cualquiera que fuera su origen, éste sólo podía arrancar de la excelencia.

Entre tanta parentela oculta había algunas personas cuya influencia en la vida de la reina era cierta y probada. Una de ellas era su hermana Mut-Najmat, de la que nadie hablaba nunca, y no porque su importancia en la corte fuese escasa, sino porque había elegido mantenerse en segundo término. Alabada por su discreción, no estaba, sin embargo, libre del asedio de algunos oficiales con ansias de prosperar y entre ellos se contaba el general Horemheb, para enojo de su concubina oficial, la doncella Amesis, como supe después.

Mut-Najmat sentábase en un rincón de la estancia desde donde vigilaba a las hijas menores del faraón, que jugaban con sus monos favoritos. La serena postura de la dama la hacía mucho más atractiva que todas aquellas a las que Akenatón había distinguido otorgándoles títulos de nuevo cuño y que iban de un lado para otro exhibiendo ostentosas pelucas de raros colores y conversando a voz en grito. Y al preguntar por qué la hermana de Nefertiti no estaba en el habla de las gentes, alguien me contestó con un deje de admiración: «Porque es feliz y siempre está alegre. Y este tipo de mujeres no ocupan espacio en los comentarios de la corte, cuyos miembros sólo disfrutan cuando escuchan o bien desgracias o bien amoríos.»

Los otros dos personajes influyentes eran el sabio Ay y su mujer Tuya, a quienes distinguía una larga lista de servicios prestados al trono en la época del gran Amenhotep. Recuerdo con precisión el aspecto severo y a la vez bondadoso de Ay, así como el aprecio con que el viejo faraón solía dirigirse a él y la atención que prestaba a su consejo. En cuanto a Tuya, tenía el título de nodriza real por los cuidados que prestó a Nefertiti durante sus primeros años en Tebas. Igual que el brazo armado de Horemheb, la fidelidad de aquella pareja era la mejor herencia que la Ciudad del Sol había recibido del reinado anterior y sin duda la más veterana, porque, tal como he dicho, Akenatón se había rodeado de una apabullante cantidad de oficiales y sacerdotes increíblemente jóvenes. Aunque algunos aseguraban que aquella colmena de cargos era la garantía de un estado perfectamente organizado, no tardé en ver en muchos de ellos al inconfundible espécimen del adulador. Supe después que esta opinión era compartida por la reina Tii, quien, alarmada ante las prebendas que solía repartir su hijo, le aconsejó:

—Ten cuidado, hijo mío: sólo puede haber un Akenatón y tú estás poblando Egipto de Akenatones diminutos. Puede ser que, uno a uno, no te causen preocupaciones; pero, si se crecen, acabarán juntándose y crearán un monstruo de mil cabezas, cada una de las cuales querrá llamarse Akenatón.

Pero el faraón ya estaba demasiado imbuido en sus ideas para atender a la voz de la experiencia, de modo que contestó:

—Son los míos. Los hermosos, los inteligentes, los preparados. Atón los ha elegido para su gloria; así pues, ninguna sombra debe empañar su fama.

En medio de aquel gallinero poblado por lujosos ejemplares de cortesano, Nefertiti resplandecía de manera distinta gracias al oficio de que tanto presumía en las estelas y relieves: el papel de gran madre, reducido a escala doméstica. Y así quiso demostrármelo dirigiendo a sus hijas una mirada de amor casi sobrehumana.

—Míralas, Keftén, son felices en una medida que ya no podemos comprender.

Pero aquellas palabras no parecían corresponder a la realidad, pues sobre las princesitas de la Ciudad del Sol recaía el peso de la púrpura y ninguna tenía la ilusión reflejada en su rostro: sólo la insulsa felicidad propia de una vida sin problemas.

Esas seis niñas añadían destellos deliciosos al cuadro entrañable con que se regalaban los reyes de Egipto. Eran ellas, por orden de nacimiento: Meritatón, la gran favorita de su padre; Maketatón, preferida de Nefertiti; Anjesenpatón, la más alegre, y, finalmente, las tres pequeñas, Nefernatón, Neferure y Stepenre, de quienes se aseguraba que eran las más mimadas por las mujeres del gineceo.

A continuación pasé a conocer a los dos príncipes, cuya existencia conocía ya pero cuya verdadera identidad no llegué a conocer nunca. En realidad tuve que fiarme de las habladurías para saber algo en concreto sobre Smenkaré y Tutank-Atón. Siempre ha sido difícil para el pueblo conocer los entresijos de las grandes cortes, llenas de secretos que quedan sepultados tras muros impenetrables. Así, por esa incomunicación con el mundo de los soberanos, nadie podía asegurar si Smenkaré y Tutank-Atón eran hijos de sendos nobles, como afirmaban los falsos enterados, o hijos de Amenhotep III y, por tanto, hermanos tardíos de Akenatón y segundones en el orden dinástico. Otros decían que eran hijos que Akenatón habría tenido con alguna de sus concubinas.

Smenkaré contaba ya diecisiete años y estaba casado con Meritatón, algo más joven. Tutank-Atón, que apenas tendría siete años, imitaba a su amigo y acaso pariente jugando con Anjesenpatón a uno de los juegos preferidos de los niños egipcios: el de esposas y maridos que discuten continuamente.

Pocas palabras crucé con Tutank-Atón, que en aquella época era sólo un niño tímido y de aspecto casi etéreo. En cambio, el príncipe Smenkaré fue más amable, acaso por la gentileza que debía al padre de su mejor compañero de juegos. De sus labios salieron grandes elogios hacia Bercos y, mientras los escuchaba, empecé a sentirme orgulloso de mi hijo y no sólo intrigado por su personalidad, como antes de llegar a la Ciudad del Sol.

Pero mi obsesión continuaba dibujándose poderosamente con perfiles inconfundibles y cada mirada de Nefertiti tenía para mí la fuerza de un saetazo. En medio de una parentela tan interesante para cualquier observador sagaz, yo sólo reparaba en ella, esa madre del universo, esa diosa de la vida que volvía a revelarme su maravilloso cuerpo bajo una túnica tan liviana como las que vestía en los rituales de adoración.

Al sorprender el deseo encerrado en cada una de mis miradas, ella resistió con una mueca de orgullo e insolencia. Tal vez pretendía recordarme que llevaba en el vientre el hijo varón del faraón, que era como decir el destino de Egipto.

De pronto noté en su rostro una sombra de indignación y al seguir su mirada descubrí que se había posado en el príncipe Smenkaré, que en aquellos momentos estaba siendo agasajado por su suegro. Y lo que a mí se me antojaba una escena entrañable mereció por parte de Nefertiti un comentario despectivo que me extrañó poderosamente:

—El afecto de mi real esposo es como los dedos de Dios: se posan en todas partes, pero no siempre donde debieran. ¿Has reparado en la mirada intrigante de Smenkaré?

Nada había notado, a excepción del afecto de Akenatón hacia aquel joven, obligado a dividir su atención entre su esposa y su suegro. Pero yo estuve a punto de creer que estaba más interesado por el faraón que por la niña, nada extraordinario si se piensa que Meritatón permanecía apartada entre sus doncellas sin otra preocupación que el perfeccionamiento de su tocado.

Como sea que Nefertiti seguía emponzoñando el nombre de su joven yerno, introduje un tema que pudiera mortificarla. Y es que todo mi ser ansiaba devolverle las flechas con que me hería.

—No me has hablado de la nueva esposa del faraón. ¿Es que ya no te preocupa?

Ella reaccionó como yo esperaba: con un gesto violento que, acto seguido, cambió por otro de displicencia.

—Has sido perverso al invocar el recuerdo de esa joven, pero como soy orgullosa y tengo un elevado concepto de la propia dignidad no dejaré que me afecte. Te diré, por el contrario, que nadie piensa en ella. Llegará, se celebrarán algunas fiestas y, después de ser presentada a la corte, pasará a ocupar un lugar junto a las otras mujeres del harén. Durará lo que un capricho y, poco a poco, caerá en el olvido. Como todas las que lleguen a sustituirla. ¿Y sabes por qué, Keftén? Porque ninguna sabrá dar al rey de Egipto lo que más necesita para su gran revolución.

Con un amplio ademán abarcó a toda su prole, y así supe que la seguridad de Nefertiti se basaba en una artimaña que no se diferenciaba de las que suele utilizar cualquier mujer del mundo: un clan familiar que, a la postre, la hacía inseparable de su esposo cualesquiera que fuesen los avatares que podían amenazar su convivencia.

—Y todavía hay algo más —añadió—. Todavía queda el prodigio de la creación compartida.

Cogiéndome de la mano con una familiaridad poco adecuada para una reina, me arrastró hasta una terraza tan prodigiosamente situada que permitía una visión total de la Ciudad del Sol.

—Mira esa ciudad —dijo, en tono exaltado—. Mírala porque es el hijo más importante que ha engendrado Akenatón. Por muchas esposas que lleguen a su harén, por mucho que intriguen los jovenzuelos como Smenkaré, nuestro vínculo no morirá porque ha quedado aquí, asentado para siempre en este suelo sagrado.

—Esto sólo son edificios... —dije con pleno convencimiento—. Hermosos como pocos he visto, pero sin nada que ofrecer más allá de su propia perfección.

Ella guardó un silencio respetuoso y, por unos instantes, me pareció una de las esculturas que la reproducían a la entrada de los grandes santuarios.

Fue una imagen que se repitió a menudo porque, a partir de aquella noche, Nefertiti solía llamarme para que la divirtiese contándole historias de tierras lejanas. Hasta que cierto día en que ella continuaba ponderando las glorias de la Ciudad del Sol le dije:

—No sigas hablando de esplendores terrenales porque sin darte cuenta invocas la amenaza de la destrucción.

Ella abrió los ojos desmesuradamente. Fueron como dos pozos profundos cavados en la superficie dorada que cubría sus párpados. Y su asombro se trasladó a la voz al afirmar:

—Es imposible la destrucción donde reina la belleza.

—Por el contrario: es inevitable. Ninguna belleza sobrevive después de alcanzar su esplendor.

—¡Y lo dices tú que estás habituado a crearla!

—Por lo mismo soy capaz de destruirla. Así ocurrió siempre en el pasado. Yo lo sé muy bien porque llego de una tierra cuya incomparable belleza fue destruida en otro tiempo por un gigantesco cataclismo.

—¿Y eso qué relación guarda con la Ciudad del Sol? ¿Qué cataclismo puede acabar con un mundo tan perfecto? Cuando nuestra ciudad esté terminada, su esplendor se proyectará sobre todas las naciones de la tierra para toda la eternidad.

—¡La eternidad! Los egipcios tenéis demasiada confianza en esta creencia; y yo te digo, mujer, que si la eternidad existe, no es sobre la tierra. Sólo esa verdad he aprendido: todo transcurre una sola vez, como el agua del Nilo, y nada dura más allá de los escasos segundos que le han sido destinados. En mis viajes he oído hablar de grandes civilizaciones desaparecidas: culturas que brillaron un momento para apagarse después sin que el mundo haya vuelto a acordarse de ellas. Observa las naciones que hoy rodean a Egipto y dime: ¿quién sería capaz de enumerar los pueblos que, antes, ocuparon el mismo terreno?

—Yo podría. Estuvieron los eccesos, los jenizos, los acadios, los kushitas, los tectitas...

Tenía sin duda mucha memoria, pero yo poseía la de la desolación, que siempre es mucho más vasta. Así pues, le contesté enumerando otros muchos pueblos que ella olvidaba, sin duda porque los había olvidado el mundo. Y cuando hube acabado con aquel siniestro catálogo de desapariciones añadí:

—Y la mayor de todas fue la del continente que se hundió en el mar.

Ella se echó a reír como la niña que acaba de encontrar en falta a sus mayores.

—¡Ay, Keftén, Keftén! ¿Pretendes engatusarme con una leyenda? Porque esto es, y no otra cosa, el cataclismo a que te refieres. Recuerdo que uno de nuestros primeros maestros, el gentil Semmut, solía relatarnos el cuento de un náufrago que llegó a una isla gobernada por un enorme dragón que había conseguido sobrevivir a una catástrofe que conmovió los cielos y mares... ¡Ya ves cuántas cosas pueden inventar los narradores de historias en sus largas horas junto al Nilo!

—Tal vez para vosotros la historia de este naufragio sea una leyenda nacida de la imaginación de un campesino ocioso, pero en Creta todavía se recuerda la gigantesca catástrofe que destruyó la espléndida civilización que nos había precedido. Ocurrió en una isla vecina llamada Thera, una de las perlas más preciadas en la corona del rey Minos. Cuando la visité recientemente me extrañó el pavoroso estado de sus costas. Navegábamos entre un fantástico archipiélago de lava, escoria volcánica, olas negras como la noche. El abismo submarino parecía una prolongación de los abismos de cada acantilado, que se diría escindidos brutalmente de la tierra engullida por el mar. Porque es cierto que el mar se tragó toda la parte de la isla que correspondía a un gigantesco volcán, y en su lugar quedó ese inmenso cráter que convierte a Thera en una isla maldita para siempre.

—Creo haberte pedido que me diviertas —exclamó Nefertiti con un gesto de profundo desagrado—. ¿Por qué prefieres aterrorizarme? Es de mal gusto que, en la sublime belleza de este atardecer, invoques noches de destrucción. Mira esta ciudad. La noche es aquí como el día porque la luz está en sus entrañas y desde ellas irradia hacia lo alto. Y, sin embargo...

Noté en su silencio un deje de melancolía que ya no me era desconocido; era la tristeza que parecía acompañar para siempre su belleza divina. Dominado por ella, subyugado por ella, me atreví a decir:

—... y, sin embargo, tú necesitas que te cuenten historias de países lejanos para evadirte de tanta luz. ¿Tienes acaso miedo de que acabe cegándote?

—Ya que quieres saberlo, temo a otras luces. Temo a las que, no siendo verdaderas, pudiesen presentarse como tales. No soy tan perfecta como para no caer en la trampa si ésta se presentase. Por esto te digo: llévame con tu imaginación lejos del Nilo, cuéntame cómo es tu mar... pero piensa que tú no debes estar en él.

Se reclinó en el diván con una delicuescencia tal que parecía darse por entero a la postrera luz de la tarde. Y el sol, ya mortecino, volvió a ser su dios y su amante a la vez.

—Aunque vosotros lo llaméis el Gran Verde, mi mar es azul como los ojos de una diosa enamorada. Algunos dicen que es un fragmento de color que se desprendió del cielo en el origen de todos los fragmentos; pero yo sé que ese mar nace de sí mismo, se engendra a sí mismo continua-

222

mente, como un milagro que no necesita de los dioses porque él mismo es un dios.

Ella titubeó unos segundos antes de decir:

—Si yo no tuviese al dios verdadero, Keftén, es posible que quisiera tener ese mar...

—Si tú no fueses Nefertiti, si fueses una niña a la que conocí jugando entre los cañaverales del río, yo te diría...

Intentó interrumpirme apoyando dulcemente la mano en mi pecho. Yo temblé con sólo sentirla.

—No me hables del mar. Háblame de Creta; pero recuerda: tampoco debes estar tú.

—... yo te diría: «Ven conmigo a esa isla. Es verde como una esmeralda perdida entre las olas. Es tierra de paz y de dulzura. Coge un puñado de esta tierra mía y bésala, porque será como si el beso fuese mío.»

De pronto, toda su actitud cambió, pasando de la ternura al desprecio, del cariño a una suerte de abierta repulsión. Se levantó de golpe para llamar a sus doncellas al tiempo que me dirigía una mirada de fuego.

—Vete, Keftén, vete de una vez porque me estás hastiando con tus pretensiones. Eres innoble porque amenazas con destruir lo más sagrado con tu deseo cuando yo sólo te pido el arte del narrador.

Avancé hacia la puerta con el cuerpo hundido bajo un peso más fuerte que el agobio de la senectud. Tuve que hacer esfuerzos sobrehumanos para mirarla de nuevo y devolverle con palabras de agonía la condena que ella había arrojado sobre mí:

—Volverás a llamarme, Nefertiti. Y yo regresaré a tu lado aunque sólo sea para hacer que te sientas culpable de la infinita soledad que me domina.

A partir de aquella noche, la soledad del amor insatisfecho se convirtió en mi forma de vida. El enamorado y el ser humano formaron un mismo pelele, un pobre loco envidioso de aquellos que nunca sintieron el amor, celoso de las bestias que son invulnerables al sentimiento. Así avancé como un sonámbulo, tragándome mi propio llanto, comiéndome los gemidos, vomitando pedazos enteros de mi alma deshecha. El cuerpo se convirtió en un abismo inmenso, la gran noche del tedio cayó sobre el vasto desierto del alma y tuve que asumir la soledad por el solo, lamentable hecho de ser humano. ¡Ay, dichoso del que no lo fuera! Feliz quien no supiese lo que es convertir el alma en una tumba, el corazón en una ruina, el cerebro en un pozo al que nunca llegará la luz. Todo esto quería decirle a la reina de Egipto, y aun añadir que desde mi llegada tenía motivos para maldecirla, porque mi soledad se llamaba Nefertiti.

EMPEZARON A TRANSCURRIR LOS DÍAS para alejarse sin compasión, y las noches fueron llegando puntualmente, huyendo con igual fugacidad. Llegó la estación de Ajet y, con la crecida del Nilo, Egipto se enamoró de sí mismo al ver su reflejo en las aguas que todo lo invadían. La belleza acumulada desde el nacimiento de los dioses aparecía reflejada en el inmenso espejo que devolvía, duplicados, los muros polícromos de los grandes templos, alternando en el reflejo con las modestas cabañas de adobe de los campesinos. Nunca fueron tan hermosos los palmerales como en esos días en que descubrían su doble, ni tan traviesos los juncos y papiros como en esas horas en que la brisa los inclinaba para que besasen su propia imagen.

Por doquier sonaron cantos de agradecimiento porque el padre Nilo había sido propicio y no se anunciaban en el horizonte las temibles hambrunas que asolan al país cuando las aguas no alcanzan el nivel deseado. Tanto es así que ha sido recordado a lo largo de las generaciones un infausto período en que el ganado murió de sed y las plantas agonizaron antes de nacer. Por eso cada año, cuando llega la época de la crecida, salen los egipcios en procesión y el propio rey efectúa complejas ceremonias invocando a Hapy, el dios del río. Porque temen los hombres a la sequía como a la muerte, y Egipto ama a la vida con tanta fuerza como cree en la eternidad.

Durante los meses de Tybi y Mejir, las aguas volvieron a su cauce y los campos llenáronse de campesinos ansiosos de depositar en las tierras negras las semillas que el limo dejado por Hapy fecundaría hasta el esplendor. Aparecían por doquier los rituales del trabajo y cada hombre se comunicaba con toda cosa viva y el mundo se convertía en una continua celebración.

Así fue como la vida quiso rodearme con todas las cosas que precisaba para mi arte: los árboles, las plantas, los pájaros invadían mi espíritu, lo llenaban con un esplendor inusitado que reclamaba a cada momento insólitos colores, formas hasta entonces increadas, luces que ningún pintor había visto.

Por suerte para la buena marcha de mi trabajo, Akenatón no pretendió aconsejarme, antes bien me concedió libertad absoluta, y debo decir que supe agradecerla, aunque no era una dádiva excepcional, pues todo cuanto esperaba de mí era algo que se había hecho en el Nilo desde tiempo inmemorial: convertir los dones de la naturaleza en un testimonio destinado a acompañar a los vivos y a los muertos.

Después llegaron, como un insulto, los artistas del realismo grotesco. A no dudarlo, cuando Akenatón rompió con la religión oficial quiso ofenderla tanto como agradar a su único dios. Las obras de aquel primer período tuvieron el trazo violento, agresivo de una revolución que no se había encontrado a sí misma; una revolución que llegó a la exigencia de representar al faraón como un monstruo. Pero el arte más reciente de la Ciudad del Sol maravillaba por su exquisitez, enamoraba por su delicadeza, embriagaba los sentidos como un perfume de plantas secretas, guardadas hasta entonces en el fondo del Nilo. Y aunque para mí esa flora mágica olía a Nefertiti, para los artistas de la Ciudad del Sol estaba impregnada del perfume de Atón.

Mi amigo de infancia, el faraón, parecía referirse exclusivamente a esas flores cuando me hablaba con delicado acento entornando los ojos hacia el cielo:

—Todo animal se recrea en los sagrados pastos de Atón. Todo árbol y planta florecen al conjuro de sus rayos. Las aves aletean sobre sus pantanos y esas alas se elevan en oración. Cuando las ovejas brincan es para acercarse más a Atón...

—Todo cuanto me dices indica movimiento. ¿Es eso lo que pretendes inspirar?

—Eso quiero. Las pinturas del pasado eran estáticas por faltarles el soplo de Dios. Pero yo quiero que en las pinturas de mi reinado se perciba el florecer de las plantas, el aleteo de las aves y el brincar de las ovejas... ¡Todo ser viviente ha de salir de las pinturas para integrarse a la vida!

Aunque seguía molestándome que no se refiriese nunca a nuestra pasada amistad —lo cual nos habría hecho sentir más próximos— seguía con curiosidad sus pláticas en el ferviente deseo de comprenderle a través de esa religión de la que él era profeta y servidor a la vez. Una religión cuyo credo acaso no serviría para mover montañas, pero había levantado toda una ciudad en el plazo de diez inundaciones del Nilo.

> *Tú estás en mi corazón,*
> *ningún hombre ocupa ese lugar*
> *salvo tu hijo Akenatón.*
> *Tú lo has iniciado en tu doctrina,*
> *tú lo vivificas con tu energía...*

Éste era el credo en que se hallaban comprometidos los artistas de la Ciudad del Sol. Tan frenética era su actividad que en los alrededores del templo habían surgido numerosos talleres de arquitectos, pintores, carpinteros, alfareros, orfebres y tejedores; además había sido necesario edificar en las afueras tres poblados de Servidores de la Verdad para atender las tumbas de los nobles. Y todas ellas corrían a cargo de las arcas reales, pues Akenatón no deseaba que sus fieles regresasen a Tebas ni aun después de muertos.

Aunque fui conociendo a todos los artistas de la época, entablé amistad con los que frecuentaban más asiduamente la pequeña sociedad de los reyes. Entre los mejores destacaba Bek, gran maestro de arquitectos, director de cuantas obras urbanísticas se efectuaban en la Ciudad del Sol y responsable de sus máximas audacias arquitectónicas.

Llevado por el entusiasmo hacia la causa de Akenatón, había mandado escribir en su tumba: «Todo cuanto sé me lo ha enseñado el faraón. De él he aprendido mi arte y por inspiración de Dios lo he aplicado.» Era una suerte de manifiesto que indicaba hasta qué punto todo estaba calculado en la Ciudad del Sol y nada podía ser de otra manera porque nacía bajo la inspiración de un orden superior.

Si aquel excelente varón se ocupaba de dirigir todo lo relativo a la estructura urbana, otros dos importantes personajes se encargaban de supervisar las esculturas oficiales. Eran excelentes artesanos y sus obras destacaban sobre todas las demás hasta erigirse en el gran modelo digno de imitar por los más jóvenes.

Me estoy refiriendo a Auta y Thotmés, maestros escultores a quienes había conocido en el pabellón real. Contrariamente a lo que temí en un primer momento, no me manifestaron la menor animadversión, e incluso se rieron abiertamente cuando les insinué la posibilidad de que hubiese sido así... pues así es en todas partes del mundo. Para demostrar que me había equivocado al juzgarlos, Auta se puso en actitud mística y proclamó:

—Ningún artista en la Ciudad del Sol teme que otro ocupe su lugar porque el de cada uno corresponde a la lógica de Atón, igual que las horas del día y los ritmos del Nilo. Y en gratitud al privilegio de ser los elegidos sólo nos preocupa consagrar nuestro trabajo a la gran misión que el propio faraón se ha encomendado y que nos transmite con su ejemplo.

El tono de sus comentarios, así como el inmaculado aspecto de sus atavíos, otorgaban a aquella mujer el aspecto de una sacerdotisa más que el de una escultora; y debo añadir que su taller era lo más parecido a un lugar de culto que sea dado imaginar. De ella se decía que nunca conoció más varón que los dos jóvenes príncipes, Tutank-Atón y Smenkaré, a quienes por otro lado sólo trataba durante los raros momentos en que posaban para sus esculturas. Vivía rodeada de jóvenes doncellas, casi niñas, que aprendían a modelar el barro y la arcilla mientras recitaban poesías, tañían los más variados instrumentos o danzaban desnudas a la luz de la luna. Por todo esto, el taller de Auta era conocido como el «Harén de la Belleza», y más de un varón hubiera deseado entrar en él, aunque no precisamente para ser esculpido.

De talante bien distinto era Thotmés, cuyo taller aparecía siempre solitario como él mismo. Poco sabían los demás de su vida anterior, aunque se sospechaba que vivió en la remota región de Elefantina, donde ejercía como sacerdote de Isis. Afirmaban los murmuradores que cierto día, habiéndose perdido en el desierto, recibió la iluminación de Atón de la manera más extraordinaria: se abrió sobre las dunas un frondoso camino rodeado de palmeras y sicómoros; conmovido a la par que agradecido, Thotmés se cortó los dedos para depositarlos a los pies de Atón en el momento del amanecer; pero los dedos volvieron a crecerle, más ágiles que antes. Por eso decían sus admiradores que obraban milagros. Porque habían renacido de manera milagrosa gracias al poder de Dios.

En la Ciudad del Sol, Thotmés tenía a su cargo los bustos relacionados con Nefertiti, de manera que bien podía vanagloriarse de ser su retratista oficial. Eran obras de tal perfección que los nobles se las disputaban para ponerlas en los altares domésticos, mientras sus esposas imitaban el tocado de la real modelo, así como la forma de sus labios y las delicadas pinturas de sus ojos. En otras ocasiones, los bustos iban a parar a talleres secundarios, donde los aprendices los copiaban en serie, creando así las estatuillas destinadas a presidir todos los santuarios de Egipto.

Consciente de su misión, Thotmés vivía pendiente del mínimo gesto de Nefertiti, y algunos maldicientes veían en ello una sumisión excesiva a tan suprema beldad. Pero él se reía de todos y decía que, si en otro tiempo le fue revelado el sol, era justo que ahora se le revelase continuamente la luna, con lo cual no hacía sino reafirmar su absoluta rendición a los poderes de la divina majestad. Y si bien he dicho que nunca me mostró la menor animadversión a causa de mis privilegios en la corte, también diré que en ocasiones se lamentó de que mi intimidad con Nefertiti fuese mayor de la que él había conseguido nunca, pese a tenerla tan cerca durante las largas horas del moldeado.

—No debes tener celos —le dije un día en tono consolador—. Lo que tú has obtenido de Nefertiti no lo obtendré yo ni nadie. Al esculpirla en tus obras has acariciado cada uno de sus rasgos, y por medio de este contacto has accedido a una posesión que está más allá de los humanos.

—Tengo celos, Keftén; pero no de algo tan sencillo como los demás suponen, sino del tiempo que pasé sin conocer a Nefertiti y que en cambio tú disfrutaste. Dicen los hechiceros que al reproducir al ser humano le robamos el alma, y si esto es cierto, yo tengo el alma de Nefertiti encerrada entre estos dedos. Pero mi avaricia es grande, como por otro lado la de cualquier artista, porque hay una Nefertiti anterior, una Nefertiti a la que me hubiera gustado conocer y poseer también. Y mi avaricia va en aumento porque querría haberla seguido desde niña y así poseer su vida entera.

Comprendí que la avidez del enamorado se parece mucho a la del artista y que ambas confluían en aquel hombre cuyos delirios podían ser un reflejo de la mía.

Además de estos personajes me encontraba a diario con mis ayudantes, cinco mancebos que

Thotmés había elegido personalmente entre los mejores. Debería renunciar a hablar de ellos para no añadir más gente a mi recuerdo y acaso por la pequeña vanidad de creer que cuantas obras realicé en aquel período me corresponden sólo a mí. Sin embargo sería injusto si no ponderase la excelente disposición de mis aprendices, su sentido de la disciplina y, como siempre en la Ciudad del Sol, su absoluta entrega a una causa superior, o así considerada por todos ellos.

El contacto diario con artistas tan precoces me devolvía continuamente imágenes de mi aprendizaje en tiempos que ya quedaban tan lejanos. Su compañía me ayudó a abrirme a un entusiasmo como no conocía desde hacía muchos años. Además, los acontecimientos cotidianos secundaban mi renacimiento. Porque el espíritu de la Ciudad del Sol empezaba a ser de aquellos jóvenes que todavía eran niños cuando sus padres se instalaron allí, embarcados en la gran aventura del faraón. Y esos jóvenes no sólo llenaban con alegres canciones las horas de trabajo sino que, al terminar la jornada, me inducían a acompañarlos en jubilosos pasatiempos que dijéranse pensados para cantar en todo momento las glorias de la nueva religión.

Durante sus horas de ocio, los jóvenes de la Ciudad del Sol se dedicaban a una constante celebración de la naturaleza. Tocados con guirnaldas y coronas de laurel, surcaban el Nilo en barcas adornadas a su vez con ramos y ristras de flores, se bañaban completamente desnudos en los lagos de los jardines, se recreaban acampando bajo la frondosidad de las acacias mientras entonaban hermosas canciones destinadas a conmemorar los aspectos más idílicos de la existencia. Y en aquel ambiente delicioso, donde el hombre regresaba a sus orígenes pastoriles, parecían haber descubierto la puerta del paraíso. Todos hablaban de paz entre las naciones, hermandad entre los hombres y esperanzadores mensajes de parecido estilo.

Veíanse entonces las escenas que tanto mortificaban a los más viejos de Tebas: Nefertiti y Akenatón, montados en su carro, transitaban por las avenidas, no para recibir el servil agasajo de sus súbditos sino para mezclarse entre ellos y dirigirles discursos pletóricos de entusiasmo, proclamas que resonaban también como un himno a la Gracia permanente:

—Adorad a la naturaleza —decía el faraón—. Cubríos la cabeza con flores, entonad salmos de gozo, corred por los jardines, bebed juntos en las fontanas, hermanados siempre en la verdadera vida.

No tardaban en unirse al cortejo cortesanos exaltados de tanto lirismo y, según la hora del día, podía verse saltar a las discípulas de Auta, y era como si el sol no fuese a ponerse en todos los siglos de la humanidad.

Cuando las fiestas eran de carácter religioso se precisaba la presencia de Akenatón y Nefertiti, secundados por sus hijas. Aparecían en un gran ventanal del templo, conocido por unos como la Sede de la Aparición y por otros como la Sede de las Ofrendas. Ambas cosas eran ciertas porque desde aquella ventana sus majestades distribuían comida a los más necesitados o regalos y prebendas a sus oficiales más destacados y a las damas más solícitas.

Pero como sea que todas esas ceremonias están reproducidas hasta la saciedad en las tumbas de los nobles, toda explicación resulta innecesaria. Sirva sólo para recordar al mundo que en la Ciudad del Sol la vida era idílica, y sirva para recordar yo, con añoranza, que también lo fue la mía gracias a dos personas que se habían puesto de acuerdo para quererme y, por ese cariño, convertir mi vida en un paraíso tan confortable como el que buscaban los jóvenes de Atón.

La paz doméstica llegó como un milagro que no necesito atribuir a ningún dios, sino a la calidad humana de los dos seres que la suerte había puesto inesperadamente en mi camino después de tantos años de fatiga: Bercos y Nellifer, sí, almas cuya excelencia no me cansaré de ponderar mientras me pregunto cómo pudieron llegar al raro milagro del entendimiento contando con tantas cosas en contra. En efecto, ese entendimiento no podía resultarme más extraño, y no por Nellifer, que estaba acostumbrada a tratar a los hombres y no encontraría dificultad alguna en ganarse el afecto del más joven, sino por Bercos, que poco tiempo antes me había anunciado su animadversión hacia cualquier mujer que intentase arrogarse el papel de madre y, además, me hacía culpable del abandono en que se había sentido durante toda su infancia. Que ese niño milagroso pudiese traspasar tantas barreras de golpe decía mucho en favor de su disposición y confirmaba las altas virtudes que los demás le adjudicaban.

Comprendí que había decidido amarme, y yo me entregué a ese amor llevado por mi propia necesidad, pero no sin mantener serias reservas porque sabía que el afecto de los jóvenes es fútil y veleidoso como los vientos del Nilo y las personas maduras podemos convertirnos en naves maltrechas sometidas al capricho de sus ventoleras. Fui tan estúpido que consideré la bondad de mi hijo como el fruto de la educación que le imponían en el templo, como si fuese otro dogma de la extravagante religión solar; así pues, durante un tiempo resultó más cómodo para mí considerarle una especie de inspirado. Pero no tardé en descubrir que estas reservas no hacían sino mostrar la sequedad de mi alma y la avaricia de mi espíritu. Porque no había reserva alguna en la entrega de aquel muchacho, sino deseo absoluto de ser correspondido.

En su empeño por organizar mi vida a la perfección, se inmiscuía en todos los detalles de mi casa, compitiendo en esto con los desvelos de Nellifer, quien también había decidido que mi bienestar estaba en manos de su experiencia. Erigidos ambos en celadores de mi hacienda entera, discutían constantemente y, una vez se habían puesto de acuerdo, tenían que discutir con Cantú, quien, en calidad de intendente, sentíase desautorizado cada vez que los otros tomaban una decisión (insisto que no sin largas discusiones, pues ya se ha visto que prolongarlas era una de las especialidades de Bercos).

Si bien es cierto que nunca hubo pareja que tratase mejor a los criados, también lo es que ninguna era más temible a la hora de desautorizarlos, y esto no ocurrió sólo con Cantú sino también con el jefe de establos —a quien Bercos acusaba de alimentar mal a su asno— y muy especialmente con la cocinera Senefrit, que veía invadidos sus dominios a cada comida y, como todas las de su oficio, no estaba dispuesta a tolerarlo. Pero no terminaban aquí los agravios. Atendiendo a la gordura de aquella mujerona, Bercos solía llamarla Tueris; y no por las virtudes piadosas que pudieran derivarse de este nombre, sino por corresponder a la diosa hipopótamo. Tanto se dolió la aludida que llevó sus quejas hasta Cantú, y éste me las trajo a mí.

—Esa admirable cocinera se queja de que tanto tu hijo como tu concubina le falten el respeto poniéndole motes a su exceso carnal que, si bien es manifiesto, sería considerado un honor en las mejores cocinas. Porque la categoría de una casa se nota a partir de sus cocineros, y es bien sabido que de una casa con cocineros raquíticos desconfían los vecinos ya que indica propietarios de escasos medios. De modo que Senefrit, que es santa de altar, tiene razón al quejarse de que, dejando tan alto tu nombre con su gordura, reciba a cambio un mote que la denigra.

—Eso es que es tonta —intervenía Bercos iniciando una de sus interminables autodefensas—. ¿Acaso ignora que la hipopótama Tueris vela por la buena marcha de los nacimientos? Debería sentirse orgullosa por ostentar tan alto patrocinio.

—Perdóname, joven amo, pero te aprovechas

de tus conocimientos para falsear la realidad. Este humilde servidor, sin poseer ni mucho menos la ciencia que os enseñan en el templo, sabe por tradición que la hipopótama Tueris no es siempre de fiar. Incluso estoy por decir que es una diosa un poco hipócrita ya que, siendo protectora de los partos, cuando le conviene se pone del lado de las fuerzas del mal. Eso es mucha doblez, que dirían en la aldea de mis padres, cuyas cosechas se han visto a veces arruinadas por los hipopótamos. ¿Acaso no hay en Edfú una escuela de arponeros sagrados a quienes se instruye en el arte de eliminarlos? Y algo sabrán los sacerdotes de Horus, digo yo.

Tras una interminable discusión teológica convertida en charla de vecindad, Cantú acababa diciendo:

—Sea como sea, la buena Senefrit dice, no sin razón, que podríais haberle puesto de mote a una diosa más esbelta y ágil. Sin ir más lejos, la diosa gacela le gustaría mucho.

Pero como la gordura de Senefrit era un hecho tan cierto como la luz de Atón continuamos llamándola Tueris y ella acabó conformándose a cambio de tratar continuamente de estúpidos a Bercos y a Nellifer. En cuanto a mí, se limitaba a tratarme de calzonazos porque toleraba demasiadas cosas a aquella pareja de entrometidos.

Nellifer se mostraba tan infantil como mi hijo ante aquellas nimiedades que venían a sustituir su intensa vida de las noches tebanas. Satisfecha con el lugar que había elegido sin esperar recompensa alguna, decidió prolongar su estancia a perpetuidad, como decía Bercos riendo burlonamente cada vez que ella afirmaba: «Debería regresar a Tebas a cuidar de mis asuntos antes de que me echéis por inmiscuirme demasiado en los vuestros.» Para suerte mía y del propio Bercos no cumplió su promesa; por el contrario, mandó traer de Tebas sus cosas más imprescindibles. Tratándose de una mujer y, además, de una mujer muy vivida, no me extrañó que el transporte precisase cinco mulas.

Cuando mi presencia no era requerida en palacio dejaba transcurrir mis veladas junto a Bercos y Nellifer, y debo decir que en pocas ocasiones me sentía tan reconfortado. Las horas del crepúsculo transcurrían de manera apacible en el gran salón de música, Nellifer y yo reclinados ante los manjares de la buena Tueris mientras Bercos tañía el arpa con encantadora pericia. No en vano había sido adiestrado por los arpistas ciegos del templo. En otras ocasiones, Nefertiti nos enviaba alguna danzarina o un grupo de malabaristas que nos entretenían con sus actuaciones siempre sorprendentes.

Pero Nellifer y Bercos preferían usurpar el protagonismo de aquellos artistas mediante el ejercicio de la conversación, que dominaban hasta el abuso.

—No sé si soy prudente como debiera —dijo Nellifer en cierta ocasión—. Sin duda me convendría cerrar mi casa de Tebas para ahorrar un poco. No quisiera verme sumida en la miseria, como les ha ocurrido a otras de mi oficio.

Aquí se explayó largamente repasando una extensa lista de cortesanas de gran renombre que habían dilapidado sus ahorros por culpa de su mala cabeza o porque su imprudente corazón las hubiera puesto a merced de hombres sin escrúpulos. Salieron a la palestra las desdichadas peripecias de la bella Someret de Tebas, la cotizada Balpui de Ahmnin y, por supuesto, las distinguidas babilónicas Subirum y Elizia. Eran historias oídas hasta la saciedad en las casas de placer de todo el mundo, pero como sea que sus ecos no llegaban hasta el sagrado templo de Atón, Bercos solía escucharlas con el mismo fervor con que seguía el recuento de mis viajes.

—¡Nellifer, Nellifer! —decía, repitiendo siempre el nombre—. Tú nunca cuentas ni de dónde vienes ni quiénes eran tus padres. Y tampoco si a ellos les gusta que te dediques a divertir vejestorios, por llamar de algún modo lo que tú haces.

Yo le reprendí severamente diciéndole que nunca debía preguntar aquellas cosas; y estuve a punto de añadir: «mucho menos a una cortesana». Pero supe contener a tiempo mi indiscreción.

Como si hubiese adivinado mis pensamientos, Nellifer dijo:

—No hay ofensa en la pregunta ni habrá doblez en la respuesta. Mi origen es normal y carece de interés; por eso no vale la pena hablar de él: porque he aprendido que no hay que contar a los hombres cosas que pudieran aburrirlos.

—Eso está muy bien —dijo Bercos— porque así podemos imaginar que eras una sacerdotisa perteneciente a uno de esos cultos exóticos dedicados al placer y al lujo.

Nellifer solía echarse a reír ante tanta imaginación.

—Pero no es así, polluelo. No he conocido las pompas de las sacerdotisas de Astarté, a las que tu padre habrá frecuentado si su vida en Nínive fue tan movida como imagino. Pero en mi vida no hay nada exótico; nada que pueda apasionar a un niño tan fantasioso como tú. Nací en una aldea del nomo del Antílope, donde mi familia poseía una pequeña hacienda. Nunca tuve preocupaciones y decidí no tenerlas en el futuro. Por esto me di a los hombres, que son tontos y pagan por el placer que podrían obtener de balde en su casa. Gracias a la bendita inocencia de esa extraña parte de la humanidad he acumulado riquezas y no tengo mayor preocupación que la de asegurarme la vejez y construirme una tumba que se parezca a las de las grandes reinas del pasado.

—Sigue estando muy bien lo que nos cuentas —reía Bercos—, y es preferible que tu ascendiente no sea noble, porque el de mi madre lo era y ya ves lo mal que se portó con mi padre.

—Siempre tienes que acordarte de ella... —exclamaba yo, molesto por la frecuencia de aquel recuerdo—. Bórrala ya para que no llene tu alma de rencor como hizo con la mía.

—Ese rencor ya existe, padre, porque ella me robó muchas cosas. Pero, sobre todas ellas, se apropió del lugar que hubieras podido ocupar tú; se quedó con los años en que pude dedicarte todo el afecto que ahora siento. Y, por no haberlo sentido antes, noto que he perdido cosas muy hermosas en mi vida.

No eran necesarias muchas luces para ver en aquella declaración algo mucho más profundo que un mal recuerdo de infancia.

—¿Tanta es tu soledad? ¿Es que no te tratan bien en el templo?

—Es un destino que eligieron para mí desde antes de que aprendiese a hablar. Luego no tengo elección.

—¿No te gusta? —preguntó Nellifer acariciándole la mano.

Él se quedaba callado y yo notaba que su rostro reflejaba las sombras que agobiaban su espíritu.

—Dios manda. Yo obedezco. Y el mundo seguirá su marcha si así se hace y se hundirá si nos negamos a hacerlo.

Entonces se retiraba prudentemente y, cosa rara en él, sin la perorata con que solía obsequiarnos todas las noches por cualquier cosa.

—Creo que un día debieras interesarte por su vida en el templo —dijo Nellifer cuando Bercos se hubo ido.

—Es justo que así sea —dije yo refunfuñando—. Hablaré con el sumo sacerdote, aunque sea el tipo de buitre que no me gustaría ver comiendo en mi mano.

—Muéstrate comprensivo —dijo ella alisándome la túnica para favorecer un impecable aspecto. Y mientras me acompañaba al jardín, aferrada a mi cintura, añadió—: No debes juzgar a todas las personas por el mismo barro. La avidez de los sacerdotes de Amón es harto conocida, pero de los de Atón se dice que son desinteresados, abiertos y generosos. No tienes más que ver su templo, que parece un patio de recreo y no un lugar de culto.

Ya he dicho que el templo de Atón era completamente distinto a los santuarios de su dios rival, pero sólo me había referido al gran atrio que, al carecer de techo, permitía una verdadera inundación de luz solar. También las vastas estancias donde operaban los sacerdotes respondían a esas premisas: su arquitectura, recta y concisa, estaba calculada para que toda la vida del exterior penetrase a raudales en el culto. Y debo añadir que, si bien el resultado era un cántico a la enormidad de la vida, no dejaba por ello de ser incómodo porque tanta luminosidad en una tierra tan calurosa favorecía la sensación de vivir continuamente en el interior de un horno encendido. Se echaba de menos la refrescante penumbra donde reina Amón el Oculto.

Me recibió un tal Peneret, sacerdote encargado de la formación y guía de los novicios. Y aunque todo en su aspecto era blanco y resplandeciente, como obedeciendo a una continua llamada de la pureza, yo no podía dejar de considerarle el típico representante de una casta poco fiable. Acaso no fuese tan voraz como los sacerdotes de Amón, pero su función en la vida era la misma, luego mi repudio no podía ser distinto.

Ignoro si debo avergonzarme al recordarlo, pero lo cierto es que no me molesté en aparentar una simpatía que estaba muy lejos de sentir. Y, aunque él debió de notarlo, me obsequió con un despliegue de cortesías que empezaba con elogios a mi trabajo —que por cierto no había visto— y terminaba con rimbombantes alabanzas a las virtudes de Bercos. Así, acabó diciendo:

—En resumen: tu hijo es admirable por tantos

y tan variados conceptos que soy incapaz de decidir cuál conviene elogiar primero.

—Yo tal vez le reprocharía que sea tan pesado. No para de hablar.

—Eso es magnífico para un sacerdote. El don de la palabra viene de Atón y por él transmitimos su verdad al pueblo. Es de encomiar que tu hijo sea hablador porque así sabrá convencer. Y es loable que tenga tantas virtudes porque así puedo felicitarte. Aunque debo añadir que preferiría que no saliese tan a menudo. Temo que los otros novicios pudieran creerse en el mismo derecho. Cierto es que goza del permiso del faraón, pero tú deberías convencerle de que no haga tanto uso de él.

—Me pides lo que más podría dolerme en mis actuales circunstancias. He empezado a considerar a Bercos una parte imprescindible de mi vida.

—No debes pensar en tu dolor, sino en el alma de tu hijo.

—¡Su alma dices! ¿Tiene que estar todo el día postrado ante un altar para demostrar que es limpia? Yo sé que lo es sin necesidad de verlo vestido de sacerdote. Es un alma pura y llena de ansias de vivir. En esto pienso cuando hablo de él. Quiere vivir y no se atreve a confesar que le estáis negando la vida.

Me dirigió la mirada fría, implacable, que es común a todos los de su gremio en cualquier lugar del mundo. Y en el mismo tono dijo:

—Me hablas de cosas que exceden a mis atribuciones. Tu hijo fue destinado al culto por empeño personal de sus majestades. El faraón quiere que sea ordenado al cumplir la edad adulta. Esto va a ocurrir después de la próxima crecida, si no me equivoco. Disfruta de él hasta entonces. Y cuando el Nilo decrezca que se cumpla la voluntad de Atón.

Aquellas palabras contribuyeron a aumentar mi furia, hasta el extremo de olvidar su rango e incluso el mío propio. Cogí mi bolsa y la arrojé al suelo, de manera que el ruido de las monedas resonó contra las altas columnas como el golpeteo de un tambor.

—Toma: para que llenes tus arcas. No quiero que se diga que mi hijo come a vuestras expensas. ¡Que no tenga que agradeceros ni siquiera esto!

—Tendrá que agradecernos mucho más: una gloria que sólo está al alcance de los elegidos. Es lamentable que tú no sepas comprenderlo. Y es penoso que confundas los términos hasta el punto de creer que tu limosna va a engrosar unos fondos que no existen. Te creía más informado. Si hemos suplantado al clero de Amón no es para seguir su ejemplo amontonando riquezas a costa del pueblo. Nuestro ejemplo es de austeridad, y tu hijo lo sabe. Por esto no ha de afectarle tu pésima influencia.

—No la necesita. Antes de conocerme, él ya había comprendido que los ojos de vuestras estatuas están vacíos.

—Tampoco hay estatuas en el templo de Atón. Él no lo necesita, ya que se manifiesta en todo y, a su conjuro, todo vive. Sus estatuas son el mundo, su imagen es la vida. Su recinto no necesita techo porque tiene el cielo, donde sólo Él reina. Por esto tu voz no tiene eco en este santuario. Porque se pierde en el aire.

—Mi voz sonará en el palacio real. Mejor aún, ante la reina.

El sacerdote me dirigió una mirada de extrañeza que, por una vez, juzgué sincera.

—¿Ante la reina dices?

—No ignorarás que tengo acceso a ella.

—No lo ignoro, pero dudo que hoy tenga ánimo para tratar estos asuntos. ¿O acaso ignoras lo ocurrido? —Al ver mi expresión de absoluto desconocimiento añadió en tono sardónico—: Sal a las esquinas y escucha. La voz de la calle ya pregona lo que el templo no está autorizado a revelar.

Y era cierto, pues la entera Ciudad del Sol ardía en comentarios que podían ennegrecer el purísimo horizonte de Atón.

La princesa hitita destinada a convertirse en esposa real había sido asesinada al poner los pies en suelo egipcio. Y la gente murmuraba que sólo una persona podía estar interesada en que aquella joven no llegase a su destino. Esa persona era Nefertiti, mujer del faraón y, por tanto, víctima propiciatoria de su nuevo enlace.

Dos sentimientos distintos luchaban en mi mente a medida que avanzaba a paso rápido por los jardines de palacio. Latía, en primer lugar, la repulsa por el crimen; pero, al mismo tiempo, la posibilidad de que hubiese sido instigado por Nefertiti me decía que, al descubrirse, se encontraría frente a un serio compromiso, si no ante un gran peligro, y este presentimiento me empujaba a ayudarla como hacen los héroes de las leyendas en cuantos países he conocido.

Al llegar a los aposentos reales me encontré con Horemheb, que esperaba ser recibido por el faraón. Si bien su omnipresencia se estaba convirtiendo en una costumbre ya molesta, en aquella ocasión parecía perfectamente natural: el asesinato, en suelo egipcio, de la hija de un enemigo muy poderoso era lo bastante grave como para desencadenar un conflicto de vastas proporciones. Un conflicto que podía requerir la ayuda de las armas, aunque Akenatón desease reaccionar con envíos de flores.

Pero mi preocupación por Nefertiti era tanta que ni armas ni flores conseguían aliviarla. Así pues, pregunté con ansiedad:

—Dime, Horemheb, tú que oyes aunque no escuches: ¿estaba alguien interesado en la muerte de la princesa hitita?

Me dirigió su mirada más altiva mientras agitaba, con la indolencia acostumbrada, su bastón de mando.

—Esa desgraciada no interesaba a nadie. Seguramente ni al propio Supiluliuma. Por esto nos la mandaron: estoy por creer que últimamente los grandes reyes se desembarazan de las princesas de segundo orden mandándolas a los harenes de Egipto. —Guardó un momento de cauteloso silencio y, al cabo de un instante, añadió—: Otra cosa sería que me preguntases si alguien estaba interesado en que no se llevase a cabo su enlace con Akenatón.

—¿Ese alguien sería Nefertiti?

—Te creía más listo, Keftén. Todos los títulos de Nefertiti la colocan en un lugar tan alto que, si se dignase mirar hacia abajo, no vería ni a la princesa hitita ni a cualquier otra rival. Además, la causa de Akenatón es la suya: diez matrimonios que cualquiera de los dos contrajesen no bastarían para desacreditar esa magna empresa común.

—¿Quieres decir que podría ser obra de los enemigos de Akenatón? No entiendo qué conseguirían con esto.

—Si quieres un consejo, dedícate a pintar y no metas las narices en política, porque se te escapa como a un niño el sentido del amor. El más lerdo entre mis soldados entendería que esto es una maniobra para desestabilizar a Egipto. Y ¿qué mejor que una guerra que sembrase el descontento entre la población? Pregúntale a cualquier sacerdote de Amón y te lo explicará mejor que yo.

—No me interesan los sacerdotes de Amón. En realidad no me interesa ningún sacerdote: hoy me ha colmado el día uno de la competencia. Sólo quiero ver a Nefertiti.

Contra lo que había pronosticado Peneret, no tuve la menor dificultad en verla. Estoy por decir que estaba esperando mi llegada; no por ser yo Keftén, sino porque era lo más parecido a un amigo que podía encontrar. Y aunque entendí que los acontecimientos empezaban a sobrepasarla, nada en su comportamiento la delató. Por el contrario, aparecía inmóvil, erguida y con una sonrisa a medio dibujar.

—Te veo muy excitado, Keftén. ¿Has tenido algún problema con tus aprendices? Ya sabes que a la primera muestra de desobediencia no tienes más que llevar tus quejas ante el faraón...

—Mis quejas serían otras —dije sin dejarme impresionar por su aplomo—. ¿No te han contado que se sospecha de tu intervención en la muerte de la princesa hitita?

—La reina de Egipto jamás se rebajará a negar una sospecha. Además, las murmuraciones del pueblo tal como vienen se van.

—En efecto. Y yo puedo darlas por vanas si conviene. Son mis sospechas las que me importan. Me gustaría que las negases.

—Ignoro con qué derecho me lo pides, pero en cualquier caso te lo concedo en nombre de nuestra vieja amistad. Así te digo de una vez por todas que no he tenido intervención alguna en esta muerte.

—Y, sin embargo, te evita una lucha sumamente incómoda. O así creí entenderlo cuando me hablaste de tu estado de ánimo.

—En esto llevas razón. Ahora ya no tengo necesidad de vencer a nadie.

Se detuvo y, por primera vez, vaciló antes de seguir hablando. Cuando lo hizo tenía el tono duro y rotundo de quien no ha conocido el remordimiento en toda su vida:

—Vuelvo a sentirme segura de mí misma. Lo estoy tanto que incluso puedo desmentir lo que te dije en la nave. Asómbrate, Keftén, porque ningún hijo de Akenatón alegra mis entrañas.

Esta revelación me dejó más perplejo si cabía, aunque ya no descartaba que nuevas revelaciones viniesen a ampliar el orden de mis perplejidades.

—Luego mentías —me atreví a murmurar—.

¡Cuánta inconsciencia! Ese hijo tenía que nacer un día u otro.

—No dudes que habría nacido. A pesar de todas las intromisiones, en el lecho de Akenatón todavía reino yo. Y si este reino estuviese derrumbado, tampoco habría motivos para desesperar. Una mujer siempre sabe cómo arreglárselas.

—Entiendo. Hablas de un padre que no fuese Akenatón.

—Hablo de alguien capaz de engendrar un hijo sano, fuerte y hermoso. Alguien elegido entre los mejores. —Y mirándome fijamente a los ojos añadió con absoluta intención—: ¿Por qué no alguien que hubiese mezclado su sangre con la mía?

Retrocedí horrorizado ante aquella proposición que, además, llegaba demasiado tarde. Todo mi ser se soliviantaba en una mezcla de adoración y repulsa; pero Nefertiti mantuvo su tono imperturbable al decir:

—Nada hay nuevo en la historia de Egipto. Hubo diosas que descendieron al lecho de los hombres y reinas que supieron gozar con hombres de sangre plebeya. El Nilo ha visto demasiadas cosas para extrañarse de nada.

—Pero yo soy más joven que el Nilo y tengo derecho a extrañarme, y aun a sentirme escandalizado. Porque en verdad que es una ley muy extraña la que os permite sentiros dioses mientras recurrís a los engaños de los hombres.

—No conozco otra ley desde que era niña. ¿Olvidas que sólo tenía trece años cuando entré en el harén de Amenhotep? Eres demasiado ingenuo para pensar que toda mi vida se desarrolló al lado de un estanque. Escúchame bien: tú y yo jugábamos durante el día, pero ignoras lo que ocurría por las noches en la Casa Dorada. En el lecho del viejo faraón no cabían otras leyes que las que él mismo dictaba. Yo era una niña entonces, pero mi condición me situaba en el mismo lugar que todas las mujeres obligadas a ser diosas para el pueblo egipcio y rameras para el faraón. Un aspecto más de una lucha ancestral.

—Me asombra pensar que puedan planearse tantas falacias en nombre de un trono...

—En nombre de Atón. Porque ni el trono ni Egipto, ni siquiera la muerte de esta pobre princesa, tienen la menor importancia ante la misión que guía mis actos. Ten por seguro que incluso un hijo tuyo habría sido engendrado por Atón y yo lo habría recibido por su causa.

Estas palabras me hicieron temblar porque, a pesar de cuanto ella hiciese, no podía dejar de amarla apasionadamente. Pero la sola idea de verme convertido en el vulgar instrumento de un engaño me repugnaba, y la posibilidad de que mi amada no fuese más que una intrigante la rebajaba tanto a mis ojos que estuve a punto de llorar de dolor.

Pero esa amada no era la que yo había intuido hasta entonces: era alguien que, de pronto, se había convertido en un símbolo del poder. Y pude comprobarlo cuando las doncellas entraron apresuradamente para anunciar que estaba llegando el faraón acompañado de sus dos consejeros más íntimos: Horemheb y Ay. En este preciso instante, todas las artes que Nefertiti había esgrimido desde nuestro encuentro en la necrópolis de Tebas se transmutaron en una sola actitud, violenta y dura: la actitud de un guerrero. Y tuvo voz de mando al decir:

—Quédate porque podría necesitar el apoyo de algún amigo verdadero.

La vi arrodillarse a los pies del faraón, como si pidiese una indulgencia que, en realidad, no necesitaba. Porque nada había más lejos del rostro de aquel hombre que la sospecha ni nada más cercano a su ánimo que la comprensión. Y, como sea que aparecía despojado de sus atavíos reales, no le quedaba siquiera la facultad de inspirar respeto.

Sorprendido en su estricta intimidad, el dios viviente ofrecía un aspecto casi cómico y, más que nada, simpático. Sin la corona, su cráneo rasurado revelaba la extraña disposición que los artistas solían exagerar en sus representaciones: tenía el aspecto de un cono ligeramente pronunciado que se balanceaba sobre un cuello esbelto y nervudo. Como no llevaba otro atavío que el faldón doméstico, su tripa parecía más prominente que de costumbre, y los senos, un tanto fofos, se desplomaban anunciando una vejez prematura. Pero en su rostro, tan marcado por la prominencia de los gruesos labios, se dibujaba una impresión de profundo desamparo, y en ella reconocí perfectamente al niño de otro tiempo.

Ayudó a Nefertiti a incorporarse y ambos se dirigieron a un altar que presidía la estancia: una reproducción del gran disco solar con las acostumbradas manos posándose sobre valles y montañas.

—¡Oh, tú, el Radiante! —cantó Akenatón—: Dígnate surgir del horizonte para darnos tu fuerza. Ilumínanos para escuchar a Horemheb, porque sabemos que no trae flores, sino espadas.

En realidad, Horemheb traía mensajes de suma urgencia. Los sucesos desencadenados a raíz de la muerte de la princesa hitita no eran del género que una simple delegación diplomática pudiese solucionar. Y, por primera vez desde que le conocí, el general estaba muy lejos de la frialdad diplomática que tanto le gustaba aparentar. Cuando habló francamente de la necesidad de armar a Egipto ante una posible represalia del rey hitita, Akenatón exclamó con voz lloriqueante:

—¿Armarnos para la guerra, Horemheb? ¿Armarnos para matar?

—Para la defensa, faraón. ¿Ni siquiera en una ocasión como ésta se te ocurre que sea necesario?

Nefertiti se interpuso con los brazos extendidos sobre el cuerpo de su esposo, a guisa de protección.

—No prestes atención a esas palabras. Si el rey hitita está dispuesto a armar sus ejércitos, yo estoy dispuesta a disuadirle haciendo que recaigan sobre mí las culpas de la muerte de su hija. Todo antes de que se derrame una gota de sangre egipcia.

—Ni egipcia ni hitita —corrigió Akenatón—. Ninguna sangre debe ser derramada en los dominios donde Dios deposita sus rayos. Y en verdad no hay en el mundo un lugar que no sea acariciado por sus manos divinas.

—Estoy de acuerdo —dijo Horemheb sin molestarse en aparentar el menor interés—. De todos modos sería más sabio derramar la sangre de un enemigo furibundo antes que esperar a que él derrame la nuestra. Escucha, Akenatón: sabíamos que Supiluliuma estaba esperando la menor oportunidad para atacarnos; en realidad no necesitaba la muerte de su hija. Porque hay algo más grave: las delegaciones egipcias han sido devastadas de nuevo. Nuestros aliados nos piden ayuda para poder resistir... —Viendo que Akenatón no salía de su éxtasis místico se volvió a su acompañante, que seguía la escena sin expresar la menor emoción—: Cuéntaselo tú, Ay. Seguramente te hará más caso porque no llevas una espada colgada al cinto. Léeles las cartas de Mitanni, las de Biblos, las de Kadesh...

El sabio Ay se adelantó con las cartas a que se refería Horemheb. Habían sido recibidas en tablas de arcilla y escritas en acadio, que era el idioma diplomático, y transcritas al egipcio para ser utilizadas en palacio y, después, en los archivos. Pero Akenatón las apartó sin mirarlas siquiera, imbuido únicamente en la magnitud de sus propias ideas.

—¡Oh todos los que todavía vivís engañados en la inmensa oscuridad! Debéis acompañarnos hacia la luz. ¿A qué tantas indecisiones? ¿Vais a dejarme solo? ¿Acaso no he educado vuestras almas para que demuestren entereza en la adversidad? Es ahora cuando debéis recurrir a ella, no dejándoos enterrar en el profundo sepulcro de la violencia.

—Todo eso es muy hermoso —contestó Horemheb a punto de perder la calma—, pero la realidad es más prosaica. Hemos abandonado a los amigos que creían en nosotros. Negándote a mandarles tropas, los condenas a una muerte cierta.

Porque ellos serán las primeras víctimas de la furia de Supiluliuma. Una vez diezmadas sus guarniciones, el ejército hitita tendrá el paso abierto a las fronteras egipcias.

El sabio Ay intervino con la capacidad de buen consejero que todo el mundo le presuponía:

—Tú sabes que no suelo dar la razón a Horemheb, pero creo que empieza a tenerla. Si el rey Supiluliuma continúa atacándonos, todos tus enemigos internos lo aprovecharán para levantarse. El clero de Amón tendrá motivos para convencer al pueblo de que tu política nos ha puesto en manos del desastre.

—Cállate, Ay, porque veo que estamos destinados a no entendernos. Tú, que me has demostrado tanto amor, ¿quieres contribuir a derrumbar mi sueño? Pues te equivocas, porque sigue vivo y así ha de seguir. Yo veo ese día que ha de romper los sellos que hoy cierran el paso a la luz; pero, ante vuestro comportamiento, compruebo con dolor que deberé esperar a la llegada del hombre nuevo. Sí, tendrán que llegar hijos de otro tiempo más limpio: los que formarán la generación del gran rechazo. Ellos han de ser los beneficiarios de toda la belleza que Atón me ha inspirado. Ellos crearán un oasis de vida y sus gritos de júbilo reclamarán el prestigio de días más nobles.

—Mi señor tiene razón —exclamó Nefertiti, igualmente arrebatada—. Cuando llegue ese día de gloria reinará finalmente la luz que sólo Atón tiene el poder de otorgar. Las tierras enfrentadas conocerán cuán fuerte es nuestra unión bajo las manos del Disco. Sin ansias belicosas, triunfaremos sobre la superstición de los antepasados. Por eso esperamos. Por eso vivimos.

Cogió la mano de Akenatón y la apretó con fuerza mientras le guiaba de nuevo hacia el altar. El faraón cayó postrado y, de pronto, llevándose las manos a la frente como solía cada vez que parecía a punto de recibir una revelación, proclamó:

—Ante la amenaza de la guerra debemos oponer la Gran Paz de Atón. En su nombre suplicaremos que los príncipes de todas las naciones acudan a una celebración como no se habrá visto en ninguna época. Y en esta celebración triunfará Dios proclamando la gloria de la ciudad que él mismo eligió.

Como si los dos esposos hubiesen establecido un pacto que no dejaban de ensayar a diario, Akenatón se fue encogiendo a los pies del altar mientras Nefertiti se crecía, irguiéndose en medio de la estancia con los brazos en alto, la túnica desbordándose hasta el suelo, en solemne majestad. Y al acercarse a mí tuvo un nuevo arrebato y sus palabras alcanzaron ecos de sublimidad:

—Keftén, hermano: recuerdo que un día mezclamos nuestras sangres y sé que este vínculo nos ha mantenido unidos a través de los años. Por esto ordeno...

El sabio Ay exclamó, presa de espanto:

—Nefertiti, no puedes *ordenar* en presencia del faraón...

—¡Ordeno, sí, ordeno! —exclamó ella apartándole con violento ademán. Y, poniendo en su acento un poder para mí desconocido, añadió—: Con todos los atributos que me concede ser la mitad de Akenatón a ojos de Dios; con toda la grandeza que me concede ser la parte femenina que hay en él y el derecho que me da su parte masculina que hay en mí, por esta sagrada unión ordeno y mando que durante las fiestas conmemorativas de la Gran Paz de Atón las mejores doncellas y los jóvenes más meritorios de la Ciudad del Sol mezclen su sangre con la de todos los visitantes de la tierra.

La reacción de Akenatón no se hizo esperar.

—Sí, hija del sol, hermana y madre mía, mujer y hombre a la vez, Neferperura-Nefertiti. De las sangres unidas ha de nacer la gran unión de los pueblos. —Y dirigiéndose a mí—: ¿No unió la sangre a aquellos niños de la Casa Dorada? ¿No estableció vínculos que se han prolongado hasta hoy y están destinados a prolongarse durante toda la eternidad?

—Así ha de ser... —dijo Nefertiti—. Como si cada uno de nosotros llevase en su vientre un hijo de los otros dos.

Si hubo sarcasmo en aquellas palabras, no quise notarlo. Sólo vi que se alejaba, tiernamente abrazada a su esposo. Pero al día siguiente se supo en palacio que Akenatón no consoló sus penas con Nefertiti pues le estaba esperando Smenkaré, coronado de flores como venía haciendo últimamente. Porque, al parecer, también el joven príncipe acababa de descubrir su parte femenina y no le desagradaba en absoluto ponerla a disposición de su rey.

¡SMENKARÉ! ESE JOVEN a quien sólo recordaba como entrañable compañero de juegos de mi hijo pasó de pronto a ocupar un lugar de gran importancia en las conversaciones de mis aprendices. El más lenguaraz de todos ellos, un adolescente mofletudo llamado Sotis, llegó un día pregonando que el príncipe había ocupado el lugar de Nefertiti en las ceremonias del templo y que apareció maquillado como ella y con el mismo tocado áulico.

Nefertiti y tres de sus hijas habían viajado hasta Menfis para presidir la inauguración de una capilla votiva; y el faraón, en la Ciudad del Sol, no quiso consentir que las plegarias matinales se celebrasen sin la presencia completa de la pareja real, garante de la fecundidad del suelo egipcio. Así fue como Smenkaré asumió por primera vez la función de mujer en el ritual solar.

Entre jóvenes dicharacheros es fácil que una hablilla de este tipo acabe por abonar toda una historia, acaso más compleja de cuanto es en realidad; pero en aquella ocasión la historia llegaba perfectamente abonada desde la corte. Los murmuradores no necesitaron esforzarse mucho en sus pesquisas, pues las atenciones de que el faraón hacía objeto a Smenkaré habían traspasado los límites de la intimidad y entraban en los de la abierta indiscreción. Sus arrumacos en público, así como los valiosos regalos que el príncipe recibía constantemente eran pruebas de que en los aposentos reales se estaban celebrando ritos que iban más allá de las exigencias religiosas. Pero el

257

faraón sabía suavizar cualquier tipo de situaciones acompañándolas con alabanzas a la gloria de Atón, y era como si acabase de sembrar el árbol de la vida en un huerto ideal.

Tanta religiosidad no engañaba a mis aprendices, como no debía engañar a los habitantes de la Ciudad del Sol. Unos y otros empezaron a sacar canciones picantes que contaban las cosas que pueden hacer dos nobles desocupados cuando la divina Hator los ofusca con sus malas artes. También en la Sede de la Verdad los artesanos más jóvenes trazaban en sus borradores dibujos que representaban a Smenkaré en posturas sumamente comprometidas. Por todo ello se permitía comentar el travieso Sotis:

—Si yo fuese la reina, tendría motivos para estar asustada. Primero porque se ha demostrado que Smenkaré es apetecible al faraón, y segundo porque es mucho más joven que ella y no tiene ni una arruga.

Me dolió imaginar que en el rostro de mi adorada pudiesen aparecer las huellas del tiempo, pero mucho más me dolía que éstas se convirtiesen en motivo de irrisión en labios de jovenzuelos imberbes cuya piel tendría el tacto de la manteca. Por este motivo, y porque el chisme de corte nunca debe ser trasladado al ajetreo de los talleres, cortaba inmediatamente aquellas conversaciones... sin poder cortar las que se desarrollaban en mi interior. Y de nuevo caí víctima de la obsesión, esta vez relacionada con una Nefertiti postergada en favor de un petimetre.

SUCEDIÓ POR AQUELLOS DÍAS que el dios Anubis, perro divino y guardián de la muerte, empezó a ladrar entre los riscos más empinados de la montaña de las tumbas. Cantú se lo dijo a Nellifer y ésta vino a contármelo, demostrando su temor de los antiguos dioses; pero yo, lejos de sentirme impresionado, bromeé sobre las supersticiones del pueblo egipcio, cualquiera que fuese el dios dominante. Porque en las cercanías de la ciudad abundaban los chacales y a menudo había oído sus aullidos rompiendo la placidez de mi sueño.

Por otro lado, si Anubis era el encargado de velar por el eterno reposo de los difuntos era lógico que de vez en cuando se pasease por las sepulturas de los nobles. Pero Nellifer, Cantú y el resto de la servidumbre aducían que todas estaban por terminar y que no había habido en ellas ningún enterramiento, siendo pues la intervención de Anubis completamente innecesaria.

Fue la cocinera apodada Tueris quien emitió el veredicto final con la autoridad que le concedía el tener en su cuarto imágenes y amuletos de más de cien divinidades:

—Anubis no viene a proteger, sino a buscar. El gran señor de la noche quiere llevarse a alguien, y debe de ser alguien de importancia porque no aúllan los dioses cuando muere un picapedrero o una verdulera del mercado.

Yo encontré en aquellas palabras una falta de consideración por parte de Anubis, pero me guardé de comentarlo en voz alta a fin de no herir la susceptibilidad de gente tan piadosa, de manera que les permití quemar incienso a sus dioses protectores pese a que semejante ceremonia no hubiera sido del agrado del faraón. De todos modos seguí sin comprender cómo los hombres pueden amar a un dios y tenerle miedo al mismo tiempo. Cómo los dioses pueden fingirse amigos y protectores del hombre sin dejar de ser sus enemigos fundamentales.

Durante algunas noches, los ladridos de Anubis, convertidos en aullido de chacal, continuaron inquietando a los habitantes de la Ciudad del Sol, y en la orilla opuesta, donde las ciudades son mucho más antiguas, se vio una procesión de difuntos caminando sobre las aguas del Nilo, que se habían vuelto negras de repente. En las azoteas, la gente hizo guardia hasta el amanecer por si el manto de Nut, al retirarse, se dignaba mostrar algún nuevo prodigio.

Había conseguido dormirme, abrazado a Nellifer, cuando percibí el ruido de unos pasos precipitados y el brillo de unos ojos desmesuradamente abiertos que palpitaban como luciérnagas en medio de la oscuridad. Al conseguir desperezarme descubrí a Bercos, que tiritaba a mi lado.

Como sea que estaba desnudo, pensé que el relente de la noche le había sorprendido en pleno sueño, pero no tardé en comprender que estaba temblando de miedo. Y por su discurso atropellado supe que no habíamos quedado libres de portentos.

—Padre mío, Nellifer, ayudadme —gritaba en su desvarío—. Tomadme entre vuestros brazos antes de que enloquezca, porque es noche de muerte y no tengo valor para soportarla.

Nellifer le tomó entre sus brazos y supo consolarle como si fuese su verdadera madre; pero él se apartó de sus brazos y se aplastó contra mi pecho, sollozando desesperadamente y sin dejar de temblar.

Una vez consolado, nos cogió de la mano y nos condujo a la terraza, donde había estado durmiendo. Desde allí señaló hacia los pilonos del palacio real.

—Anubis se ha posado en la casa de los reyes. Miradle: Anubis ha venido a buscar su presa entre los divinos.

Pero no había rastro del perro divino sobre los pilonos ni en cualquier otro lugar de palacio, así que consideré el terror de mi hijo como el resultado de una pesadilla provocada por la inquietud que, en los últimos días, reinaba en la ciudad. También pensé que se habría sentido impresionado por el viento de las montañas ya que, debo reconocerlo, emitía un zumbido poco tranquilizador. Por todo ello le aconsejé que abandonara su idea de dormir en la terraza y se retirase a su habitación, donde, al abrigo de la noche, encontraría más defensas contra el miedo. Pero él insistió:

—Debo permanecer aquí porque sé que Anubis volverá y quiero verle como no lo consiguió ningún ser humano sin pasar por la antesala de la muerte. Pero tengo miedo de quedarme solo, padre mío, y por esto te pido compañía para lo que queda de noche.

Visiblemente complacida ante la perspectiva de una noche amena, Nellifer se tendió en el pequeño lecho de juncos trenzados. Me instaba a imitarla cuando Bercos la detuvo con un gesto imperativo.

—Perdona mi sinceridad, dulce Nellifer, pero quiero estar a solas con mi padre. Tú puedes renunciar a él por una noche.

Nellifer se encogió de hombros, transformando su habitual dulzura en una mueca de fastidio que resultaba extraña en ella, tan habituada a ocupar un segundo lugar.

Cuando se hubo ido, nos tendimos en la cama y Bercos se acurrucó como un polluelo en busca de protección. Y al sentir su mejilla sobre mi pecho experimenté el orgullo del guerrero y el inconmensurable placer de los héroes legendarios, tan fuerte es la vanidad del verdadero padre cuando se siente responsable del pedazo de vida que engendró.

Si bien es cierto que mi presencia contribuyó a calmar a Bercos, no lo es menos que el amanecer no fue en absoluto tranquilizador. Atón apareció sobre su horizonte como en todas las mañanas de aquella ciudad, pero tuvo que luchar contra un espeso muro de niebla que impedía la visión de las cosas y obligaba a la gente a caminar a paso lento, temerosos de toparse unos con otros.

Yo sólo quería calmar los temores de mi hijo, y así recurrí a una de aquellas historias extranjeras que tanto le gustaban. Le hablé de las asombrosas criaturas que viven en el fondo del mar de Creta y, aunque todas le maravillaron, quedó particularmente hechizado con la historia del caballito de mar. Porque es animal peculiar cuyos machos quedan preñados en lugar de la hembra. Y también se dice que ni el uno ni el otro pueden vivir en soledad ni permanecer mucho tiempo alejados de la pareja y mueren de tristeza cuando ésta se ausenta. Y al verme incapacitado para describir el pintoresco aspecto de aquellas criaturas, que recorren erectas el fondo marino, busqué mis pinceles y dibujé un ejemplar sólo para el placer de mi tierno oyente.

Al ver mi dibujo, tan parecido a los que ilustran las vasijas de mi isla, dijo él con la más maravillosa de sus sonrisas:

—Padre mío: yo te aseguro que no he de morir sin llegar a tener en mis manos este animalito para mimarle y quererle porque lo has dibujado tú.

Sin embargo, las tinieblas que se desplomaban sobre la Ciudad del Sol no permitían augurios tan optimistas. En un momento empezaron a sonar por las esquinas voces de triste acento que suplicaban desesperadamente la ayuda de la divinidad. O así lo creía yo, algo confuso, pues, en un momento determinado, Bercos me indicó que aquellas lamentaciones no estaban destinadas a prevenir algún mal sino a llorar por alguno que ya había acontecido.

Crecían los lamentos, se les iban sumando voces, se añadieron alaridos de dolor; y, al fin, la Ciudad del Sol estalló en un horrible himno funerario.

Así supimos que la muerte había visitado el palacio del faraón.

DADAS LAS CIRCUNSTANCIAS, Bercos fue requerido urgentemente en el templo, pero todavía tuvo tiempo de escuchar las noticias que estaban conmoviendo a la Ciudad del Sol. Las trajo Tueris, cuyas artes en el cotilleo eran muy reputadas y mantenía una estrecha red de comadres que llegaban al mismo gineceo real, como nos contaba a menudo con fluida verborrea. Y de cuantas florituras adornaron su discurso de aquel día sólo sacamos en claro una evidencia que nos estremeció: había muerto Maketatón, la segunda de las seis princesas reales.

Tueris se extendió en largas explicaciones, sacadas de aquí y de allá. Aseguraba que la princesa había muerto entre horribles dolores, por lo cual el pueblo se apresuró en deducir que había ingerido por error un veneno destinado al faraón. Y aunque esta hipótesis no podía parecer más fantástica en la aparente paz de la Ciudad del Sol, fue lo primero que pregunté a Horemheb cuando me recibió en los jardines de palacio.

—Ha sido un escorpión —dijo Horemheb secamente—. Lo han encontrado aplastado bajo el cuerpo de la niña. ¡Una doble muerte! Lo cual implica un doble augurio de infortunio. Estoy triste, Keftén, porque hasta un soldado puede coger afecto a los niños. Las hijas del faraón juegan con mi espada como si fuese un loto y utilizan mi bastón de mando a guisa de abanico. La mayor se complace coqueteando conmigo porque sabe que soy hombre de mundo y mi admiración la ayuda a creerse hermosa. Pero, de todas ellas, Maketatón era mi favorita, como lo era del faraón, a quien quiero de verdad pese a que esté loco y me saque de quicio con sus ideas. Él y Nefertiti están destrozados. Ve con ellos, Keftén, porque tu consuelo se está demorando.

En realidad no era culpa mía ya que el acceso a palacio había estado prohibido hasta el anochecer por orden expresa del propio Horemheb y del sabio Ay. Semejante medida, que se adopta cuando la muerte súbita de un rey amenaza la seguridad del estado, había sido adoptada en esta ocasión para garantizar la intimidad de la pareja real, cuya vida familiar era tan fecunda como apreciada por el pueblo. De esta fecundidad había nacido un dolor atroz que tuvo el poder de estremecer a quienes habían tenido ocasión de contemplarlo. Y así me lo confirmó la dama Amesis cuando vino a recibirme, deshecha en llanto.

—Lo que se ha visto hoy en este palacio no tiene nombre. Nunca pensé que el dolor ocupase espacio, pero debe de ser así pues hoy se palpa en todos los rincones de esta casa. Tampoco creí que vería nunca derrumbarse a Nefertiti y, sin embargo, parece una ruina. Por unos momentos temí que fuese a enloquecer. Ni siquiera la consuela saber que su dolor es compartido por todos sus sirvientes, aunque ésta es una verdad que puedo jurar ante Dios. Esa pobre niña era la más simpática de las seis hermanas. Era alegre como un cascabel y risueña como la música. Siempre la veías correteando alrededor del faraón, haciéndole mimos y hasta sentándose en sus rodillas. Así era también con todos cuantos la rodeaban: todas las damas de Nefertiti la queríamos mucho.

Sólo te diré que, no pudiendo soportar el dolor de su pérdida, he tenido que salir a tomar el aire.

Olvidó añadir que lo estaba tomando junto a Horemheb, sin reparar en lo que pudieran decir las otras damas; pero como sea que mi dolor por Nefertiti era idéntico al que ella sentía por la princesa muerta decidí pasar por alto los amoríos de jardín y me dirigí a los aposentos reales, donde se había permitido la entrada a los miembros de la corte.

Como era su costumbre, los reyes no escondieron su intimidad, pero ahora era una intimidad desolada, la misma que Thotmés y Auta reproducirían en los relieves, mostrándolos en los aspectos más desgarrados del luto, con una sinceridad que otros reyes habrían encontrado de mal tono expresar.

Y ésta era la imagen que Nefertiti ofreció a mis ojos: enteramente vestida de negro, con el rostro limpio de afeites y los cabellos desordenados, mantenía aferrado contra su pecho el cadáver de Maketatón como si estuviese acunándola; pero su mirada se perdía en la distancia, errante hacia un más allá donde hubiera querido encontrarse.

A su lado, el sabio Ay esperaba la autorización para ordenar el traslado del cadáver a la Casa de la Muerte, donde debía procederse a las largas ceremonias del embalsamamiento. Y cada vez que pronunciaba esta palabra, ella irrumpía en copioso llanto, hasta que por fin consiguió decir:

—No quiero que se la lleven a ese lugar cuyo solo nombre me horroriza. Que los embalsamadores se trasladen a la Casa de la Vida con todos sus utensilios. Quiero que se proceda con ella como si los médicos le hubiesen dado adormideras para soportar una intervención de la que saldrá más hermosa y alegre que antes.

Así fue como las estancias normalmente destinadas a los médicos y a sus discípulos tuvieron que convertirse en un taller de eternidad, con los consiguientes descalabros porque, si bien los utensilios que utilizan los embalsamadores para trabajar los cadáveres no difieren en mucho del instrumental de los médicos, la segunda fase del proceso requiere de enormes calderas de salitre donde deben sumergirse los cadáveres para su total preservación.

Mientras Ay se disponía a transmitir a los enviados de la Casa de la Muerte las órdenes del traslado que acababa de decretar Nefertiti, ella seguía desahogando su intenso dolor y éste despertaba tal compasión entre familiares y cortesanos que durante un buen rato pareció como si todos se hubiesen olvidado de Akenatón.

Frente al dolor de la madre, el real esposo había optado por una extraña discreción, a la que no serían ajenos los sacerdotes del templo, que habían acudido a prestarle consuelo desde las primeras horas de la mañana. Pese a todo, los que le conocían bien aseguraban que no se encontraba en condiciones de ocuparse de nada porque estaba postrado en una profunda crisis, e incluso era posible que hubiese perdido la razón.

En respuesta a esos rumores, Akenatón se limitaba a efectuar continuos desplazamientos a su capilla privada, pero cada vez que regresaba sobre sus pasos no reflejaba el consuelo de la luz sino la fatalidad de una mal asimilada resignación. Diríase que, más que hablar con su dios, le reprochaba su impotencia.

Así me lo expresó cuando conseguí hablar con él:

—He sido un iluso, Keftén. Creí firmemente que en el paraíso que Atón me anunciaba no quedaría lugar para la muerte, y sin embargo ella ha venido a visitarme para demostrar que siempre es la más fuerte. Al llevarse, con Maketatón, un pedazo de mi vida, ha asestado un golpe de gracia a la vida entera.

Tomó mis manos entre las suyas y elevó los ojos al cielo, pero la inspiración que sin duda buscaba no llegó y sólo consiguió transmitirme un horrible temblor. Y no lo abandonó mientras me guiaba con paso cansino al camastro donde yacía postrada Nefertiti.

Ella unió sus manos a las nuestras, como si buscase la adorable complicidad que los tres habíamos compartido en otras horas.

—Ayúdame, Keftén, sálvame de la agonía. Si, como dijiste, has llegado de más allá del tiempo, llévame contigo a ese lugar donde era posible ser feliz. Te lo suplico, te lo ordeno, como tú prefieras... ¡Haz que la ternura de los niños que fuimos devuelva el calor al cuerpo de mi hija!

El sabio Ay perdió la compostura ante la divina persona de la reina atreviéndose a acariciarla. Pero las infracciones al protocolo habían perdido toda su importancia y, en cambio, la iba adquiriendo cualquier palabra que aquel hombre pudiera pronunciar.

—Ni siquiera la ilusión de aquellos niños

puede cambiar lo que la vida decretó, acaso para burlarse de sí misma. Pero debemos levantarnos con todas nuestras fuerzas para reír más que ella y, así, triunfar sobre la Nada.

«Palabras —pensé—. Nada más que palabras vanas, consuelos repetidos que sólo sirven para denunciar la crueldad de vuestros dioses. Palabras, sí, consuelos que sólo sirven para anunciar el triunfo de la muerte. La única, verdadera señora del destino.»

Como si adivinase mis pensamientos, Ay sentenció:

—La muerte no existe. Es la vida que se prolonga hacia una existencia más plena, hacia un paraíso bañado por la luz.

—Quisiera creerte —gimió Akenatón—. Quisiera creer que la vida y la muerte llegan a unirse para proclamar el imperio de lo eterno.

—¡Callaos de una vez! —exclamó Nefertiti—. ¿Quién de vosotros es madre para hablar así? Sólo quien ha llevado un hijo en el vientre puede comprender ese horror. Me habláis de la vida y yo os digo: caerá fuego del cielo, el fondo de la tierra vomitará sierpes sobre el mundo, las aguas del Nilo se secarán para toda la eternidad, y aun así nunca habrá un cataclismo como este que conmueve mis entrañas. Allí, donde habitó esta hija desdichada, sólo hay ahora desolación. Y aunque germinase una nueva semilla sería igual de triste, porque ahora sé que nacería para morir.

La dejé en brazos de sus mejores damas y salí de la estancia con el ánimo conturbado, no sólo por el dolor de mis amigos sino porque, en él, acababa de descubrir los aspectos más dramáticos del sentimiento que estaba germinando en mi interior desde que llegué a la Ciudad del Sol. En el dolor de Nefertiti vislumbré el que podía adueñarse de mi alma si el muerto hubiese sido Bercos. Y esta sola idea fue como una puñalada atestada contra lo más profundo de mi ser, allí donde se estaba desarrollando mi amor de padre.

Fue como una llamarada viva, ardiente, luminosa que me hizo sentir el significado de la palabra hijo. Ese Bercos, criatura indefinida, mitad niño, mitad hombre, era mi continuidad en la vida, la garantía de mi permanencia en el tiempo. Él era yo situado más allá de mí mismo. La única de mis creaciones que perduraría cuando las pirámides fuesen polvo confundido entre la arena del desierto. La única que yo prolongaba desde el principio de los siglos: la que él y sus hijos prolongarían más allá de las edades.

Al calor de este descubrimiento sentí una necesidad imperiosa de abrazarle, de comprobar, en aquel abrazo, que su cuerpo no estaba yerto como el de la princesa. Quería sentir, en su cálida ternura, el calor que se había apagado para siempre en las entrañas de Nefertiti.

Atravesé el puente que unía el palacio real con el templo y busqué las estancias de los novicios. Me dijeron que Bercos estaba reunido en oración y que ésta podría prolongarse durante muchas horas ya que formaba parte de las ceremonias funerarias en honor de Maketatón.

Pese a que mi encuentro con el sacerdote Peneret no era la mejor recomendación para ser bien recibido en el antro de Dios me permitieron esperar en una especie de tribuna reservada a los miembros de la corte. Fueron pasando las horas entre himnos solares e invocaciones a la persona del faraón; pero, a pesar de su vistosidad, nada en aquella ceremonia conseguía atraer mi interés. Sólo estaba pendiente de la expresión beatífica de mi hijo, a quien era imposible confundir pues sus cabellos dorados le destacaban entre las cabezas rasuradas de los demás novicios.

Y yo, que jamás he orado ante ningún ídolo, musité una leve plegaria:

—Pide a tu dios que nunca mueras antes que yo porque es algo que no podría soportar. Dile que me envíe la peor muerte antes que verme obligado a contemplar tu cuerpo helado y a cerrar tus ojos con mis manos para toda la eternidad.

Por esa voluntad de anteponer mi muerte a la suya comprendí cuánto le estaba queriendo, pese a que me faltaban tantas cosas suyas por conocer. Y allí, en el santuario de Atón, me empeciné en averiguarlas, saberlas una a una, comprenderlas y, de esta manera, ayudarle a deambular por el laberinto que su edad le marcaba. Un laberinto que abría en mi vida caminos que me apasionaba transitar. Los dulces senderos de Bercos, hijo de Keftén.

PERO LA MUERTE HABÍA USURPADO los derechos de la vida, y la muerte siguió reinando con absoluta normalidad. Durante los setenta días requeridos para un embalsamamiento de primera clase hubo suficientes horas para que la desesperación de

Nefertiti se fuese aplacando. Bastaba con que sus damas le contasen cuentos de gatos traviesos y ratones insidiosos; entonces se esbozaba en su rostro una sonrisa acaso más sincera porque estaba provocada por una profunda necesidad de sobrevivir. Sin duda era el mismo sentimiento que la impulsaba a llamarme continuamente para que la entretuviese con mis historias de largos periplos y mis dramas de amores contrariados.

Pese a los privilegios que en el alma popular ha gozado siempre el amor de madre, mi disposición natural me llevaba a buscar sus efectos en el corazón de un hombre, y así me puse del lado de Akenatón en la conciencia de que mi dolor al pensar en la hipotética muerte de mi hijo podría ser muy parecido al suyo. Y debo decir que, al secundarle, hallé a un hombre que estaba luchando contra la desesperación con armas mucho más limitadas de cuanto él había creído hasta entonces.

Entre estas armas no se hallaban las que podía prestarle su religión. La sublime idea de dios quedaba postergada y, en su lugar, reaparecía la idea que ha guiado al pueblo egipcio desde el principio de los tiempos. Esta idea era la eternidad, y Akenatón empezó a expresarla continuamente, obsesionándose con la construcción de su tumba.

Aunque me había hablado de ella a menudo siempre fue sin darle mayor importancia que la que le concede cualquier hombre piadoso. Sin embargo, en las semanas que siguieron a la muerte de su hija, me llamaba a diario para consultarme sobre los sepulcros reales de Creta y las amenas pinturas que decoran sus muros. Debo decir que antes me obligaba a esperarle asistiendo a las ceremonias que solía presidir en el templo, y en esto vi una astuta maniobra de captación pues de otro modo jamás habría asistido a ellas, y él lo sabía.

Cierta mañana en que el sol se desplomaba sobre el mundo con mayor fuerza que de costumbre, Akenatón salió del atrio ceremonial despojándose de sus vestiduras con singular rapidez y cambió la sacra tiara por la peluca nubia, de rizos, que solía utilizar en su vida doméstica. El sentido de aquel cambio no era otro que el de alejarse de la vida oficial para internarse en los entresijos de aquella eternidad que tanto le intrigaba.

—Felicítate, Keftén —dijo con acento optimista—. Te he elegido para que compartas mi más allá. Nadie mejor que tú, pues en otro tiempo compartiste mi origen.

Sin otra escolta que el conductor de su carro y dos oficiales de la Sede de la Verdad que estaban al cuidado de la tumba real abandonamos la ciudad por los arrabales del norte, y al poco nos hallamos ante el vasto espacio que se abría a los pies del hemiciclo rocoso. Sin embargo todavía nos quedaba un largo trayecto por recorrer, porque la tumba se hallaba enclavada en lo más recóndito de la montaña, en una de esas profundas depresiones que se forman entre las rocas al secarse las aguas de un torrente. Era un lugar que, al parecer, irradiaba poderosas emanaciones místicas, pero al mismo tiempo estaba tan hundido entre riscos y peñas que resultaba prácticamente inaccesible a quien no conociera su ubicación.

Akenatón comentó a uno de los oficiales que sería necesario abrir un camino para las ceremonias funerarias de su hija, pero no tardó en añadir que, una vez concluidas, el camino debía ser borrado hasta que se presentase la oportunidad de un nuevo enterramiento. Sin necesidad de más palabras, intuí que en su interés por mantener la tumba lejos del alcance de los hombres había razones que excedían a la religión y aun al temor contra los habituales ladrones de tesoros reales. En realidad empezaba a temer la situación que podría desencadenarse no bien él desapareciese del trono de Egipto; una situación de inestabilidad tal que impulsase a sus enemigos a destruir su cadáver, como él había intentado destruir el poder de Amón.

En la esperanza de que aquella posibilidad quedase todavía muy lejana, uno de los oficiales se atrevió a preguntar:

—¿Por qué piensas tanto en la muerte, tú que te dedicas a cantar los poderes de la vida?

—Porque la muerte ha estado a mi lado y he reconocido su rostro. Y ya nunca me ha abandonado y se me aparece por las noches, pese a que los rayos de Dios luchan por abrirse paso entre la oscuridad.

Tras pronunciar aquellas palabras penetramos en la tumba, que sólo se diferenciaba de las de Tebas en la vasta disposición de sus estancias, así como en la prodigalidad con que se manifestaban los símbolos de Atón en incontables relieves y pinturas. Recordé, entonces, las palabras inscritas en la estela de la fundación de la Ciudad del Sol: «En los flancos de la montaña haré cavar una tumba para yacer durante toda la eternidad junto a la gran esposa real y mi hija Meritatón. Todo esto se hará a partir de ahora, en el segundo año de mi reinado...»

Doce veces había crecido el Nilo desde que Akenatón manifestase aquellos propósitos, doce crecidas que habían permitido al río asistir a cambios sin precedentes; pero no lo era en absoluto el cambio de las generaciones y, así, había sido necesario ensanchar la tumba real en cada ocasión en que el vientre de Nefertiti se hinchaba con la promesa de un nuevo retoño. Después de Meritatón habían nacido cinco princesas destinadas algún día a la muerte, y cada cámara de la tumba real estaba esperando a una de ellas porque el faraón aspiraba a prolongar en el más allá su entrañable vida familiar. Pero yo vi en esta pretensión una triste quimera que no contaba con las trampas de esa taimada ramera a la que los humanos llamamos vida.

Tras instruir a los oficiales sobre la alfombra de flores que debía cubrir todo el camino para que recorriera el cortejo funerario de su hija, Akenatón se volvió hacia mí y dijo:

—Cuando empezaron a construir esta tumba nunca imaginé que se inauguraría con la muerte de un ser que todavía estaba por nacer. En mi desesperación intento comprender cómo es posible que una pobre niña me haya precedido en el largo camino hacia la oscuridad, pero Dios se niega a responder a mis preguntas y sólo me queda esperar que pueda ver de nuevo a Maketatón en el paraíso prometido.

—Pensemos, pues, en este paraíso —murmuré

sin la menor convicción—. ¿Sólo para hablar de él me has traído hasta aquí?

—No he traído sólo al amigo, sino también al artista. Quiero tener en esta tumba la memoria de cuanto he amado en este mundo. Por esto pido que te instales aquí con tus ayudantes y llenes mi eternidad con tus pinturas. Acuérdate de lo que tanto hemos hablado: que la naturaleza adquiera movimiento y que éste, al pregonar el mensaje de Atón, venza los designios de la muerte.

—Complaceré tus órdenes.

—¿Órdenes dices? ¡Cómo voy a ordenar, pobre de mí, si todo en la vida es sumisión a una fatalidad que nos supera! Ya no existen órdenes posibles. Sólo nos está permitido el acatamiento.

—Te equivocas, hermano. Hace años ordené a mi corazón que te amase siempre. Y hoy me siento feliz pues he comprobado su obediencia.

Transcurridos los setenta días del embalsamamiento, el pequeño sarcófago de Maketatón salió de la Casa de la Vida hacia el templo solar, en cuyo atrio recibió los honores funerarios tradicionales mientras los sacerdotes de Atón añadían los propios de su peculiar liturgia. Acto seguido se inició el largo cortejo funerario, aunque en esta ocasión siguiendo un sentido inverso al que era costumbre en Tebas. Allí, la comitiva debe cruzar el Nilo para alcanzar la tumba, situada normalmente en la orilla occidental, a los pies de la Montaña Sagrada. Pero en la Ciudad del Sol, el difunto avanzaría hacia la montaña dejando el Nilo a sus espaldas. En realidad iría a buscar su reposo a los pies del amanecer del día.

Abría el cortejo un copioso grupo de plañideras, que no eran de alquiler como suele ocurrir en los entierros egipcios sino damas de Nefertiti que habían visto nacer a la princesa, le habían enseñado sus primeros juegos y los secretos de la música. Por eso, por ser sincero su llanto, sonaba como una dulce melodía que se propagaba hasta los confines del desierto.

Por deseo de la pareja real no se sacrificaron reses, como suele hacerse; las cinco hermanas de Maketatón precedían el sarcófago portando ofrendas florales mientras los sacerdotes quemaban incienso y mirra sin dejar de cantar en ningún momento. Junto al féretro caminaban Akenatón y Nefertiti, con los pies descalzos para comunicar su calor vital a las flores del camino; y dijo después el pueblo que, una vez holladas por pies tan puros, aquellas flores no quisieron marchitarse nunca.

Tras el féretro avanzaban los portadores del cofre de los vasos canopes, donde se conservaban las vísceras. A continuación, caminaban los príncipes Smenkaré y Tutank-Atón, portadores a su vez de un gato y un monito que fueron las mascotas preferidas de la princesa y habían sido embalsamados para darle placer en sus paseos por los jardines celestes. Y, para mejor respetar el elevado rango de la niña, las ofrendas funerarias no habían sido confiadas a los sirvientes sino a los novicios del templo solar.

Cada uno de aquellos jóvenes transportaba los muebles, objetos y juguetes que habían acompañado la corta vida de Maketatón y debían hacerle compañía durante toda la eternidad. Bercos sostenía en alto un primoroso taburete de marfil, y aunque su expresión era más traviesa que la de sus compañeros y poco adecuada para la gravedad del momento, yo estaba orgulloso de él y comprendía por qué Akenatón y Nefertiti le tenían en tanto aprecio. Una vez más sentí necesidad de su cariño y me declaré dispuesto a no perder un solo momento de su evolución en la plenitud de los verdes años.

ANUBIS NO ABANDONÓ la Ciudad del Sol porque en la montaña de las tumbas había por fin alguien a quien velar; pero la cocinera Tueris, que había charlado con una hechicera del pueblo donde se proveía de hortalizas, aseguraba que el magno perro se había quedado a la espera de otras muertes reales, tanto o más importantes que la de una princesa que, a fin de cuentas, ocupaba el sexto lugar en el orden dinástico.

Así llegó el día decretado para la celebración de la Gran Paz de Atón. El Nilo, que seguía su libre fluir pese a todos los avatares de la vida, tuvo que abrirse para acoger a una ingente multitud de invitados: asirios, babilonios, hititas, mitanios, fenicios y aun otros de naciones que ningún egipcio había oído nombrar.

Vinieron todos desde sus tierras lejanas, ya fuese atraídos por las promesas de la paz, ya dispuestos a obtener algún provecho de ella. Llegaron los grandes guerreros de aquel tiempo convertidos en embajadores que habían cambiado el grito de batalla por la cruz de la vida y el loto del amor. Cierto que no renunciaron a sus poderosas corazas, cuyo oro lanzaba resplandecientes destellos bajo el sol; tampoco se afeitaron las copiosas barbas que asustaban a los niños y daban que hablar a las comadres, pero su ferocidad quedaba reducida a lo exótico de su apariencia y, al verlos, nadie hubiera creído que, de regreso a sus naciones respectivas, empezarían a degollar a los colonos egipcios.

Para alguien que, como yo, seguía burlándose de las patrañas de la fe resultaba extremadamente curioso ver a la flor de la milicia universal reunida en el gran atrio del templo solar y recitando los himnos a Atón, convenientemente traducidos al acadio. Y aunque los reyes, que suelen ser analfabetos, no entendiesen aquella lengua, sí la entendían los hombres encargados de sus relaciones en tierras extranjeras, de manera que ninguna palabra quedó por decir, aunque muchas intenciones se ocultaron, como supe después. Pero nunca se habían oído tantos idiomas en la Ciudad del Sol porque hasta ella no llegaban los extranjeros pobres que residían en otros puntos de Egipto y mayormente en Tebas, y así la nueva generación empezó a creer que todos los extranjeros eran ricos, poderosos y llenos de buena voluntad.

Decía, admirado, el sabio Ay:

—Este esplendor recuerda en todo a las grandes ceremonias que acompañaron el jubileo del padre de Akenatón. ¡Las cosas que se vieron en aquellas fiestas! Cincuenta princesas asiáticas transportaron el agua sagrada en vasos de oro. También llegaron embajadores de las tierras más lejanas, y más de un rey con los principales gerifaltes de sus ejércitos... —En este punto se entristeció súbitamente—: Pero hay grandes diferencias con las celebraciones de hoy: ellos no traían presentes de amistad sino tributos de obediencia. No había pactos que sellar porque todos rendían pleitesía al poder de Egipto. Hablaban con temor, mientras hoy lo hacen con ironía. Y es que, pese a todo, las grandes naciones ya no se toman en serio al poderoso faraón de las Dos Tierras.

Ay tenía razón. Los arrebatos místicos de Akenatón despertaban la hilaridad entre aquellos guerreros; y en algunos casos la hilaridad se trocó en repulsa porque eran demasiadas ceremonias religiosas para una gente que hubiera preferido estar bebiendo con la soldadesca o gozando en los burdeles de Tebas. Como sea que este tipo de establecimientos no existían en la Ciudad del Sol, muchos acabaron aburriéndose mientras otros enfermaban misteriosamente a causa de un mal que el faraón no había previsto: los excesos del sol, divinidad que convirtió sus bendiciones en flagelo para tortura de muchos desprevenidos. Tanto es así que el mismísimo Asuruballit, rey de los asirios, comentó en tono despectivo:

—¡Este faraón debe de estar loco! Celebra sus audiencias y ceremonias a pleno sol obligándonos a soportar la crueldad del calor. Estoy seguro que quiso matar a mis mensajeros manteniéndolos tantas horas al sol. ¿Por qué tienen que morir así? ¿Por qué mis mensajeros han de morir asados en nombre de un dios desconocido?

Los extranjeros permanecieron en la Ciudad del Sol hasta que dio comienzo la estación de

Shemu, y cuando se fueron habían mezclado su sangre con las hijas y los hijos de los nobles, y hasta se dijo que gozaron de sus cuerpos según los gustos y peculiaridades de cada uno y las costumbres sexuales de cada nación. Dejaron tras de sí una juventud muy instruida en los placeres de la carne y, aunque es cierto que más de un poderoso guerrero plantó su semilla en el vientre de algunas damas de la buena sociedad, no hubo por ello grandes problemas pues siempre han existido en las aldeas del Nilo viejucas expertas en matar las semillas no deseadas antes de que tengan tiempo de florecer. Pero, como todo se hacía en nombre de Atón y su paz universal, nadie tuvo ocasión de protestar e incluso los maridos engañados tuvieron a gala hacer ostentación de sus cuernos porque al fin y al cabo se los había mandado Dios.

Las grandes celebraciones habían traído la esperanza al faraón, la curiosidad a las calles y la prosperidad a los comerciantes, que supieron vender sus productos a los extranjeros con la avidez que los caracteriza, ya sea en la Ciudad del Sol ya en cualquier otro lugar del mundo conocido. (Se desconoce, por otra parte, un lugar donde no haya comerciantes, rameras y sacerdotes.)

Entre los altos personajes de la corte, ninguno quedó tan satisfecho como Horemheb. Aunque no precisamente por motivos religiosos, como me expresó ante dos jarras de cerveza que se fueron multiplicando a medida que iba en aumento su vehemencia.

—A pesar de cuanto tenemos que soportar, la llegada de toda esta gente demuestra que Egipto no ha perdido su prestigio. Si el faraón me permitiese armar a mis tropas, les daríamos lecciones que nunca olvidarían. Piensa que sólo con amenazas he conseguido detener los alborotos en la frontera con Siria.

Pero sus esperanzas belicosas no se cumplieron porque los sueños del faraón seguían gozando de prioridad absoluta sobre todo lo creado y desde que había visto al fantasma de la muerte deambulando por su propia casa se aferraba con mayor fuerza que antes a las celebraciones de la vida.

Fue por aquellos días cuando la dama Amesis empezó a languidecer, víctima del abandono de un amante cuya identidad sólo conocían sus compañeras. Quiso la casualidad que aquella joven, cuyo inconstante humor he descrito, se lamentase de su desgracia con mayor asiduidad de lo que la prudencia cortesana aconsejaría; y, así, por sus continuas lamentaciones, se supo que Horemheb realizaba desplazamientos secretos a Tebas y que éstos eran a veces tan cortos que no se justificaban a no ser que se tratase de una urgencia. Como toda mujer arrastrada por el despecho, Amesis decidió que sólo podía tratarse de una rival o, dado el carácter impetuoso que se atribuye a los militates, más de una; y, llevada por ese gusanillo indiscreto que nos impulsa a convertir el mal de amores en pregón público, fue contando a quien quiso oírla las escapadas de su amante y el estado meditabundo con que regresaba a su lecho, sin el interés de antes o, peor aún, con el interés fijo en alguna enigmática criatura.

La indiscreción de una pobre ilusa despertó la

curiosidad de los ociosos; pero, además, levantó sospechas en los profesionales de la intriga. Como sea que Nefertiti veía con buenos ojos un posible enlace entre su hermana Mut-Najmat y Horemheb, quiso saber qué había de cierto en las suposiciones de la enloquecida Amesis y mandó vigilar los movimientos del general en Tebas. Así se supo que, lejos de pasar sus noches en brazos de alguna cortesana, mantenía reuniones secretas con los altos mandos del colegio sacerdotal de Amón. Y mientras se intrigaba en los dominios del dios prohibido, Akenatón dormitaba ante los altares en espera de los beneficios del dios único.

LLEGÓ LA ESTACIÓN DE SHEMU, y el sol volvió a ser un castigo para los hombres. La mala experiencia vivida por los oficiales asirios en el patio del santuario se repitió en todos los habitantes de la ciudad, convertidos en espectros cansinos que huyesen del dios al que ayer adoraban. Las calles estaban desiertas, lo cual permitía vislumbrar mejor la perfección de su trazado, como si estuviese dibujado sobre la arena ardiente. Pero ahora, en lugar de sugerir la perfección, semejaban una pesadilla donde los pasos de los hombres resonaban huecos en un interminable laberinto formado sólo por líneas rectas.

El efecto del calor no tardó en influir en el ánimo de obreros y artesanos. Incluso los más voluntariosos ejecutaban sus acciones con movimientos lentos, torpes, que retrasaban el ritmo de las obras y a veces obligaban a interrumpirlas. En tales condiciones daba permiso a mis ayudantes, y todos corrían al río para zambullirse durante horas enteras, hasta la caída del sol. Pero no había fiestas de ningún tipo porque ni siquiera la brisa del Nilo inspiraba el frescor de otras veces ni las barcas efectuaban su tráfico diario porque los remeros caían desmayados.

Todo el mundo agradecía el momento en que Atón desaparecía tras su horizonte y los cielos se teñían del color del vino anunciando el anhelado frescor de la noche. Soplaba entonces el viento del norte, que era como una caricia de frescor, y la gente subía a sus azoteas y desparramaba suculentos manjares sobre las alfombras, y el vino corría como una bendición.

Era en estas horas deliciosas cuando se producían mis anhelados encuentros con Nefertiti.

Como sea que toda la familia real, con sus múltiples parientes, se había trasladado a una de sus residencias fuera de la ciudad, Nefertiti solía enviarme un carro que me depositaba puntualmente en los amenos jardines regocijados por numerosas fontanas cuyas aguas caían en mil formas caprichosas efectuando una melodía subyugante que acompañaba a la de los arpistas ciegos. En. aquel pequeño edén, tan al margen del infierno de Shemu, Nefertiti se solazaba jugando con las princesas más pequeñas o cambiaba impresiones más serias con las mayores. Y en una de esas veladas descubrí que su afecto se dirigía con especial deferencia al príncipe Tutank-Atón.

Era, como ya conté, un niño tímido, de silenciosa presencia, que siempre se quedaba en segundo término, ofuscado por la simpatía y la arrogancia de su hermano Smenkaré. Esta situación era hasta cierto punto lógica si se tiene en cuenta que el favorito del faraón había entrado ya en la edad de la hombría y proclamaba con orgullo que ya no se veía obligado a llevar la trenza de los niños. Tutank-Atón, por el contrario, seguía aferrado a su niñez y pasaba horas enteras jugando con la princesa Anjesenpatón. Todo ello encajaba perfectamente en el orden de las cosas desde que el mundo es mundo y todo seguía igual en el devenir de los humanos, por muchas mutaciones que sufriese la Ciudad del Sol.

Sin embargo, algo había cambiado, porque de pronto la inocencia de Tutank-Atón dio paso a una actitud más madura, extraña por lo precoz y propia de niño aplicado que desease ganar a toda costa el beneplácito del maestro de escuela. Así, cada noche se arrodillaba ante Nefertiti y, con las manos cruzadas sobre el regazo, escuchaba atentamente una larga plática sobre la religión atoniana, plática que la reina dictaba paladeando cada sílaba, repitiendo conceptos, cantando estrofas y obligando al niño a que hiciera lo propio.

Aunque en mi opinión el príncipe se limitaba a repetir aquella retahíla de conceptos como si fuese un eco amaestrado, Nefertiti se mostraba profundamente satisfecha con él.

—Tutank-Atón es un niño muy piadoso. No te negaré que me agradaría verlo en el trono.

Por primera vez desde mi regreso a Egipto se me planteaba la posibilidad de que la imagen del faraón pudiera ser sustituida. Esta previsión sería normal en cualquier reinado de los antiguos tiempos, hasta el punto de decretar que, llegado el momento del jubileo, el viejo rey estableciese un período de corregencia con su sucesor a fin de entrenarle en las artes del gobierno. Todo ello quedaba muy lógico en una línea dinástica cuya divinidad se consideraba incuestionable, pero cambiaba radicalmente cuando se trataba de un personaje como Akenatón. Porque en la mente de todo un pueblo él y la Ciudad del Sol eran una misma cosa. Y parecía imposible que todo cuanto había creado pudiese florecer en otras manos.

Pero algo habría ocurrido en palacio para que Nefertiti, puntal de la magna empresa de su esposo, estuviese pensando en un sucesor al tiempo que sus comentarios empañaban las posibles virtudes del otro. Porque era mucho el descrédito que arrojaba sobre Smenkaré a medida que nuestra conversación se iba concretando.

—¿Qué tienes contra ese joven? —inquirí con viva curiosidad.

—Que ocupa mi lugar en el lecho de mi esposo. ¿Te parece poca ocupación?

—Tú misma me dijiste un día: «Nada hay nuevo en la historia de Egipto.» Así pues entiendo que en la sacrosanta sede de los faraones hubo antes algún Akenatón que tuvo a su Smenkaré. Debe de haber algo más para despertar un odio que, por otra parte, no será del agrado de tu bondadoso dios.

—Smenkaré frecuenta demasiado a Horemheb. Esto no debería parecer raro ya que el general es su maestro de armas; pero al mismo tiempo es el hombre más empeñado en llevar la guerra a Egipto. ¿Sigue pareciéndote poco?

—¡Ay, mi reina! Nada me parece poco ni mucho desde que regresé a Egipto; pero no estoy en condiciones de criticar porque yo mismo ocuparía el lugar de tu esposo en el lecho de Smenkaré, ya que es un joven muy atractivo.

—¿Y qué diría tu concubina? —rió ella. Y al notar mi embarazo añadió—: No te molestes en disimular. Sé que la tienes y que, además, es bellísima.

—Ella desearía ocupar en mi corazón el lugar de otra beldad que lo llena por entero. Y no he de decirte su nombre porque lo conoces perfectamente.

Le conté en pocas palabras mis relaciones con Nellifer, sin omitir su condición de sustituta. Pero al rozar este tema ella se echaba atrás, siempre reacia a cualquier asomo de emoción.

—Deja que Nellifer ocupe el lugar que le corresponde. Lo tiene bien ganado y, además, te conviene. Yo te aconsejaría...

De pronto se detuvo mirándome fijamente. Advertí una vez más que había muchos abismos en su mirada, pero también que me estaba prohibido el descender a uno solo de ellos. Y lo demostró cambiando rápidamente de conversación con una sonrisa que afectaba encanto y sólo era alivio por dejarme atrás.

—Debo darte una agradable noticia: nuestro buen Senet nos ha anunciado su llegada.

—En verdad que sólo una noticia referida a ti misma podría serme más grata. En esta ciudad donde todo me resulta incomprensible, él puede devolverme a una época de nuestras vidas en que las cosas parecían más diáfanas.

Me contó que Senet efectuaba su visita anual al santuario de Thot, que se encontraba en la localidad de Kemnú (1), situada a corta distancia, en la orilla opuesta del Nilo. Aunque consagrado al dios de la sabiduría, este centro era considerado milagroso porque en tiempos ancestrales asistió al desenlace de la batalla entre Horus y Seth. Allí, el halcón, hijo de Osiris, vengó la muerte de su padre asestando un golpe fatal al hermano asesino, no sin antes perder un ojo en la empresa. Como ocurre siempre en Egipto, la sabiduría y la magia coincidían, y Nefertiti intentaba servirse de ellas para justificar la visita de nuestro amigo. Pero, a medida que hablaba, su rostro se fue ensombreciendo, como si la amistad hubiese dejado de contar en beneficio de la intriga.

—No creas que Senet me engaña. —Y ante un gesto de extrañeza por mi parte añadió—: Sin duda, su llegada guarda relación con una inminente visita de la reina madre, visita de la que el faraón todavía no se ha dignado informarme.

—¿Tii en la Ciudad del Sol? Es tan sorprendente como el día en que oí decir «Nefertiti en Tebas».

—Nadie ignora que Akenatón está levantando un templo en honor de su madre ni tampoco que ha mandado acelerar los trabajos. ¿Cuáles son las razones de tantas prisas? Las mismas, sin duda, que hacen viajar a Horemheb a Tebas con más

(1) *Kemnú:* Hermópolis.

asiduidad que antes. Son razones en absoluto ajenas a los sacerdotes de Amón. Pueden estar callados pero no quietos; y tanto Tii como Horemheb los ayudan a moverse.

De pronto se levantó indicándome que daba por concluida nuestra velada. Pero, antes de desaparecer entre sus doncellas, se permitió un comentario no exento de malicia:

—Nunca me gustó que la reina madre siguiese relacionándose con el clero de Amón. Ahora añado: no debería gustarme que Akenatón mantenga relaciones tan estrechas con su madre. Por cierto, ¿cómo te llevabas tú con la de tu mujer?

—No llegué a conocerla. Murió al nacer ella.

—Es una idea que debían tener todas las suegras. Especialmente cuando su hijo está destinado a ser faraón.

Y salió de la terraza agitando su abanico con una violencia inusitada, que tanto podía estar dirigida a Tii como a Smenkaré.

NADA RESULTABA MÁS ENOJOSO en aquellos días que la expresión hostil de Nellifer después de mis veladas en el palacio real. Incapaz de reservar sus reproches para el momento apropiado, si lo hubiere, me esperaba despierta con los ojos llorosos y un desagrable silbido de serpiente en sus insinuaciones.

—Mucho he oído hablar de narradores que entretienen a las grandes reinas, pero nunca pensé que se dejasen esclavizar de tal modo por ellas.

A continuación, sus quejas derivaban hacia una suerte de irracionalidad que repugnaba a mi entendimiento. Como todos los amantes sensatos desde los tiempos de la primera pareja, permití que se desahogase en imprecaciones acompañadas por aspavientos y aun de groserías, pero no mostré el menor interés en secundarlas ni quise aliviarla con votos de un amor que no conseguía sentir.

—¿Qué historias le gustan a esa reina? —gritaba ella—. ¿Habláis de pájaros? Mejor haría hablando con Astet, que cuida como nadie los pájaros del faraón. ¿Te pregunta sobre flores? Nunca sabrás tanto de ellas como el florista Najt, que provee a la casa real. Entonces, si tan poco sabes, ¿cómo alegras las noches de Nefertiti?

Yo seguía fingiendo indiferencia, pero a medida que aquellas escenas se iban haciendo más frecuentes mi alma se llenaba de hastío. Y cuanto más se quejaba ella, más abismos la separaban de mí.

—No puedes culparme de nada, Nellifer. Desde el primer momento tuve miedo de que mi tranquilidad fuese la causa de tu dolor. Pero te dije que no podía darte más y por eso yo no te lo pedía. Así pues, pórtate como una mujer sensata y acepta las cosas como son.

—Creí que podía aceptarlo todo, pero no es así, Keftén. Por eso maldigo a quienes predican que hay que dar amor sin pedir nada a cambio. Los maldigo, sí, porque nos enseñan a ser estúpidos. A fuerza de resignarme a la soledad del alma he acabado por aceptar la soledad del lecho. Hasta la compañía de tu hijo te resulta más grata que la mía.

Era cierto que desde la muerte de la princesa Maketatón me quedaba dormido junto a Bercos en la confortable noche de la terraza. Las patrañas sobre los paseos de Anubis, amén de otras divinidades mortuorias, alimentaban sus miedos nocturnos, y a ellos se añadía la sensación de soledad que le había acompañado durante toda su vida. Tanto era así que, a veces, podía rondar los límites de la desesperación.

—Llévame lejos de aquí, padre mío. Llévame a las tierras que has conocido. Llévame a vivir las cosas que viviste. O, simplemente, ayúdame a vivir porque estaré muerto hasta que no salga de este maldito templo.

En momentos así, la ingenuidad de su rostro se trocaba por la mueca de senectud que provoca el reconocimiento del propio destino. Y en esta mueca había algo espantoso porque se trataba a todas luces de un destino abominado.

—Hijo mío, en el tiempo que llevamos juntos he aprendido que tu vida es parte de la mía. Pero conozco tu verborrea y, por tanto, te suplico que no la prolongues. Limítate a decirme qué debemos hacer para que no sigas considerándote un muerto en vida.

—No; en vida no, porque no lo es en absoluto la que llevo. Puedo engañar a mis maestros, pero no a mí mismo. No consigo concentrarme en las meditaciones por más que digan que es el propio Atón quien las inspira. Cuando los sacerdotes me hablan de belleza veo que sólo se refieren a la suya; pero hay muchas cosas bellas fuera del templo e incluso fuera de Dios.

—¡Pobre muchacho! —exclamé—. Es cierto

que no has sido llamado a la Verdad y que no debe importarte si ésta es tan restringida.

—Cuando los sacerdotes extienden las pieles de cordero para mostrarnos los mapas del mundo, yo pienso que tú los has recorrido y te imagino realizando las cosas que tantas veces me has contado. Entonces digo a mis compañeros: «Mi noble padre estuvo en Khatte y vio de cerca a los feroces hititas; viajó hasta la desembocadura del río mágico y conoció los esplendores de Ugarit, y era tal su fama que pintó todos los palacios de Takhsi...»

—No todos —dije yo en un rapto de humildad—: los pintores sirios se muestran muy hostiles con la competencia.

—No te enfades si digo todos porque no se me ocurre un solo palacio que tú no puedas pintar. Los voy viendo con la imaginación mientras los sacerdotes nos instruyen en las ceremonias del culto. Yo cierro los ojos, como quien medita, y me veo a mí mismo repitiendo tus viajes. Me veo cabalgando por las llanuras de Retjenu rodeado de donceles mitanios que me quieren mucho. Y ese cariño que me dan se repite en cuantos lugares voy visitando. Por eso quiero conocer las grandes ciudades que crecen en el país de los dos ríos y detenerme en el valle de Khanigalbat, de cuya frondosidad se dice que no tiene igual, y ver las islas del Gran Verde, donde habita el hipocampo. Y sobre todo pienso que quiero ser como tú has sido, señor padre, y comerme la vida a mordiscos como si fuese un pastel de los que hace Tueris. Esto es lo que quiero, y por no alcanzarlo estoy tan triste.

—Me has llamado «señor padre». ¿Por qué vuelves a darme este tratamiento? ¿Tan lejos de tu afecto me sitúas?

—Lo hago en señal de respeto y sumisión. Y a tu autoridad y a tu fuerza apelo para volverme suplicante y pedirte que te quedes conmigo esta noche y me des, con tu compañía, el afecto que me debes desde que nací. Haz que me sienta un niño, ya que nunca volveré a serlo.

Pese a las protestas de Nellifer, atendí su petición. La idea de su juventud podía más que todas las promesas de amor. Sentía por él una ternura infinita porque era verdaderamente el niño que yo engendré. Y, así, las noches a su lado tenían la intriga que precede a los descubrimientos y en su cuerpecillo había la calidez que en Creta asociamos con la primavera, cuando las mariposas invaden el Gran Valle y el cielo se vuelve completamente amarillo a causa de tantas alas desplegadas.

Al amanecer del nuevo día bebimos vino en ayunas. En las jarras se indicaba que provenía de las viñas de la princesa Anjesenpatón, quien, al igual que todos los miembros de la familia real, poseía su propia cosecha. Esto nos dio pie a bromear sobre lo que sería el trono de Egipto si decidiesen emborracharse todos a la vez. Pero Bercos comentó que más vino bebían los sacerdotes de Atón con la excusa de sus ceremonias, y aunque ésta es una verdad que siempre ha despertado los comentarios jocosos del pueblo en aquella ocasión hizo llorar a Bercos por recordarle las costumbres del templo.

—¡Qué suerte tan tonta la mía! —se lamentó—. Dime si no es de locos que deba compartir un amanecer tan hermoso con mi padre y no con un amor.

Cada vez más conmovido por sus carencias, le acaricié dulcemente.

—Yo he de buscarte alguien que te ame. Alguien que sea digno de ti y que te haga feliz al tiempo que tú le ayudas a serlo.

Me besó la mano en señal de agradecimiento y depositó en ellas las lágrimas que derramaba con tanta facilidad.

—Sólo te pido que vengas a contarme cosas cada noche, padre mío, porque gracias a ti he descubierto el placer de la compañía, y quiero recobrar todo el tiempo que pasé sin ella.

Regresaba entonces al lecho de Nellifer y la encontraba llorando amargamente. Pero en su mirada ya no había dolor sino sólo despecho y voluntad de herir.

—¡Ay, Keftén! ¡Qué ciego eres al no ver que el daño que te haces a ti mismo alcanza a los demás!

—Eres insensata, mujer, si te lamentas a causa del amor que doy a mi hijo.

—Sigues estando ciego si piensas que me molesta el cariño que le tienes a Bercos, puesto que yo también se lo tengo, y acaso duplicado. Y estás más loco todavía si crees que estoy celosa de Nefertiti, pues sé que por más que te esfuerces ella siempre será un sueño inútil. Te cebarás en tu obsesión como un perro rabioso y nunca conseguirás acceder a ella porque su piel te está prohibida y el calor de sus senos vedado.

—Cállate ya. Has olvidado demasiado pronto

que teníamos un pacto. ¿O fue una treta a la que recurriste para conseguir que te aceptase en mi casa?

—Eres muy hombre en tus reacciones, Keftén, pero ratón a la hora de enfrentarte a los demás. Eres capaz de jactarte de mi entrega pero incapaz de percibir lo que ella supone. Dos veces ha crecido el Nilo desde que te di mi amor a cambio de nada, pero ya es hora de que empiece a esperar un poco de amor a cambio del mío... ¿Qué pensarías si te dijese que un oficial del faraón ha prometido hacerme feliz sin pactos ni trampas?

—Me parecería maravilloso para ti —dije con absoluta sinceridad.

—¿Cómo? ¿Ni siquiera piensas que podría dejarte por él? ¿En tan poco me tienes?

—Creo que mereces esa felicidad, Nellifer, y que debes tomarla sin vacilar; si bien es cierto que a mí me causaría alguna incomodidad porque me he acostumbrado a tu compañía y he llegado a quererte como a una hermana.

Aquellas palabras, que pretendían halagarla, tuvieron el dudoso valor de aumentar su ira.

—¡Que los dioses te maldigan, Keftén, porque eres cruel y sólo piensas en ti! Recurres a los demás cuando nos necesitas, y nunca piensas que los demás podamos necesitarte. Eso es servirse de las personas como hacen los niños inconscientes con las muñecas de trapo: las estrujan cuando las necesitan y las dejan abandonadas cuando se han cansado de ellas. Quieran los dioses que no actúes así con ese hijo. Por su bien espero que, una vez lo hayas utilizado, no lo dejes caer como a mí.

Salió corriendo de la estancia, dejándome sumido en esa horrible perplejidad que provoca la conducta ajena cuando excede a nuestra comprensión, pese a ser comprendida por el resto de la humanidad. Y en el temor de ser tomado no por humano sino por tonto acudí a Nefertiti y le expuse todos los pormenores de la escena anterior. Y ella adoptó la actitud de una cauta consejera, como cuando dictaba a Tutank-Atón lecciones sobre los mecanismos del poder.

—Deberías otorgar más confianza al amor, pues bien pudiera ser que te sorprenda. Piensa que la plenitud que ahora rechazas puede dejarte un gran vacío cuando no la tengas.

—Acaso sería preferible —dije con absoluto convencimiento—. La mujer que se me ofreció como compañera se está convirtiendo en mi verdugo.

—¡Qué distinto es el amor según quién lo sufre! Esa mujer, compañera, amante o esposa, se ofreció gustosamente a ser tu víctima. Está en sus manos decidir cuándo quiere dejar de serlo. Y yo elogiaré su buen criterio si lo decide antes de que se ponga el sol.

—Son crueles tus palabras. Las has pronunciado sin tacto, sin delicadeza. Hay, pues, crueldad.

Ella permaneció pensativa por unos momentos. Al cabo murmuró:

—Debe de haberla, pero no la ha inventado mi voluntad. Ni tampoco la de esa Nellifer, a quien sin duda no mereces. Por eso insisto en que sería más sensata de cuanto su entrega da a entender si a estas horas ya estuviese bebiendo aguamiel con el oficial que le ha prometido el paraíso en la tierra.

Fueron palabras proféticas que se me confirmaron al llegar a casa. Bercos estaba haciendo sus abluciones. Al verme llegar las abandonó al instante para decir con voz entrecortada por el llanto:

—¡Padre mío! Nellifer se ha ido. ¡Ya no está con nosotros!

Alguien me contó, después, que el oficial a quien se refirió por la mañana había prometido convertirla en su primera dama, y todos creyeron que una mujer como ella no habría podido resistir una oferta de semejante envergadura. Pero yo sabía toda la verdad y ésta me dolía profundamente porque estaba convencido de que Nellifer nunca dejaría de amarme.

Como sea que Bercos seguía sollozando le dije:

—Hijo mío: algún día sabrás que los sueños de los demás, por hermosos que sean, no han de ser necesariamente los nuestros. Es posible que Nellifer viva más feliz en otra casa, aunque ahora no esté en condiciones de saberlo.

—Pero yo la quería, padre, porque era buena conmigo y cuando discutíamos siempre me daba la razón. Y aunque todas las mujeres tienen fama de parlanchinas, ella sabía callar a tiempo y escuchar mis pláticas por largas que fuesen, cosa que no me ocurre con todo el mundo como tú bien sabes.

—Encontraré a alguien que te escuchará con la misma atención. O lo que es mejor: alguien que te hará callar porque en sus brazos se te ahogarán las palabras y sólo acertarás a gemir de placer.

—Ese día, padre mío, bendeciré tu nombre. Pero haz que sea pronto. Y, sobre todo, que el elegido sea como tú.

—Procuraré que sea mejor, porque la felicidad y yo estamos reñidos.

—Sólo un compañero hermoso como tú, sabio y dulce como tú podrá salvarme de la soledad.

Aquel pobre niño no sabía que mi soledad era todavía más fuerte que la suya y que la partida de Nellifer no hacía sino acrecentarla. Porque empecé a echarla de menos y a comprender cuánto la necesitaba, no tanto en las cosas importantes como en los detalles más nimios de la existencia. Aun así, no era como si hubiese perdido a un ser humano, sino al gato que, sin darnos cuenta, acaba por convertirse en un compañero más importante que todos los seres del mundo.

Estaba escrito que no pudiese darle otra forma de amor en el futuro porque, de las que podía sentir, una de ellas la acaparaba mi hijo y la otra agonizaba a los pies de Nefertiti. Así estaba mi alma colmada por un amor enriquecedor y otro que exaltaba mis sentidos. No cabía más ni más quería.

LLEGÓ SENET, COMO NEFERTITI había anunciado, y además con los propósitos que ella temía. Llegaba para preparar la visita de la reina madre, anuncio que era de complejos protocolos y acaso de alguna intriga. Pero mi espíritu estaba muy lejos de desearlas y aun de oír hablar de ellas; sólo esperaba el consejo del sabio y la calidez entrañable del amigo. Así que acogí a Senet como quien recibe a un oráculo divino, y a punto estuve de postrarme a sus pies en solicitud de ayuda.

Llegó a mi casa acompañado de cuatro sirvientes muy bien parecidos y protestando porque en la Ciudad del Sol hubiese tantas moscas como en Tebas. A continuación arrugó la nariz quejándose del desagradable tufo que provenía de los campos a causa del abono que echaban los campesinos. Y aunque suavicé la impresión alegando que aquél era, a fin de cuentas, el perfume de la naturaleza, él continuó quejándose con el acento melifluo de los hombres que sólo disculpan los excrementos cuando se encuentran en las grandes ciudades.

Para disipar las malas impresiones le llevé a pasear por los jardines del Maru-Atón. Allí, entre flores y fontanas, se dejó embargar por el mismo sueño de belleza que se había adueñado de todos los súbditos del faraón en cada esquina de su ciudad solar.

Pero las trampas de la belleza, mostrada sin control de sus poderes, se adueñaron del alma de mi amigo, y así pude percibir que su soledad se había acentuado considerablemente desde la última vez que nos vimos.

—Una vez te dije que era un hombre aburrido, y ahora te digo que soy un hombre triste. He convertido la tristeza en mi forma de vida, Keftén, porque un día creí que mis gustos carnales no eran gratos a ojos de los dioses y decidí prescindir de ellos y vivir solo el resto de mis días. Pero es una mala medida porque la soledad sólo engendra soledad, y en el fondo de la melancolía sólo crece la tristeza.

Recordé la escena que había contemplado en los establos del palacio de Amenhotep y, al hacerlo, no pude reprimir un deje de ironía:

—En cierta ocasión no te vi tan solo. ¿O es que te ha abandonado la afición por la negritud?

—Eres perverso si crees que una acción como la que contemplaste puede satisfacer a un alma noble. ¿Tendré que recordarte cuán evanescente es la estela del placer? ¡A ti, que confiesas haberlos conocido todos sin complacerte en ninguno! Cuando quiero romper mi aburrimiento hay en Tebas lupanares donde los mancebos de varias naciones ejercen la función de esposa, y así nadie que disponga de medios puede quejarse de vivir insatisfecho. Pero esto no basta: esto sólo me deja más vacío cuando el otro se va. Y son tantas noches intentando llenar este vacío que ya no puedo más. Así puedo decirte que vivo en la nostalgia por alguien a quien no he llegado a tener. Por todo cuanto no he vivido. Por las cosas que no he sabido y ya nunca sabré.

—Yo, que he hecho todo lo que dices, podría suscribir tus palabras, pero hay alguien que las pronunció para mí hace poco tiempo. Se trata de mi hijo. ¿Coincidís en el dolor o habéis copiado el mismo lamento de alguna de esas poesías que tanto placen a las almas cándidas?

—Hace ya tiempo que mi ánimo no está para poesías porque, al escucharlas, pienso que el recitador me está engañando. Que, al hablar del amor y del placer, pretende poner a mi alcance dones que sólo están en poder de los dioses. Pero en verdad te digo que este hijo tuyo debe de ser un alma gemela si pide lo mismo que yo. Y añado que su vida será un infierno, si no lo obtiene.

Habíamos intercambiado todas las quejas que los desvaríos del alma pueden proponer cuando Senet manifestó su deseo de ver de nuevo a Bercos; y lo hizo con tanto nerviosismo, con tanta urgencia, que no dudé en considerar sus palabras como una petición de consuelo. No queriendo prolongarla, le llevé hasta el templo a la hora en que se celebraban los oficios matinales.

Senet siempre se había mostrado orgulloso de la blancura de su piel, rasgo que le distinguía de los egipcios más oscuros. Por tal motivo reaccionó con horror al saber que debíamos seguir las ceremonias en un recinto que carecía de techo. Y, siguiendo su costumbre, se quejó amargamente:

—Todo el mundo en Tebas habla de este templo con admiración, pero a muchos quisiera ver aguantando esta solana. Muéstrame de una vez a tu hijo y busquemos una palmera sin dilación porque, diga lo que diga este dios único, la sombra se me antoja hoy como el más divino de los dones.

No le fue difícil descubrir los cabellos de Bercos ni su expresión de soberano aburrimiento mientras los demás novicios dirigían al altar miradas de pretendida excelsitud.

—Sigue siendo el niño gracioso que conocí —comentó Senet, con agrado—. Pero me gustaría saber qué hay debajo de esos cabellos.

301

—La promesa de un ser excepcional —dije, sin disimular mi orgullo. Y al comprobar la incomodidad que seguía produciéndole el sol, añadí—: Tan excepcional como mi cocinera y los vinos que me envía el faraón. Podrás comprobar ambas cosas si abandonamos de una vez esta estúpida ceremonia y esperamos a Bercos en casa.

—Excelente idea. Esperemos al pájaro en su nido. No tengo ganas de coger una insolación.

Para suerte de los no creyentes, Atón accedía a retirarse de los jardines, y el mío estaba excepcionalmente dotado para proporcionar un idílico estado de placidez en medio de una umbría limpia y refrescante. Si se añade el perfume de las plantas aromáticas que llenaban los parterres, se comprenderá que Senet encontrase, al fin, lo que esperaba: un recuerdo de la comodidad de Tebas.

Cuando Bercos se unió a nuestra comida, la conversación fue creciendo en amenidad, y así transcurrieron los instantes entre un tropel de bromas y risas cuyo éxito se debía en gran parte a la habilidad de Senet. Su educación cortesana, su práctica en la diplomacia, aprendida de la reina madre, le llevaban a distinguir continuamente a Bercos, en un intento de convencerle de que era el ser más importante del mundo.

Vi entonces que se crecía y, acaso por un instinto natural, dedicaba al otro sonrisas melifluas que, lejos de ser rechazadas, encontraban una respuesta inmediata.

—Eres amable, Senet, porque te dignas hacerme creer que ya no soy un niño pese a que lo era hasta hace muy poco tiempo. Pero, además de mi aprecio, estás ganando mi curiosidad, porque no ignoro que sabes muchas cosas que necesito aprender.

—También yo puedo aprender de ti —dijo Senet, con dulzura inusual—, porque encarnas todas las cosas nuevas que nadie supo antes y que tanto han de servir para después.

Como sea que se enfrascaron en un descarado intercambio de cortesías y juegos de palabras decidí que había llegado el momento adecuado para ausentarme, máxime cuando debía hacer los preparativos para mi estancia en la tumba de Akenatón. Y como sea que debía llevar conmigo a todos mis aprendices, era necesario montar un campamento para pernoctar durante el tiempo que se prolongasen los trabajos.

Antes de salir comenté a Senet por lo bajo:

—Ten cuidado con ese niño: habla más que todas las vecinas de Tebas reunidas en asamblea.

—Esto no debe preocuparte. Yo siempre hablaré más que él.

—Y esto me complace —dije yo— porque tu ciencia es lo que está necesitando, como él mismo ha dicho.

Los vi alejarse enfrascados en amena charla, y no se me escapó que, antes de cruzar el recodo de los sicómoros, Senet había depositado su brazo en el hombro de Bercos, lo que me hizo pensar que formaban la imagen perfecta del maestro y el discípulo. Y, una vez decidido que acababa de realizar una hermosa obra, fui a reunirme con mis aprendices y me dejé absorber por sus conversaciones más triviales, acaso para que mi alma no se entristeciera con el recuerdo de momentos parecidos a los que estaba viviendo mi hijo.

Al día siguiente llegó un arquitecto del faraón para comunicarme que sus hombres habían ultimado los preparativos del campamento de la tumba real. Partimos de madrugada, a fin de evitar los rigores del sol. De todos modos los sufrimos de lleno, pues, como creo haber dicho, el desfiladero elegido por Akenatón para abrir su morada de eternidad estaba muy alejado y sin la menor protección contra los rigores del clima.

Viví ausente del mundo en compañía de mis aprendices. Este aislamiento me llevó a estrechar vínculos que hasta entonces apenas se habían insinuado. No sólo me regocijé en la alegría de aquellos jóvenes, sino que aprendí a descubrir mejor sus facultades y a alabarlas con conocimiento de causa. ¿Qué voy a decir de Sekemer y Nefreru? Eran los más hábiles en el manejo del pincel y los mejores mezclando los colores que nos daba la madre tierra; pero con esto no quiero menospreciar a los otros tres, porque cada uno era el mejor en lo suyo. Nadie como Uajet para alisar el muro, ninguna mano como la de Semitern para trazar líneas que debían ocupar las pinturas, inmejorable pulso el de Sotis para perfilar y dar relieve al dibujo que, después, rellenábamos con pintura Nefreru, Sekemer y yo. Dudo que hubiese en toda la Ciudad del Sol mejor equipo que el de mis cinco aprendices.

Pasamos cuatro semanas decorando la tumba de Akenatón con paisajes que, partiendo de la naturaleza, acababan mejorándola en favor de la imaginación. Y gracias al vigoroso pulso de mis aprendices adquiría movimiento el ibis, corrían los bueyes, saltaban los gansos e incluso alguna grulla se lanzaban a volar fuera del río porque el jocundo Sotis lo había soñado la noche anterior. Y así aprendieron todos ellos que el verdadero realismo nunca debe descartar el mundo de los sueños.

Yo me conmovía ante su dedicación y, al observarlos, era como si volviese a los cansinos días de mi aprendizaje en la Montaña Sagrada de Tebas. Al mismo tiempo recobraba una divertida costumbre que había olvidado: antes de trasladar las pinturas a los muros de la tumba, los artesanos egipcios efectúan sus esbozos en pedazos de piedra que después se desechan en pozos destinados a tal propósito. ¡Cuánta vida en libertad! ¡Cuánta imaginación preservada en esos ostracones que servían a los artesanos para dibujar lo que el arte oficial no habría autorizado jamás! Y es que, a veces, los servidores de la verdad daban rienda suelta a su sentido del humor dibujando caricaturas subidas de tono. Y, así, no se privaban de representar a un rey poseído por un esclavo negro o a la reina de las reinas abierta de piernas para acoger entre ellas la cabeza de una de sus damas.

Llevado por la hipocresía, que es el pan de los adultos, yo fingía no haber vivido aquella jocosa costumbre, para mejor reprender a mis aprendices cuando distraían su asueto dibujando a Smenkaré y Akenatón en acciones inconfesables. Pero ellos se reían de mi severidad y continuaban con sus chanzas, porque en el fondo sabían que yo también fui dado al extravío. Y así, cuando a la hora del atardecer nos tendíamos a la entrada de la tumba y ellos entonaban sus canciones preferidas, Sekemer me dedicaba unas estrofas extrañamente parecidas a una advertencia:

No desprecies la risa de los jóvenes
porque tú lo fuiste alguna vez
aunque el tiempo te impida recordarlo.

Así transcurrieron algunas semanas. Cuando las pinturas estuvieron terminadas regresé a la ciudad y fui en busca de Senet, llevado por el lógico interés de conocer el estado de sus relaciones con mi hijo. No encontré al Senet que yo esperaba. Para mi sorpresa, no había felicidad en su rostro: sólo la capa de ironía con que gustaba revestir su tristeza. Así pues, no abordó directamente el tema, como yo estaba esperando. Por el contrario, se puso a disertar sobre los sucesos más recientes de la corte.

—Mientras tú perdías el tiempo decorando tumbas, he conseguido hablar con Nefertiti. Acaso sea la fatiga de estos últimos tiempos, acaso la muerte de su hija, pero lo cierto es que, a pesar del maquillaje, he notado alguna imperfección en su rostro.

—¿Has venido de Tebas para hablar como una vulgar comadre? ¡Por todos los dioses falsos! Te creía más sensato.

—Y yo a ti con más aguante. ¡Estás más triste que la propia Nefertiti! En fin, recurriré a mi habitual sensatez para decirte, en pocas palabras, que ella está muy inquieta porque la reina madre viene a dar la conformidad a ciertas leyes que la ponen en manos de sus enemigos.

—A mí no me ha contado ninguna de esas cosas.

Y al pronunciar aquellas palabras dejé asomar una huella de decepción que no pasaría por alto mi sagaz amigo:

—Descubro en tu voz la sombra de los celos —dijo en tono sarcástico—. Pues has de saber que si son siempre inoportunos, en este caso son ridículos. Te ruego que no veas en mí a un posible amante, pues sabes perfectamente que lo único que puede atrarme de Nefertiti son sus palafreneros. ¿Qué queda entonces? ¿Que ella me ha distinguido con unas confidencias que a ti te niega? ¡Vamos, vamos! Al enfadarte te sale el alma del niño cuya mejor compañera se va a jugar con otro. Eres infantil, Keftén; todavía eres el niño que jugaba junto al estanque, y lo eres aun cuando ninguno lo somos ya.

—Tal vez la compañía de mi hijo te ayudará a recobrar el niño que también tú fuiste. Te lo deseo de todo corazón porque como adulto resultas francamente insoportable.

De pronto guardó silencio. Toda su ironía, todo su refinamiento, desaparecieron para dar paso a la pesadumbre de que se jactaba en Tebas. Y no me fue difícil comprender que, en la presente ocasión, su estado de ánimo tenía mucho que ver con los días pasados junto a Bercos.

—No hubo jamás compañía tan divina como la suya ni tampoco empresa más infructuosa... —Ante mi mirada de extrañeza añadió—: Agradezco tus buenas intenciones, Keftén, pero tu hijo tiene miras mucho más altas que un pobre escriba. No te asombres. Ni siquiera un padre puede influir cuando la naturaleza ha tomado ya sus decisiones.

—Creo entender que hay otra persona. Es extraño que Bercos no me lo haya contado.

—No debe extrañarte. Nadie lucha por mostrarle la luz a un ciego. Y eso eres tú, Keftén: un ciego estúpido que se empeña...

—¡Basta ya! —grité—. Empieza a hastiarme tu retórica. Es tan exasperante como la de mi hijo. ¿Por qué no habláis claro? ¿Por qué no me dice ese locuelo en quién se ha fijado esta vez?

—Porque se ha fijado en ti, Keftén. Sólo en ti. Y está loco por esta razón, y sufre mucho por estarlo.

Estaba a punto de responderle con un comentario lógico: era natural que Bercos buscase en su padre el gran modelo, el maestro, el que vivió las cosas antes que él. Un padre es profeta, consejero, augur, todo a la vez. Era hermoso que así fuese: lo venía siendo desde el principio de las generaciones. Pero, de pronto, la lógica dio paso a una inesperada anomalía. Algo tremendo, gigantesco, se me estaba revelando. Empezaba a vislumbrar una serie de abismos insospechados, profundas simas a cuyo fondo resultaba pavoroso asomarse. Y la aguda mirada de Senet lo confirmaba con tanta certeza que me eché a temblar.

—Veo que empiezas a comprender... —dijo él sin abandonar su tono dolorido—. A ese niño no le bastas como padre. Te quiere como amante. Y a fe que nunca vi a nadie que desease algo con tanta convicción.

Sentí un vértigo extraño, una angustia atroz

en el pecho, un terror que modificaba muchas sensaciones experimentadas junto a mi hijo, sensaciones que creí inofensivas y, sin embargo, adquirían ahora una nueva dimensión. Todo el calor que su piel me había comunicado de manera inofensiva dejaba de ser un sentimiento de ternura y se convertía para él en un incentivo del deseo. La belleza de su entrega dejaba de pertenecer al corazón y se instalaba en el sexo. Todas las afirmaciones de una paternidad orgullosa pasaban a ser heraldos de una pasión que me sobrepasaba.

—No puedes quejarte —me espetó Senet—. Es más bello que la propia Nefertiti. Y más joven, por añadidura.

Quise golpearle con todas mis fuerzas, pero éstas me llevaron a la huida. Ningún obstáculo podía detenerla. Los abismos crecían en mi interior, sus profundidades abrían volcanes en mis entrañas, todo mi ser descendía para encontrarse ante un espacio inmenso donde sólo existía la Nada. Y una vez instalado en ella, mi cuerpo ardía y la mente estaba a punto de estallar.

Eché a correr sin importarme los ardores del sol. En la propia fatiga de la marcha creí derrotar por un instante a la angustia que me dominaba, pero ésta regresó cuando me hallé frente a mi hijo. No bien le tuve delante, completamente desnudo, con la mirada fija en la mía, sin un asomo de culpa.

—Lo que Senet te ha contado es cierto —dijo con una entereza que no le conocía—. Sólo el reconocerlo me produce un horror indescriptible y, sin embargo, he sentido tu calor sin saberlo y he anhelado tu placer aun antes de reconocer que existía. Y aunque me estás prohibido, eres para mí el amor absoluto. Y recibirás a partir de ahora tu recompensa porque no habrá nunca un ser más esclavo de otro como yo lo seré tuyo. Porque es cierto, padre mío, que no puede existir en el mundo un amor tan grande como el que siento por ti.

Le tomé entre mis brazos y percibí de nuevo su calor, trasladado ahora a una dimensión que repugnaba abiertamente a mi sangre y mis sentidos. Pudo haber sido la primera verdadera noche de amor de mi hijo, pero entendiendo que era la primera noche de catástrofe murmuré entre jadeos:

—Ni los dioses de Egipto ni los de Creta ni los de todo el mundo han previsto un acto semejante.

—Sí que lo han previsto —contestó Bercos—. Y elogio este error que la naturaleza ha depositado en mí porque me llena de una felicidad nunca sentida. En este delirio que me domina sólo sé una cosa: únicamente en ti reconozco la presencia de Dios. Tú eres el principio y el fin. Tú eres el gozo y la tortura. Por ti renazco y por ti agonizaré. Por ti nacerá la belleza cada día y se convertirá en espanto al anocher. Pero nada de cuanto pueda ocurrir me importa porque gracias a ti me siento vivo. Por eso te suplico, padre mío, que no me dejes caer en el remordimiento. Aléjalo siempre de mí porque quiero seguir viviendo esta plenitud.

Con esas palabras salió de la estancia sin una lágrima y con el orgullo reflejado en su rostro, como si el horrible sentimiento que había germinado en su interior estuviese inspirado por una divinidad cuyos altos designios excediesen la voluntad de todo lo creado.

Pese a lo que él me había suplicado, el remordimiento se adueñó de mí porque me sentía culpable del error de un hijo al que había aprendido a adorar. Ni siquiera en los momentos más tumultuosos del pasado había sentido mi alma una conmoción semejante; por tanto, mi cerebro se dejó invadir por un tropel de ideas confusas, que se repelían mutuamente para atraerse poco después. Acaso para demostrar que los años pasados en el templo habían servido para algo, Bercos intentaba consolarme contando las viejas teorías de la creación, cuando los elementos, padres y hermanos, fornicaron para dar nacimiento al mundo que nos envuelve. Buscó en todas las cosmogonías que habían sustentado el largo saber del Nilo para encontrar una justificación al amor que sentía por mí. Y en la inmensa bóveda donde habitan los dioses sólo hallé mayor motivo de desconcierto; porque, a pesar del horror que sus sentimientos me inspiraban, aquel niño seguía siendo el ser más profundamente humano que había conocido.

Quise someter su lacerada humanidad al recto juicio de Senet. Le busqué en uno de los aposentos que le habían sido destinados en el palacio que debía ocupar la reina madre. Se hallaba ordenando sus utensilios de trabajo cuando me vio llegar con la mirada errante y un deje de amargura en la voz. Sin duda adivinaba lo ocurrido, pero no supo o no quiso evitarme la violencia de una exposición detallada. Después permaneció unos instantes en silencio, y en sus ojos adiviné los destellos verduscos de la envidia. Intentó aliviarla adoptando el tono desenfadado en el que era experto.

—La nueva generación se las sabe todas, pero en verdad que este hijo tuyo podría ser su abanderado. ¡Qué despierto es para su edad! Espero, de todos modos, que no se imponga la costumbre. De ocurrir así, los que no somos padres no nos comeríamos ni un dátil.

—Ordenaré a Tueris que te prepare unos cuantos y que, de paso, ponga un poco de veneno en mi cerveza, porque esta situación complica mi vida mucho más de lo que nunca pude imaginar. Estoy triste, Senet, porque amo profundamente a mi hijo, pero me aterra el amor que me ofrece. Y el alma se me va en pedazos al pensar que puedo hacerle sufrir como a Nellifer.

—Y mi alma se asombra continuamente al oírte razonar, si así puede llamarse a lo que tú haces. De todo cuanto me va deparando la vida siempre me ha intrigado saber cómo un hombre que lo tiene todo acaba no teniendo nada. Pero, como sea que en los tormentos que está atravesando tu hijo reconozco los estragos de la pasión, viajaré hasta el santuario de Hator y le suplicaré que me libre de semejantes ataduras. Mientras así obro, dile a tu hijo que, por un instante, le creí un enviado de los dioses. De todos modos me consolaré pensando que los dioses siempre fueron inalcanzables. En cuanto a ti, consuélate pensando que los problemas de tu casa se complementan en el palacio real.

Me lo confirmó la propia Nefertiti al recibirme aquella noche en la pequeña capilla adosada a su alcoba. Y aunque quiso forzar su simpatía no pude dejar de percibir que había estado llorando.

—Mi esposo quiere convertir a nuestra hija Meritatón en primera dama. Esto significa un matrimonio místico. He sido preparada para asumir estos rituales y, sin embargo, no puedo resistirlo. Ella ocupará a partir de ahora ese lecho donde fue engendrada. Conocerá, como yo conocí, la extraña sensación de servir al placer de un hombre sin haber abandonado la edad de los juegos. Por añadidura, este hombre es su propio padre. Pero nadie me verá llorar, Keftén. Ni siquiera tú. Porque entiendo que ha terminado el tiempo de las lágrimas y empieza el tiempo de gritar.

—Es tu privilegio. Nadie ha visto llorar a la divinidad... pese a todos los matrimonios místicos, como vosotros llamáis a esos raros contubernios familiares que amenizan vuestros reales lechos.

—Te he dicho que gritaré, Keftén, y ahora añado que mi grito será escuchado. Porque pretenden sustituirme. Ésta es la única verdad. Debí comprenderlo hace tiempo, cuando Smenkaré iba ganando afecto en el corazón de mi esposo.

Como me había ocurrido en otras ocasiones, la idea de verla postergada me encendía la sangre con mayor violencia que todos los insultos del mundo.

—Por mi vida te digo que Akenatón es un místico muy especial. Primero su yerno y ahora su propia hija. ¿Qué rituales son estos que te arrinconan en favor de unos mequetrefes? Vuestro dios habrá desviado el juicio de este rey otorgándole un lugar de privilegio entre los locos.

—¡Cuidado, hermano! —exclamó ella—. No toleraré una sola palabra contra él. Como faraón encarna a Horus y a Osiris, y esto le dispensaría de toda crítica en cualquier circunstancia. Pero, además, ostenta la máxima representación de Atón sobre la tierra. Por esto te digo: no hables de él si no es para adorarle.

Estaba a punto de responder con violencia, pero mi estado de ánimo ya no me permitía siquiera ese esfuerzo.

—No tengo el menor derecho a criticar al faraón, reina amada. Yo menos que nadie porque tengo el horror en mi propia casa. Mi hijo ha quebrantado el orden de la naturaleza.

Le conté lo sucedido, así como las reacciones de Bercos y mi propio desconcierto. Ella seguía mis palabras con una mirada atónita, como si llegasen de un infierno jamás previsto. Terminado que hube, avanzó lentamente hacia el altar de Atón y, sin apartar la mirada de sus rayos, me espetó:

—Me asestas una nueva puñalada. Este hijo tuyo estaba destinado al servicio de Dios. Te pedí que nunca lo apartases de mi lado porque un servidor de Dios es un elegido entre todos los demás hombres. Pero, ahora, él mismo se niega la santidad poniéndose al servicio del desorden. Sin duda eres portador de una influencia maléfica que ni siquiera Dios está en grado de comprender.

—Estoy enfermo, Nefertiti, pero no por lo que

tú acabas de decir sino porque no he conseguido curarme de otra dolencia más arraigada. La plenitud que mi hijo me ofrece no compensa la falta de tu amor ni sustituye el calor de tu piel junto a la mía.

De pronto surgió de sus labios un gemido desesperado que ampliaba todavía más los límites de mi desconcierto.

—Mi piel siempre estuvo fría, Keftén, y aun así no ha sido indiferente a tu llamada. Por esto sé que has traído el caos a nuestra corte. Porque mi piel se ha encendido cada vez que ha estado cerca de la tuya.

Caí a sus pies y los besé devotamente mientras ella acariciaba mis cabellos sin apartar los ojos del altar.

—Dulce Keftén, sabes que podría amarte si mi amor pudiese quedarse en este mundo. Y todo mi corazón sufre por el daño que te inflijo y toda mi alma se rebela porque no pueda situarme en algún lugar del tiempo donde el amor no hiciese sufrir.

—En los años de la infancia, junto al estanque, cuando éramos niños que podían sellar su amor para siempre. Cuando sólo la belleza reinaba en nuestras vidas.

—¡La belleza! —exclamó ella en tono dolorido—. Ni siquiera la luz de Atón, que todo lo puede, consiguió cambiar los decretos de los astros. Y los astros han decretado desde antiguo que tuvieses tú razón cuando me hablabas de la fugacidad de la belleza. Es cierto que debe de ser el más amargo de los dones porque conlleva la semilla de su propia destrucción y su ausencia mortifica más que ninguna otra. Acatemos este fatal decreto y que Dios nos ayude a soportar el momento en que debamos enfrentarnos al final.

Regresé a mi casa justo en el momento en que Bercos estaba despidiendo a Senet. Entendí que, en mi ausencia, habían mantenido una larga y profunda conversación porque ambos estaban tristes y ninguno me obsequió con las largas peroratas con que solían asaltar mi paciencia. Senet se limitó a decir que se disponía a cruzar el Nilo para encerrarse unos días en el santuario de Thot, donde la sabiduría tiene su mejor recaudo y los sabios su único refugio. Pero antes de partir hacia el muelle, el buen amigo me cogió aparte y dijo:

—Ayuda a tu hijo porque está destinado a sufrir mucho. Nadie que sea diferente tiene la vida fácil, y eso lo sé yo que he sentido el horror de no encontrar a nadie igual a mí entre todas las gentes del Nilo. Ayuda a tu hijo, Keftén, o de lo contrario diré que te coloquen entre los cocodrilos de Edfú, en la seguridad de que perteneces a su raza.

Se alejó cargado con el equipaje de los suplicantes, que consiste en una pequeña estatua del dios y ninguna otra pertenencia. Y cuando se hubo ido se acercó Bercos con la mirada baja y las manos cruzadas sobre el pecho. Y, postrado ante mí, dijo:

—Puesto que conoces mis sentimientos intuyo que no querrás hacerme compañía por las noches. Y no he de censurarte, padre y señor mío, porque a nadie que sea medianamente cabal le apetece sentir a su lado a un maldito entre los hombres.

Agarrándole por sus blondas guedejas, como si estuviésemos jugando, le puse a mi altura. Y le obligué a mirarme a la cara para escucharme.

—Sin duda te ha mordido un mono loco, señor hijo, porque en tus palabras sólo acierto a descubrir las huellas del desvarío. Escucha, pequeño insensato: no voy a renunciar al frescor de la terraza ni al placer de despertar contemplando los jardines de la Ciudad del Sol. No renunciaré al privilegio de entrever el Nilo surgiendo de la neblina ni al tono rosado que el amanecer arranca a las montañas. Y, sobre todo, no renunciaré a la belleza de tu afecto, que es lo único en el mundo que no me ha defraudado. Así que ordena a Cantú que suba nuestra cena a la terraza y prepara el respaldo para la cabeza de tu padre, porque hoy ha sido un día muy extraño y me siento en extremo fatigado.

Le vi correr hacia la terraza y, en efecto, cuando llegué estaba todo en orden: Cantú había dispuesto fruta fresca y vino de las viñas del faraón; y Bercos se había ocupado del lecho para mi mayor comodidad, pero en esta ocasión se anticipó a ella ofreciéndome con los brazos extendidos un precioso objeto de reluciente caoba y marfil.

—Te reservaba este pequeño obsequio para el día de hoy, señor padre. Es un reposacabezas que mandé hacer para ti porque sé que te disgustan los que llevan símbolos del dios solar. Disfrútalo en buena hora: no sólo es más cómodo que el otro que tenías; además, lo ha forjado con sus propias manos el orfebre Nenit, que, como sabes, es responsable de todo el mobiliario del príncipe

Smenkaré. Y para tu satisfacción debes saber que el príncipe ha dicho a Nenit en mi presencia: «No confíes esta pieza a ninguno de tus aprendices. Quiero que posea todo tu arte, ya que ha de servir de reposo a la cabeza de un artista a quien tengo en gran consideración porque es el bienamado de Bercos, a quien tengo por mi mejor amigo.» Esto ha dicho Smenkaré, padre mío, y por esto sé que apreciarás este regalo. Porque contiene la deferencia de un príncipe y el amor de un hijo.

Tomé entre mis manos el reposacabezas y vi que, en efecto, era un prodigio de refinamiento, sin contar que, además, evitaba la imaginería religiosa que se había convertido en una obsesión desde mi llegada a la Ciudad del Sol. En medio de tanto fanatismo, era consolador encontrar dos ninfas doradas que sostendrían mi cabeza, favoreciendo sueños de amoríos terrenales y no quimeras de amores cósmicos.

Pero al pensar que mi sueño viajaría hacia los aposentos de una diosa llamada Nefertiti me sentí culpable ante Bercos quien, al entregarme su regalo, adoptaba la actitud y la devoción de un oferente.

—Que tus sueños sean tan gratos como serán los míos —dije con toda la ternura de que era capaz. Y al observar su expresión de entrega me sentí obligado a añadir—: No puedo darte lo que pides porque mi corazón se encuentra cautivo en un lugar muy lejano: un lugar que ni siquiera está en el presente. Pero en verdad te digo que, hagas lo que hagas, sientas lo que sientas, siempre me tendrás a tu lado. Y, así, lo que tengas que sufrir lo sufriremos juntos.

Después me dijo Senet que era cruel por mi parte mantener mi cuerpo junto al de un pobre ser que tanto lo deseaba; y, en efecto, es posible que Bercos sufriese lo indecible por sentir mi calor sin conseguir comunicarme el suyo. Pero yo había pretendido ser ecuánime y es sabido que la ecuanimidad del cerebro y los extraños movimientos del alma nunca van juntos.

OCURRIÓ POR AQUELLOS DÍAS que una misteriosa dolencia empezó a extenderse por los países vecinos. Las caravanas traían noticias alarmantes: hablaban de muchos muertos en puntos tan alejados entre sí como las ciudades fenicias y las capitales del país de los Dos Ríos. Al parecer, la epidemia se había extendido desde el norte de aquella zona, concretamente desde el reino de Mitanni. Nadie sabía el origen, si bien algunos buscaron la causa en un reciente ataque de los hititas. Al retirarse dejaron un campo de cadáveres que no hallaron sepultura, ya sea por falta de sepultureros, ya por el desorden en que la guerra había sumido a los mitanos. Cualquiera que fuese la razón, los sabios del lugar aventuraron que la putrefacción de los cadáveres, transmitida a los animales de rapiña, era la causa de la mortandad que empezaba a diezmar poblaciones enteras.

Si bien es cierto que en las guarniciones del Sinaí habían muerto dos soldados egipcios, la noticia no viajó Nilo arriba, quedándose como mucho en Menfis. Allí, en la Casa de la Vida del templo de Ptah, los miembros del consejo de médicos celebraron largas deliberaciones y a la postre no encontraron motivo alguno para asustar a la población con una alarma general, de manera que incluso el faraón tuvo que enterarse por los rumores de sus cortesanos y no por sus gobernadores en el Delta. Pensando siempre en los designios de Atón, se limitó a quemar incienso por el alma de los soldados muertos; al día siguiente partió con tres de sus hijas para inaugurar una capilla votiva en algún lugar de la montaña que nadie recordó.

La vida en el Nilo continuaba su curso idílico sin enterarse de guerras ni epidemias, y en esto volvían a revelarse las ventajas del aislamiento que siempre ha caracterizado al genio egipcio. Pues desde el principio de su historia, este país se ha sentido protegido de los ataques del exterior gracias a la fe en sus dioses y al coraje de sus reyes, y ha encontrado refugio en su propio ensimismamiento mientras las demás naciones se mataban unas a otras.

Con idéntico ánimo llegó a la Ciudad del Sol la reina madre: sin preocuparse por otras dolencias que los achaques propios de su edad y sin ver más allá del trono dorado, cuyos problemas y conflictos empezaban a ser tan considerables como la epidemia más mortífera. Por lo menos es lo que ella vino a demostrar a todos cuantos creíamos que Egipto estaba navegando sobre una plácida balsa de aceite.

Llegó de pésimo humor y criticando hasta el color del polvo del camino. Traía consigo toda la pompa a que estaba habituada, y su hijo le respondió con todo el boato que sólo podía ofrecer la Ciudad del Sol, una vez usurpada la grandeza de Tebas.

Cuando, después de numerosas audiencias que no le importaban en absoluto, consiguió recibir a sus amigos de siempre me confesó en tono hastiado:

—Mi hijo ha decidido dedicarme ese santuario, y a fe que se lo agradezco. Siempre conviene tener algo a nombre de una. Lástima que un santuario no sea como las joyas, que tienen un empeño... —Emitió una risotada que semejaba el graznido de un cuervo, pero, viendo que yo no la secundaba, exclamó—: Observo que no tienes el día para bromas. Pues te advierto que vas a escuchar muchas más. Mi hijo todavía ignora el precio que tendrá que pagar por mi visita.

—Los asuntos de los divinos no debieran incumbirnos a los humanos. Vayamos a lo nuestro. Se me ha ordenado que pinte tu figura en el nuevo templo. ¿Cómo quieres salir?

—No te diré favorecida porque esto sería pedirle cerezas a la palmera. Sácame con la edad que tengo. Me ha costado mucho llegar a ella y no estoy para desperdiciarla en vanas lisonjas. Pero he visto una de tus diosas cretenses que manifiesta la curiosa afición de sostener una serpiente con las manos. Píntame de esta guisa, para que así pueda inspirar temor a quienes me rodean y se sirvan atender a mis consejos.

Se hizo todo como ella deseaba, menos en el detalle de la serpiente, animal que habría sido muy mal recibido en el bestiario de Akenatón y que, por otra parte, podía inspirar algún comentario jocoso de los maldicientes que cuchicheaban sobre la verdadera naturaleza zoológica de Tii.

Además de alimentar rumores o saciar su propia vanidad, la visita de la reina madre era tan intencionada como Nefertiti había pronosticado, pero sus intenciones no bastaron para hacer que dos reinas tan grandes abandonasen la compostura que les era propia, y, así, se vio a Nefertiti agasajando a Tii en profusión de actos, y muy especialmente en un famoso banquete presidido por Akenatón. Éste seguía siendo el sol que guiaba a las dos mujeres y era lógico que, bajo su órbita, ambas aceptasen aparecer sumisas y hasta amorosas. Por su parte, él se mostró gentil con Nefertiti haciendo que Smenkaré no apareciese en el festín. El pretexto fue convincente: la inauguración de un nuevo sistema de riego en el Alto Egipto.

Pero los asistentes comentarían, después, que hubo muchas tensiones entre los tres personajes y, aunque Auta y Thotmés los reprodujeron en sus relieves con aspecto amistoso y jovial, los observadores más atentos comentaron que una ocasión como aquélla no volvería a presentarse.

No hacía falta ser muy sagaz para ver la mano del sabio Ay en el armonioso desarrollo de aquellos encuentros, así como el papel que había representado Horemheb, sin dejarlo entrever. La habilidad del cortesano y la del general eran de distinto signo, pero ambas habían coincidido en la sabia organización de aquella magna farsa que ofrecía el lado amable de los personajes, ocultando sus facetas más oscuras. Y esto era tan cierto como la luz del día en lo que se refiere al propio Horemheb, cuya rudeza aparecía dulcificada con el comportamiento de una paloma cada vez que se acercaba a la hermana de Nefertiti, la nunca demasiado ponderada Mut-Najmat. El general no sólo extremaba sus atenciones para con ella; además lo hacía de la manera más descarada, con el indudable propósito de que se enterase la reina y estudiar así sus reacciones. Semejante amartelamiento era el triunfo de la diplomacia, pero Nefertiti demostró ser más diplomática que él, actuando en su favor pese a todas las cosas que tenía por reprocharle. Así, le dijo a su hermana:

—Ocurra lo que ocurra, no dejes escapar a ese general. Yo te digo que es el hombre del futuro.

Como sea que Mut-Najmat carecía de los prejuicios religiosos de la otra, no parecía haber conflicto alguno en el deleite que mostraba ante el acecho de Horemheb. Gracias a esos deliciosos galanteos, los verdaderos protagonistas del banquete se convirtieron en personajes secundarios; tanto es así que yo me sentía más intrigado por las reacciones de la doncella Amesis, en cuyo rostro se dibujaban la decepción y el despecho.

—Estoy desconcertada —decía entre balbuceos—. Siempre se dijo que los amantes son hijos de la inconstancia, pero no sabía que los propios dioses patrocinasen su pendoneo. Ya ves lo que se esconde tras la exquisita apariencia de esas damas tan nobles. En realidad son rameras que se venden en nombre del poder. —Lloriqueó unos instantes, pero sólo los justos para demostrarme que no se había dejado el sexo en el altar de su dios. A continuación me preguntó si las lágrimas le habían estropeado los afeites y, acariciándome la mejilla con la palma real, musitó—: No eres fortachón como Horemheb, pero a hermoso no te gana él. Si esta noche te aburres, ven a mi lecho y te cantaré algunas estrofas de los nuevos himnos que ha compuesto el faraón.

No descarté que su deseo fuese sincero, pero tampoco que estuviese perfectamente calculado para llamar la atención de Horemheb, porque había estado mirándole sin disimulo durante todo el rato que me obsequió con sus carantoñas. Por desgracia para todas las representantes del orgullo femenino, el general no le dedicó la menor atención, dando así a entender que entre el capricho y la vocación discurre un largo camino que sólo estaba dispuesto a recorrer en favor de la princesa Mut-Najmat.

Puesto que regresa a mi narración el gran tema del despecho en la mujer debo referirme de nuevo a Nofret, la adoratriz de Amón cuyas ansias satisfice tiempo atrás en el gineceo de la Casa Dorada. Era una presencia no calculada pero en modo alguno ilógica. Había llegado formando parte del séquito de la reina madre y, cuando terminaban sus obligaciones, se dedicaba a adiestrar a los jóvenes oficiales de la Ciudad del Sol en las virtudes de Hator, que seguía siendo su diosa tutelar. Huelga decir que su prodigalidad no me sorprendió en absoluto. Si cuando se me ofreció en Tebas lo hizo con el pretexto de que su marido estaba de viaje, ¿qué no iba a hacer cuando la que estaba de viaje era ella?

Al parecer guardaba un recuerdo imborrable de nuestro encuentro, y esto, en labios de una mujer apasionada, es una amenaza contra la que no puede luchar ningún hombre.

—Es de locos no probar de nuevo el vino que nos enloqueció una vez —dijo aplastándose contra mi cuerpo. Y como sea que yo me resistía, insistió en tono sibilino—: Debes complacerme, toro mío. Piensa que va a volver el poder de Amón, de lo cual me congratulo porque en otro tiempo fui una de sus mejores adoratrices y no dudo que el sumo sacerdote me llamará para que lleve la palma con la gracia que me caracterizaba. O sea que mi influencia te conviene.

Para mejor sonsacarle, imité la expresión de ingenuidad que solía afectar mi hijo cuando intentaba eludir algún castigo.

—¿Va a volver el poder de Amón, Nofret? No te creo. Habrás tenido una revelación en sueños. Francamente, la experiencia me aconseja desconfiar de esas patrañas.

—No digas tonterías. Yo, en sueños, sólo veo ese magno atributo que los hombres tenéis entre las piernas y que, curiosamente, se parece tanto a los obeliscos. Cuando te digo que va a volver Amón es porque he oído lo que he oído y sé lo que sé.

—¿Y qué sabes que hayas oído, o qué has oído que te ayude a saber?

—En los festines de Tebas se comenta que la reina Tii ha enviado mensajes a su hijo advirtiéndole de la grave situación que está atravesando el país. En cuanto a Horemheb te diré que, mientras hace la corte a la hermana de Nefertiti, corteja también al gran sacerdote de Amón.

—Con razón decía la propia Nefertiti que Horemheb es el hombre del futuro.

—No lo dudes. Aunque queme incienso a Horus lleva la estrella de Amón brillando en la frente.

Con el fin de agradecer su información paseé mi cuerpo sobre el suyo y la penetré con la violencia que tanto le gustaba; pero, si bien se deshizo en agradecimientos como la vez anterior, no me quedé a su lado aquella noche porque estaba ansioso por regresar a mi terraza y hacer compañía a Bercos.

Preso en la ternura de nuestra intimidad, no quise contarle mi experiencia con Nofret. De haberlo hecho no podía esperar la comprensión que, en otro momento, demostró Nellifer. Era demasiado ingenuo para comprender que, a veces, el falo del hombre anda erecto por un camino mientras el corazón reposa serenamente en otro refugio.

Pero al comprender que en mí existía esta dualidad asumí también que él necesitaba el contacto de mi cuerpo en una entrega a la que yo seguía siendo incapaz de acceder. Al presentir el ardor que le dominaba comprendí también que su placer había pasado a ser responsabilidad mía, como lo era la educación de mi espíritu. Asimismo percibía claramente que, al someterse a mí, se estaba negando a sí mismo una parte vital de la naturaleza, y quise que la experimentase por entero. Opté por recurrir a la ayuda de Nofret, que encontró gran placer desflorando a un niño por demás atractivo. El pobrecito tembló como un pájaro fuera del nido pero, después de la natural torpeza, supo cumplir y yo me sentí orgulloso de él.

Pensaba, así, que mi deber estaba cumplido, creía sin vacilar que había ayudado a mi hijo a avanzar por el recto camino cuando él volvió a comparecer ante mí completamente desnudo y me pidió que le tomase entre mis brazos como si fuese un niño. Y al negarme rotundamente me acusó de retroceder ante mis inclinaciones y, con una gran risotada, añadió:

—Lo que me prometiste sobre el placer es cierto, padre mío, pero en modo alguno es una verdad absoluta. He hecho el amor con esa mujer como tú querías. He pasado del desconcierto al júbilo y, gracias a su destreza, he conocido las cimas del éxtasis. He aullado con un placer que no negaré era agradable, pero también debo decirte que lo considero de naturaleza inferior al que sentí con aquel tonto oficial a quien tanto detestas. En esto he comprendido que mi naturaleza es distinta a la de los demás hombres. Por más que intentes convencerme, tu cuerpo sigue ocupando todos mis sueños y sufro enormemente porque no quieres colocarlo sobre el mío. Por esto pienso que si no me tomas de una vez, será porque no me encuentras atractivo.

Y de repente me oí a mí mismo decir cosas que ni siquiera en el más loco de los sueños me hubiera atrevido a imaginar.

—Te suplico que no juegues conmigo. Es posible que tus palabras me hablen de algo que mi cuerpo anhela y mi razón repudia. No negaré que tu cuerpo es tentador como el de una doncella, pero tu sangre es la mía, tu vida es la que yo te di, y sólo pensar que puedo profanarla me causa un horror indescriptible.

—¿Qué culpa tengo yo si llevo tu sangre? Francamente: no le veo la ventaja en estos momentos. Renunciaría gustoso a ella si a cambio obtenía la plenitud de tu belleza que sólo tu cuerpo me daría. Y esto obtendrías también tú, padre mío, porque yo soy el amor absoluto que se te brinda. Tú mismo has dicho que soy fruto de ti; así pues, poseyéndome volverías a los orígenes de la vida. Harías en mi cuerpo lo que hiciste en el de mi madre para que naciera yo. Con esto cerrarías el ciclo de la creación. Sería como volar hacia atrás, sobre todos los siglos de la historia, y regresar a los orígenes del mundo. Uniendo tu cuerpo al mío sellarías con la plenitud un pacto que sólo la muerte podría concluir.

Así continuó durante toda la noche, llenando mi cerebro con aquellas ideas que me sumían en el más profundo desconcierto porque el calor de su cuerpo no me era indiferente, antes bien me llenaba de placer. Pero el lenguaje de los cuerpos nunca guardó relación con el del entendimiento, y ninguno de los dos consigue derrotar a la obsesión cuando ésta ha hecho mella en el cerebro y ha sentado en el alma su trono indestructible. Por este trono maldito, mi cerebro continuaba viajando hacia las estancias reales, donde a aquellas horas dormiría plácidamente la absoluta dueña de mi obsesión. Y así, en mi desvarío, pensaba que el calor que me proporcionaba mi hijo provenía de los senos de Nefertiti.

Por todo lo dicho se entenderá que no me quedó tiempo para pensar en Amón ni en todos sus conspiradores hasta que, a media mañana, llegó un enviado de la casa de la reina madre comunicándome que Su Divinidad estaba dispuesta a atenderme.

TUVE QUE CAMINAR MÁS de lo previsto, porque Tii había organizado su residencia en un palacio alejado del centro. Esta circunstancia, unida a la abundante corte que la acompañaba, había levantado rumores acerca de sus propósitos más inmediatos. Mientras sus allegados afirmaban que ni siquiera se planteaba la posibilidad de abandonar su amada Tebas, los más optimistas opinaban que se instalaría en la Ciudad del Sol con la finalidad de respaldar con su presencia la obra de su hijo. Como había hecho durante toda su vida, ella dejaba que los demás hablasen mientras iba forjando proyectos que a la postre sorprendían a todos.

Me recibió en su lecho, orientado hacia el Nilo. Por su aspecto comprendí que la abundancia de celebraciones en los últimos días la estaba agotando, pese a que su voz sonaba tan rotunda y poderosa como si acabase de nacer con el día.

—Apresúrate con tus apuntes porque me queda poco tiempo de vida y no estoy para perderlo en semejantes veleidades. Además, lo que ha equivocado la naturaleza no va a enmendarlo tu arte.

—Conozco damas que piden exactamente esto a los artistas: enmendar los errores que, en ellas, cometió la naturaleza. Pero no es éste mi caso. Raras veces he aceptado pintar figuras humanas.

—Pues peor aún, porque si empiezas a practicar conmigo me sacarás hecha un adefesio. Bastante tengo con lo que hicieron los artistas en la primera época del reinado de mi hijo. Siempre que en sus relieves veas una bruja con cara de mandril soy yo.

En realidad no había muchos apuntes que tomar: sólo los rasgos esenciales para que los fieles pudiesen reconocerla en los templos; y ni siquiera reconocerla a ella, sino a las virtudes que representaba. Sin embargo fingí que la maniobra era larga y laboriosa con el solo fin de interrogarla a mi antojo.

—Tengo, por cierto, una pequeña curiosidad...

—Pues sáciala, hijo, que para eso existe.

—Horemheb me comentó que esta religión no ha conseguido cuajar en el pueblo.

—Eso me temo. Y me atrevería a afirmar que éste es también el temor de mi hijo. Cuando hace una pausa en su locura medita como una persona normal y piensa que, a su muerte, pudiera no quedar nada de su obra. Siempre se ha dicho en Tebas que, a la muerte del perro, muere la rabia. Aceptemos que la rabia de Akenatón pueda transmitirse. Eso quiere decir un heredero del trono. Pero ¿a quién tenemos? Está por un lado ese Smenkaré cuyo único interés parece ser el de ir estrenando vestidos para superar a Nefertiti en la admiración de los cortesanos...

—Seguramente exageras —dije yo sin poder reprimir la risa.

—Yo exagero, pero tú te has reído. O sea, que

algo de verdad habrá en mi exageración. Ese joven es un pelele al que se podrá dominar desde cualquier bando. Y no digamos del otro candidato, Tutank-Atón. ¡Es un cachorrito en manos de Nefertiti! Y ella no soltará fácilmente su presa por la cuenta que le trae. En fin, ¿para qué vamos a engañarnos? La cuestión de la sucesión no puede ser más deprimente.

—Está Nefertiti —dije yo con sequedad.

—Está Nefertiti, en efecto. Y, siento decirlo, no debiera estar.

Guardé silencio. Antes que traicionarme con un estallido de cólera preferí dejar que ella soltase todo el veneno que llevaba dentro. Como de costumbre, no se dejó engañar.

—Por tu expresión entiendo que te has enamorado de tu reina. Exactamente como pronostiqué el primer día. No voy a reprocharte nada. Al contrario. Incluso creo que tu desvarío podría sernos de alguna utilidad. Estoy segura de que Nefertiti está cansada, aburrida, harta de todo. ¿Por qué no te la llevas? Le convendría remojarse en el mar de Creta. O acaso sería preferible un poco más lejos. Pero ¿qué tonterías estoy diciendo? Ella nunca te seguiría, ni a ti ni a ningún otro hombre. Es tan estricta, tan fiel a sus principios... En resumen: es un estorbo.

—No soy tan tonto para no entender más allá de tus palabras. Intuyo que existe un plan para destruir la obra de tu hijo y que empieza por eliminar a Nefertiti.

—Para destruirla no. Para hacerla más sensata. Mi hijo me tiene a su lado, lo he dicho siempre y lo demostraré devolviéndole a la sensatez.

Debes saber que, mientras en la Ciudad del Sol os dedicáis a soñar despiertos, Egipto navega hacia la ruina. Los campesinos se quejan constantemente de los impuestos que deben pagar para sostener esta ciudad. Hay hambre en las aldeas y pocas provisiones en los graneros. ¿Qué opinas de la última inundación?

—Fue hermosísima.

—Pues fue escasa.

—Una cosa no quita la otra.

—La quita, y mucho. Mientras el pueblo miraba con preocupación por el nivel de las aguas, temiendo que la crecida no diese para una buena cosecha o que la arruinase si se excedía, tú te encandilabas contemplando el reflejo de los templos. Hijo mío: eres un pollino. ¿Tanto te ha cautivado la belleza que no ves la trampa que encierra? Entérate de una vez: para pagar los muros que tú decoras mueren de hambre las reses de los campesinos.

—¿Y no fue así en el pasado? ¿O vas a decirme que tu real esposo no levantó tantas construcciones como tu hijo?

—Cierto. Y otros reyes antes que mi esposo. Pero no olvides que, además, levantaron un imperio. El mismo que está perdiendo mi hijo. En aquellos tiempos contábamos con una fuerza capaz de establecer un equilibrio: ese denostado clero de Amón era, cuando menos, una garantía de continuidad. Convenía recortar sus privilegios, pero no diré que fuese hábil acabar completamente con ellos. Estoy segura de que tú piensas lo mismo que yo. ¿Serías capaz de asegurarme que el reinado de Atón es lo mejor para Egipto?

—Ya que me lo preguntas, pienso que esta ciudad es un disparate. Que la vida que llevan sus habitantes es un sueño insensato. No se me escapa que está lejos de cualquier realidad, que tal vez no tenga futuro; pero al mismo tiempo hay algo grandioso en sus logros, algo que excede a las posibilidades humanas tal como las hemos conocido hasta hoy. Tú misma me lo dijiste en otra ocasión: la locura de tu hijo es preferible a la mediocridad de otros gobernantes.

—No niego que lo dije, pero ahora dudo que pueda mantenerlo. Lánzate a los caminos, habla con la gente, y comprenderás por qué Akenatón tiene que despertar de su sueño... —De pronto se interrumpió—. Hablando de sueños: has conseguido provocar el mío. ¿Todavía no estás cansado de dibujarme?

—No he dibujado nada. En realidad no lo necesito. Me basta con tu carácter para pintar lo que necesita tu hijo, el clero de Atón y todo su culto.

—Tú pinta, hijo, pinta, que los demás nos ocuparemos del resto.

Antes de retirarme me acerqué a su lecho y, mientras la ayudaba a colocar la cabeza en una montaña de almohadones, me atreví a preguntar en baja voz:

—Nunca me he molestado en averiguar qué ocurrió en la Casa Dorada cuando me devolvisteis a Creta.

—Ocurrieron muchas cosas. Como en todo el mundo. ¿O esperabas que la vida se detuviese al faltarnos tu linda presencia?

—Por cierto que no. La vida seguiría. Y nacerían otros seres. Por eso quisiera saber una cosa.

—Dichoso tú si sólo quieres saber una. ¿Cuál es?

—¿Son Smenkaré y Tutank-Atón hermanos del faraón?

Se incorporó rápidamente, como accionada por un resorte mágico. Pero era furia lo que demostró al arrojar el abanico contra una preciosa copa de alabastro.

—¿Y a ti qué te importa? —exclamó a gritos—. ¿Qué demonios te importa?

No le gustó la pregunta, no tenía por qué gustarle y, en última instancia, yo no tenía por qué esperar que le gustase en absoluto.

Al salir de la estancia me encontré con algunas doncellas que comentaban, alarmadas, las últimas noticias sobre la epidemia que asolaba las naciones vecinas. Había nuevas víctimas entre los colonos egipcios del Sinaí y los síntomas de su dolencia se detectaban también en algunos poblados del Delta. Pero la Ciudad del Sol todavía se creía invulnerable y aquella noche siguieron los festejos para celebrar la animosa longevidad de la reina Tii.

ENTRE FESTINES, AUDIENCIAS y ceremonias religiosas fueron transcurriendo los días, y la estancia de la gran madre se prolongó más de lo anunciado. Cuando su presencia hubo satisfecho la vanidad de los sacerdotes de Atón y saciado la curiosidad del pueblo, pudo retirarse a su palacio con la excusa de arreglar los asuntos de su casa, si bien se dedicó con preferencia a inmiscuirse en las de los demás. Para nadie constituían un secreto sus esfuerzos para postergar a Nefertiti —a quien, sin embargo, no detestaba— ni sus intentos de conseguir que Akenatón escuchase las pretensiones de los sacerdotes de Amón... a quienes detestaba con todas sus fuerzas. Y entre perjudicar a una persona amada o favorecer a un clero aborrecido transcurrían los días de aquella anciana enjuta, reducida al tamaño de un escarabajo, y que, sin embargo, demostraba tener más vigor que todas las canteras que proveían con sus piedras a la Ciudad del Sol.

Cierto día se anunció que estaba remontando el Nilo una de las barcas sagradas del dios rival; de Amón, sí, cuyo ojo presidía una de las velas como en los tiempos en que los sacerdotes llevaban su estatua en procesión. Todos los creyentes temblaron al saber que el colegio sacerdotal, cuya voz estaba prohibida, había roto su encierro para hablar a Egipto en varias de sus ciudades.

No se atrevieron a detenerse en la Ciudad del Sol, pero su paso despertó una gran expectación, especialmente por parte de los jóvenes, que habían nacido bajo el reinado de Atón y querían ver por primera vez a aquellos a quienes sus padres solían describir como genios del mal. Sólo los verdaderos creyentes se encerraron en sus casas, demostrando así su desprecio por lo que parecía a todas luces una afrenta.

Entre los más despreciativos se hallaba Nefertiti, que demostró su hostilidad cubriéndose de velos negros y encerrándose en el templo, acompañada de Tutank-Atón y su compañera de juegos, la princesa Anjesenpatón. Nadie en la corte secundó aquella actitud, y menos que nadie Akenatón. Por el contrario: como si quisiera responder a la afrenta con una burla más fuerte, congregó a sus íntimos en la terraza de palacio para contemplar como un desafío el paso de la nave de Amón.

Se le oyó reír, tarareó canciones burlonas sobre los sacerdotes del clero enemigo e incluso se burló de la excesiva peluca nubia que se había puesto la reina madre para la ocasión. Pero en el fondo no engañaba a nadie, porque a nadie escapaban sus preocupaciones y el profundo temor que le inspiraba el paso de Amón por su sagrada ciudad.

Yo veía a un hombre fatigado que pretendía engañarnos con raptos de vigor. Aunque en su honor debo decir que conmigo no recurrió a patrañas ni disimulos porque yo era la última persona en el mundo capaz de creerlos y la primera en tratarle a él con auténtica sinceridad. Tal vez porque la percibía, buscó apoyo en mi brazo y suspiró profundamente.

—Es una lástima que no hayas conocido mis mejores horas, Keftén. A buen seguro que me habrías admirado.

—Las conocí, mi rey. Fue hace ya muchos años, en el lago de la Casa Dorada. El niño que todavía se llamaba Amenhotep era dulce, sincero y caritativo. Eso significa que le admiré antes que nadie.

—Pero ésas no fueron mis mejores horas, no

las de esa edad en que me limitaba a ofrecer con las mismas virtudes que cualquier otro niño bien criado. Escucha, Keftén: me estoy refiriendo a las horas que siguieron a la Gran Revelación. Nadie podía ganarme en fuerzas entonces. Nunca la tuve en el cuerpo, pero no la necesitaba porque, en cambio, mi alma era poderosa, imbatible. Y ahora me temo que esa fuerza ya sólo la tiene Nefertiti.

—¿Por esta razón pretendes alejarla?

—Por esta única razón. La fuerza que necesito a mi lado ya no servirá para resistir sino para aprender a claudicar con honra.

De repente me miró fijamente a los ojos, como si quisiera arrancarme una opinión que sólo yo podía darle a causa de nuestra proximidad en otro tiempo.

—Dime, Keftén: ¿crees que las cosas habrían salido mejor si hubiese reinado mi hermano y no yo?

—¡Tu hermano! —exclamé yo, cogido por sorpresa.

—En efecto. El desdichado Tutmosis.

Aquella invocación fue otra felonía de la memoria. Se me representaba una escena lejana en la que volvían a aparecer los cuatro niños de palacio: Akenatón, Nefertiti, Senet y yo. Avanzábamos formando parte del cortejo funerario de otro niño que había acompañado nuestros juegos. Era el príncipe Tutmosis, primogénito del gran Amenhotep. Se lo había dado una de las princesas del harén y estaba destinado a heredar el trono. Aunque era apenas tres años mayor que nosotros ya había empezado sus estudios en el santuario de

Menfis, donde los sacerdotes de Ptah debían iniciarle en las artes del gobierno. Como otros personajes de esta inmensa familia, murió prematuramente sin dejar otra cosa que un nombre escrito en una tumba de oro. Y en mi memoria se presenta siempre como un príncipe tan desgraciado que casi no tuvo tiempo de existir.

Sin embargo, su regreso a mi memoria favorecía una pregunta suculenta: ¿cómo sería el nuevo Egipto si él hubiese subido al trono en lugar de Akenatón?

Era precisamente lo que quería decir el faraón. La pregunta que ni siquiera podían entender los propios dioses, pese a que ellos, y sólo ellos, habían esbozado una respuesta provisional. Incluso el desterrado Amón, que ahora volvía a navegar por las aguas del Nilo, sonreiría con malévolo deleite. Pensaría que todo el desorden de Egipto era debido a un místico que había llegado al trono por azar.

EN LOS DÍAS QUE SIGUIERON quise compartir el mayor tiempo posible con mis ayudantes porque esperaba encontrar en su juventud algo del esplendor perdido. De todos modos, ni la compañía de aquellos jóvenes ni la de Bercos conseguían alejarme completamente de la trama que se estaba tejiendo en la Ciudad del Sol. Y esta trama, de impenetrable complejidad, me ataba más y más al recuerdo de Nefertiti. La separación impuesta por las circunstancias contribuía a que cada jornada transcurrida se convirtiese en un nuevo peldaño que ascendiese hacia la obsesión.

Supe que había mandado llamar a Smenkaré. Según me contó Senet, la entrevista no fue cordial, y añadió que, de haberlo sido, habría adorado al dios de Akenatón por todos los días de su vida. Porque sólo un milagro de sus rayos divinos podía conseguir que Nefertiti dejase de odiar a aquel jovenzuelo imberbe que la estaba sustituyendo en el culto a un dios que era toda su vida.

Pocos días después, Smenkaré acudió a contemplar mi trabajo. Aunque todos mis aprendices se sorprendieron —tanto como para decir alguna inconveniencia—, calmé los aspectos más morbosos de su curiosidad con dos excusas definitivas: el príncipe no necesitaba de ningún pretexto para comprobar el estado de las obras de su palacio. Además, había sido el compañero de juegos de mi hijo. Y no había más que preguntar.

Fue precisamente éste el tema que invocó mientras fingía observar mis pinturas.

—En los últimos tiempos no se me presentan demasiadas ocasiones de ver a mi amigo Bercos.

—Tampoco las tengo yo. Vive clausurado en el templo. Desde que llegó la gran madre tienen a todos los novicios a trabajos forzados, que es lo que yo entiendo por oración.

—No me hagas reír porque no estaría bien visto. ¿Olvidas que, por mi condición de príncipe, soy sacerdote del templo? Pero no te inquietes, no voy a echarte un sermón. Sé que no apruebas que Bercos dedique lo mejor de su vida a ese encierro, y acaso algún día podré utilizar mi influencia para conseguir que quede libre. De momento debes saber que le echo de menos tanto como tú. Precisamente hoy me dispongo a presidir una cacería de hipopótamos que le habría divertido mucho. Además, estoy impaciente por enseñarle mi nuevo arpón. No me importará prestárselo algún día.

Se explayó largo y tendido sobre una serie de juegos y deportes, destacando en todo momento su excelencia en cada uno de ellos. No me fue difícil comprender que intentaba revestirse con una innecesaria aureola de virilidad. Sus maneras no eran en absoluto afeminadas ni su cuerpo, robusto y bien formado, ofrecía las anomalías que habían insinuado mis aprendices a través de sus chanzas. Mas como sea que éstos permanecían en un rincón, observándonos con una molesta dosis de ironía, Smenkaré me instó a que los echase bajo cualquier pretexto.

Una vez a solas, apartó la mirada de mis pinturas y su voz se hizo grave, casi patética.

—Tengo miedo, Keftén, mucho miedo. A ti puedo decírtelo porque Bercos me ha contado que eres comprensivo con los jóvenes y lo demuestras al no despreciarle, pese a que él se muere por ocupar en tu lecho el lugar que ocupa en tu corazón... —Estuve a punto de protestar, pero él me detuvo con un ademán lleno de gentileza—. No te lo tomes como una indiscreción. A un angustiado se le intenta consolar como se puede, y nada hay mejor que nuestra propia historia porque suele ser espejo de las de otros.

—Comprendo que estés preocupado, Smenkaré; pero no tienes motivo para alimentar el miedo.

—Lo tengo por el lugar en que me han situado. Hasta hace dos años, yo estaba jugando con tu hijo, mi vida era tranquila y placentera, no se me exigía más que seguir el ejemplo de los jóvenes de mi edad. Es cierto que conocía las intrigas de los mayores, pero nunca pensé que debería participar tan pronto en ellas. Ahora, Akenatón me sitúa en un lugar más alto de lo que me corresponde y aun de lo que soy capaz de resistir. Me da vértigo mirar el mundo desde esa altura y, además, presiento que no me dejarán permanecer en ella.

He aquí otro pobre niño que había crecido demasiado de prisa. Sin duda habría también en su vida un lago de aguas doradas cuyos destellos se negaban a abandonar su mente. En el fondo de aquellas aguas que, durante un tiempo, sólo le pertenecieron a él quedaban sepultadas para siempre ciudades imaginarias con cientos de edificios que representaban otros tantos sueños perdidos.

Como no sabía qué decir me limité a titubear.

—Siempre se ha dicho que no es cómoda la educación de los príncipes.

—Ni pido que lo sea, pero tampoco he pedido que me eduquen para ser algo superior a lo que soy. Me contento con mi vida en la corte y carezco de mayores ambiciones. Lo triste es que me están obligando a adquirirlas. Si las acepto es sólo por Akenatón. Porque mi afecto hacia él es sincero y me honra mucho el que me dedica.

Recuerdo ahora que, en las inscripciones que lo representaban, Smenkaré siempre se definía como el amado de Akenatón, dando así la razón a sus detractores pero desmintiendo a quienes murmuraban que era su hermano. Si lo hubiese sido, habría hecho contar entre sus atributos el de hijo de Amenhotep III, y esto nunca ocurrió. Pero los recuerdos de ese Smenkaré oficial pertenecen a otro período de su historia. En aquellos momentos, yo sólo tenía ante mí un pobre muchacho atribulado.

—Ese afecto será la causa de mi ruina, Keftén. Me ha acarreado las burlas del pueblo, la envidia de todos los jóvenes de la corte y, al mismo tiempo, el odio de los enemigos de Akenatón. Esto último es lo que más me preocupa. ¿Qué sería de mí si, un día, Akenatón cayese víctima de uno de sus ataques y yo me viese obligado a ocupar su lugar sin estar preparado?

—¿A qué ataques te refieres? —pregunté, sorprendido.

—A los del mal sagrado. A esas horribles convulsiones que le llevan a retorcerse como un perro rabioso mientras la boca se le llena de espuma...

De pronto se detuvo. Por mi extrañeza debió de comprender que había hablado demasiado.

—Creí que lo sabías. —Yo negué con la cabeza. Él permaneció pensativo y preocupado a la vez. Al cabo añadió—: Es extraño, muy extraño. Tú conociste a Akenatón de niño. ¿Pretendes hacerme creer que entonces no padecía estos ataques?

—Puedes creerlo o no, según tú gusto. En aquella época era un niño perfectamente normal, si exceptuamos sus delirios místicos. Y aun éstos se producían de manera muy pausada. Sin duda empeoraron cuando yo ya había vuelto a Creta.

—¿Empeoraron después de la Gran Revelación o serían su causa? Cuando cae víctima de sus ataques, en una agonía que siempre parece ser la última, ese pobre ser invoca a gritos a Atón y le ofrece sus dolores como una res en el altar de los sacrificios. En momentos así, yo daría mi vida por su curación. ¿Es esto el amor fraternal, Keftén, o el amor simple y puro?

—Pudiera ser la bondad. Pero no me preguntes por ella porque, al igual que el amor, nunca he sabido definirla.

—Sea lo que fuere, ese Akenatón martirizado me produce una piedad infinita. Y, gracias a esta piedad, renazco porque sólo en ella comprendo que puedo ser útil.

De pronto, su semblante se endureció y su voz se tornó amenazadora.

—Voy a dictar mi primera orden, Keftén: lo que acabas de oír lo guardarás para ti mismo durante el resto de tus días. Ni siquiera Bercos debe saberlo. Es uno de los grandes secretos que guardan los muros de la Casa Dorada. Como mi origen. Como el de Tutank-Atón. Como los lazos fatídicos que nos unen a todos y ese final que ya se anuncia igual que una maldición.

Y no quiso continuar hablando, pese a que le quedaba mucho dolor y mucho miedo por revelar al mundo.

LOS TEMORES DE SMENKARÉ se confirmaron mucho antes de lo que él mismo imaginaba; pero, mientras se complacía volviendo atrás la mirada, cerebros más avezados que el suyo estaban retrocediendo también para buscar en los viejos tiempos algo más sólido que vanos recuerdos infantiles.

Mientras, Akenatón continuaba dando rienda suelta a su viejo sueño, experimentando continuamente con nuevas aportaciones. Los artistas empezaban a reproducir a Smenkaré con los atributos de Nefertiti, ya usurpados de una manera abierta y declarada. Llegados a este punto, la reina optaba por colocarse por encima de las circunstancias burlándose de Smenkaré.

—¿Qué pretende ese desgraciado? ¿Tendré que arrancarme los senos para ponérselos a él? Eso querrá sin duda, porque ya no puede llevarse más lejos el afán de imitación.

Los comentarios de los creyentes reflejaban el desconcierto que se había adueñado de las ideas. Tantos cambios en tan corto espacio de tiempo no daban para menos. Desde el principio de todas las historias, las gentes del Nilo habían reverenciado a una extensa pléyade de dioses que formaban parte esencial de su vida: el cielo, la tierra, el agua, los vientos habían acompañado a aquella gente durante generaciones hasta que un buen día un rey con cara de alucinado se les apareció bajo el aspecto irreverente de un eunuco. El pueblo egipcio dio al mundo un gran ejemplo de paciencia asumiendo los adefesios que representaban al soberano. Asumieron también que una parte suya correspondía a su esposa y que, del extraño resultado, brotaban las fuerzas de la vida. Y cuando ya tenía todos esos dogmas asumidos, o cuando menos tolerados, el adefesio cambiaba de signo y un príncipe insignificante ocupaba en su cuerpo el lugar que había ocupado una princesa.

Para nuevo asombro del pueblo egipcio, el principio femenino sublimado por Nefertiti pasaba a Smenkaré. Al encarnarse en Akenatón, y éste en él, el príncipe sería el nuevo encargado de transmitir los dones de la naturaleza. Y ya sólo quedaba preguntarse cómo se las compondrían los dos para transmitir, además, el principio de fecundidad.

Tal como me había dicho Senet en cierta ocasión, mis problemas amatorios se complementaban con los que estaban sucediendo en el palacio real y éstos con los que alguna vez habían ocurrido en el cielo. Los juegos místicos entre seres de una misma sangre imitaban, es cierto, el comportamiento de los grandes dioses; pero empezaban a derivar hacia un vulgar cotilleo de gineceo, aumentado, si cabe, por la súbita desaparición de la princesa Meritatón. Algunos dijeron que había sido enviada a Tebas para pactar con los sacerdotes de Amón; otros, que no aceptaba las relaciones entre su padre y su esposo. Y, en esas habladurías, yo sólo acertaba a ver una continua amenaza contra los privilegios de Nefertiti, y también contra su seguridad.

Aparentemente, ella se mantenía al margen, y en su actitud no me era difícil adivinar los pasos de una estrategia sabiamente premeditada. Como mucho, hacía concesiones a la malevolencia con sus hirientes sarcasmos contra Smenkaré; pero ningún comentario de carácter político salió de su boca en aquellos días. Me contó Senet que estaba acelerando la educación de Tutank-Atón y, por poco que yo hubiese aprendido en mis relaciones con el poder, vi en aquella acción una maniobra desesperada. Una maniobra que tendía a ir más allá que los demás conspiradores, asegurándose un futuro que todavía estaba muy lejos de plantearse. Un futuro encarnado en un niño de ocho años.

Mientras todas esas cosas sucedían tras los muros impenetrables de la corte, yo contaba las horas, y hasta los segundos, en la espera de que terminasen las largas ceremonias de los rezos vespertinos y pudiese conversar con Bercos en los idílicos crepúsculos de la terraza.

Cuando llegaba del templo, retozando de alegría ante la corta libertad que le era concedida, sentábase ante una mesa llena de pasteles y, con los carrillos hinchados, se lanzaba a disertar sobre las cosas que había oído en el curso de la jornada.

—En el templo andan todos revolucionados a causa de los nuevos antojos del faraón. Es un loco de los de mucha locura. Quiere sustituir los relieves habituales por otros que le muestran junto a Smenkaré.

—Los enredos de esta familia empiezan a sobrepasarme. No me creo preparado para comprenderlos, y dudo que lo estés tú. En cualquier caso debemos procurar que no nos afecten demasiado.

Pese a los descalabros que sacudían la Ciudad del Sol comprendí que todo andaba bien en mi casa cuando Bercos corrió a la cocina para ordenar a Tueris los manjares que debía preparar

346

para satisfacerme; y la normalidad se confirmó cuando le vi regresar quejándose de que la oronda cocinera le había golpeado con un cucharón. Llegó entonces Cantú acusando a Bercos de haber maltratado a un sirviente, y aquél se defendió aduciendo que el sirviente había dejado polvo en mi mesa de trabajo. A lo cual adujo Cantú:

—En defensa de Diret, que no será una lumbrera como el joven amo pero es limpio como los chorros del oro, debo decir que el viento del desierto entra por una ventana y, en lugar de salir por la otra, se queda pegado en lo que encuentra a su paso. Esto significa que, si Diret limpia tres veces, tres veces vuelve a ensuciarse.

Lejos de rendirse, Bercos se crecía ante cualquier opinión contraria a la suya.

—¿Tres veces dices? Ése no se ha limpiado tres veces en su vida ni su propia cara. Que está igual que la mesa de mi padre: hecha una pocilga. ¡Eso es!

—Haya paz —exclamé afectando indignación—. Si el faraón no autoriza la guerra, no tengo por qué tolerarla en mi casa. Mi reposo es sagrado. Y tú, señor hijo, debieras dejar que cada uno hiciera su trabajo y esmerarte en los tuyos.

Bercos me miró con expresión tan triste que era imposible no disculparle.

—Yo sólo quiero tu bienestar —dijo—. Es el empeño más importante de mi vida.

—¿Por qué supone el joven amo que no deseamos lo mismo los criados? —exclamó Cantú, a punto de perder la paciencia—. Mira que nos estás ofendiendo a todos.

—Ni ofensa ni nada. El sirviente que sale guarro es guarro; y la cocinera que es gorda es gorda. Y sanseacabó.

Los hice callar como buenamente pude, aunque no fue sin recurrir a algún grito. Como sea que Cantú había manifestado su deseo de hablarme a solas, pedí a Bercos que fuese a mi estudio, a por alguna nadería que pretendí haber olvidado. Él obedeció a regañadientes. Y, viendo la suspicacia reflejada en su semblante, dijo Cantú:

—No te preocupes, joven amo, que no voy a vilipendiarte en tu ausencia. Yo, lo que tengo que decir, lo digo a la cara. No como otros, que gastan palabras de oro cuando van a pedir pasteles a la cocina pero lengua picotera cuando informan a los superiores.

Se disponía Bercos a contestarle airadamente cuando le insté a que se fuese de una vez.

Ya a solas, Cantú empezó con su discurso:

—En confianza: como fiel servidor de esta casa me congratulo que los afectos entre el amo mayor y el amo joven vayan como las velas en el Nilo cuando sopla el viento del norte; pero, con mayor confianza todavía, me permitiría hacerte una recomendación en nombre del qué dirán. No se te escapará que entre el clero de Atón hay mucho cotilla...

—Conseguirás preocuparme. ¿Ha hecho Bercos algo que no debiera? ¿Se le conocen tratos carnales, por así decirlo?

—Esto no tendría importancia. Los criados fieles hacen oídos sordos a los errores de los amos. Tu hijo podría escandalizar al propio Nilo y todos pensaríamos que es un defecto de la inconstante juventud. Lo que ocurre es más grave para su porvenir. Es decir, no exactamente grave, sino poco serio. Para ser concisos: sin darte tú cuenta (o así lo supongo) dejas que tu hijo esté demasiado pendiente de ti.

—Según entiendo es una característica propia de los buenos hijos.

—Pues debieras preocuparte porque todos los extremos pican como las pulgas al perro del pobre. A fuer de exactitud y precisión te diré que, cada mañana, el joven amo llega tarde al templo porque se empeña en organizarlo todo a fin de que lo encuentres perfecto al despertar.

—Insisto: a esto se le llama amor de hijo.

—Pues no quiero saber cómo lo llamarán los sacerdotes. Son ellos los que me preocupan y los que, en cierto modo, me han llevado a aconsejarte. Ya sabes que son malpensados por naturaleza, aunque sean de Atón. Y en cierto modo es lógico: ¿qué van a hacer, siempre encerrados entre esos muros, siempre apiñados como un rebaño? Imagina lo que pueden decir cuando vean llegar al joven amo con retraso, somnoliento y dando trompicones de un lado a otro. Y, luego, que no habla con sus compañeros, que no estudia como antes, y que escribe los signos equivocados. ¡Él, que según dicen sus mentores podía ser modelo de escribas!

—¿Tan lejos ha ido en su desidia?

—Lejos ha ido, lejos. Otro novicio, a quien conozco por ser hijo del amo a quien serví antes que a ti, comentó hace unos días que el joven amo utilizó el signo del hombre sentado donde debía haber puesto la pluma de la diosa Maat. Y cuando tuvo que utilizar el del pescado se sirvió de una estrella y una cobra. Yo no sé leer los jeroglíficos, que bastante hice con aprender la escritura abreviada, pero a fuerza de ver las inscripciones de los templos me he acostumbrado a considerarlas con respeto; por eso comprendo que tu hijo, con su dejadez, está transgrediendo el orden del universo. Y, además, acabará por perder el lugar de excelencia que hasta ahora ocupaba entre los novicios.

La idea de que, por unas cuantas faltas, mi hijo hubiese transgredido un orden tan alto no hubiera hecho mella en mí de no encontrarme en Egipto, donde la escritura es cosa tan sagrada como el propio aliento de los dioses. Pero no pude evitar una sonrisa al recordar que Bercos ya había empezado por transgredir el orden de la naturaleza al fijar en mí su pasión. Era, pues, un jovencito transgresor de nacimiento.

—Terminaré, por fin —dijo Cantú.

—Será en buena hora —contesté—. Empiezo a pensar que si algún sabio se decide a poner en Egipto una academia donde se enseñe el arte de la síntesis acabará haciéndose rico.

—Sintetizo, pues, bien que me cueste; porque el cariño que le tengo al joven amo no es para que limite a cuatro vacuas palabras el drama que echa cieno sobre su nombre. Abreviando: dicen y redicen que una pasión infausta le tiene sorbido el seso y que el pobrecito está penando porque desearía que, además, le sorbieran el cuerpo. Y seguramente no le falta razón para lanzarse al desvarío porque una pasión donde no intervenga el cuerpo, más que pasión, es tontería. Y no digo más que lo que digo.

Permanecí meditando unos instantes. Los consejos de Cantú sobre el comportamiento de un hijo que se aburría en el templo empezaban y terminaban en sí mismos, sin dar para mucho más. Otra cuestión me preocupaba. Una cuestión mucho más profunda que decidí abordar no sin esfuerzo.

—Tú pareces un hombre de mundo... —tartamudeé.

—Di mejor de dos mundos. Primero el de Tebas. Ahora el de esta ciudad. Quién sabe si no habrá otro mañana.

—Bien, siendo tan mundano me dirás con franqueza qué impresión te merecerían esos rumores si fuesen ciertos.

Noté que se le abrían las orejas como a un elefante sabio ante las órdenes de su adiestrador.

—¡Cierto! —exclamó con delectación—. Entonces me permito preguntarte si la pasión del joven amo tiene su origen en alguien que habita entre los muros de este palacio.

—Cuenta a todos los que en él habitamos y deduce por ti mismo. Y si tienes la astucia del zorro, y no la candidez del conejo, contesta a mi pregunta sin tantos circunloquios.

—Comprendo... —Y, tras quedarse un rato pensativo, añadió—: Noble amo, yo siempre he fornicado con hembra, y que esté alejada de mi familia en, por lo menos, diez generaciones. Tengo al sexo femenino por altar de los dioses y considero que la mezcla de sangres parejas puede dar nacimiento a extrañas criaturas, como las que vemos en las fábulas. Ahora bien: acepto que cada cual arríe su vela en el palo que mejor convenga a sus intereses y comprendo que la voz que a unos excita a otros adormece, y viceversa. También te diré que, después de lo que está ocurriendo en el palacio real, un egipcio honesto ya no se extraña de nada. Si me cuentan que Smenkaré es una danzarina siria, lo creeré a pies juntillas. Si me dicen que Nefertiti es un camellero del Sinaí que se ha pasado la vida disfrazado de mujer, me lo creeré también. Y hasta creeré que el propio Akenatón tiene un sexo desconocido en un lugar insospechado que algún día tendrá a bien revelarnos para nuestro asombro. Con todo esto, ¿qué quieres que te diga? Si me cuentas que el joven amo y tú os pasáis la noche tejiendo alfombras, no tendré más remedio que creerte. Si una noche, al subiros la cena, descubro que estáis pegados como un marido y una esposa, no preguntaré quién hace de quién y contaré al mundo que os atrapé adiestrándoos en la lucha cuerpo a cuerpo. Con todo esto quiero significar, y cumplo tus deseos de ser breve, que lo único importante es que el joven amo no confunda la escritura sagrada y que cuando tenga que escribir el signo de la cerveza no ponga el del brazo extendido y cuando escriba «Atón es justo» no quede, para el que lo lea, «Me cago en Dios».

—Así será —dije a punto de enloquecer—. Pero cumple a mi interés aclararte que todos los rumores sobre mi hijo son infundados. ¿Que vive inquieto? ¿Que su mente no está donde debiera? A buen seguro que son cosas de la edad.

—Pues si así quieres llamarlo, sea llamado así y asunto concluido. ¿Quieres que ahora proceda a presentarte las cuentas de los últimos días, en bien de tu hacienda?

—No sé de mi hacienda, pero en bien de mis nervios te ruego que aproveches esta pausa para ausentarte cuanto antes. Y proporcióname si es posible la compañía de un mudo porque te juro que sabré apreciarla más que la sombra de la acacia en horas de canícula.

Bercos y yo nos recogimos como cada noche y disfrutamos con los juegos infantiles que él proponía. Y cuando yacíamos el uno junto al otro, con el rostro dirigido hacia las estrellas, él iniciaba una cualquiera de sus largas discusiones, en cuyo curso no dejaba de formular pregunta tras pregunta, tan insaciable era su curiosidad por todo cuanto nos rodeaba.

Pero aquella noche interrumpí su discurso habitual con una pregunta inesperada. Una duda que me asaltó de repente como una revelación.

—¿Y si la conducta de Akenatón no fuese tan extraña como aparenta? ¿Y si ni siquiera fuese tan místico?

—¿A qué viene esto? —preguntó Bercos, cogido por sorpresa—. Pues ¿no ibas a contarme la historia de la oca sabia y el sacerdote de Min?

—Por más que uno intente evadirse de la realidad es imposible conseguirlo cuando ésta nos rodea hasta absorbernos. No puedo dejar de pensar en Akenatón. Todos creemos que está viviendo en las nubes y, sin embargo, ha conseguido que el mundo se mueva en función de sus actos. Ese pobre amigo tuyo, Smenkaré, sería sólo un instrumento de una ambición que le sobrepasa. Una ambición que, para triunfar, es capaz de sacrificar incluso a Nefertiti.

Tras pronunciar aquel nombre permaneció

meditabundo durante un largo rato. Adoptando una actitud de seriedad semejante a la mía.

—Dices que no puedes dejar de pensar en Akenatón, y yo te pregunto: ¿no será que nunca dejarás de pensar en Nefertiti?

Yo reaccionaba como un niño atrapado en una travesura: con un punto de orgullo destinado a disimular el alcance de la falta.

—Si alguien me hablase así lo consideraría una impertinencia. En ti me parece una necedad.

—No puedes llamarlo necedad cuando tanto atormentaba a la pobre Nellifer. No sé qué derechos le concediste para obrar de este modo, pero yo tengo los míos como hijo, y así quiero preguntarte si continúas empecinado en tu extravagante pasión por Nefertiti.

—Es algo más que eso. Es una obsesión que no me abandona. Es la permanencia de un ideal de belleza. Como tú mismo. También tú llegas como respuesta a esta necesidad.

De pronto se entristeció, y en esta tristeza su voz sonó como el leve murmullo de un jilguero.

—Te agradezco la comparación, pero yo preferiría que no amases en mí un ideal, porque para eso ya está Dios. Yo quiero ser amado como un ser humano.

—Y en esto demuestras que puedes enseñarme a serlo yo también. Pero tengo que curarme antes.

—Pues cúrate de una vez, señor padre, porque tienes la vida a tu lado y ni siquiera la miras. No permitas que pase de largo.

Y en los ojos húmedos del sufriente reconocí las lágrimas de Nellifer.

En esta historia que cuento al modo de los narradores en los templos, los días precipitan su curso y los acontecimientos se suceden vertiginosamente porque la memoria del artista tiende a rechazar todo recuerdo de sucesos provocados por el mezquino interés de los poderosos. Por otra parte, en la crisis que estaba atravesando Egipto ya no había tiempo para la dilación de los instantes que es característica de los tiempos de paz. En cambio sí entraba la necesidad de saber qué estaba ocurriendo a mi alrededor.

Siguiendo los consejos de la reina Tii, me alejé de los prósperos arrabales de la Ciudad del Sol para adentrarme en las aldeas del valle, esperando encontrar en ellas la prosperidad que siempre ha sido asombro de los viajeros y placer de estetas. Pero la vida del campesino nunca fue tan idílica como yo la había imaginado, y ni siquiera la naturaleza aceptaba acogerme con la abundancia que yo expresaba en mis pinturas. Eran exuberantes como siempre los palmerales, pletóricos los bosques de papiros en la orilla del Nilo y magnífico el vuelo de los rosáceos ibis entre los cañizares; pero, no bien me alejaba hacia el interior, los campos aparecían secos y los hombres desesperados. A la avaricia del Nilo se había unido aquel año una plaga de langostas, que siempre fue uno de los mayores enemigos del campesino. Había poco que recoger y, si algo quedaba, aparecía mustio, sin fuerza para prosperar.

Esas imágenes aciagas no guardaban el menor parecido con el esplendor que yo ponía en mis pinturas: mientras en éstas brillaban los colores vivos, en los campos todo tenía el color de las cenizas. Mientras mis animales saltaban y retozaban, alegres y saludables, las reses de los poblados aparecían desnutridas, mostrando los huesos bajo sus pieles resecas. Así comprendí que en la corte de Akenatón no copiábamos la naturaleza, como pretendía el rey, sino que la inventábamos, como desearía su dios.

Era la época de la recaudación de impuestos, y en pueblos y aldeas veíanse a los oficiales del faraón tasando las ganancias de aquel año: sabido es que, en Egipto, el campesino está obligado a pagar con una parte de su cosecha el tributo real si sus campos pertenecen al estado; o el religioso si pertenecen a los templos. Pero aquel año se pagó muy poco porque nada había. Y aunque mucho se ha hablado de la corrupción de los recaudadores de impuestos, bien puede decirse que ni siquiera se les presentó la ocasión de ser corruptos.

Como resultado de la atroz carestía, la delincuencia había aumentado en los caminos. No eran, sin embargo, los delincuentes habituales, sino hombres de bien que se veían obligados a robar a sus semejantes para mantener a su familia. En esta situación, los vecinos desconfiaban unos de otros, el amigo tenía miedo del amigo, el padre se asustaba al ver aparecer a su hijo. Todo el país estaba trastornado y las madres lloraban por las esquinas porque incluso sus pechos se habían secado y no podían amamantar a sus retoños.

Cuando regresé a la Ciudad del Sol había aprendido mucho sobre la realidad de Egipto, pero ésta no conseguía apartarme de mis inquietudes personales, del mismo modo que no apartaba al faraón de su sueño místico o a Bercos de su obsesión por alcanzar la anhelada libertad. En contrapartida, la existencia de las gentes del Nilo continuaba su curso sin preocuparse de nosotros tres.

Pero yo sí me precupaba por Bercos; mejor dicho, vivía obsesionado por las cosas que estaba aportando a mi espíritu y, al mismo tiempo, por la insistencia con que me exponía a diario sus deseos de abandonar el templo de una vez. Y puesto que todo intento de solucionar el pleito hablando con los sacerdotes habría resultado infructuoso, decidí tratarlo directamente con mi principal valedora en la corte. Busqué pues a Nefertiti en los jardines del Maru-Atón, entre cuyos árboles solía buscar el frescor que era imposible encontrar en la ciudad.

No me sorprendió hallarla en compañía de Tutank-Atón y Anjesenpatón. De hecho, los dos niños se habían convertido en sus pupilos y, según me contó la dama Amesis, no pasaba día sin que los sometiese a arduas lecciones, como si su destino fuese el de profesar a corto plazo los votos de Atón. Pero, además, todo su ser se humanizaba al hablar de ellos. Así lo entendí cuando, tras exponerle yo los deseos de mi hijo, declaró con voz dulce y melodiosa:

—Haces bien interesándote tanto por Bercos. Los hijos son el único sueño que nos queda cuando todos los demás empiezan a derrumbarse. Igual me ocurre a mí: mis hijas y el pequeño Tutank-Atón son lo único que me queda. Los pobrecitos siguen fieles a nuestra causa. Tengo toda mi fe puesta en ellos.

—Comprenderás, entonces, mis sentimientos hacia Bercos. Y también sabrás lo que vengo a pedirte.

Ella ordenó a sus doncellas que se llevasen a los niños a corretear. Nos sentamos en el interior de un pequeño quiosco, apartados de la curiosidad ajena. La seductora atmósfera que reinaba en la umbría, así como la ocasión de tener su cuerpo tan cerca del mío, me enervaba más allá de mi voluntad de cautela. En cuanto a Nefertiti, parecía inmune a la delicuescencia. Todo en ella era envaramiento y severidad. Y ésta se acentuó no bien reanudamos nuestro tema.

—Porque intuyo tu petición te ruego que no la formules. Querrás a Bercos a tu lado, y es natural; pero nosotros le necesitamos más que tú.

—¿A quién te refieres cuando dices «nosotros»?

—A los fieles de Atón. A esa pléyade de almas esperanzadas que siguen el sendero de la luz mientras otros se empeñan en navegar hacia las tinieblas.

Percibí en aquellas palabras una alusión a Akenatón y a sus partidarios, pero no quise abundar en una cuestión que excedía con mucho mis preocupaciones.

—Debemos hablar seriamente de Bercos —prosiguió ella—. Cuando te pedí que no te lo llevases era porque preveía lo que está ocurriendo en la Ciudad del Sol. Sabía que muchos desertarían en cuanto se anunciasen horas difíciles. Tu hijo está muy marcado por la protección del faraón y la mía propia. Además, por lo que me cuentan los sacerdotes, su conducta ha sido un ejemplo para todos sus compañeros. Y nada necesitamos tanto como jóvenes en cuyo ejemplo se contemplen sus coetáneos.

—Olvidas una cosa. Cierto día me dijiste que Bercos estaba maldito a ojos de tu dios. Yo añado, ahora, que a cada día que pase lo estará más.

Ella no pudo evitar una expresión de asco, pero al punto la borró con otra que intentaba ser comprensiva y se quedó en severa.

—Muchos otros estarán malditos por abandonar la causa. No quieras que tu hijo figure entre ellos. Déjalo con nosotros, los fieles. Es mi deseo; pero, además, es mi voluntad. Y sabes que puedo hacerme obedecer.

Quedé perplejo ante aquella actitud desconocida en ella: la verdadera actitud de poder que los hombres acaban ejerciendo un día u otro.

—Puedes obrar como en los tiempos antiguos —dije en tono despreciativo—. Puedes ejercer tu autoridad hasta el despotismo. Puedes abusar de ella si es necesario. ¿Con esto me amenazas, Nefertiti?

—Dale el nombre que quieras y reacciona como desees. Sería capaz de todo antes de consentir que la deserción de Bercos se convierta en un mal ejemplo. Será ordenado sacerdote junto a sus compañeros de promoción con la llegada del Año Nuevo. La aparición de la estrella Sotis siempre fue un síntoma de bienaventuranza. Esta vez necesitamos que lo sea más que nunca. Bajo su fulgor, la ordenación de los nuevos sacerdotes representará a ojos del pueblo el triunfo de la fe.

—¿Y si Akenatón no te secunda? Piensa que tiene consejeros muy convincentes.

—Si el faraón ha decidido abandonar la causa, me tendrá contra él. Incluso tú me tendrás en contra si intentas apartar a Bercos de los caminos de Dios.

—Creo que no hablas en serio. Pero, por si lo hicieses, me permito recordarte que ya se ha apartado él mismo. Y yo he de ayudarle más cuanto más se aparte.

—Cuidado, Keftén. No te conviene estar entre mis enemigos.

—Te equivocas. Estar con ellos es precisamente lo que más me convendría en estos instantes. Y si no lo estoy es por culpa de esos lazos fatídicos que me mantienen encadenado a ti.

—No tendrás ocasión de fomentarlos. Porque quiero pedirte que no vengas a verme hasta dentro de algún tiempo. Tu presencia me distrae; por lo tanto no conviene. Necesito de toda mi atención, de toda mi entereza para concentrarme en esta gran causa que los infieles pretenden boicotear. Y tú serás uno de ellos si no arrancas de tu alma toda la podredumbre que la ensucia.

¿Quién era esa mujer que se levantaba ante mí como una inexpugnable torre de defensa y, al mismo tiempo, un feroz bastión de ataque? Ninguna de las dos cosas respondía a la imagen que yo había creado. Era una desconocida, un fantasma, un espejismo fatal. ¿O quizá no era ella la que estaba hablando? Ni siquiera era su voz lo que yo escuchaba. Ese tono duro como el metal nada tenía que ver con la dulce melodía que acostumbraba brotar de sus labios. Ya no oía a la dulce compañera de infancia, tampoco a la prudente madre de una prole ideal. La supe cruel, odiosa, despreciable, y, por tantas cosas a la vez, dejé de ver en ella a la divinidad y apareció un reflejo de las rameras a quienes había tratado en mis viajes. Dominado por este pensamiento, me arrojé sobre ella y busqué desesperadamente sus labios con el afán de un suicida que ya no tuviese nada que perder. Y ella, al resistirse con todas sus fuerzas, al demostrarme su infinito desprecio, cometió una acción indigna de su rango. Me escupió.

—¡Maldito seas! —gritaba, dominada por la furia—. Eres el mal, Keftén. Eres la serpiente escondida entre los nenúfares. Que Dios te maldiga porque has corrompido el alma de tu hijo y has traído la locura a la mía. Que Dios te condene por tanta desazón.

Más maldita era ella, que sabía el punto exacto donde dirigir sus flechas. Primero mi hijo, ahora su amor. Nunca podría encontrar mejores armas para herirme. Y nunca pensé que mi espíritu pudiera desesperarse hasta tal punto. Me hallaba desconcertado, sumido en la combinación de obsesiones que pugnaban hasta hacerme trizas. Una la provocaba la mujer a quien habría querido como madre de mi hijo, la otra ese hijo a quien adoraba. Y superándolos a los dos, esa alimaña recién descubierta: esa mujer odiosa que también se llamaba Nefertiti como la excelsa Señora de la Gracia y que, en cambio, sólo había nacido para hacerme daño.

Corrí hasta el templo en busca de Bercos. Le hallé reposando en el jardín, junto a otros novicios cuya presencia no consiguió detenerme. Le cogí aparte y, tomando su rostro entre mis manos, juré una y otra vez que nunca le apartarían de mi lado. Y él, incapaz de comprender aquel arrebato, se echó a reír mientras decía:

—Estás loco, padre mío; pero yo debo de estarlo más que tú porque no quiero que te vuelvas cuerdo.

Volví a jurar que lucharía con todas mis fuerzas para sacarle del templo, que lo rescataría para la vida aunque fuese a precio de la mía. Mientras imaginaba la mejor manera de cumplir mi promesa regresé junto a mis aprendices, en la esperanza de que su compañía y los azares del trabajo me ayudasen a recuperarme de las emociones que acababa de vivir. Como sea que éstas continuaban pugnando en mi interior me dejé caer en un rincón, sin otro interés que el del ensimismamiento.

Podía oír a mis jóvenes amigos canturrear por los salones vacíos del palacio mientras ejecutaban las tareas que les había encomendado sin demasiado interés; simplemente para mantenerlos ocupados.

—¿Te molesta que cantemos? —preguntó tímidamente Semitern mientras limpiaba mis pinceles.

—Al contrario —contesté, medio dormido—. Seguro que me gustará, mientras no desafinéis y a condición de que no sean los himnos de Atón ni tabarras parecidas.

—Puedo asegurarte que no está en nuestro

ánimo —rió Nefreru—. Dejemos esas cosas para los beatos. Cantaremos una canción en homenaje a una hermosa doncella que bebe los vientos por el tonto de Sekemer.

—Cántala en honor de tu madre —gritó el aludido—. Y que ella te aguante, mal nacido.

—Pues también en honor a mi madre —rió Nefreru—. Por mi madre, sí, que cumplió como una buena egipcia transportándome nueve meses en el vientre, dándome el pecho durante otros tres y acompañándome a la escuela cada día. Y, además, me daba leche de vaca, que es la mejor manera de ganarse las canciones de los hijos agradecidos.

Se pusieron a cantar desafinando, como yo había temido, pero sin que se perdiese una sola palabra del hermoso homenaje a la vida escrito por un conocido profeta del pasado:

> *Regocíjate olvidando*
> *el día del reposo eterno.*
> *Aleja las penas, deja que la alegría*
> *ilumine tus horas más hermosas.*
> *Satisface tus deseos*
> *mientras quede un hálito de vida.*
> *Perfuma con mirra tus cabellos*
> *y vístete con linos deliciosos.*

Los interrumpí con una risotada que no era sino un escape de la nostalgia.

—Conozco esa canción. Es tan bella que me hace llorar. Me emociona, sí, por las cosas que dicen sus palabras, pero también por las muchas promesas que me hice a vuestra edad y que nunca cumplí. Porque yo tuve vuestra edad, muchachos; la tuve y no ha querido volver. ¡Si pudiera aconsejaros! ¡Si tuviese el derecho, la autoridad para hacerlo!...

—¿Qué nos aconsejarías, maestro?

—Lo mismo que ese viejo profeta:

Que cánticos y músicas alegren tu oído.
Goza de mil placeres y nunca dejes
que desfallezca tu corazón.
Aprovecha todos los instantes de la vida
al ritmo de tus inclinaciones.

Intervino entonces Semitern con inesperada voz de trueno:

Disfruta plenamente de tu dicha.
Nadie puede llevarse sus bienes al otro mundo.
Y nunca regresaron de él los que se fueron.

Nos hallábamos intercambiando estrofas, como hacen los campesinos para alegrar sus trabajos, cuando llegó corriendo el aprendiz Sotis, que se había quedado preparando tintes en el exterior.

Estuvo a punto de taparme la boca con la mano al decir:

—Calla, maestro, no sigas cantando, no vaya a oírte el faraón y te tome por un irresponsable.

—El faraón no es el más indicado para dar ejemplo de sensatez. Además, mi voz no atravesará toda la ciudad para llegar a sus preciosos oídos.

—Pero ¿qué dices? Acaba de llegar a este palacio, acompañado por Horemheb. En estos momentos se encuentran visitando las obras de los jardines.

—Haber empezado por ahí —exclamé desperezándome de golpe. Y, mientras componía rápidamente mi aspecto, comenté, entre las risas de los otros aprendices—: Este palacio amenaza con convertirse en el patio del gran templo. Tendremos que organizar las horas de visita.

Dos soldados se adelantaron para dar paso a Horemheb, que brillaba en todo su esplendor guerrero, como si la diosa Sekmet acabase de vestirle. Impresionados sin duda por su presencia, mis cinco aprendices se cuadraron en perfecta formación, como si aspirasen a ser alistados de inmediato. Impresión por cierto errónea porque temblaban de miedo mientras observaban, de soslayo y con la expresión propia de los párvulos, el despliegue de autoridad de Horemheb. Pese a todo me sentí orgulloso de ellos y decidí que formaban una hermosa cuadrilla.

—Espero no interrumpir —dijo Horemheb con rudo acento, dulcificado por sus ademanes cortesanos—. Como era de esperar, el faraón se ha detenido a contemplar las flores. Le esperaré aquí, disfrutando con tus obras.

Sin duda quiso demostrar que tenía más seso del que normalmente atribuimos a los soldados, pues no sólo examinó las pinturas una a una sino que se deshizo en elogios sobre las mejores. Después de sorprenderme con sus razonamientos recuperó su espíritu militar y se puso a examinar a mis aprendices con mirada de catador profesional.

—Magníficos muchachos. Estarían mejor en el ejército que pintarrajeando paredes.

—A cada cual su misión —refunfuñé—. Unos creamos la vida. Otros la destruís.

—Te estás comparando con una parturienta y a mí con un sepulturero. En ambos casos estás exagerando. Yo no soy la guerra, Keftén; como mucho represento a la sensatez, y hoy los acontecimientos nos aconsejan recurrir a ella. Por cierto, esos jóvenes no deben escuchar nuestra conversación. Dales permiso para ausentarse.

Una vez a solas ya no se molestó en disimular el tono de su voz. Era indudablemente el de la intriga.

—La sensatez de que presumo me lleva a pedir tu colaboración en asuntos áulicos. Espero que me entiendas: hay empresas que sólo alguien muy cercano a la pareja real podría llevar a buen puerto.

—Fui llamado como pintor y creo que estoy haciendo bien mi trabajo, ¿por qué quieres complicarme en otros asuntos donde a buen seguro desbarraría?

—Por Nefertiti. Porque tu proximidad a su corazón arranca de la niñez. Y porque, para decirlo en pocas palabras, si Nefertiti tuviese un amante, todo sería más fácil.

Callé por unos instantes. Era la misma idea que había insinuado la reina madre; por tanto repetí sus palabras una a una, recordando la inconmovible entereza de Nefertiti. Pero él seguía insistiendo.

—Ese amante podrías ser tú. Según me cuentan las damas de la corte, a Nefertiti le cuesta mucho dominar la ternura cada vez que pronuncia tu nombre. ¿Puede ser un sentimiento que arrastra desde la infancia? No es completamente imposible. Incluso pudiera ser que, bajo su férrea coraza, le quedasen aún sueños de niña.

Le interrumpí violentamente sin atender a su rango ni a su honor.

—Nunca pensé que oiría al dios de los locos hablando con tu voz. Y no me gusta, Horemheb, porque veo un ataque a mis sentimientos más secretos.

—Haz que no lo sean —dijo él sin inmutarse—. Por lo menos que no lo sean para Nefertiti. Todos creemos que le conviene viajar un poco. Llévatela, distráela, haz lo que te plazca con ella. Consigue que, por una vez, se olvide de todo y deje actuar a los demás.

Observé que, al pronunciar aquellas palabras, cerraba violentamente la mano sobre el puño de su espada. Y aquel gesto, breve pero conciso, sirvió para iluminarme sobre sus verdaderas intenciones.

—Entiendo que Nefertiti es un estorbo para tus propósitos. Y, cualesquiera que éstos sean, deben de incluir al ejército. Por cierto: ¿con quién está el ejército, Horemheb?

—Conmigo. Pero no tienes motivos para preocuparte: yo estoy con la familia real. ¿O acaso lo habías dudado? Son una sarta de locos, pero alguno ya comienza a comprender que conviene administrar la locura. Para empezar, Akenatón está decidido a establecer un período de corregencia. Ya sabes que suele hacerse en este país cuando el faraón quiere preparar a su sucesor.

—¡Una corregencia! —exclamé—. De verdad que empiezo a sentirme como un lerdo, porque siempre vais más lejos de lo que yo podría temer. Pero acabas de proponerme que aleje a Nefertiti de la corte; esto significa que ella no es la elegida.

—No es ella —dijo Horemheb, cortante—. Es Smenkaré.

—¡Por todos los rayos del maldito Atón! —exclamé a voz en grito—. Dime que no te he entendido para que no me sienta más necio de lo que soy.

De pronto, la voz del faraón sonó en la puerta que comunicaba con el jardín.

—Has entendido perfectamente —dijo, y avanzó hacia nosotros tras despedir a sus acompañantes. Una vez a mi lado comentó en tono que pretendía ser gentil—: Si me lo permites, quiero añadir que no debes invocar el nombre de Atón en vano. Y mucho menos sus rayos sagrados. Pudieras necesitarlos algún día.

Me incliné sin demasiada convicción, porque tampoco la había en mi respeto hacia la actitud de aquel hombre. Y así se lo hice saber.

—Ignoraba que el faraón se dedicase a espiar las conversaciones de los demás.

—Es lo que hacíamos cuando éramos niños —rió él—. ¿No recuerdas que nos escondíamos tras los árboles para espiar a las damas de mi madre?

—Recuerdo nuestras travesuras de aquel tiempo. Pero teníamos una excusa: entonces no estaban en juego tantas cosas como ahora.

—No estés tan seguro. Cuando éramos niños ya estaba en juego el destino de Egipto. Se jugó desde el momento en que tuve mi primera revelación. Sus efectos han acompañado toda mi vida. Ahora me dice que es necesaria la corregencia. Así obró mi padre conmigo. Y otros reyes antes que mi padre.

—¿Esa revelación te lleva a deshacerte de Nefertiti? Pues debo decirte que se parece mucho a una infamia.

Toda su expresión cambió de golpe, derivando hacia la severidad.

—¿Cómo te atreves a hablarme así? Has tomado mi bondad por simpleza, y esto no es justo; tampoco lo es que confundas mi interés por Egipto con una historia de vulgares amoríos. Si relego a Nefertiti, no es por el placer que me produzcan otros cuerpos ni por el amor que me inspiren otros corazones. Ningún cuerpo, ningún corazón tiene sitio en las medidas que me veo obligado a adoptar. Medidas que, lamentablemente, nunca aprobaría Nefertiti.

Guardó silencio, como si me estuviese concediendo el tiempo necesario para abarcar el significado de sus palabras. Al cabo de un instante declaró con voz rotunda:

—He ordenado la guerra, Keftén.

Si esperaba que me escandalizase, no lo consiguió. Yo había visto casos parecidos en países distintos. Reyes que mantuvieron una actitud pacífica para contentar a su pueblo y que, de pronto, se vieron obligados a realizar alguna acción bélica para contentar a sus consejeros políticos. Y, sin embargo, algo cambiaba en el caso de Akenatón. Todos los reyes habían obrado de aquella manera, sí, pero ninguno había esgrimido la doctrina de la paz como parte esencial de su doctrina.

Éste era el único detalle digno de importancia en una decisión que, en realidad, no tenía tanta. Lo que Akenatón llamaba guerra era una simple escaramuza destinada a servir de advertencia a las tribus rebeldes de Libia y a fortalecer las fronteras del Sinaí. Eran campañas que, como mucho, costarían pequeños derramamientos de sangre. Horemheb se habría limitado a considerarlas unas maniobras, apenas unos ejercicios planeados con el fin de desentumecer a sus tropas, demasiado reblandecidas con la paz, como él no se había cansado de repetir en los últimos tiempos. Por eso estaba tan satisfecho aquel día: porque, entre otras muy notables cosas, encarnaba al triunfo de la perseverancia.

Reconociéndolo así, le obsequié con una mirada llena de sarcasmo.

—Regresa vencedor, Horemheb. Te has ganado la palma de la victoria aun antes de empezar la batalla.

—Guarda tus burlas para aplicártelas a ti mismo —exclamó el general—. Y si te queda alguna, guárdala para tu hijo. Es tan blandengue que no le querría en el ejército ni para dar placer a mis soldados.

Estaba a punto de reaccionar violentamente, provocando una reacción pareja en Horemheb, cuando el faraón se interpuso entre ambos con gesto tan imperativo como el de un águila de la guerra.

—Ya basta: no me gustan estos juegos, Horemheb. Si tanto hablas de guardar, reserva tus energías para defender el trono de Egipto. Y tú, Keftén, muéstrame de una vez el curso de tus trabajos. En mi opinión se están demorando demasiado. Estoy seguro de que a Smenkaré le gustaría disfrutar de su palacio en vida y no con motivo de sus funerales.

De pronto se detuvo. Una espantosa contracción se dibujó en su rostro. Por un momento pensé que, en sus palabras sobre el futuro corregente, había intuido un funesto presagio, tanto más peligroso cuando acababa de pronunciarlo él mismo. Pero los espasmos que seguían recorriendo sus facciones tenían otra causa: eran espasmos insistentes, cada vez más rápidos, y se estaban extendiendo a todo su cuerpo.

Cayó al suelo retorciéndose sobre sí mismo como una serpiente que se enroscase bajo el ardiente sol.

Horemheb me ordenó que le sujetase la cabeza mientras sus manos buscaban una pequeña bolsa que le colgaba del cinto, junto a la espada. Con la rapidez del rayo sacó un rodillo que colocó entre los dientes del enfermo. Ante mi sorpresa explicó:

—Siempre llevo conmigo un pedazo de madera porque el mal sagrado puede asaltarle en cualquier momento. En ausencia de sus médicos es lo único que podemos hacer. Sólo evitar que se muerda la lengua y sostenerle la cabeza, como si fuese un niño.

Observé con curiosidad su expresión compungida, así como la extrema solicitud que ponía en sus cuidados. Toda su rudeza había sido sustituida por un despliegue de afecto en el que creí

371

ver cierto parecido con el que Bercos manifestaba hacia mí.

—Doy gracias a los dioses porque hasta ahora no le ha dado en público. De todos modos, si esto ocurriese, los sacerdotes de Atón tienen preparada una estrategia para hacer creer al pueblo que se trata de un delirio místico... ¡una espantosa agonía inspirada por un dios de piedad! —De pronto volvió a su tono autoritario para decir—: No me gusta que hayas sigo testigo de este incidente, Keftén. Tendré que arrancarte un voto de silencio como prueba de fidelidad al faraón.

—No es necesario —dije—. Llevo muchos años guardando secretos de esta familia y, al mismo tiempo, intentando comprenderlos a todos.

Pero mis sorpresas no habían terminado porque, al recobrar el conocimiento, el faraón pronunció varias veces el nombre de Nefertiti. Al oírlo, una extraña sonrisa se dibujó en el rostro de Horemheb. Era una sonrisa que mezclaba la ternura con el sarcasmo.

—No debes extrañarte... —dijo—. Esta invocación se ha convertido en una costumbre. Cuando sale de la agonía llama a la esposa real sin importarle quién se encuentre a su lado. Así ha sido siempre y así ha de ser. Estoy convencido de que al enfrentarse al postrer momento sólo pronunciará el nombre de Nefertiti.

—La que trajo la belleza... —murmuré—. Pero ¿quién en todo Egipto podrá hacer que la belleza permanezca?

Cuando akenatón volvió a pronunciar el nombre de Nefertiti, ella ya no estaba presente: fue un último homenaje a sus servicios y tuvo lugar durante las ceremonias de consagración de Smenkaré. De todos modos, el homenaje a la esposa real se prestó a confusión porque ya en los últimos tiempos la gentil Meritatón venía ejerciendo ese cargo en lugar de su madre. Y esto era tan cierto que algunos reyes le habían mandado regalos como esposa oficial del faraón y, a la vez, de su corregente. Es, pues, comprensible que el pueblo empezase a sentirse desconcertado. Lo único claro era que Nefertiti estaba ausente de aquellos contubernios y que, acaso por respeto a ella, las ceremonias se llevaron a cabo sin la pompa y el esplendor que las hubiera caracterizado en otro tiempo. Como sea que tanta moderación privaba al pueblo de la pompa y la suntuosidad de los grandes festivales reales, hubo descontento general, y los más viejos evocaron por las esquinas las grandes fiestas que se celebraron en Tebas durante las jornadas del gran jubileo del padre de Akenatón.

Entre el descontento y el desconcierto, el pueblo no tuvo tiempo de preguntarse qué había sido de Nefertiti, pero en la corte no se hablaba de otra cosa. Semanas antes, la reina había tomado una decisión tajante en la que todos vieron un último intento de cambiar la voluntad de Akenatón. Tras largas deliberaciones con los sacerdotes, Nefertiti abandonó el palacio real para instalarse en su residencia de la zona norte, donde antes solía retirarse para meditar. Y todos los que la conocíamos entendimos que nunca cambiaría su decisión, ya que ésta había sido tomada cuando el curso de los acontecimientos se revelaba irreversible.

Pero no se fue sola: la acompañaba un abundante séquito formado por criados, consejeros, sus damas preferidas —entre ellas, mi amiga Amesis— y dos nodrizas reales cuyos servicios podían necesitar todavía dos huéspedes de excepción: Tutank-Atón y Anjesenpatón.

El hecho de que Nefertiti se hubiese llevado consigo a los dos niños no despertó sospechas: todo el mundo sabía el gran cariño que les profesaba y, a no dudarlo, servirían para hacerle mucha compañía en su soledad. Ésta era la saludable opinión de las almas cándidas, pero yo sabía que la razón era muy distinta. La presencia de Tutank-Atón en el alejamiento de Nefertiti no obedecía a la necesidad de compañía sino a las obligaciones didácticas que se había fijado tiempo atrás. La educación de Tutank-Atón anunciaba bien a las claras que, en el fondo de su derrota, Nefertiti no se daba por vencida.

En sus aposentos de palacio quedó una tristeza indescriptible. Nada había sido alterado, todo continuaba en su lugar y era como si cada objeto, cada mueble estuviesen esperando su regreso, pero la ausencia se dejaba sentir en todos los rincones como una sensación de soledad que hubiese tomado cuerpo. El silencio era desolador porque recordaba la época en que los espacios estuvieron poblados por las risas, y el aire estaba impregnado de melancolía porque era un aire que se había quedado sin dueña.

Nadie era tan consciente de aquellas carencias como el propio Akenatón, que solía volver al escenario de su felicidad para recordar todas las cosas que había realizado con Nefertiti. En su recuerdo, la amada había sido sustituida por los resultados de su amor y, así, los aposentos estaban llenos de logros que afectaban no tanto a una pareja cuanto al destino de un pueblo. Comprendí entonces a qué se había referido Nefertiti cuando me dijo que la Ciudad del Sol era el mejor fruto que había podido dar a su esposo, y supe también que era la suma de regalos que Akenatón le había hecho a ella. Tanto era así que aquellos aposentos, construidos para Nefertiti, dejarían de tener sentido si los ocupaba cualquier otra persona. Por eso fueron cerrados para siempre, dejando en su interior mil fantasmas amados que podrían resultar muy dolorosos si algún día regresaban cabalgando en el recuerdo.

Mientras tanto, Akenatón vivía sumido en una profunda melancolía de la que nada conseguía arrancarle. Los acontecimientos más recientes, así como las intrigas del clero de Amón en Tebas, le obligaban a mostrarse más activo que antes; y, según me contaron Ay y Horemheb, llegó a mostrarse muy enérgico a la hora de tomar decisiones; pero la melancolía no le abandonaba en ningún momento y era frecuente que se quedase sin habla, con la mirada errante y un ligero temblor en las manos. Ninguno de sus íntimos quería engañarse pensando que estaba atravesando una crisis mística. Esto habría sido un excelente recurso en otro tiempo, pero ahora las urgencias de Egipto no lo permitían y, en última instancia, él no se lo hubiera tolerado a sí mismo.

En cambio concedía gran autoridad a la ternura, y cierto día me invitó a experimentarla como si nos hallásemos todavía en el estanque de la Casa Dorada, jugando a niños que nunca dejarían de serlo.

—¿Está conmigo tu corazón, Keftén? —preguntó con voz trémula.

—Mi corazón tal vez, pero mi cerebro está en otra parte. Está en el palacio del norte, para ser exactos. —Me detuve por un instante, asombrado de mi osadía. Pero, al comprender que ya no tenía remedio, añadí—: ¿Qué puede hacer un amigo cuando su corazón se encuentra en dos lugares a la vez?

—Comprendo tus sentimientos —dijo él con expresión taciturna—. Yo he desterrado de mi lado lo que más quería: la mujer que era esposa, madre, hermana y consejera. Ve a verla y ofrécele tu corazón, como dices, porque te aseguro que lo necesita.

Supe después que, mientras Akenatón me rogaba aquella visita, Smenkaré se estaba preparando para emprender viaje a Tebas, donde los sacerdotes de Amón debían recibirle acorde a su nueva dignidad real; pero una vez más sentí que aquellos acontecimientos me sobrepasaban, que pertenecían a un orden de cosas que no pedían el consejo de los mortales sino la locura de los divinos. A mí sólo me quedaba la dudosa tarea de recomponer corazones. Y no diré que el mío no se hallase en primer lugar.

Pedí a Senet que me acompañase al nuevo palacio de Nefertiti. Como sea que no estaba demasiado lejos del que ocupaba él, fuimos dando un paseo por los jardines recientemente construidos a orillas del Nilo. Pese a la placidez de la tarde y la belleza que se desarrollaba ante nuestros ojos, nos sentíamos apesadumbrados y con pocas ganas de conversar. Veíamos las floridas barcas de los jóvenes surcando el Nilo; veíamos los gloriosos cuerpos bañándose en sus aguas; por doquiera sonaban las esperanzadoras canciones de siempre; pero ya no se nos ocultaba que la felicidad que nos rodeaba estaba avanzando hacia el ocaso.

Cuando llegamos a la Mansión de Atón, que tal era el nombre dado por Nefertiti a su palacio, salió a recibirnos Amesis, desprovista de su chispa habitual. Para mi sorpresa iba completamente vestida de luto, de modo que, antes que una dama de honor, parecía una plañidera. Y en su rostro se reflejaba tanto aburrimiento que no pude por menos de echarme a reír.

—Dichoso tú, que todavía sabes reír —decía ella con voz de funeral—. Esto es una tumba. Aquí sólo vienen sacerdotes y maestros del niño Tutank-Atón. ¡Pobre criatura! Con lo que Nefertiti le hace estudiar podría haber construido diez pirámides. Y yo te pregunto: ¿para qué querrá tanta ciencia? Ese Smenkaré no soltará el trono. De momento ya tiene un pie en él.

Entré en aquel palacio con el recelo que me inspiraba mi último encuentro con Nefertiti. Y, atemorizado todavía por el recuerdo de su furia, llegué a temer que me recibiese con un severo castigo o, lo que era peor, comunicándome que había decidido aplicárselo a mi hijo.

Pero no hubo peor castigo para mi orgullo que su actitud sumisa, actitud que correspondía a su vestuario, triste y lóbrego como el que se veían obligadas a llevar sus damas de compañía. El luto y la humildad presidían su comportamiento, carente de presunción. Y, pese a todo, su voz era plácida y serena.

—Quiero pedirte perdón, hermano de sangre, porque dirigí mi furia contra ti y llegué a llamarte serpiente.

—No debes preocuparte. ¿Acaso no decís los egipcios que cuando la serpiente está comiendo no tiene veneno? Así el mío, que se sacia contemplando el supremo manjar de tu belleza.

Observé que Senet me dirigía una mirada sarcástica y, a través de ella, comprendí que tanto mi actitud como mis palabras resultaban ridículas. Pero Nefertiti respondió completamente en serio:

—Llegará un día en que eso que tú llamas belleza desaparecerá y sólo prevalecerá la de Dios. Por esto te digo que debes buscar la belleza en este lugar y no en su dueña. Este suelo es sagrado, Keftén. Lo ha elegido el propio Atón tras ser expulsado del palacio que le correspondía.

No eran menester tantas explicaciones ya que todo el palacio había sido decorado con muebles que ostentaban el emblema de Atón. Y como sea que éste se reproducía abundantemente en muros y mosaicos, el disco y sus manos se convertían en una obsesión. Recordé entonces que, meses atrás, Tii me había dicho que Nefertiti era aún más fanática que Akenatón, y aquellos excesos lo estaban confirmando. Pero Senet fingió que no se daba cuenta e improvisó un comentario ligero, como los que divertían a Nefertiti en otro tiempo.

—¿A qué viene esta conversación? —contestó ella en tono grave—. Te estás equivocando de lugar. Ahora no estamos jugando en el estanque dorado. Ahora soy tu reina y la esposa de Dios.

—¿Intentas imitar a la gran Hatsepsut? —preguntó Senet, sorprendido—. Si es así, te falta la barba postiza. Y un buen martillo para espantar a tus enemigos, que son más poderosos de lo que imaginas.

—No tiene sentido que me hables de Hatsepsut. Esto no es una toma de poder. Esto es un intento de salvar la única religión redentora que ha tenido Egipto. Somos también la primera generación de la humanidad que ha hablado de un único dios. Y yo os digo que esta idea nos sobrevivirá a todos.

Nos condujo hasta una estancia donde jugaban Anjesenpatón y Tutank-Atón. Iban completamente desnudos, como los hijos de los pobres, y todos sus juguetes guardaban alguna relación con motivos de la naturaleza. Los de la niña reproducían todos los tipos de flores; los de él, todo género de animales. Había cocodrilos, tortugas, hipopótamos, leones y hasta serpientes de madera. Sólo la exquisitez de los acabados los diferenciaban de los juguetes de los hijos de los pobres.

—Este niño cumplirá mis esperanzas. Habla, hijo de Atón. Diles quién eres.

El niño adoptó una actitud de extrema severidad. Cruzando los brazos sobre el pecho recitó una retahíla de proverbios relacionados con Atón y, acto seguido, nos informó sobre la necesidad de propagarlos entre el pueblo. Era tal su aplomo, tanta su seguridad, que me produjo una extraña desazón. Si hubiese seguido hablando, habría llegado a la conclusión de que no era un niño, sino uno de esos enanos monstruosos de quienes los reyes de Egipto gustan rodearse en los momentos de diversión.

Pero todo asomo de diversión había desaparecido del rostro de Nefertiti. Por el contrario, se mostró dura y severa al preguntar:

—¿No ves en él una reencarnación de Akenatón cuando era niño? ¿No dirías que, también él, ha recibido la Gran Iluminación?

—Es cierto que se le parece —dijo Senet, desconcertado—, pero le falta autoridad.

—La tendrá. Y no dudes que será una autoridad bendecida por la gracia. Dentro de poco tiempo llevará en triunfo el nombre de Atón. Y, gracias a sus actos, nos serán perdonadas todas las impiedades que se están cometiendo en estos días.

La dejamos rodeada por todos los atributos de su religión, que en su caso se estaba convirtiendo en una manía. Porque a partir de su destierro voluntario en el palacio de Atón sólo volvió a hablarse de ella en función de su religiosidad. Tal como había afirmado, consagró su vida por entero a las actividades del culto, procurando no coincidir en el templo con Akenatón y Smenkaré, y los fieles se fueron acumulando a su alrededor, unas veces con curiosidad y otras con verdadera fe. Porque para muchos continuaba siendo el símbolo viviente de los grandes principios que habían impulsado el nacimiento de la Ciudad del Sol.

¿De dónde sacaba sus fuerzas? Jamás se vio una mujer más activa. Alejada del intenso ceremonial de la corte, había encontrado parecida intensidad en los rituales del templo, que seguía a diario según me contó Bercos; pero, además, tomaba parte activa en todas las campañas de difusión del ideal atoniano. Si en su época dorada había demostrado su complicidad con el pueblo compartiendo sus paseos, ya fuese a pie, ya montada en su carro dorado, ahora paseaba libremente entre los puestos del mercado y charlaba con los vendedores o abordaba a los parroquianos, siempre con el mensaje de Atón en los labios. Fue tal su ubicuidad que el pueblo nunca creyó que hubiese sido cierta, y pronto corrió la voz de que la verdadera Nefertiti había muerto y era su fantasma el que recorría las calles y conversaba con la gente.

Al cabo de pocas semanas, aquellos rumores dieron paso a otros de mayor envergadura y, pasados pocos días, cada rumor adquirió los visos de una sentencia de muerte. Una joven del taller de Auta se despertó víctima de terribles dolores y, al otro lado de la ciudad, un conocido arquitecto se retorcía por el suelo aquejado de síntomas parecidos. Como sea que éstos se reprodujeron en otros barrios cundió la alarma entre la población y el templo se llenó de fieles que pedían a gritos el amparo del altísimo.

El ángel de la muerte había regresado a la Ciudad del Sol, y Anubis no dejó de ladrar, antes bien lo hizo con más satisfacción que antes porque tenía ante sí mucho más trabajo del que cualquier dios podía suponer.

EN AQUELLA OCASIÓN EL REY no necesitó esperar a sus cortesanos para conocer la magnitud del desastre porque el llanto del pueblo ascendió al cielo y se propagó por el aire hasta alcanzar al palacio real. Desde la gran terraza abierta sobre el Nilo ya no se veían las prósperas luces de una ciudad feliz, sino las gigantescas hogueras donde ardían cientos de cadáveres. Ya no sonaban arpas dichosas en los aposentos reales porque a los gritos que llegaban del exterior se unían las continuas invocaciones de los sacerdotes, provocando un cántico que tenía a la muerte como tema único. Y en el mundo que fue de la belleza, el dolor hizo su nido para no abandonarlo jamás.

Las dramáticas nuevas llegaron de las costas fenicias. Como había ocurrido un año antes, los soldados de la guarnición egipcia en Biblos habían caído víctimas de la dolencia que venía extendiéndose desde Asiria. Poco podían hacer médicos y sacerdotes para ocultar sus efectos, ya que al ver cómo la muerte se extendía, los soldados no tardaron en abandonar sus puestos, regresando a suelo egipcio. Si este regreso constituyó una imprudencia, no fue menor la del gobernador de Biblos, que consideró más adecuado recurrir a la mentira por una simple razón de estrategia: si Egipto ordenaba poner en cuarentena la ciudad, él jamás recibiría la ayuda militar que necesitaba para combatir a sus enemigos. En tales circunstancias mandó rápidamente un despacho a Akenatón asegurándole que todos los habitantes de su país gozaban de perfecta salud... ¡como si se hubiese preocupado en examinarlos uno a uno! «Gran faraón —escribió—: mienten como bellacos quienes aseguran que la peste ha entrado en nuestro país. Son unos canallas quienes dicen "¡Hay peste en tierras de Biblos!" Gran faraón, mi señor, no escuches las palabras de esos malvados porque yo, tu obediente hermano, te digo: "No hay ninguna epidemia en mi país." Mis súbditos, que son los tuyos, gozan de excelente salud, como siempre ha sido y siempre será.»

Pero el gobernador había mentido, porque a los pocos meses la peste se había extendido por los países que mantenían comercio con los fenicios; y, como sea que los barcos de los afectados solían hacer escala en puertos egipcios, la enfermedad fue remontando el Nilo y se enamoró de sus pobres habitantes.

Ya no fue necesario que los difuntos pasasen por la Casa de la Muerte porque la muerte había sentado sus reales en la Ciudad del Sol. Ingentes multitudes seguían el paso de los carros llenos de cadáveres cuyos rostros habían quedado contraídos en una mueca espantosa que los hacía irreconocibles. Pero no era mejor la expresión de los vivos: las llamas proyectaban una luz roja y, así, el dolor adquiría el color del fuego, y por ello supe que, si algún día me veía obligado a pintarlo, tendrían que ser llamas vivas sobre un fondo completamente negro. Y al dolor provocado por la muerte de los seres queridos se unía el que más podía afectar al alma egipcia: la negación de la inmortalidad. Porque, a fin de evitar el contagio, había sido ordenado que todos los cadáveres, cualquiera que fuese su condición, fuesen incinerados. Y aunque muchos arrojaban los cadáveres al Nilo para que fuesen devorados por los cocodrilos, esta costumbre no tardó en ser igualmente prohibida, sobre todo en los pueblos donde se come la carne de esas bestias. Y nadie se atrevió a comentar siquiera que la prohibición constituía un agravio para el dios Sobek, porque ya nadie pensaba en los dioses, que tan mal se estaban portando con Egipto. Y si hasta entonces las parturientas rezaban a la hipopótama Tueris o al enano Bes para que las ayudaran en el nacimiento de sus hijos, ahora les rogaban con desesperación que no nacieran.

Con la misma saña regresó la muerte al palacio real para llevarse a las princesas pequeñas. Dijeron los amigos compasivos que Maketatón se aburría en el más allá y por esto había reclamado a sus hermanas Nefernatón, Neferure y Stepenre, para jugar juntas en los espléndidos campos que esperan a los difuntos una vez traspasado con éxito el tribunal de Osiris. Otras lenguas, igualmente compasivas, aseguraron que vieron a las tres hermanas montadas en el lomo de Anubis y cabalgando hacia el país de Occidente; pero estoy seguro de que nadie creía en semejante cosa y sólo lo dijeron para calmar el dolor del faraón.

En aquella ocasión, nadie pudo ver el dolor de Nefertiti porque no se refugió en su antiguo palacio, pese a que el propio Smenkaré fue a buscarla acompañado por una cohorte de sacerdotes.

Ella ni siquiera se dignó recibirlos, y del mismo modo obró cuando llegó la hora de arrojar el cadáver de las tres niñas a la hoguera de los apestados. Su ausencia despertó todo tipo de rumores, en general poco agradables. Unos dijeron que su orgullo herido pudo más que su amor de madre; otros, que la muerte de su hija Maketatón la había dejado insensibilizada para todo cuanto pudiese ocurrir, y un tercer grupo de habladores opinaron que permanecía en la Mansión de Atón para extremar sus cuidados a Tutank-Atón y Anjesenpatón, cuidados éstos que se presentaban a mis ojos como un desesperado intento de salvar el destino de la dinastía.

Así, las tres princesas fueron arrojadas a la hoguera sin la presencia de su madre y ante la mirada atónita de su padre. Y en este punto no encuentro mejor manera de definir la expresión de Akenatón ante aquella escena horrible, porque era como si se hubiese quedado convertido en un pelele: durante el tiempo que duró la ceremonia permaneció inmóvil, con los brazos caídos a cada lado del cuerpo y los ojos cerrados. No parecía correr la sangre por su rostro, tan blanco estaba, y la tiara del ceremonial bailaba sobre su cabeza como si nada la sostuviera. Pero el cuerpo tenía un buen sostén en la reina madre, que lo mantenía abrazado, con las largas, poderosas garras hundiéndose en su carne a través del lino. Y la figura que componían los dos recordaba aquellos muros a punto de derrumbe que precisaban del apoyo de una viga para mantenerse en pie.

—¡Dulces criaturas que se anticipan en el camino hacia la larga noche del alma! —exclamó la gran Tii, con mal disimulada desesperación—. Somos una familia marcada por un destino aciago. Esas pobres nietecitas sólo son el preludio de un cortejo fatal. Preparémonos todos porque todos podemos acabar en él.

Poco podía imaginar que en sus palabras se hallaba implícita su propia condena ni que Anubis había solicitado del tribunal de los dioses una jornada especial para poder dedicársela a ella por entero, con la solicitud y las deferencias debidas a una gran soberana.

—Somos una familia marcada por el destino fatal —seguía repitiendo Tii como una obsesión.

Cayó a los pocos días de la muerte de sus nietas, pero no lo hizo por sorpresa. Llevaba tantos años esperando a la muerte que supo reconocerla al instante. Y no bien su cuerpo empezó a verse sacudido por las convulsiones propias de la epidemia mandó llamar a sus médicos y les dijo:

—Esa maldita peste podrá con mi cuerpo pero no con mi comportamiento. Iré con Anubis puesto que ya es hora; pero no me encontrará derrotada. Que me encuentre en pie, como se van secando las palmeras.

Pero el viento de los cincuenta días, que azota las tierras egipcias al llegar la estación de las mimosas, abatió finalmente aquella palmera ya demasiado encorvada para resistir tantos envites. Y cuando la llevaron al lecho todavía tuvo ánimos para indicar a los médicos el tipo de calmante que debían administrarle.

—No puedo pretender marcharme de este mundo sin dolor porque sería como actuar contra las esencias de la vida; pero sí os pido que me dejéis inconsciente porque sería triste chanza haber llegado tan lejos y vivido tantas cosas para morir ahora rabiando como un perro.

Como todo el mundo sabe, en los templos existen huertos donde se cultivan las plantas medicinales que son de gran utilidad a los estudiantes de la Casa de la Vida. Sólo los médicos conocen los secretos de estos fantásticos herbarios, y por eso la humanidad está en sus manos y los obedece sin rechistar cuando llega la hora del dolor. Pero en su lecho de muerte, Tii recordó los últimos instantes de su real esposo y las hierbas que los médicos de Tebas le habían aplicado para colmar su agonía. Así, después de recordar que incluso un hombre famoso por su valor y fortaleza había elegido morir sumido en la inconsciencia, recomendó a los médicos que buscasen en el huerto del templo de Atón una yerba llamada mataruga que tenía el valor de provocar la inconsciencia sin matar. Y es que, pese a todo, tenía el prurito de entrar en el más allá con la cabeza alta y el orgullo de quien ha resistido hasta el final.

Cuando se presentaron con la pócima, ella tomó la copa con sus manos vacilantes, pero poniendo en ello el mismo fervor de quienes beben el vino sagrado de Atón en las grandes ceremonias. Pero, cuando estaba a punto de introducir sus labios resecos en aquel líquido negruzco, un médico joven se abalanzó sobre ella con el espanto reflejado en su rostro.

—Ten cuidado, gran señora: esta yerba es muy fuerte y podrías perder el sentido.

—Tú eres tonto, hijo mío —exclamó ella con su habitual talante—. ¿Acaso crees que la he pedido para salir a bailotear por las tabernas del muelle?

Para asombro de todos, un cuidadoso examen de los médicos decretó que la peste no le había rozado siquiera y que sus síntomas eran los propios de una edad que atentaba contra la lógica del mundo. En cualquier caso moriría irremisiblemente, y ella se alegró de que la muerte fuese piadosa porque temía con verdadero horror que su cuerpo fuese arrojado a las llamas, perdiendo así la inmortalidad y, sobre todo, el placer de ocupar su tumba de Tebas, en cuya decoración se había afanado durante los últimos años.

También debo añadir que la noticia fue del agrado de los embalsamadores de la Casa de la Muerte, muy desanimados en los últimos tiempos porque las hogueras de los apestados los habían dejado sin trabajo. Ahora disponían de un cadáver de gran lucimiento por la preparación que su alto rango exigía.

El asombro estaba destinado a no abandonarnos. Al caer la tarde se nos anunció que Nefertiti, que no había querido abandonar su reclusión durante los funerales de sus hijas, se había personado en palacio con el propósito de cuidar personalmente de la madre de su esposo. Y Amesis me contó que, si bien la reina había llegado con atavíos de luto y demacrada como una muerta, se había encerrado en sus antiguos aposentos con varias de sus damas para que la maquillasen como en las grandes ceremonias. Y no bien se encontró en el cenit de su belleza, todavía dijo:

—Traedme mis mejores vestidos de corte porque sé que a Tii no le gustan las caras largas ni los vestidos de luto.

Como si su comportamiento fuese un síntoma de lo que en realidad era su vida, cambió radicalmente y se convirtió en la hija más solícita de una madre que, sin embargo, la había rechazado. Extremó sus cuidados hasta el punto de acaparar sobre sí las funciones de las doncellas y aun de los médicos. Permanecía día y noche a la cabecera de Tii, junto a Akenatón, como si todavía fuesen los felices esposos de otro tiempo. Era capaz de prolongar durante tantas horas su estado de vigilia que los cortesanos dijeron que los recientes sucesos le habían robado el sueño para siempre. Pero si se veía obligada a descansar porque las fuerzas empezasen a fallarle, no lo hacía nunca en palacio, sino en las dependencias del templo, como si fuese uno más entre los sacerdotes.

Regresó la complicidad con Akenatón, como he indicado, y también la dulzura en el trato mutuo. Al verlos en tan perfecta armonía, Ay se permitió comentar con auténtico gozo que acaso volveríamos a verlos unidos, si no en el trono, sí en la vida familiar. Pero era la fabulación de una mente anciana en exceso esperanzada, porque una vez pasadas aquellas luctuosas jornadas Nefertiti regresó a su retiro sin despedirse siquiera de sus familiares.

Pero la reina madre sí quiso despedirse, y lo hizo con el ceremonial a que estaba acostumbrada. Al sentir que Anubis se hallaba ya sentado debajo de su lecho pidió que no le administrasen el brebaje de adormideras a fin de observar con lucidez los rostros amados. Ordenó que desfilasen ante su lecho todos los que la habían servido, y a todos y cada uno dedicó una palabra de agradecimiento, un reproche cariñoso o un consejo. Sólo cuando compareció el sabio Ay no pudo contener sus lágrimas y, levantando su nervuda mano, exclamó:

—¡Cuántas veces me habría equivocado sin tu consejo! No dejes que se equivoquen los que me sucedan. Quiero irme tranquila sabiendo que queda un sensato entre los locos.

Desfiló a continuacion Horemheb. Y dijo Tii con sonrisa malévola:

—Compruebo que eres embustero como todos los soldados. Juraste defenderme de mis enemigos y, en cambio, no me defiendes ahora contra el mayor de todos. ¿Dónde está tu espada, Horemheb, en este trance supremo?

—No necesitas mi espada, gran madre, porque ese enemigo no podrá contigo.

—¡Tonterías! —exclamó Tii con un tenue hilillo de voz—. El mensajero de la muerte debe encontrarnos preparados... Eso me enseñaron de niña, cuando creía que la muerte sólo afectaba a los demás. Ha pasado mucho tiempo desde entonces, el Nilo se ha cansado de crecer y ahora acepta serenarse para que pueda surcarlo mi barca de eternidad. Así pues, Horemheb, deja tu espada y conviértete en remero si de verdad quieres servirme.

No juzgó necesario dirigir una sola palabra a Akenatón, tan elocuente era el fervor de su mirada. Y por esa intensidad recordamos todos hasta qué punto había consagrado su vida a las rarezas de aquel hijo a quien amaba fuera de toda medida. E intuyendo acaso el punto donde más podía halagarle, volvió la cabeza hacia la que había sido su esposa y comprobó con satisfacción que seguía estando en su regazo y que el pañuelo empapado de perfume que refrescaba su frente era también el de ella.

—A ti, Nefertiti, hija, debo decirte que te he amado. Si bien es cierto que en los últimos tiempos no he tenido demasiadas ocasiones para demostrarlo. Por esas ocasiones perdidas te digo que me llevo todos los reproches que quieras hacerme y te doy satisfacción diciéndote que son justos.

—Descansa, gran madre. Los reproches que tengas que recibir serán de Egipto, nunca míos.

—Y por Egipto te digo que has sido digna de su trono. No tuviste tiempo de demostrar tu valía con mi esposo, pero has sido la mejor reina para mi hijo. Lástima que, a la postre, nos hayas salido tan fanática.

Nefertiti sonrió ligeramente.

—Gracias a las oraciones de los fanáticos como yo te bañarás en los manantiales de la luz eterna.

—Lo creo, pero de momento lo que estoy oyendo es la voz de Anubis. No lo neguéis. ¡Qué mal canta ese perro! Esperad, no quiero morir blasfemando. Pero, ¡qué diantre!, tengo que decirlo de una vez. Akenatón, hijo mío, ese Anubis es un dios muy noble, pero me gustaban más tus cantos al sol.

De nuevo volví a ver dolor en el rostro de Akenatón, pero quise paliar su efecto decidiendo que era la reacción natural en un hijo que estaba perdiendo a su madre. No podía imaginar entonces que aquella expresión ya no le abandonaría nunca.

Al fin, los ojos de Tii se posaron en el rincón donde habíamos buscado refugio Senet y yo.

—Vosotros, niños, venid a decirme adiós. ¡Cómo habéis crecido, condenados! Tú, Keftén, sigues siendo incorregible. Podrías haberte cortado el pelo para un día tan señalado. Estoy por creer que en Creta perdiste todo lo bueno que te enseñamos en la Casa Dorada.

—Menos el agradecimiento —dije con voz entrecortada—. Porque te quiero, gran madre, y mucho.

—Lo sé, pequeño, lo sé. Y tú, Senet, ¿a qué vienen esas lágrimas? Más triste debiera estar yo; y no porque me muero, sino porque, al morir, te dejo solo. Sé que vas a estarlo mucho, hijo mío, y sé que sufrirás. Por eso, mi último consejo es que busques en los proverbios del sabio rey Merikara la razón de la nueva vida que te dispones a emprender.

Todavía tuvo fuerzas para aferrarse a nuestros brazos y obligarnos a agacharnos a su lado, porque su voz se iba apagando y empezaba a ser un eco en la distancia.

—Escuchadme, pilluelos: aunque todos esos fanáticos me dediquen los mejores funerales que se hayan visto en la Ciudad del Sol quiero estar a bien con los dioses de siempre. Por esto os pido que, aprovechando la confusión, llevéis algún objeto de mi pertenencia a la tumba de Osiris, en las sagradas arenas de Abydos. Pedidle que no se muestre demasiado severo cuando comparezca ante su tribunal... —Y, mientras iba perdiendo el aliento, todavía gimió—: Por favor, hijos míos: pronunciad por tres veces mi nombre en Abydos; en recompensa, el vuestro será pronunciado cien veces cuando muráis.

Dejó caer la cabeza en el regazo de Nefertiti. Y todavía exclamó:

—Ya sólo me queda decir que mi vida ha sido hermosa y llena de cosas interesantes. Por eso bendigo el día en que nací.

Y así expiró la esposa favorita de Amenhotep: la gran señora Tii, de quien se dijo que fue el verdadero sol de Egipto... cuando los soles egipcios brillaban verdaderamente sobre el mundo.

SENET Y YO NOS APARTAMOS para dejar sitio a las plañideras, que habían estado ensayando en la habitación vecina hasta conseguir que su llanto resultase tan lucido como merecía la madre de un faraón. En realidad, su trabajo era innecesario pues el dolor de todos los presentes era sincero y ninguno necesitaba fingir en aras del protocolo. Y el sabio Ay lo demostró incorporando la teoría propia de quienes saben convertir la muerte en una nueva reflexión dentro de las que provoca el agitado curso de la existencia.

—Las ventajas de vivir tantos años es que acabamos convirtiéndonos en una costumbre para los demás. Así, esa gran reina. Ya no era una persona. Era una columna de su palacio, un vetusto árbol de su jardín, un mueble de sus aposentos. Cada vez que regrese a la Casa Dorada me será imposible no verla a ella en cualquier rincón. Eso si no reconozco su voz en el viento que, cada mañana, azota los colosos del templo de su esposo.

Estas palabras tuvieron el poder de aumentar el dolor de Senet. No había dejado de llorar durante toda la ceremonia, pero ahora su llanto era tan copioso que tuve que llevármelo aparte para que se desahogase.

—Esa vieja había ganado mi corazón —gimió él, desconsolado—. Es cierto que era terca como una mula y deslenguada como un descargador del muelle de Tebas. Es verdad que cuando alguien la contrariaba recurría al bastón como si fuese un abanico. Todo esto era cierto, y aun otras cosas podrían decirse; pero tenía un fondo bondadoso para quienes quería. Y yo me contaba entre ellos. Y tú también, Keftén...

—Me consta, Senet. Y veo que con ella se va otro testigo de mi infancia y un nuevo velo se corre sobre mi pasado. Así será a partir de ahora. Irán cayendo velos hasta hacerlo impenetrable.

Senet reaccionó con visible indignación.

—¿No puedes dejar de hablar de la infancia? ¿No eres capaz de pensar un momento en el futuro? Yo estoy viendo el mío. Tenía razón la gran madre: no puede ser más triste. He pasado muchos años junto a mi vieja favorita, tantos como tiene mi razón. Tú no sabes cuántas cosas le debo. Ella distinguió a mis padres con grandes honores y, cuando murieron, quiso que mi educación fuese paralela a la de los niños reales. Por su intercesión entré en la Casa de la Vida, e influyó igualmente para que los maestros me diesen un trato privilegiado. Tendría yo dieciocho años cuando terminé mis estudios y, a partir de ese momento, ocupé un lugar destacado a los pies del trono, y Tii me indicó que subiese dos peldaños para estar más cerca de ella. Lo estuve siempre, Keftén, y, lo que es más importante, ella estuvo siempre cerca de mí. Fue mi protectora, mi madre, mi consejera. ¿Qué voy a hacer sin ella?

Le recordé las últimas recomendaciones de Tii; algo relativo a las palabras de uno de los grandes profetas de Egipto. Pero ya nadie recuerda de memoria las palabras del pasado; así pues, recurrimos a la biblioteca del templo y buscamos lo que habían copiado otros escribas muy anteriores a Senet.

«Sé un artesano de la palabra para que puedas prevalecer, porque el poder del hombre está en la lengua y el poder de la palabra es más fuerte que el de cualquier combate. Copia a tus padres, a aquellos que se fueron antes que tú. ¡Mira! Sus palabras perduran en la escritura. Abre el libro y lee; copia el saber. Así, el artesano podrá llegar a ser un hombre sabio...»

Senet volvió a emocionarse, ahora por el efecto que el pensamiento eterno siempre ejerce sobre los espíritus cultivados. No nos costó entender que Tii le aconsejaba proseguir el camino que había emprendido desde su ingreso en la Casa de la Vida: vivir para salvar las palabras; vivir para asegurar, con las palabras, la eternidad de los seres que hemos conocido en este mundo. Era cierto que el consejo de Tii incluía un desesperado intento de ser recordada en el futuro, pero lo consideramos un deseo legítimo y una voluntad inherente a la raza de los humanos desde que pusieron el pie en las tierras del Nilo.

Como sea que, al igual que tii, Senet no se fiaba de los dioses nuevos quisimos cumplir su última voluntad antes de que su cuerpo saliese de manos de los embalsamadores. Por mediación de Nofret —quien, por cierto, había perdido sus ansias de fornicación por temor a la peste— nos apropiamos de un collar de lapislázuli por el que la difunta sentía particular aprecio y viajamos río arriba hasta Abydos, donde se encuentra el santuario de Osiris. Llegamos a los sagrados solares en noche de plenilunio, cuando las dunas resplandecen como la plata y el cielo aparece iluminado como el primer amanecer sobre el mundo. No había lugar más solemne en todo Egipto ni reliquias más veneradas ni divinidad que encarnase con mayor rigor las inquietudes espirituales de todo un pueblo a través de los milenios. Pero, en la época de nuestro peregrinaje, el culto a Osiris también había sido desterrado en favor de Atón; y, así, aquel santuario se hallaba ahora abandonado y ninguna luz señalaba los caminos que era necesario recorrer para llegar hasta los altares de las ofrendas o a las estelas que explicaban los misterios osiríacos. Y ante tanta desolación tuve piedad de los dioses, obligados a someterse a los inconstantes vaivenes del destino. En este caso, el destino decretado por un visionario ofuscado por una divinidad única.

De pronto reparé en que no estábamos solos. En el espacio donde terminan las dunas y empiezan los palmerales del valle movíanse grupos de sombras que avanzaban con solemne lentitud. La abierta sonrisa de la luna nos permitía atisbar, si no los rostros, sí los distintos atuendos que revelaban capas sociales a su vez distintas. Y, así, entre aquel desfile de sombras, podía distinguir los suaves velos de los ricos, las rugosas mantas de los campesinos y aun los andrajos de los mendigos.

La comitiva avanzaba portando las ofrendas que han sido gratas a los dioses del Nilo de generación en generación, y como sea que ya no había sacerdotes para recibirlas, las arrojaban a un pozo profundo, donde todo el mundo sabe que yace, desde tiempo inmemorial, la sagrada cabeza del dios que quiso hacerse humano para estar más cerca de los hombres.

Quise saber cómo era posible que, a pesar de las drásticas medidas de Akenatón, el ancestral culto de Osiris continuase gozando de tal predicamento. Y uno de sus adoradores, un anciano de aspecto señorial, contestó con los ojos entornados a la luna:

—El dios del faraón vive por ahora en la Ciudad del Sol, pero Osiris no morirá nunca porque fue el más bueno entre los dioses. ¿Acaso no abandonó sus privilegios en los cielos para compartir las penas de los hombres? Todo egipcio que olvide sus bondades será un desagradecido y su nombre quedará maldito para toda la eternidad.

Si aquel mito no era cierto, resultaba cuando menos hermoso creer que lo había sido. Tan hermoso como la complicidad que existía entre los dioses y los hombres allá en el principio de los tiempos. En lo más alto de los cielos, Osiris se apiadó del estado salvaje en que vivían los humanos y bajó para adiestrarlos en las artes de la labranza y la pericia del pastoreo, mientras Isis, hermana y esposa divina, les enseñaba cómo curar las enfermedades. Todo esto ocurrió antes de que Seth, el hermano envidioso, se levantase contra el gran benefactor, mutilando su cuerpo y echando cada uno de sus miembros a lo largo del Nilo. Pero es consolador pensar que el hombre no olvida las bondades ni los efectos del mal a lo largo de los milenios. Por esto, el malvado Seth es el patrón del desierto, donde nada crece, mientras en cada lugar de Egipto que conserva un fragmento del cuerpo de Osiris la vida se renueva constantemente y la eternidad tiene su trono más preciado.

¿Qué egipcio sería lo bastante ingrato para abominar de esas maravillas que ocurrieron al principio de todas las historias y mucho antes de que naciesen las leyendas?

Tal vez a esto se refería Amesis cuando dijo que, aun siendo fiel al dios oficial, no era en absoluto tonta. Tal vez quiso decir que, en lo más profundo del alma egipcia, el amor a los antiguos dioses no había desaparecido ni desaparecería nunca. Que aunque Atón, el dios solar, triunfase hoy en su mandato solitario, los grandes mitos que habían acompañado el devenir de aquel pueblo seguían resistiendo en los subterráneos de los templos, con la esperanza de resucitar algún día.

Al llegar al límite del desierto aspiré una profunda sensación de soledad que iba más allá de aquel lugar y aun de mi tiempo. Volví a ansiar la compañía de Nefertiti, pero no como la mujer deseada sino como la niña a quien podía exponer mis quimeras, mezclando la ilusión con el espanto. Y, como sea que sólo obtenía el vacío por respuesta, me dediqué a escuchar unos recuerdos que Senet invocaba en voz alta:

—¿Recuerdas que, en otro tiempo, solíamos conjurar los peligros del desierto en compañía de Nefertiti y Akenatón? Éramos cuatro niños aterrorizados por la vasta infinitud que formaban las dunas al unirse con los mantos de la noche; y en aquel espacio inmenso temíamos la aparición del perverso Seth acompañado por todos los demonios que intentan cortar a los difuntos el camino hacia el paraíso prometido por Osiris.

—Todo esto recuerdo, y en todo esto quise creer, pero ahora sólo aspiro a encontrar mi paraíso en la tierra. Y soy digno de compasión porque es posible que lo haya conocido en varias ocasiones y no me haya dado cuenta.

Nos disponíamos a regresar a nuestra nave cuando descubrimos, a orillas del río, un grupo de tiendas parecidas a las que utilizan los beduinos para sus desplazamientos. Como sea que este sistema había sido adoptado por los nobles egipcios que salían de viaje, no nos dio por temer una incursión de aquellos feroces enemigos; máxime cuando en los mástiles de cada tienda ondeaban estandartes que reproducían el disco de Atón y el emblema de los distintos nomos a que pertenecían los peregrinos, cuyo rango los autorizaba a acampar apartados del resto.

Poco interesados en aquella selecta clientela, nos disponíamos a proseguir el camino de regreso a la nave cuando una voz de mujer pronunció varias veces nuestros nombres, obligándonos a volvernos.

A la entrada de una de las tiendas apareció Nellifer como un geniecillo de la noche que hubiese aceptado reencarnarse para llenarnos de gozo. Y a fe que lo sentimos porque pocas presencias podían resultar más agradables en aquellas horas preñadas de tristeza.

Vestía lujosos atavíos, signo inequívoco de que sus negocios andaban muy saneados; pero también eran menos atrevidos que de costumbre, señal de que había abandonado su oficio. Y, aunque su belleza no se había marchitado en absoluto, una expresión de angustia le atravesaba el rostro cual cicatriz sembrada por un pensamiento cruel.

—No os acerquéis a mí —exclamó en tono angustiado—. No lo hagáis, porque vivo con un hombre contaminado y pudiera estarlo yo también.

Senet demostró su nobleza olvidando aquellas recomendaciones y abalanzándose sobre su amiga con verdadero fervor. Yo no dudé en imitar su ejemplo porque ninguna enfermedad, por terrible que fuese, podría anular el cariño que sentía por Nellifer aun cuando el amor nunca sería posible entre nosotros. Y ella, que sin duda lo tenía bien presente, sonrió con la entrañable sonrisa de un camarada y no como la amante que en otro tiempo intentó ser para mí.

—Quiero que sepas que este hombre destrozado por la peste es el dueño de mi corazón. Y puesto que tú lo fuiste en otro tiempo, te diré que no hay ligereza en mi comportamiento de ahora, como no la hubo entonces. Hubiera dado mi vida por ti, del mismo modo que se la entrego a él.

—¿Es el joven oficial que te acogió cuando te fuiste de mi casa?

—No es él, para suerte mía —contestó sin reprimir la risa—. Ése era un lechuguino que sólo me quería para lucirme en los festines y a ser posible pagando yo. Estaba perdiendo muchas noches a su lado cuando conocí al de ahora, un hombre cabal, un gran señor prudente como Senet y maduro como tú. Cierto que no es tan apuesto, pero en cambio es cariñoso y bueno y jamás ha pronunciado mi nombre sin respeto y hasta veneración. Por eso, yo soy deferente con él y le venero. Por eso, mi bondad ha crecido desde que le conozco y mi nombre es pronunciado con respeto en todas partes: porque soy la mujer elegida por un hombre de mérito.

—Por todo cuanto me dices comprendo que perdí algo muy importante cuando te dejé partir. Pero en aquellos días seguía viviendo la situación que te anuncié en nuestra primera noche de amor: nada podía exigirte porque nada podía darte.

—Y así habríamos seguido siempre. Pero debo decir en tu descargo que tampoco yo cumplí mi promesa: no supe ser tonta hasta el final.

—Querrás decir abnegada —corrigió Senet.

—Quiero decir tonta —insistió Nellifer—. Porque mi abnegación no tenía recompensa; en cambio puedo ejercerla ahora porque me siento sobradamente recompensada por todo lo que he recibido de mi hombre.

Contó a continuación que se trataba del hacendado Ranefer, el hombre más importante del nomo de La Abeja. Él y Nellifer residían en sus posesiones, vecinas a la ciudad de Mihahin, donde habían llevado una existencia idílica hasta que la peste empezó a subir por el Nilo. Nellifer contó escenas espantosas, muy parecidas a las que yo había vivido en la Ciudad del Sol. Los estragos culminaron cuando Ranefer se contagió de uno sus capataces, aunque, ya fuese por azares del desastre —que siempre es caprichoso al elegir a sus víctimas—, ya por la naturaleza misma del enfermo, la dolencia no obró en su cuerpo el rápido efecto que la caracteriza. La vida de Ranefer había quedado pendiente de un hilo, siempre a punto de cortarse; pero él la confió al cuidado de Atón, en cuyas doctrinas creía fervorosamente como explicaba el emblema colocado a la entrada de su tienda. De todos modos, las suyas debían de ser unas creencias un tanto volubles porque, en vista del fracaso del dios solar, se había mandado conducir a unos manantiales de la montaña cuyas aguas obraban milagros por haber nacido de una de las lágrimas de Isis. De todos modos, cualesquiera que fuesen los prodigios que podría obrar la divina curandera, mi desconfianza natural hacia esas patrañas me hacía estar más preocupado de cuanto pudiera estarlo la propia Nellifer.

—Es mucho lo que le pides a una lágrima

—dije en tono burlón—. Pese a lo que has dicho al recibirnos, harías gala de prudencia dejando que tu esposo hiciera su viaje en compañía de algún sirviente mientras tú te pones a salvo. En las actuales circunstancias es lo único aconsejable.

—¿Pretendes que le abandone? —preguntó ella con expresión atónita—. ¡Qué poco me conoces, Keftén, a pesar de haberme tenido entre tus brazos!

—Pretendo que tomes precauciones. Yo te ofrezco mi casa para refugiarte porque no olvido todo lo que hiciste por mí.

—No has entendido nada. No has entendido que le amo, Keftén. Le amo con todas mis fuerzas.

Lo dijo con una mirada muy parecida a la que solía dedicarme en otros tiempos y, al reconocerla, no pude evitar mi asombro porque se reprodujera en circunstancias tan distintas y con un hombre tan diferente. Pero, más que la veloz transformación de los afectos, me preocupaba que aquella magnífica mujer se estuviese jugando la vida al compartirla con un apestado, y así lo expresé en voz alta:

—Por beneficiosos que sean los efectos del amor no deja de asombrarme que puedas compartir los últimos días de un hombre que está condenado. Es más: me indigna pensar que su condena pueda ser la tuya.

—Habrá de serlo si hay justicia en los cielos, porque mi vida en la tierra no tendría sentido si él muriese. No fui nada antes de conocerle a él, y si le pierdo seré menos que nada. Por esto no deseo sobrevivirle.

No había acabado de pronunciar estas palabras cuando se nos acercó un individuo alto y enjuto que ostentaba en el pecho la insignia de los médicos. Tras cruzar unas palabras con Nellifer, ésta le siguió al interior de la tienda, no sin antes rogarnos que esperásemos su regreso.

Entretuvimos la espera contemplando las fantasmagóricas sombras del santuario de Osiris, cada vez más precisas e inquietantes gracias a la plenitud de la luna. Y mientras Senet divagaba sobre temas supuestamente eternos, yo no pude evitar un arrebato de tristeza.

—¡Pobre Nellifer! Empiezo a pensar que su mal no tiene remedio. El amor la ha convertido en un monigote que siempre se mueve al antojo de los demás.

Senet me dirigió una mirada de desprecio. Cariñoso, si se quiere, pero desprecio al fin.

—Naturalmente que no tiene remedio. Por eso es un mal maravilloso. Y, además, muy propio de Nellifer. Un día te dije que era merecedora de cariño. Ahora te digo que nadie como ella lo da en tal cantidad y de tan buena ley.

—Eso quise decir —corregí—, pero lo he hecho con la torpeza que me caracteriza cuando hablo de sentimientos. Mis palabras no contenían reproche alguno. Tanto es así que acaso envidio con todas mis fuerzas a este pobre enfermo que está recibiendo tanto amor.

—¿Y tú te quejas? —exclamó Senet—. ¡Mira que eres zoquete! Hablas como alguien que nunca ha recibido amor. ¿No te doy todo el que necesita un amigo? ¿No te lo da tu hijo e incluso la propia Nefertiti? Pero tú siempre pides el colmo y en esta exigencia te emborrachas. Has aprendido muchas cosas, pero te falta la capacidad para esperar menos y ofrecer más.

Ante aquellas palabras suspiré profundamente. Y, como sea que las sagradas dunas de Osiris hablaban también de un amor más fuerte que la vida, declaré:

—Acaso lo esté aprendiendo, porque al ver a Nellifer he sentido ganas de llorar. Y no por el recuerdo de nuestras dulces horas, tampoco porque me asuste su futuro, sino porque veo todo el amor que hay en el mundo y quiero acceder a él. Y no has de ver en esto la obra de un dios ni de varios, porque cuanto más descubro el amor más me alejo de ellos. Quiero llegar al amor en nombre de esa grandeza que inspiráis los que tenéis la bendita facultad de entregaros.

Cuando Nellifer regresó llevaba la alegría pintada en el rostro. El enfermo reaccionaba satisfactoriamente a los potingues que le estaba administrando su médico particular. En este punto aclaró ella:

—Ya ves que podría dejarle en manos de este excelente físico, que sin duda ha de servirle más que yo. Pero, aunque no puedo ayudarle con una ciencia que no poseo, estaré a su lado pidiendo a cada momento que ocurra un milagro.

—¿Me estás hablando en serio? ¿Quieres hacerme creer que esperas un milagro?

—Sí, Keftén: lo espero fervientemente. Es la última posibilidad que nos queda a los humanos cuando todas las demás están agotadas. Ya ves: ¡soy tan tonta que todavía creo en el milagro! Cuando vivía contigo lo pedí una y mil veces, y nunca llegó. Pero el conocer a Ranefer lo fue, y viviendo con él se renovaba cada día. Si el milagro llegó para mí con la ternura de su alma, puede repetirse con la curación de su cuerpo.

Antes de separarnos se interesó por Bercos. No me extrañó que asomasen las lágrimas a sus ojos; quizá en otro tiempo albergó la esperanza de convertirse en una madre para él.

Senet me observaba con expresión inquisidora y un sesgo de ironía. Sin duda se preguntaba si sería capaz de exponer libremente las extrañas pasiones que alimentaba mi hijo. Y supe entonces que debía aprender a contarlas en voz alta si quería convencerme en lo más profundo de mi ser de que no había vergüenza en su comportamiento.

Nellifer no supo cómo reaccionar en un principio, pero al cabo de unos momentos me dedicó la mejor de sus sonrisas mientras me acariciaba la mejilla con gran benevolencia.

—Cuando en cierta ocasión te dije que tú y Bercos sois muy raros me refería únicamente a vuestros cabellos. Ahora comprendo que lo sois en todo, pero que es inútil intentar arreglaros porque algo en vuestro interior funciona al revés que en las demás personas. Huelga decir que no voy a censurarle, e incluso te diré que no debes permitir que nadie lo haga. Si ese querido niño consigue encontrar la felicidad en el camino elegido, deja que los dioses se rían sin que tenga que llorar él.

—Ya no es un niño —dije a regañadientes, porque no me gustaba aquel cambio. Y, al comprenderlo, añadí—: Es un extraño renacuajo que empieza a parecerse a un hombre.

Pero Nellifer contestó:

—Tanto mejor, porque así podrá enseñarte a serlo tú también.

La besé en la frente en señal de despedida y ella hizo lo propio con Senet. Y, antes de alejarnos hacia la nave, mi amigo añadió:

—Ya ves, dulce amiga, que no he hablado de mí. La verdad es que en mi vida no ha ocurrido nada que no estuviese en ella desde hace demasiados años. ¿Recuerdas cuando, en las plácidas noches de Tebas, te exponía mis cuitas y tú me aconsejabas? Pues siguen siendo las mismas. Tengo tres problemas, y se llaman: soledad, soledad y soledad.

—Entonces ya no puedo aconsejarte, porque gracias a ese pobre enfermo he olvidado la palabra soledad y todo cuanto significa.

—Deseo que la lágrima de Isis le sea propicia a tu amado —dije de todo corazón—. Y, si quieres que sea más eficaz, arrearé un puntapié al culo de la diosa para que llore dos veces.

—No cambiarás nunca —rió ella—. Pero está bien así, porque a Isis la tenemos muy vista, y un Keftén nos sorprende a cada instante.

Cerró tras de sí la cortina de la tienda sin permitirnos mirar en el interior. Era evidente que lo que allí dentro se guardaba era sagrado para ella y no deseaba mezclarlo con nada que le hubiese antecedido.

Cuando llegamos a la nave dimos órdenes al capitán para partir en cuanto alumbrasen las primeras luces del día. Y mientras discutíamos la posibilidad de detenernos en Kemnú para que Senet pudiese ofrecer sacrificios al dios Thot apareció entre la niebla el mascarón de una nave que avanzaba en sentido contrario al nuestro sin reparar en los peligros que desde antiguo se atribuyen a la navegación nocturna.

De pronto me sentí estremecer. Aquel mascarón ostentaba el rostro de Nefertiti, exhibía su peculiar corona, arrojaba a las estrellas su inconfundible majestad tal como la conocí el día que me recogió en el muelle dorado de Tebas para llevarme a la Ciudad del Sol.

No pude reprimir un grito de alegría, acompañado por un impulso que me llevaba a saltar por la borda y alcanzar a nado aquella nave convertida de pronto en la mayor ambición de un loco enardecido.

—¡Esa luz! —grité—. Ya no es la luna. Ya no son las estrellas. Es la divinidad que rompe mis tinieblas. Avanza Nefertiti. Avanza la belleza.

—Te equivocas, señor —dijo el capitán—. Esa nave ya no es de Nefertiti. Ahora pertenece a Smenkaré.

—¡Calla, estúpido! —grité en mi desvarío—. ¡Conozco esa proa, conozco esos remos! Todos llevan el rostro de la bella.

—Tranquilízate de una vez —dijo Senet, arrastrándome hacia un montón de sacos. Y, apretándome con su cuerpo contra ellos, añadió—: Todo el mundo sabe que la nave de Nefertiti pertenece ahora al corregente. No habrá habido tiempo de cambiar el mascarón de proa. Por lo demás, ¿qué importa si él ha aprendido a imitarla con tanta gracia?

—Nada más cierto —dijo el capitán—. El que ocupa esa nave no es otro que Smenkaré. Se dirige a Tebas para pactar con los sacerdotes de Amón. Dice quien lo sabe que ha sido ordenado por el propio faraón.

—¿Y quién es ese que sabe tanto? —pregunté, sumido aún en el desconcierto.

—La brisa del Nilo. Mi padre, y antes el suyo, solía decir que no hay noticia que se le escape.

—Es cierto que siempre fue muy locuaz ese vientecillo —comentó Senet—. Viaja de pueblo en pueblo y difunde los secretos mejor guardados.

—Así es y así será —replicó el capitán—, máxime cuando los sacerdotes de Amón vuelven a envalentonarse. Su actitud tiene tanto interés como la crecida anual. Porque una vez más dependerá de ellos que muramos de hambre o de hartura.

La nave que un día fue de Nefertiti se estaba perdiendo entre la noche. Apenas se vislumbraba la luz de las antorchas, ya se apagaban las lucecitas en el interior de las vasijas de navegación, ya la nave fue otro recuerdo que se perdía en el tiempo. Y entonces me senté en el suelo, junto a mis compañeros de viaje, y los dejé hablar largo rato sobre los últimos cambios acaecidos en la Ciudad del Sol.

Tenía razón el capitán cuando dijo que ningún secreto escapa al viento del Nilo, y a buen seguro que hablaba con la autoridad del tiempo, con la garantía de las generaciones. Pues Jumar, que tal era su nombre, venía recorriendo el río desde que era niño, siempre en aquel barco desvencijado que había pertenecido a su padre y, antes, al padre de éste. Siguiendo la herencia familiar, cuyos orígenes ni siquiera el tiempo podía precisar, ese hombre de edad madura y aspecto envejecido por el contacto con los elementos efectuaba varias veces el recorrido que va desde la isla Elefantina, allá en la remota región de Siene, hasta los floridos vergeles del Delta, donde el Nilo se distribuye en varios brazos que desembocan en los inmensos espacios del Gran Verde.

Así pues, con esa autoridad que le concedía el haber convertido cada rincón del Nilo en su domicilio y su altar, esbozaba singulares teorías sobre el poder y los alcances del mismo y todo cuanto sus excesos o sus carencias podían aportar a la situación que estaba viviendo el país. Tan convencido parecía de su derecho a opinar aun sin ser oído que Senet se unió a sus razonamientos, aportando una vena popular que no le conocía:

—Bien hacía aquella vieja que no quería morirse nunca porque cada día le traía nuevas sorpresas y cada hora más viajes al reino de lo inconcebible. ¡Smenkaré en Tebas! ¡Smenkaré bebiendo en el mismo cáliz de los sacerdotes de Amón! ¿Y qué dirá el pueblo a todo esto?

—El pueblo bendecirá la hora en que el orden vuelva a las Dos Tierras. No sé qué penséis vosotros, pero no hay dios que merezca tantos desastres. Que Atón reine junto a todos los demás dioses y que todos y cada uno nos protejan, como siempre ha sido. Que cada uno se esmere en lo suyo, porque esos reyes nuestros nos han dejado el país muy revuelto.

—Que sea lo que el pueblo quiera —dijo Senet con acento hastiado—. De todos modos no lo entenderé. Mejor dicho: ya no entiendo nada, excepto que todo un mundo se está derrumbando a nuestro alrededor y lo más sensato sería procurar que no nos cogiera bajo las ruinas.

—Si tú no entiendes nada, yo sólo entiendo que estoy cansado, Senet, muy cansado. Llevo mucho tiempo rodeado de cadáveres. ¡Han caído tantos! Primero las tres princesas; después la reina madre y, además, el arquitecto Bek, la escultora Auta, incluso uno de mis aprendices más preciados. A todos he visto arder en la pira del horror y por cada uno de ellos me he estremecido. Vivimos rodeados por la muerte, Senet, y esto acaba matando poco a poco.

Me miró de hito en hito con una expresión que no pretendía engañar mediante el consuelo.

—¿Ahora te acuerdas de los muertos? ¿Hasta ahora no has tenido tiempo de contarlos? Piensa en todos los amigos que quedan y pueden morir de un momento a otro. Yo los voy enumerando, de uno en uno, de diez en diez, y ya sólo tengo ánimos para preguntar: «¿Quién será el próximo? ¿Quién, entre todos los seres amados, caerá hoy?»

De pronto, una idea cruzó por mi mente con la velocidad del rayo. No fue necesario que se precisara. Estaba allí, hundiéndome en la desesperación.

—¡El próximo! —exclamé—. ¡Mi hijo, Senet, mi hijo! Entre todas estas víctimas podría estar él.

—Claro que podría. Como todos los que viven en suelo egipcio. Como tú, como yo...

—Tú y yo podríamos estar, Egipto entero puede estar, pero nunca él. ¡Nunca Bercos!

Funestos presentimientos impulsaban mis actos, dirigiéndolos hacia el descontrol absoluto. No paré de dar vueltas por cubierta, hasta que al fin me detuve con la mente fija en un pensamiento concreto.

—Tengo que sacarle de la Ciudad del Sol mañana mismo. Tiene que irse lejos, muy lejos. Que abandone Egipto sin más dilación.

—Sería muy prudente que lo hiciera, pero sabes perfectamente que Akenatón no lo permitiría.

—Mi daga se hundirá en el corazón de ese fanático antes de que mi hijo corra el menor peligro... ¿Que depende de Nefertiti? Pues bien: mis manos retorcerán su divino pescuezo si me impide llevármelo...

De pronto me detuve. Por la astuta expresión de Senet comprendí su táctica: estaba dejando que me desahogase, que echase toda mi furia antes de adoptar una decisión. Y ésta llegó al cabo de un rato de insensateces.

—Sé lo que estás pensando —dije jadeante—. Ninguna de estas acciones serviría para nada. Es cierto que vengo comprobándolo desde el día en que exigí la libertad de Bercos. Debo encontrar algo mejor, pero sólo lo encontraré en la reflexión.

Pasé sin dormir lo que quedaba de la noche, dando vueltas a todos los planes posibles. Al final se me apareció con claridad diáfana la isla de Creta, con todas sus luces emergiendo entre las nieblas del Nilo, apuntando un sinfín de posibilidades que llevaban el nombre de Bercos. Pero nada hablaban del mío, nada decían de mi huida. En realidad, ésta ni siquiera se me planteaba. Mantenía el alma amarrada en un palacio de la Ciudad del Sol, y estas amarras eran tan fuertes que incluso me alejaban del destino de mi hijo.

Quería salvarle a toda costa sin salvarme yo de la obsesión. Por el contrario: casi deseaba quedarme solo en la Ciudad del Sol para seguir obsesionándome hasta lo infinito.

Cuando el amanecer despuntaba sobre el horizonte y el barco se acercaba al muelle de la Ciudad del Sol había tomado ya mi decisión. Para llevarla a cabo debía obrar con la astucia de la cobra, y, además, de una cobra pródiga en medios materiales: los suficientes para alquilar los servicios de Jumar. Se trataba de convencerle para que nos llevase en absoluto secreto hasta uno de los puntos en que los brazos del Nilo desembocan en el mar. Allí, en uno de los muelles costeros, Bercos podría embarcarse en cualquiera de las naves que realizan la ruta del Gran Verde.

No me fue difícil convencer a Jumar. Mi bolsa era muy locuaz y emitía un tintineo demasiado seductor para un hombre que se veía obligado a trabajar todos los años de su vida para ganar la mitad de lo que le estaba ofreciendo.

Una vez cerrado el trato me dispuse a emprender una empresa mucho más ardua, y acaso perdida de antemano. Porque entre todos los guardianes que podía desear para mi hijo sólo se me ocurría el amado nombre de Senet, y sabía que no iba a resultar fácil hacerle cambiar de vida mientras me repetía a mí mismo que no era lógico pedirle que lo hiciese.

Pero, no bien despertó bajo el primer rayo de sol, le abordé abiertamente, sin permitirme la menor vacilación:

—¿Qué dirías, Senet, si el sacrosanto oráculo de Amón te comunicase que vas a vivir en Creta y que pasarás el resto de tus días inmerso entre sus maravillas?

—¿Me tomas por un aceitunero? —preguntó él con expresión inmutable—. De otro modo no sé qué se me ha perdido en Creta.

—Quiero que te lleves a mi hijo. Quiero que le alejes del peligro que está corriendo. Y cuando estéis acomodados en mi casa le educarás como si fuese uno de los babuinos de Thot. Esto quiero y esto harás porque me amas como a un hermano.

—Si esto crees, y de esto quieres convencerme, te diré que maldigo el día en que se me ocurrió mezclar mi sangre con la tuya. Nunca pensé que un simple juego infantil comprometería mi vida hasta los límites del desatino. ¿Acaso el incordiante Bercos es hijo mío? Por cierto que no: es tuyo y bien tuyo. ¿Por qué no le acompañas tú? Sabrás que también corres peligro. Ni siquiera los genios quedan para semilla cuando pasan las hordas de la muerte. Además, tú eres de Creta. Vasijas aparte, eres lo más cretense que he visto en mi vida.

—Existe una razón muy poderosa, pues concierne a mi orgullo tanto como a mi reputación. Y es que no puedo dejar a medio terminar el palacio de Smenkaré.

—Sabes que ésta no es la verdadera razón. Si Smenkaré vuelve a Tebas, de poco han de servirle tus pinturas. Sé sincero conmigo. ¿Qué es lo que te obliga a quedarte a riesgo de tu vida?

—Un sueño que empezó hace muchos años, junto a un estanque. En Tebas, donde fui feliz.

414

Me dirigió una mirada de conmiseración como la que se les dirige a los locos. Y era justo que lo hiciera porque la sola idea de que Bercos pudiera sufrir el menor daño ponía en mi rostro un sesgo de extravío y las palabras se atropellaban en mis labios como el discurso de un orate.

—Tu oferta es tentadora pero inconcebible —seguía diciendo Senet—. Cada hombre tiene asignado su quehacer en un lugar y no en otro. Te recuerdo que yo me gano la vida con las palabras, y dicen que en esa isla extraña no las necesitáis. Sólo os servís de la escritura para anotar transacciones comerciales. ¿Qué podría hacer un escriba egipcio en semejante país? ¿No ves que me moriría de hambre?

—¡Al diablo las palabras! En cuanto a la manutención, ni tú ni Bercos tenéis que preocuparos. En Creta dispongo de fortuna para que viváis holgadamente el resto de vuestros días. Te daré cartas para el rey. Te daré todo lo que quieras... —Pero, viendo que mis palabras no surtían el menor efecto, acabé implorando con voz desesperada—: Escúchame, Senet: en el mundo sólo tengo dos cosas que me importan: estas manos y ese hijo. Las manos se quedan conmigo para terminar mi trabajo. El hijo vas a salvármelo tú.

Permaneció apoyado en la baranda, mirando distraídamente los primeros edificios de la Ciudad del Sol. Pero yo sabía que estaba mirando en su interior y que allí había secretos recovecos que me daban la razón.

—Se ve que me conoces —comentó, al fin, exhalando un profundo suspiro—. Sabes que carezco de razones convincentes para oponerme a las tuyas. ¿Con qué pertenencia podría responder? ¿Con cuál que me atase definitivamente a algún lugar? Por lo menos tú tienes dos cosas: yo ninguna. Esas manos mías se acostumbraron a escribir en un mundo que ya no existe. La reina madre ha muerto, Akenatón y Nefertiti se han convertido en dos extraños; mis amigos de Tebas sólo estarán pendientes de las ventajas que pueda acarrearles el cambio político. Es cierto, pues, que nada me retiene en Egipto. Por otra parte resulta apetecible eso de ser mantenido, especialmente a mi edad. Me sentiré como uno de esos jovencitos que saben sacar partido a sus encantos.

—Guarda tus encantos para quien sepa apreciarlos y dale a mi hijo tu inteligencia. A cambio te prometo que cruzaré el Nilo a menudo para depositar ofrendas en tu nombre ante el altar de tu amado Thot.

—Esta acción tiene mucho mérito porque está visto que a ti el dios de la sabiduría te es completamente ajeno. ¡Los embrollos que eres capaz de combinar, hermano mío!... En fin, no tendré más remedio que considerar a Bercos como un ahijado que acabase de caerme del cielo. Pero debo decirte que no me haces ningún regalo. Primero porque me marearé en el barco. Segundo porque ese ahijado no parará de hacer preguntas durante todo el viaje y, así, el mareo será doble.

Bercos confirmó aquellas palabras no bien hubo escuchado mis intenciones. Después de una interminable perorata sobre los derechos de los hijos acabó diciendo:

—Estás loco, señor padre. ¿Qué te hace suponer que quiero irme? ¿Qué derecho tienes a

416

imaginar siquiera que puedo vivir separado de ti? Nunca di pábulo a las historias que hablan de la crueldad de los progenitores, pero tendré que creerlas a partir de ahora. Y tú, Senet, ¿eres tan presuntuoso que te consideras digno de ocupar el lugar de Keftén? ¿Acaso no conoces los consejos del sabio Satué cuando se refiere...?

—¡Ya empieza! —cortó Senet—. ¿Lo ves? Nos pasaremos todo el día discutiendo.

Llegaban hasta nosotros los luctuosos himnos que acompañaban a diario el paso de los carros de la peste. El cielo aparecía teñido con el color de las llamas, el hedor a muerte llegaba hasta nuestra casa e invadía todas las estancias, desde el salón de música hasta el último rincón de la bodega. Y en medio de aquel infierno volvieron a asaltarme la desesperación y el terror, y, así, dominado por mis impulsos, cogí a Bercos por los hombros y le zarandeé violentamente como si fuese un muñeco de trapo.

—Atiende de una vez: como amigo podría suplicar, pero como padre estoy en condiciones de darte órdenes y hasta de despellejarte a latigazos si conviene. Por una vez no toleraré que me repliques. No hay tiempo para discusiones ni pienso tolerarlas. Tomarás ese barco con Senet y harás todo lo que él te indique. Con un hombre de su categoría, la obediencia no te humillará, sino que te hará mejor.

—En esto tienes razón —se ufanó Senet—. Le leeré continuamente los libros de los antiguos profetas.

—No hace falta —contestó Bercos con desdén—. Llevo años aprendiéndolos en el templo.

—¿Lo ves? Ese niño es respondón como él solo. No tiene enmienda.

—Ayúdale a tenerla. Haz que, cuando vuelva a encontrarle, esté a la altura de mis esperanzas. Escúchame bien, hijo mío: Senet tiene razón cuando dice que el mundo donde has crecido se está derrumbando, pero yo quiero que tú te salves. Debes intentarlo porque, haciéndolo, me salvas a mí. Todo lo que me has dado es tan grande que excede al poder de cualquier dios. Pero en su propia grandeza es turbulento, inexplicable, desgarrador. Estoy seguro de que la distancia le pondrá serenidad. Sólo entonces podré volver hasta ti y decirte con todo derecho lo que tú me dijiste un día. Podré decirte que mi amor es más grande que la vida.

Cierto que lloró, porque era un sentimental nato, pero al final se impuso la razón, tal como le habían enseñado en el templo; además era consciente de que el peligro que le anunciaba era real y su muerte una posibilidad en absoluto remota.

Le permití que pasase a mi lado su última noche en la Ciudad del Sol. También a mí me apetecía sentir su contacto como si todavía fuese un niño y ningún presentimiento adverso se anunciase en el horizonte de nuestras vidas. Habló mucho, poniendo rigor y sensatez en sus palabras. No había en ellas el menor asomo de nostalgia, ni siquiera un leve dolor por la parte de su vida que se disponía a dejar atrás. En sus lamentos no entraron amigos ni su vida en el templo, ni siquiera la comodidad del palacio que habíamos compartido. Sus palabras sólo se referían a mí, todas sus nostalgias las motivaba yo y, así, todo su temor se limitaba al hecho, ya inevitable, de no vernos durante algún tiempo o acaso nunca más.

Todos esos pensamientos, que ardían al unísono como las reses en un holocausto, daban a su rostro el patético aspecto de un desamparado, pero no tardó en reponerse para obsequiarme con una sonrisa de optimismo.

—Viviré en esa isla puesto que es tu deseo, pero has de saber que me voy cargado con un sueño que me niega toda opción a la felicidad. Y aún así no desespero, padre mío, porque está escrito que vendrás a buscarme algún día y que entonces he de tenerte sólo para mí.

No esperamos al amanecer para abandonar la Ciudad del Sol. Protegidos por las tinieblas nos dirigimos a los establos, donde esperaban dos carros que Cantú se había agenciado con singular habilidad. También había conseguido cargar las pertenencias de Senet y Bercos en la nave de Jumar, que nos esperaría algunas millas más abajo a fin de no despertar sospechas en los guardias del puerto. Así recorrimos la zona desértica que empezaba en los arrabales y terminaba más allá de la primera estela. Después, por un camino reservado a las caravanas, descendimos hasta el Nilo y desde allí alcanzamos unos meandros donde Jumar había anclado su nave.

Bercos se disponía a despedirme, con los ojos llenos de lágrimas, pero le interrumpí sabiendo que iba a darle un poco de alegría.

—Tengo una sorpresa para ti. Navegaré con vosotros hasta las costas del norte porque quiero que descubras a mi lado el color del mar.

Tal como yo había previsto, su alegría fue grande; pero no hubo tiempo para expresarla porque Jumar se aprestaba a hacernos algunas recomendaciones:

—Cuando en la Ciudad del Sol descubran vuestra ausencia estaremos lejos, pero no lo suficiente como para que paséis completamente inadvertidos. Que tu hijo se ponga una peluca negra, porque ese pelo suyo es como una señal de aviso. Y a vosotros se os nota mucho que sois de abolengo. No estaría de más que os disfrazaseis de mendigos.

—¿Disfrazarme yo de mendigo? —exclamó Senet—. ¡Jamás! ¿Qué dirán en la corte?

—Cosas maravillosas —contesté yo riendo ante aquel desatino—. Dirán: «El elegante Senet ha descubierto una nueva moda.» Y no tardarás en ver a todos los petimetres del faraón vestidos de perdularios.

Entre risas y chanzas fuimos remontando el Nilo y al cabo de cinco días habíamos sobrepasado la ciudad de Menfis. Al contemplar desde lejos las tres grandes pirámides Senet se santiguó respetuosamente y comentó que el corazón se le encogía al pensar que nunca más volvería a verlas. Luego improvisó una hermosa plática sobre el lugar que las grandes obras del pasado ocupan en el corazón de los verdaderos egipcios, y los marineros que le escuchaban estuvieron a punto de llorar. Y Bercos, que dejaba en Egipto una parte muy importante de su vida, tomó la mano de Senet entre las suyas y murmuró en tono muy dulce:

—Hay tanta belleza en tus palabras que no debes preocuparte por tu porvenir en ningún lugar del mundo. Y si bien es cierto que los dioses te han enseñado el don de la escritura, no lo es menos que, antes, te dieron pensamientos hermosos para que tu escritura no sea inútil.

—Es cierto que hasta ahora me he limitado a escribir lo que me dictaban los demás —dijo Senet—. Quizá ha llegado el momento de escribir lo que pienso yo. Y ¿sabes cómo empezaré, pequeño charlatán? Expresando una y otra vez mis lamentos por esta tierra que vamos dejando atrás. Porque es cierto que Egipto nació del amor de los grandes dioses y nunca habrá una tierra que podamos amar con tanta intensidad. Pasará el tiempo y cada una de mis lágrimas será un pedazo del Nilo que se me está quedando clavado en los ojos con esta despedida.

Dijo entonces Jumar:

—En muchas tierras he estado y muchos ríos he visto, pero es cierto que ninguno se parece al nuestro. Todos los ríos tienen alma, pero el Nilo está hecho de millones de ellas.

—No lloraré sólo por mi río —prosiguió Senet—. Cada noche, cuando me quite las sandalias, me sacudiré los pies porque estarán llenos del polvo de las calles de Tebas y de la arena de nuestros desiertos. Cuando busque las estrellas en cielos lejanos echaré de menos muchas que sólo se ven en Egipto, porque Egipto quiso nacer de su brillo para no apagarse nunca en nuestros corazones. Y si a la hora de la muerte acuden a buscarme dioses extranjeros, pediré que venga Thot, pues sólo de sus cuentas se fía un buen egipcio. Esto es lo que siento y esto es lo que escribiré algún día, aunque en Creta no entiendan mis palabras. Pero me bastará que las entiendas tú, ahijado mío; tú, que serás un pobre exiliado como yo, huérfano para siempre de esta tierra bendita que acunó toda la belleza del mundo.

Estuve a punto de confirmar sus palabras, tan lleno me sentía del amor hacia Egipto; pero otras ideas llenaban mi mente, otros sentimientos conmovían mi alma. A la par que el dolor, mi espíritu estaba lleno del futuro de mi hijo. Él iba a revivir lo que yo viví una vez: saborearía paso a paso el largo periplo hacia una tierra nueva, la sorpresa ante cada escala, la progresiva contemplación de la enormidad del mundo. Y ante este despliegue de novedades, ante esta posibilidad de ir madurando en el movimiento, las lamentaciones de Senet se me antojaban el último eslabón de una larga cadena de cosas perdidas en el tiempo.

Y así supe que en aquella despedida se encontraba otra de las grandes verdades del ser humano; supe que, aunque las circunstancias no me hubiesen obligado a precipitar la partida de Bercos, ésta habría tenido que producirse un día u otro. Y que en manos de cada hijo que parte hacia el futuro está siempre la semilla de la vida.

Al llegar al Delta, el Nilo se repartió en varios brazos como prósperos vástagos de Hapy que se abrían camino entre una vegetación exuberante. Tomando una de esas rutas llegamos al fin a la costa, donde estaba esperando el barco que los llevaría a Creta.

Bercos bajó corriendo a la playa y, en un santiamén, se encontraba saltando por la arena como una bestezuela que acabase de descubrir la libertad. Hallé gran placer viéndole desahogar su asombro a base de cabriolas y todo tipo de aspavientos; pero en un momento determinado se acercó al rompiente de las olas y retrocedió con aspecto intimidado.

—Padre mío: nunca vi nada tan hermoso ni tan terrorífico al mismo tiempo. Esta inmensidad me asusta. ¿Qué será de mí si no estás a mi lado para guiarme?

Antes de separarnos le estreché entre mis brazos con más fervor que si hubiese sido un amante.

—Dentro de poco ya no necesitarás de ningún guía. Cuando estés en Creta no podrás resistir la tentación de descubrir el mundo por ti mismo. Cada día que pase será una novedad, y por cada una de ellas bendecirás el día en que naciste. Hazlo así, no mires atrás, no busques en el pasado, porque sólo ha de servirte para asesinar el presente, y en este asesinato te condenarías.

Le acompañé hasta el barco. Y, antes de separarnos, todavía le dije:

—Estoy seguro que si buscas entre las rocas, encontrarás el hipocampo. Si lo consigues, ponle mi nombre.

—Señor padre: empiezo a comprender que tu nombre es «imposible». ¿No es demasiado feo para un animalito tan simpático?

—Estás en lo cierto, hijo mío —dijo Senet mientras le rodeaba el hombro con un afecto que tuvo el valor de tranquilizarme. Y a continuación me espetó—: Escucha, gran señor de los desatinos: todavía estás a tiempo de venir con nosotros. Piénsalo bien.

—No me iré hasta que termine mi trabajo. —Y añadí para mis adentros: «Cualquiera que éste sea y a donde me lleve, así se hará.»

—Haz lo que se te antoje —dijo Senet con desaliento—. Al fin y al cabo en la testarudez está la base de toda la creación. Si los dioses no se hubiesen obstinado en jugar a los disparates, no habrían creado a la raza humana.

Bercos se disponía a responderle airadamente porque era enemigo de la blasfemia, pero yo me apresuré a taparle la boca en previsión de un sermón interminable. Y, como sea que los marinos estaban a punto de retirar la pasarela, le abracé por última vez mientras Senet refunfuñaba:

—Vete ya, porque soy llorón por naturaleza y no quiero que los pasajeros se rían de mí antes de iniciar el viaje.

Permanecí largo rato observando las maniobras de embarque. Todavía pude asistir a una escena que no me resultó en absoluto extraña: Senet y Bercos estaban discutiendo acaloradamente, supongo que sobre alguna fruslería. Y así se iban alejando de mi vida, tal como yo los había conocido y tal como los recordaría en el futuro. Se alejaba el barco por el ancho mar, se perdía entre tanto azul, ya sólo era un punto negro entre las olas y las nubes. Y cuando hubo desaparecido completamente todavía permanecí largo rato mirando el horizonte, sin ánimos para moverme, ni siquiera para pensar. Sólo cuando Nut desplegó sus velos negros y éstos se unieron a la oscuridad de las olas pronuncié mi despedida hacia el horizonte:

—Desde donde quiera que estés a partir de

ahora mándame tu voz, hijo mío. Mándamela cada día porque ya no tengo nada.

Me encaminé hacia una pequeña población costera, donde permanecí unos días antes de desplazarme a Menfis. Al cabo de algún tiempo recibí unos pliegos de Senet en los que me anunciaba, con florida prosa, que habían iniciado su vida en Creta sin el menor problema y que, entre todas las cosas locas que podían ocurrírsele a un novicio de Atón, Bercos estaba aprendiendo a nadar bajo el agua. Él mismo lo confirmaba, añadiendo, además, que había encontrado un caballito de mar, pero que murió al poco rato de tenerlo entre sus manos.

Recordé entonces una leyenda según la cual esos animalitos no sobreviven sin su pareja.

DURANTE EL TIEMPO QUE LA CARTA tardó en llegar a mis manos se había producido en mi hijo un cambio que me llenó de esperanza por cuanto indicaba que no estaba tan triste como yo había temido. Se llamaba a sí mismo «Bercos, el cretense», y Senet apostillaba que el mar de mi isla le había conquistado por completo y, aunque los atardeceres sobre las colinas de Cnosos le llenaban de melancolía porque yo no estaba allí para compartirlos, suplía mi presencia con una curiosidad insaciable que le llevaba a formular un tropel de preguntas por el motivo más fútil. No pude evitar una sonrisa de ternura al imaginar la tortura a que se vería sometido el amable Senet, pues conocía la capacidad de parloteo de Bercos y a veces la había sufrido en propia carne. Pero como el antiguo escriba tampoco era parco en palabras y, además, aficionado a comunicar su sabiduría a los más jóvenes no me cupo la menor duda de que sus horas transcurrirían como en aquellas animadas tardes en que el rey Merikara daba sabios consejos a su hijo, según cuentan los libros.

Acababa contando Senet, en su misiva, que mientras «Bercos, el cretense» se embelesaba ante el color cárdeno que adquiere el cielo al posarse sobre el mar de mi isla, él no había conseguido olvidar los cerúleos cielos —pues son muchos— que hacen el amor con las aguas del Nilo desde el origen de los tiempos. Este amor por un río, que ha sido tan determinante para cada ser sensible que lo ha contemplado una vez, constituía también mi esclavitud. Amarras harto conocidas seguían atándome al devenir del Nilo; amarras acaso definitivas porque yo no estaba en la edad de mi hijo para cambiar los paisajes que la vida va dibujando en nuestro espíritu como un pincel implacable manejado por manos muy crueles.

Anduve errando durante varios meses sin otro interés que mi propio vagabundaje. Me resistía a volver a la Ciudad del Sol, no sólo por temor a los estragos de la peste sino también a las represalias que pudiera acarrearme la huida de Bercos. Era quizá un temor absurdo, dada la excelente relación que siempre me había unido a los reyes, pero me dominaba por completo y, en cierto modo, era tranquilizador que así fuese. Se me antojaba que, con mi rechazo, no hacía sino justificar mi reticencia a permanecer en un lugar que había llenado mi alma de obsesiones. Necesitaba ver cosas nuevas, sacudirme todo cuanto había ido aprendiendo en la Ciudad del Sol, todas las cosas que se habían cumplido sin desearlas mientras quedaban por cumplir las deseadas con mayor fuerza.

Pero seguía siendo dueño de un derecho: el de obsesionarme por cosas distintas, y quise cumplirlo sin considerar la fuerza de cuanto había dejado atrás. Entonces se adueñó de mí una tristeza infinita, pues, doquiera que me hallase, por inmensa que fuese la distancia que nos separaba, el alma de Nefertiti seguía dominando sobre la mía.

No recuerdo los lugares que recorrí, ni siquiera sus nombres, porque éstos sonaban en mis oídos como una melopea secreta, impenetrable, no conocida por nadie porque pertenecía a los orígenes de la lengua egipcia y ésta había cambiado mucho a través de las edades. Encontré en la costa pueblos completamente muertos, porque ya no tenían utilidad, o ciudades recién nacidas a partir de una pequeña guarnición o de un puerto rápidamente improvisado. Más al interior, en los bosques del Delta, surgían también aldeas creadas de la noche a la mañana con el fin de aprovechar las ventajas de un canal de irrigación, y en el linde del desierto aparecían las ruinas de poblados construidos años atrás, durante la edificación de algún monumento, y abandonados cuando la obra estuvo concluida. Lugares fantasma, ruinas a veces, cementerios habitados únicamente por espectros.

Cambiaban los paisajes, cada uno era más hermoso que el anterior, pero en ninguno de ellos se complacía mi alma como solía complacerse en la Ciudad del Sol.

Permanecí largo tiempo en Menfis porque en esta ciudad la peste había desaparecido por completo y, además de la seguridad personal, me ofrecía la oportunidad de relacionarme con gente poderosa, de gran influencia en la administración local. Estos grandes señores no tardaron en llenarme de encargos que no sólo me servían para mantener una situación próspera sino también para asegurar la prosperidad de Bercos y de Senet en Creta.

Conocí a una viuda complaciente, una de esas damas que sólo produce el Nilo, pues, al igual que sus frutos mejores, son más atractivas cuanto más maduran y, además, guardan en su lecho vacío tanta necesidad y tanta urgencia que se hacen más apetitosas que cualquier joven. Así era la dama Mutare, y así dejé que me tomase, como si fuese ella una triunfal generala y yo un guerrero vencido y destinado a una feliz esclavitud. Pero, al oír mi deseo expresado en términos tan serviles, ella se echaba a reír diciendo:

—Nada de esclavo. Y mucho menos un guerrero derrotado. ¿Acaso no sabes que los grandes generales egipcios celebran sus victorias cortando las manos y los testículos a todos los soldados del ejército enemigo?

—Lo he visto en los relieves de los faraones conquistadores. Y a fe que las gentes del mar debemos de ser sensibles en exceso porque la sola visión de los enormes cestos llenos de testículos asirios me ha producido siempre una gran repugnancia.

428

—En esto salimos ganando con Akenatón. Es tan pacífico que no cortaría los testículos de nadie, excepto los suyos. Si no lo ha hecho ya. Tú que le conoces: ¿es cierto que, de cintura para abajo, es más mujer que yo?

—Más mujer que tú no he visto a nadie en todos los edenes del placer —contestaba yo entre risas—. En cuanto al faraón, sólo le he visto de cintura para arriba y sé que tiene los pechos caídos, por lo cual te prefiero a ti. Porque tus senos me excitan y no encuentro mejor refugio para calentar mi pene que esa hendidura divina.

Era un pretexto para no continuar hablando de Akenatón, pero no era en absoluto una mentira, ni siquiera un halago fácil. Aquella mujer me excitaba de una manera sana, abierta, sin prejuicios. Toda su belleza parecía haber madurado a través de los años sólo para que la tomase yo. Tenía, además, el carácter sumamente práctico de las viudas que han tenido la suerte de serlo a tiempo: como sea que ya había conocido una vez el amor a largo término no quería complicarse en nuevos intentos; así, contrariamente a Nellifer, no me exigía una entrega absoluta ni estaba dispuesta a dármela ella. Nos entregamos hasta el extremo del delirio, pero esto sólo ocurría en el lecho: al poner los pies en el suelo, yo tenía mis pinturas y ella una hacienda que le había dejado su difunto y de cuya administración se ocupaba personalmente.

Tan compenetrada estaba con mis necesidades que no retrocedió cuando, un día, quise hacerle partícipe de mi obsesión. Pero no exponiéndola con todo detalle, como se hace con un camarada y había hecho con Nellifer, sino pidiéndole que asumiese en el lecho el aspecto de la mujer que me obsesionaba.

—Vístete como una reina para mi placer —dije temblando de excitación—. Y que esta reina sea Nefertiti.

—Lo haré con agrado porque me gusta que mis hombres me vean como reina antes de convertirme en su ramera. Pero adivino en tu deseo algo que pudiera volverse contra ti, porque ningún hombre pide a una mujer que se finja otra si ésta no ha hecho mella en su corazón hasta el punto de arruinarle el cerebro.

Y es cierto que los disfraces de la viuda se volvieron contra mí porque, si bien su atuendo era parecido al que solía llevar la reina, tal semejanza sólo contribuía a acentuar su ausencia. Y nada de ella encontré en aquella mujer que, sin embargo, no le iba a la zaga en hermosura. Sólo que era la hermosura de la realidad y yo estaba persiguiendo la de la quimera.

Si se exceptúan estos deslices en la locura, la vida junto a Mutare fue una suerte de oasis donde sólo cupiera el placer y la holganza. Como sea que su hacienda se hallaba en el nomo del Lago, viajábamos constantemente por sus riberas, dejando transcurrir las horas en lánguidas entregas a los placeres de la carne. Sólo me dejaba para recorrer las tierras con sus capataces, vigilar las cuentas y preparar la larga lista de impuestos que le correspondía pagar aquel año, pues su cosecha había sido próspera cual corresponde a aquella feraz región.

Nadie debe creer que las mujeres son inferiores a los hombres en las cuestiones del poderío; por lo menos no lo son en Egipto, y desde luego no lo era la viuda Mutare. Además de la administración de su hacienda tenía algunos pleitos, en los que también participaba personalmente... ¡y con qué genio! Había llegado al extremo de entrevistarse con el visir de las tierras del norte para denunciar la corrupción de uno de sus oficiales, un tal Mikerén que la había estafado en la recaudación de impuestos de dos años antes. Según me contó ella misma, aquel corrupto se había incautado de dos vacas, un camello y veinte sacos de trigo que no fueron contabilizados. Mas como la viuda Mutare conocía el arte de los números hizo que el escriba le enseñara sus cuentas y, viendo que no figuraba una parte de los impuestos que había pagado, pidió al jefe de policía de Menfis que la acompañase a visitar al taimado Mikerén, y así aparecieron en su corral el camello, las vacas y los sacos de trigo. Y aunque tras el oficio de recaudador de impuestos siempre se agazapa la tentación del hurto, y esto lo sabe todo el mundo, la viuda Mutare se mostró implacable, porque una cosa es lo que le ocurre al vecino y otra muy distinta lo que acontece en la propia hacienda.

El otro pleito era menos importante pero, en cambio, más desagradable. Se trataba de un pobre campesino que no había pagado a la viuda los impuestos anuales alegando que la cosecha había sido paupérrima. Debo decir en honor de Mutare que no encontraba placer hostigando a enemigo tan débil; pero, como todos los poderosos, sostenía que era menester actuar severamente en nombre de la autoridad que rige las relaciones entre campesinos y señores desde tiempo inmemorial. El pobre hombre, imposibilitado de pagar con grano o habas que no había recogido, propuso ceder una de sus hijas para que sirviera de placer a alguno de los poderosos amigos de la señora. Y el trato se cerró sin escrúpulos por parte alguna porque, en aquellos días, semejante trueque no constituía una anomalía en la vida del Nilo.

Tengo que reconocer, con gran dolor, que esas cosas sucedían mientras yo gozaba de mi paraíso en la hacienda del Lago. La situación de la mayoría de los egipcios era desesperada y muchos recordaban aquella lejana época de desorden y miseria que siguió a los años de la gran carestía. Los profetas de entonces habían dejado cantos patéticos que todavía hoy son leídos en las escuelas. El sacro idioma destinado a loar a los dioses se había convertido en vocero del desastre; la escritura que antes se utilizaba para glosar el poder de los grandes reyes sólo servía ahora para pregonar miserias y calamidades.

Esto mismo ocurrió en las Dos Tierras en los últimos tiempos del reinado de Akenatón, y aun después. Y en la indigencia y la desnutrición que azotaban pueblos enteros, en el robo y el crimen que asolaban las ciudades, parecía oírse el dolorido lamento del profeta Neferrehu:

«La muerte no descansa, los hombres disminuyen y las mujeres se han vuelto estériles. Las damas que antes eran ricas sobreviven hoy prostituyendo a sus hijas. La risa ha desaparecido, la aflicción se ha adueñado de los hombres. Los pocos víveres que hay en Egipto son para el que dice

"Llego y los cojo". Bestias feroces del desierto beben en el río de Egipto. Veo al país hundido en el luto y la pena. Lo que nunca ha ocurrido, ocurre ahora. El hijo mata al padre por las esquinas, el hermano asesina al hermano por un poco de comida. El odio reina entre la gente de las ciudades y la desconfianza anida en las cabañas de las aldeas. El país se está muriendo, el sol se desvía de los hombres. Y los signos divinos ya sólo sirven para enviar mensajes de tristeza.»

Mientras la desolación caía sobre las Dos Tierras, la viuda Mutare me consagraba las horas que le quedaban libres entre pleito y pleito, y así regresamos a Menfis sin abandonar nuestro gusto por la holganza, pero llenándola de fiestas y banquetes que contribuían a hacer de nuestros amores una incesante celebración.

Todo esto ocurría a pesar de la natural reserva de la gente de aquella ciudad, que presume de ser la más señorial de Egipto y, por tanto, la menos dada al boato y a la ostentación. Del mismo modo que los tebanos son conocidos por su propensión a tales excesos, la gente de Menfis es contenida y discreta. Por eso dicen los egipcios de sangre antigua que Tebas es una ciudad de advenedizos porque todo se desarrolla de puertas para afuera, con miras al alarde, mientras que en Menfis todo se queda de puertas para adentro y las apariencias nunca trascienden hasta el gran templo de Ptah. Y todavía debo destacar la solera de que presumen los menfitas, acaso con razón, porque Tebas no era más que una aldeúcha cuando Menfis llevaba muchos años siendo capital de las Dos Tierras.

Pese a tales condiciones había en Menfis numerosos personajes de oscuro pasado pero que habían conseguido alcanzar gran influencia gracias a las prebendas concedidas por Akenatón. Y era tal la seguridad que habían adquirido con sus nuevos cargos que no vacilaban en jactarse públicamente de sus privilegios y del afecto de quien se los había concedido.

En este punto, yo recordaba las palabras de Maya, el intendente del palacio real:

—Yo mendigaba ante los templos; nada tenía, nada esperaba. Pero un buen día me puse a adorar a Atón para complacer al rey. Entonces, él me dio tierras, gentes y ciudades. Fui elegido por su majestad para ocupar un lugar importante a su lado y caminar junto a él; porque así es su majestad: un hombre que elige a los humildes y los convierte en príncipes.

Por lo demás, las grandes familias de Menfis reaccionaban ante aquellos figurones alegando que la fortuna había cambiado de manos y que el linaje ya no importaba como antes.

—Los que ayer eran grandes tienen hambre y están angustiados. Los nuevos hombres del faraón se han hecho ricos mientras los que antes eran propietarios no tienen nada. El que ni siquiera tenía un par de bueyes posee ahora diez yuntas; el que no tenía un pan es ahora dueño de una granja y su granero se ha ido aprovisionando con los bienes ajenos. Y el que por pobreza se acostaba sin mujer tiene ahora nobles damas que le sirven de querida a cambio de su influencia.

Y los grandes de las Dos Tierras se hacían eco

de aquellas palabras quejándose continuamente de los repentinos cambios de riqueza.

Entre los hombres nuevos que ostentaban ahora los pendones de la importancia gozaba la viuda Mutare de gran consideración porque su hacienda era una excelente golosina para aquellos que sólo saben hacer amigos entre los poderosos. Y ella, que a su vez conocía el talante de los que acostumbran medrar bajo cualquier circunstancia, los agasajaba continuamente con fiestas y banquetes en la conciencia de que algún día podrían ser de utilidad para sus intereses. Y, como sea que éstos coincidían con los míos, supe integrarme a su círculo y, desde él, moverme a mis anchas para acceder a otros igualmente influyentes, si no más.

Mientras aprendía a distinguir entre los diferentes ambientes de Menfis empezaba a reconocer la importancia de mi amante y, al mismo tiempo, recapacitaba sobre lo que hasta entonces habían sido mis relaciones con las mujeres. Siempre me habían impresionado en mayor grado cuanto más fuertes y poderosas eran, y acaso Nellifer había cometido el error de no serlo más que yo. En cualquier caso, la comprobación de la fuerza de Mutare, desarrollada en tantas direcciones, me remitía de nuevo al recuerdo de Nefertiti. Regresaba ella bajo rasgos indómitos, con sesgo cruel, mirada sangrienta y voluntad de hierro. Regresaba para decirme continuamente que mi obsesión no estaba curada. Ahora más que nunca, los recuerdos me acompañaban; pero, así como los ancianos recuerdan los sucesos del pasado con mayor precisión que lo acontecido anteayer, así mi memoria rechazaba todo lo que había vivido en los últimos tiempos para rehacer cosas lejanas. Lo cual era lógico porque mis recuerdos más cercanos se limitaban a festines que duraban hasta el amanecer, y nada había en ellos que mereciera quedar inscrito en los anales del alma. En cambio, en el tiempo más remoto de mi vida aparecían y reaparecían constantemente los cuatro niños de la Casa Dorada, lo cual equivale a decir que se me presentaba el recuento conmovedor de muy hermosas esperanzas.

Y en aquel estado de ánimo supe un día que el faraón acababa de morir.

MURIÓ AKENATÓN DE IMPROVISO allá en su Ciudad del Sol. Y quienes decían saber algo sólo sabían que había muerto completamente solo mientras dormía el sueño de la tarde. El pueblo de Egipto lloró amargamente porque era como si las tinieblas acabasen de asestar el golpe definitivo a la matriz de la vida. Y aunque es cierto que poca gente estaba contenta con las reformas de Akenatón, también fueron pocos los que dejaron de reconocer su grandeza.

Imaginé por un instante las manifestaciones de duelo que llenarían por aquellos días las calles de la Ciudad del Horizonte de Atón, pero no le fueron a la zaga las que sacudieron las avenidas menfitas. Si bien es cierto que, al conocerse la nueva fatal, las calles quedaron completamente desiertas, no tardaron en aparecer los fieles de

Atón, que recorrieron la ciudad en estentóreas manifestaciones de dolor. Veíanse a hombres, mujeres e incluso niños dándose golpes en el pecho, mientras otros se desgarraban las vestiduras y unos terceros iniciaban prolongados ayunos para que el faraón pudiese disponer de víveres en su refugio de eternidad.

Hubo luto, hubo dolor y hubo también inquietud. Era opinión general que acababa de morir un hombre bueno, si bien un poco loco. Después, la visión oficial quiso complicar las cosas hablando de heroísmo, y los sacerdotes de Atón completaron el desvarío insistiendo en la condición divina del difunto. Pero la gente sencilla decidió que Akenatón no se había ido y que, a partir de aquel día, cada vez que viésemos salir el sol sería él que nos estaría sonriendo.

Mientras los sacerdotes de Atón propagaban en los templos los complejos preceptos de su liturgia, la casa real mandó a sus pregoneros para difundir la noticia en términos tan confusos como los de la religión. Pero los más avisados quisieron pensar por su cuenta y en ello entraba averiguar cuál había sido la causa de aquella muerte repentina, de manera que se hicieron todo tipo de conjeturas, desde las más sensatas hasta las más peregrinas. Porque a los avisados los complace novelar, demostrando así que no saben tanto como aseguran y que lo suyo es apariencia para deslumbrar a los incautos que los escuchan.

Así fue como durante un festín en casa de Mutare volví a escuchar por enésima vez todas las suposiciones posibles sobre el luctuoso evento, mientras reparaba en las curiosas consecuencias que podía tener para los allí reunidos. Pues todos ostentaban altos cargos en la ciudad de Menfis, todos dependían de la administración estatal y quien más quien menos se imaginaba sustituido de la noche a la mañana por decreto del nuevo faraón o de sus consejeros. De aquí que las conversaciones no tardasen en abandonar la persona del rey muerto para concentrarse en divagaciones sobre lo que podía hacer Smenkaré, el rey vivo, y qué tajada podía obtener cada uno del nuevo pastel cocinado con la carne de Egipto.

Recordé entonces una lejana conversación con Smenkaré en su palacio inacabado. Recordé sus dudas y sus miedos, así como su escaso interés por el poder y quienes luchaban por repartírselo. Y me pregunté qué haría ahora que estaba solo en un trono a todas luces excesivo.

Di por cierto que recurriría a Nefertiti. Ella era lo bastante inteligente —o si se quiere astuta— para adaptar la nueva situación, si no a sus propios intereses, sí a los de su dios único. Y por mucho que hubiese odiado a Smenkaré cuando se vio sustituida por él, hoy no ignoraría que entre sus posibilidades se jugaba el destino de Egipto.

Pero el recuerdo de Nefertiti me remitió de nuevo a Akenatón, y así ocurría cada vez que intentaba volver atrás el curso de mis pensamientos. Sumido en ellos me encontraba cuando me anunciaron la visita de alguien que se presentaba a sí mismo como sirviente de casa importante.

Llegaba en calidad de heraldo para comunicarme que su señor deseaba verme al momento. Y al preguntar de qué poder gozaba el personaje que se hacía anunciar con tanto imperativo, el sirviente se inclinó por tres veces y dijo servir al más grande general que se había conocido en las Dos Tierras desde la época de los grandes conquistadores.

—Entonces sólo puede ser Horemheb —comenté—. Y será, en efecto, el más grande, puesto que así se considera. Pero yo te pregunto: ¿qué está haciendo en Menfis, cuando podría estar tejiendo intrigas a los pies del trono vacío?

Yo no ignoraba que Horemheb poseía un magnífico palacio en los aledaños del gran templo de Ptah; pero también sabía que, en los últimos tiempos, apenas había tenido ocasión de ocuparlo. Los asuntos de la guerra, así como los incesantes viajes a Tebas, le habían impedido igualmente cuidar de sus restantes posesiones menfitas, que, por cierto, eran muchas y muy notables.

De labios del sirviente supe que su dueño se había desplazado a Menfis con el propósito de ultimar los preparativos de la segunda tumba de Akenatón, este raro edificio, tan complejo en su significado, que los egipcios llaman cenotafio. Siempre fue difícil de comprender para los extranjeros, pero constituye una costumbre ancestral abonada, una vez más, por la necesidad de contentar al mayor número de dioses posible. Se prefiere Menfis, por su reputación secular, o Abydos, por el sacro significado de su santuario. Que Akenatón, en los últimos años de su reinado, hubiese optado por tener su cenotafio en la ciudad de Ptah obedecía sin duda a una maniobra política que no estoy seguro que hubiese adoptado por propia voluntad, en tanto orgullo tenía a la

Ciudad del Sol y tan exclusivo lugar ocupaba en su vida. Vi, pues, la mano de Ay en aquella decisión y consideré el extremo cuidado de Horemheb en las diligencias que se derivaban de ello.

Como sea que Horemheb era un personaje de gran importancia en la vida de Menfis, esperaba encontrar en su palacio mil luces encendidas, arpas y caramillos sonando en el aire, jubilosos invitados recorriendo los jardines o contemplando la actuación de danzarinas famosas. Esperaba, en resumen, un festín como los que le habían dado fama en la Ciudad del Sol.

Contrariamente a lo que yo esperaba, el enorme palacio aparecía completamente a oscuras, la mayoría de los criados se habían retirado y en los jardines reinaba un silencio absoluto, apenas interrumpido por el insistente canto de los grillos.

Horemheb se hallaba reposando en una terraza abierta sobre la avenida donde se levanta el gigantesco templo de Ptah. En una primera impresión creí que estaba completamente desnudo; pero, cuando el sirviente le acercó una lamparilla, reparé en que llevaba un taparrabos de piel de tigre parecido al que usan los etíopes. Y no pude dejar de considerar irónico que adoptase para sus horas de reposo el atavío de un pueblo vencido.

Era la primera vez que le veía sin uniforme y, no obstante, su prestancia era la misma de que tanto alardeaba en las grandes ceremonias. Tenía el cuerpo robusto y bien formado, acaso excesivamente hirsuto para un egipcio que se preciase de limpio; pero, como sea que en todas partes los soldados son distintos a los demás hombres, le consideré en términos de gran señor de la guerra a fin de poder elogiar su aspecto sin reservas. Y al hacerlo comprendí su éxito con las mujeres y pensé, con una sonrisa de ironía, que a Senet le habría encantado verle de aquella guisa.

Saliendo del letargo en que había estado sumido avanzó hacia mí con una sonrisa amplia y franca, como en raras ocasiones le había visto. Y yo pensé que así deben de sonreír los leones cuando descansan bajo las palmeras después de un excelente banquete a costa de algún caminante desprevenido.

Era inevitable que me preguntase por los motivos de mi larga ausencia, y así lo hizo. Cuando le expuse mis temores se echó a reír ruidosamente con un poco de burla:

—Acentúas tus sufrimientos sin necesidad —exclamó—. Estoy convencido de que por la mente de Akenatón nunca pasó la idea del castigo. Sin duda se hubiera entristecido por el cariño que siempre tuvo a tu hijo, pero él sabía que este joven no había nacido para su verdad como yo sé que no estaba hecho para la guerra.

No quise imaginar qué habría ocurrido en la vida de Bercos si Horemheb lo hubiese considerado digno de empuñar una espada. En otro momento me hubiera estremecido ante la sola idea de este destino, siempre despreciable; pero, teniendo tan cerca la muerte de Akenatón, sólo se me ocurrió preguntar:

—¿Para qué hemos nacido todos, Horemheb? Me gustaría encontrar la respuesta a esta pregunta porque quizá sería la forma de creer en algo.

—Tu pregunta sólo pueden contestarla los que

ya están más allá de la muerte. Porque sólo en este punto estamos en disposición de contemplar el principio y el final.

—Entre ambos extremos, yo estoy viviendo ahora en la zona de en medio. Una zona muy precisa para intentar comprender no el futuro, tampoco el pasado, sino el presente. Y en esta situación debo confesarte que estoy muy preocupado.

—Esto significa que eres normal a pesar de todo. Porque ningún habitante de las Dos Tierras puede dejar de preocuparse en estos aciagos días.

—En efecto, todo el mundo parece preocupado, y algunos incluso angustiados porque todavía ignoran cuál va a ser su destino.

Le referí entonces mis conversaciones con los funcionarios que ya se veían desprovistos de sus cargos, y él sonrió con sarcasmo y habló de ellos con desprecio porque conocía la especie y sabía cómo reaccionaba cualquiera que fuese el reinado que los encumbrase. Yo continué diciendo:

—Debo añadir que, además de esta preocupación, cuya lógica está fuera de dudas, todo el mundo se pregunta cómo ha muerto Akenatón. Unos sienten congoja, otros alivio, pero nadie sabe qué decir.

Me dirigió una mirada de perplejidad, como si le costase creer que yo carecía de una respuesta que él consideraba obvia.

—¿De qué te extrañas? Es posible que el pueblo tampoco supiese nunca cómo murieron los reyes del pasado. Durante generaciones, los pregoneros de la Casa Dorada salían a anunciar la muerte del faraón. A veces tardaba días en saberse. Lo que los pregoneros contaban era lo que habían decidido la familia y el clero de Amón. Entre todos podían dar la versión que mejor cuadrase a sus intereses. ¿Por qué iba a ser distinto el caso de Akenatón?

—Porque yo le conocí íntimamente y no debiera esperar a que me lo cuenten los pregoneros. Espero que me lo cuentes tú. ¿Cómo ha muerto?

—Es posible que nunca se sepa. Y yo no hablaré de lo que no ha de saberse.

—Se me ocurren mil posibilidades, y todas se incluyen entre lo que nadie debe saber. Puedo recitarlas todas y en todas hallarás motivo para imponer el secreto de estado. Con decirte que ni siquiera descarto un veneno administrado a tiempo...

Fui desgranando mis suposiciones, desde las más razonables hasta las más peregrinas, y a todas respondía Horemheb con un leve movimiento de cabeza. Después de tantas negativas esbozó su más amplia sonrisa y dijo:

—Puedes seguir divagando cuanto se te antoje. Yo sólo me atengo a certezas, y ahora la certeza se llama Smenkaré. Es la única que tenemos. Conviene, pues, respaldarla. Y que los dioses se lleven a los muertos para el dolor o la bienaventuranza de sus malditas almas.

Tuve la sensación de que se había quitado un peso de encima, pero tal vez me equivocase porque, tras unos minutos de silencio, comentó en tono nostálgico:

—Nunca dejaré de pensar que quedaron muchas conversaciones pendientes entre Akenatón y yo. No le entendía, y sigo sin entenderle; pero creo que llegué a quererle a juzgar por la tristeza que me domina.

Bebimos en silencio, enfrentando al fantasma amado como si estuviese entre nosotros. Pero ante lo absurdo de aquella presencia se me ocurrió decir:

—¿Y si nunca hubiese existido un Akenatón? Imagínate que estos diecisiete años de su reinado han sido un sueño en la larga historia del Nilo. Un sueño que proponía la vida negando la que existió antes.

—El conflicto que ha dejado abierto es demasiado importante para encerrarlo en los límites de un sueño. No caeré en esta trampa, Keftén, porque he sido llamado a velar por el destino de mi país y no para perder el tiempo en tonterías.

—¡Has sido llamado! —exclamé con desdén—. Siempre temo a quienes hacen este tipo de proclamas. ¿Quién te ha llamado, Horemheb? ¿El dios Amón? ¿Sus sacerdotes? ¿O es que el pueblo entero se ha postrado ante ti suplicándote que te ocupes de él?

—Hace años puse mi espada al servicio del gran Amenhotep. Tú eres un descreído y no comprendes la suprema autoridad del faraón. Él es el Horus viviente, y Horus es mi dios tutelar. Sin esta autoridad, Egipto no existiría. Para que exista, para que prospere, no vacilé en servir a Akenatón pese a que no estaba de acuerdo con sus actitudes, como tú bien sabes. Ahora serviré a Smenkaré. Y así seguirá siendo mientras dure esta dinastía de orates.

—Te olvidas de la reina. ¿Quién servirá a Nefertiti?

—Ella misma se ha negado la vida. Se ha construido una cárcel y vive encerrada en ella. Jamás aceptará los proyectos que Smenkaré tiene para el futuro. Jamás accederá a firmar una reconciliación con el pasado.

Pero no podía dejar de pensar en Akenatón, el amigo, el compañero; pero, sobre todo, el gran enigma.

—¿Sabes una cosa? Durante el tiempo que he pasado en la Ciudad del Sol, cada vez que veía a Akenatón me preguntaba dónde había visto su rostro. No el del niño que cruzó su sangre con la mía, sino el de ese ser excepcional, extraño e inquietante.

Pero él intentó evadir la cuestión con un comentario que pretendía ser airoso:

—No te oculto que igual me ocurre a mí. He estado junto a él en todos los momentos de su reinado y no he llegado a conocerle en absoluto. Es como si sólo le hubiese visto en los relieves de los templos. Y en este caso no se le parecían en absoluto.

Y pude comprobar en sus palabras un asomo de ironía que conseguía humanizarle por un instante. Pero al punto recobró su frialdad, y yo el curso de mis divagaciones.

Recordé entonces que, muchos años atrás, cuando me devolvieron a Creta, la comitiva del embajador se vio obligada a hacer noche a los pies de las pirámides. Nos habíamos puesto en camino demasiado tarde y Nut no accede a retrasarse cuando debe desplegar su manto. Pero, a cambio de esa intransigencia, es diosa complaciente y se alía con la luna para compensar juntas el terror de las tinieblas. Así crean Nut y Hator noches luminosas que arrancan al mundo la indescifrable belleza de lo oculto.

Aquella noche, yo soportaba el peso de la incógnita, la angustia de no saber qué podía depararme el destino. No pudiendo conciliar el sueño me puse a pasear por las dunas y, de pronto, apareció como por ensalmo el rostro de la gran esfinge. Se me había dicho que tiene más de mil años, en cuyo transcurso ha tenido tiempo de atesorar respuestas para todas las preguntas. No fue tan gentil para responder a las mías, pero sí para mostrarme la inmensa profundidad de los arcanos. En sus rasgos, a los que la luna arrancaba la palidez de un excelso difunto, descubrí la máscara que oculta el verdadero rostro de las gentes. Y si los nigromantes aseguran que mil años es el tiempo necesario para que las almas vuelvan a reencarnarse, ahora entiendo que el rostro de la esfinge volviese a tomar vida para mí en todos los seres que había conocido y más aún en los que había amado, que siempre son los más pródigos al misterio. Era el rostro de Akenatón, el de Nefertiti, el de Smenkaré. Gente a la que no había conseguido entender, de quienes nada sabía. Y empecé a temer que irían muriendo uno a uno y yo seguiría sin saber nada.

Cuando aquella noche de Menfis comuniqué mis impresiones a Horemheb, contestó él:

—Es una lástima que sólo reparases en el rostro de la Vieja Dama. Si hubieses buscado entre sus garras, habrías visto una estela que conmemora el más extraordinario de los sueños. Allí se cuenta que el gran Tutmosis, huyendo de la persecución de sus enemigos, durmió a los pies de la esfinge, y ella volvió a la vida para prometerle el trono si la liberaba de la arena que en aquella época la cubría hasta el cuello.

—Recuerdo perfectamente esta historia. El príncipe Tutmosis retiró la arena y la esfinge le dio el trono de Egipto. Pero ¿qué relación tiene esa gesta con lo que yo te estaba diciendo?

—La esfinge era un falso ídolo, una quimera de aquellos tiempos oscuros. Puedes encontrar las que quieras a lo largo del Nilo: esfinges que protegen la entrada de los templos, esfinges que adornan las grandes avenidas, y otras, muy pequeñitas, en los altares de las casas de los campesinos. Todas ellas son distintas, luego ninguna es cierta porque la divinidad sólo se manifiesta de una manera y el poder de la voluntad humana sólo existe por sí mismo. El gran Tutmosis venció por sus propios méritos, y esto es lo único que podemos esperar de nuestros reyes, llámense Smenkaré o Akenatón. Sus actos son lo único que contará cuando todos sus misterios sólo sean un pretexto para los que escriben leyendas y acertijos.

Había tal convencimiento en sus palabras que no pude evitar observarle con un brote de simpatía. Por mucho y muy mal que hablasen de él los murmuradores había un mérito que nadie podía regatearle: era el único que pensaba realmente en la patria egipcia, cualquiera que fuese el interés de los grandes dioses.

Al día siguiente vino a verme, montado en su carro de mando y rodeado de la curiosidad de la gente, que se aglomeró en la calle, admirada de la arrogancia del soldado y lanzando vítores dedicados al valor que le suponían.

—Vengo a despedirme de ti porque debo regresar a la Ciudad del Sol sin tardanza. No olvides que el palacio real está ahora habitado por un joven completamente inexperto. Le dejé lloriqueando y dudo que se haya repuesto. Por eso debo estar a su lado. Porque si algo no necesita el trono de Egipto, son plañideras.

Tras unos instantes de meditación dije:

—Si me das tiempo para recoger mis pertenencias, iré contigo. Siento una profunda desazón porque Akenatón ha muerto sin ver terminado su palacio, y ahora me comprometo a que, por lo menos, lo disfrute Smenkaré, como él quería.

Durante todo el viaje, Horemheb no me formuló ninguna pregunta sobre las verdaderas intenciones de mi regreso. Pero sin duda había aprendido a conocerme porque, no bien desembarcamos en la Ciudad del Sol, ordenó que le preparasen otro de sus carros y me llevó personalmente al palacio de Nefertiti.

Tan colmada de emociones estaba mi alma que aquel reencuentro, largamente anhelado, no me aportó novedad alguna. Debo decir, sin embargo, que las había en el aspecto de Nefertiti. Parecía llegar de un mundo que nunca fue el suyo. En lugar de sus aparatosos tocados, propios de la moda que ella misma había impuesto, llevaba la cabellera suelta, y asimismo había sustituido los vestidos de complicados pliegues por una de esas camisas completamente ceñidas al cuerpo que llevan las mujeres del bajo pueblo. Pero, contrariamente a las exigencias del luto, sus colores eran vivos y las sandalias doradas.

Su actitud tenía la extraña serenidad de los destinos asumidos en la tristeza. Era como, si después del tiempo que llevaba soportándola, hubiese aprendido a madurarla. Por eso no quiso mostrármela en sus aspectos más descarnados, antes bien me obsequió con una sonrisa complaciente, en la que supe ver sinceridad.

—Sabía que volverías —dijo en tono tan dulce como sus ademanes—. Incluso puedo decirte que te he estado esperando, porque sé que me eres fiel pese a que últimamente te dediques a desobedecer los altísimos designios de Atón.

Comprendí que estaba aludiendo a Bercos, pero su tono era ligero, destinado a demostrar que mi error no le había pasado por alto más que a reprenderme por su causa. De hecho era dudoso que se sintiera con fuerzas para reprender a nadie, tal sería el cansancio de su alma y el letargo en que se hallaría sumido su ánimo.

—He estado a punto de no regresar —dije yo con acento rotundo—. En realidad me resistía a hacerlo porque deseaba concederme un derecho a la vida y nunca la encontré en la Ciudad del Sol. Sólo me devuelve a ella una curiosidad que debe de ser profundamente humana o no entiendo el mundo. He venido para saber de Akenatón.

—Querrás conocer las causas de su muerte —dijo ella sin cambiar siquiera de expresión—. Murió solo, sin nadie que le ayudase, sin que nadie pudiera consolarle. Es lo único que sé decirte. Yo me encontraba en este palacio y no fui advertida hasta que la noticia ya estaba en voz de las multitudes. Cuando acudí al lecho mortuorio sólo supe entender que mi real esposo estaba con Dios y que, en esta compañía, nada más importaba.

Tuvo la gentileza de darme algunas explicaciones sobre la opinión del médico real, la del fiel Ay, e incluso la de Horemheb. Pero en aquel momento extremo, cuando nada tenía remedio, la interrumpí con la vehemencia de quien conoce el alcance de lo irremediable y aspira a encontrar en ello otras razones más profundas que las del simple compromiso.

—No me hables de una muerte —dije—. Háblame de Akenatón. Háblame mucho de él, pues fue mi amigo y sólo ansío comprenderle.

—Si fue tu amigo, recurre a tu memoria, Keftén, porque será más eficaz que mis palabras. En ningún lugar brilla un hombre como en el alma de quienes le quisieron, pues ellos estaban capacitados para ver lo mejor de él. Busca en tu alma y canta en ella las alabanzas de aquel que ocupó horas en tu vida.

—No me hables tampoco del amigo ya que forma parte de los tesoros de mi memoria, como bien dices. Háblame del faraón, Nefertiti, para que pueda comprender su obra.

—Que te hable Horemheb, que te hable Ay, que te hablen todos sus consejeros. Cuando los hayas escuchado estará en tu voluntad comprender a Akenatón. Y si aun así no lo consigues, pregunta al pueblo egipcio y saca tus propias conclusiones.

—Háblame de Akenatón, en cualquier caso. Si no del amigo, si no del faraón, sí del hombre a quien tú conociste.

450

—Ni siquiera de éste puedo hablar, porque es cierto que al final de nuestros días anduvimos en desacuerdo y mi opinión pudiera estar ofuscada por tal causa. Pero ya que hablamos de alabanzas, yo alabo a mi amado esposo y agradezco el honor que me hizo eligiéndome ante Atón para ser bendita entre todas las mujeres. Y más te diré: he de postrarme ante su recuerdo para agradecer que me distinguiera con su amor y porque en los años más felices de nuestra vida me impulsó a sentirlo yo también. Por haberme deparado la oportunidad de conocer este sentimiento reverenciaré siempre su nombre, no como faraón, ni siquiera como supremo sacerdote del dios único: le reverenciaré porque fue bueno y llenaba el mundo de dulzura. Esto es lo que puedo contarte de Amenhotep, cuarto de su nombre, a quien amé como al primero de los seres humanos.

Me incliné respetuosamente ante el sentimiento que sus palabras revelaban y, por un instante, estuve tentado de comulgar con ellas. Máxime cuando concluyeron con una elevada declaración de fe:

—No hay hora del día en que no pida a Akenatón su luz, como si fuese la de Dios. Y, puesto que todos los seres humanos estamos unidos por un vínculo eterno, olvido viejas rencillas y le pido especialmente que ilumine hoy a Smenkaré en la ardua tarea que se abre ante él.

Besé su mano con fervor mientras decía con el solemne tono de un juramento:

—Este deseo te honra, colocándote en lo más alto de mis homenajes. También yo intentaré suavizar los rigores del joven rey poniendo en su palacio los colores más esperanzados que jamás iluminaron el despertar de un hombre.

Pero tampoco Smenkaré quiso esperar a que terminase mi obra porque murió al cabo de poco tiempo con el sigilo que había caracterizado su vida. Y, acaso por tanto sigilo, ni siquiera fue llorado en las calles y el canto de las plañideras se fue apagando en el desierto de los días.

NADIE RECUERDA EL DÍA en que subió al trono Smenkaré ni qué hizo ni cómo desapareció. En realidad, nadie se acuerda de que Smenkaré existió; pero lo cierto es que fue rey por unos meses, acaso un año; en cualquier caso, un pedazo de tiempo tan poco importante que se pierde en la indiferencia.

Pero yo quiero dedicarle, en estos días, un pequeño rincón en la memoria. Si Akenatón era para mí un enigma, Smenkaré llegó a convertirse en el ejemplo patético de los destinos que nunca llegaron a cumplirse. No podía ser el suyo más irónico. Murió a los veinte años sin haber realizado otras empresas que las que llegaron por vía indirecta. Ninguna acción sería recordada como suya, ningún pensamiento como propio. Joven sin fama, vulgar puente entre reyes, hermoso cuerpo apenas disfrutado, simple reminiscencia de voluntades ajenas. ¿Cómo no compadecerle en aquellas horas en que Egipto sólo podía pensar en el nuevo heredero?

Nadie se acuerda de Smenkaré, en efecto. Nadie se acuerda.

Y si él, que había ocupado un lugar en la lista de los reyes, pasaba así al olvido, ¿qué no ocurriría con Meritatón, su viuda? Por imaginarla desconsolada, por saberla tan anodina, quise acudir a proporcionarle consuelo no bien se apagaron los ecos de los funerales de su esposo, sin que nadie se percibiese que se habían celebrado.

Antes de pedir audiencia a Meritatón, el noble Ay me advirtió sobre su estado:

—Dudo que esta pobre joven esté en condiciones de apreciar tus palabras. Se ha convertido en un espectro que avanza distraídamente por salas y pasadizos, hablando con frases inconexas y ladrando como una posesa con el propósito de parecerse a Anubis. Seguramente la encontrarás con Nefertiti. Acude a visitarla a diario, no sé si para obsequiarla con estas curiosas celebraciones de la locura, no sé si para hacerse perdonar la época en que la sustituyó como primera dama.

En efecto: cuando llegué al palacio del norte salía de él Meritatón envuelta en mantos negros como los que llevan los apestados y, también, las viudas honestas, pues la que no lo fue se adorna con cintas y cascabeles de colores y derrocha mucha alegría por haber enterrado al fin a su marido.

No era el caso de Meritatón, de quien se dijo que había sabido ser perfecta hija, perfecta amante de su padre y perfecta esposa de un atractivo jovencito. Pero como de éste se sabía que supo ser, además, perfecto amante de su suegro y que este último había sido el cúmulo de la perfección en todo cuanto emprendiera, está claro que debería incluir en mis elogios a la familia en pleno.

Pero no tengo derecho a bromear sobre aquella muchacha que, tras conocer el honor de sustituir a su madre en las funciones de primera dama, veíase abocada ahora a un destino que nada tenía de envidiable. Y en la palidez de su rostro, surcado por arrugas prematuras, observé que pensaba lo mismo que yo: que la gran madre Tii no había mentido cuando auguró el destino fatal de aquella familia.

La inexorable cadena se estaba cumpliendo y nadie estaba tan capacitado como Meritatón para contar sus eslabones. Ella había sufrido en carne viva los golpes de la suerte: primero morían sus hermanas, después su padre, finalmente su marido. Desposada cuando apenas salía de la infancia, había recorrido en poco espacio de tiempo los caminos que otras mujeres sólo conocen a lo largo de una vida. Y aun creo recordar que dejaba algún hijo cuyo padre se me escapa.

Pero sí evoco con un ligero estremecimiento la impresión que me produjo el tono de aquella voz, débil, quebradiza, que se dirigió a mí en forma de suspiro:

—Llegas tarde para secar mi llanto, Keftén. Incluso para aliviar mis ojos y saciar mi sed. Sólo veo sequedad a mi alrededor. Con mi padre se apagó para siempre el sol de Egipto; con el desdichado Smenkaré, el Nilo ha empezado a morir. ¡Otro muerto, Keftén, y harto ilustre! ¿Cómo harán los embalsamadores para arreglar el cuerpo del Nilo? No cabe en la Casa de la Muerte, Keftén, y, sin embargo, habrá que embalsamarlo.

—No entiendo lo que dices, Meritatón. Yo veo el Nilo como siempre.

—El Nilo está muriendo, Keftén. Anubis se ha bañado en sus aguas. Que tenga una muerte hermosa mi amado río porque hermoso fue su curso desde que nací.

Me volví hacia el Nilo y comprobé que presentaba un aspecto más lúgubre, como si se hubiese teñido de luto y le diese pereza quitárselo para no verse obligado a ponérselo de nuevo con miras a una nueva muerte. Y es que había habido tantas en los últimos tiempos que alguna otra tenía que producirse para completar el cortejo.

Ausente ya de cuanto no fuese su inextinguible dolor, Meritatón se alejó hacia su silla de posta mientras iba preguntando una y otra vez a sus doncellas:

—¿Cómo embalsamarán al Nilo? ¿Habrá bastantes vendas en la Casa de la Muerte? ¡Que no se quede sin ungüentos el amado río!

No me costaría nada asegurar que la pobre joven estaba desvariando, como me había anunciado Ay, pero no estoy en condiciones de afirmarlo, pues hay un punto del dolor humano que se confunde fácilmente con la locura y sólo una fortaleza superior a la de los propios dioses capacita a los hombres para seguir adelante por los senderos sembrados de espinos.

Pero las palabras de Meritatón llenaban mi alma de siniestros presentimientos, si no de certezas fatídicas. Si, tras la muerte del sol, había muerto el Nilo, esto significaba que todo se estaba muriendo definitivamente en Egipto.

Porque, en mi recuerdo, Egipto es siempre el

sol y es siempre el Nilo, y es el infinito amor que cada uno de sus hijos puso en todas las cosas que viven bajo los rayos de uno y a orillas de otro. Y Nefertiti intentó llevar este sentimiento a alturas cósmicas al volverme a hablar de Akenatón:

—Por todo cuanto él hizo, o por todo cuanto hicimos, el amor verdadero perdurará más allá de las estrellas y mientras el Nilo aliente un soplo de vida.

—Breve es el tiempo que te concedes —musité amargamente—. Tu hija asegura que el Nilo se está muriendo.

—Será, pues, señal de grandes acontecimientos. Y el primero de ellos ha de ser que yo contemple la muerte sin tristeza. Porque en el cielo siempre brillará la luz de Atón, por más que el Nilo muera en la tierra.

El Nilo no murió, antes bien accedió a ser generoso aquel año llenando de prosperidad las tierras negras. Y cuando volví a ver a Nefertiti, sus ojos parecían retozar con el alborozo propio de las plantas de la nueva cosecha.

—No conviene volver a hablar de dolor, Keftén, porque estamos a punto de vivir una jornada de júbilo. Has de saber que hoy se anunciarán en el templo los esponsales de Anjesenpatón y Tutank-Atón.

—Debí suponerlo —dije sin demasiado interés—. Desde que llegué a la Ciudad del Sol no he visto un solo momento a Tutank-Atón sin que tu hija estuviese a su lado sosteniéndole la mano o apuntándole en sus lecciones. Lo que ignoro es si ambos serán lo bastante fuertes para sostener la doble corona.

—¿Qué te hace suponer que éste sea su destino?

—Que están demasiado tiernos para convertirse en marido y mujer sin que medien otros intereses. Que ese paso que va de los juegos infantiles al himeneo sólo se justifica porque tu hija es de sangre real y Tutank-Atón la necesita para legitimar sus aspiraciones. Y que, por otro lado, ni siquiera son suyas. Por último te pregunto: ¿qué une a esos niños, además de sus juegos?

—La devoción a Atón —contestó ella con absoluto convencimiento—. Le adoran juntos. Creen fervientemente en él. Están prestos a defender su causa.

—Y si se los guía adecuadamente podrán rectificar todos los errores que Smenkaré y tu propio esposo han cometido a ojos de los creyentes. Hasta yo, que soy un ignorante en las cosas del poder, consigo abrirme paso en este laberinto. ¡Pobres niños! Demasiada corona, demasiado trono y demasiados dioses. Y ya sólo me queda preguntarte si es cosa tuya o del colegio sacerdotal de Atón.

—Es cosa de Dios, no lo dudes. Él se basta para dirimir sus asuntos en la tierra como dirige los del cielo.

La dejé participando intensamente en ellos, porque a pesar de las muertes recientes nada indicaba que estuviese dispuesta a abandonar las luchas del poder. Y aunque esperé con gran impaciencia que volviese a llamarme, mi espera fue vana, de manera que volví a resignarme a la soledad, sabiendo de antemano que sólo la ocuparía ella.

A pesar de los esponsales de los niños reales, la Ciudad del Sol no conoció el júbilo de ocasiones parecidas. Tampoco fue alegre el Año Nuevo porque la aparición de la estrella Sotis coincidió con un cielo nebuloso y ni siquiera los astrónomos de Heliópolis, que todo lo pueden, consiguieron localizar su paradero. Pero la crecida del Nilo empezó puntualmente, como cada vez que aparecía la magna estrella, y el pueblo buscó su alegría en otros lugares. Así, en numerosos pueblos reaparecieron las grandes festividades conmemorativas del nacimiento del dios local, celebraciones ancestrales que habían sido prohibidas durante el reinado de Akenatón. Y, tal como se había hecho en tiempos pasados, cada dios cumplió años en su día oportuno, de manera que las fiestas se sucedían continuamente y hubo abundantes pretextos para olvidar las penas.

Cierto día en que me estaba preparando para acompañar a mis aprendices a las celebraciones del aniversario del dios fálico Min en un pueblo vecino, fui llamado de nuevo a presencia de Nefertiti. Y aunque en principio no esperaba mejor explicación que las derivadas de su antojo, una de sus damas me contó que aquel mismo día venían a recoger a Tutank-Atón para conducirle a Tebas. Y como sea que la jornada no coincidía con el aniversario de Amón ni con el de su esposa Mut o con el de su hijo Konsu, comprendí que los tres dioses habían organizado una celebración especial; una festividad mucho más importante y de gran efecto para la imaginación del pueblo egipcio.

Que esta celebración tendría por protagonista

a Tutank-Atón era algo que ya quedaba fuera de toda duda.

Encontré a Nefertiti distinta de la última vez. No se necesitaba la astucia del lince para comprender que, pese a la aparente tranquilidad de sus gestos, la afectaban en gran manera los sucesos que había vivido en los últimos tiempos. Me había confesado su dama que no era raro verla llorar por el menor motivo; y, en efecto, tenía los ojos enrojecidos por un llanto reciente que no era posible atribuir a la muerte de Akenatón pues quedaba muy lejana. Ya no era una mujer que acababa de dejar a su esposo a las puertas de las oscuras cavernas, sino una madre que se disponía a dejar a su hijo más amado a merced de un destino incierto.

Para mi sorpresa no arrojó su furia sobre Horemheb, tampoco manifestó su abierto desprecio hacia los sacerdotes de Amón, en cuya tutela, para ella abyecta, quedarían los niños reales. Se limitó a cogerme de la mano y conducirme hacia el jardín mientras decía dulcemente:

—No quiero pensar en lo que pueda ocurrirle a ese pobre niño. Quiero pensar en mí misma, descansar de una vez. Descansar mucho, y acaso buscar en el recuerdo un nuevo vigor que me ayude a enfrentarme a una nueva vida.

Y, por fin, después de tantos años, se deleitó recordando lo que yo deseaba.

—¿Recuerdas, Keftén, el día en que mezclamos nuestra sangre?

Me disponía a obsequiarla con mis palabras más fervientes cuando, de pronto, me quedé sin respuesta. Y no es que no la tuviera —¡durante

459

mucho tiempo la tuve!—, sino que había olvidado el contenido. Era un vacío atroz. Recordaba el suceso, todo cuanto había significado en mi vida, pero no cómo se produjo. Quedaba, así, convertido en un sueño absurdo, una loca quimera, que no sabía materializarse en imágenes precisas.

Y me eché a reír, dominado por los nervios pero también sorprendido por los vacíos de la memoria.

—¡Tantos años viviendo de un recuerdo y ahora sólo soy capaz de invocar el olvido! —exclamé—. ¿Me estoy haciendo muy mayor o mi alma es más inconsistente de lo que nunca pensé?

—En cambio, yo no he podido olvidarlo nunca —dijo ella casi en un susurro—. Igual que a ti, el jardín dorado me asalta continuamente y sus aguas inundan mi espíritu. Ellas pretenden devolverme un paraíso que perdí para siempre. ¿Cómo se recupera, Keftén? Sólo acierto a entrever ese raro cortejo de imágenes, unas veces tiernas, otras funestas... ¿Recuerdas que fue un atardecer? —Yo negué con la cabeza. Ella prosiguió en el mismo tono nostálgico—: Yo estaba muy triste porque había muerto mi enano favorito. ¿Tampoco te acuerdas del buen Sambón? ¿Has olvidado la alegría con que lo recibimos cuando me lo regaló el viejo Amenhotep? No sé si habrán cambiado mucho las cosas en las familias egipcias, pero en aquella época un enano del país de Punt era el regalo más preciado que podía recibir cualquier niño.

—Ya que te empeñas en desenterrar a esa monstruosa criatura te diré que dio placer a las

460

damas más ansiosas de la corte. ¿Cómo voy a olvidar ese detalle si al conocerlo me introduje en el reino de las picardías? Senet, que era un niño muy dado al comadreo, me contó a escondidas que la verga de tu enano era considerablemente desproporcionada respecto a su diminuta estatura. Él sería una menudencia, pero su carcaj iba cargado con flechas muy certeras.

Ella rió de buena gana, porque incluso a las reinas más recatadas puede alegrarlas, de vez en cuando, el libre fluir de la indiscreción.

—En algo había de apreciarse la diferencia entre vosotros, los varoncitos, y las niñas que me rodeaban. Los talentos que mejor podíamos apreciar en mi amado enano nunca fueron los que tú invocas. Cierto que en el harén de las mujeres oí conversaciones de tema muy subido, porque a veces las mujeres con fama de recatadas tienen de todo menos recato; pero mi enano encarnaba otro mundo, y era éste el que yo celebraba. Y vosotros también, recuérdalo. Era el mensajero de mundos extraños, una suerte de brujo que nos maravillaba con todo tipo de juegos: saltos, cabriolas, ejercicios malabares y aun trucos de magia.

—Y en uno de esos juegos halló la muerte... —aventuré en tono cauteloso.

—Veo, pues, que te acordabas.

—No, para mi desgracia. Pero el juego y la muerte andan juntos. Sobre todo para un enano que no tiene otra forma de justificarse ante la naturaleza.

—Pero yo no lo sabía entonces. Sólo sabía que no volveríamos a jugar con el querido Sambón. Para un niño, la muerte es ausencia incomprensible; es un sueño que se quiebra para siempre, es la desolación y la nada absoluta. Por eso no hubo jornada más luctuosa y supe que nunca la habría. O así lo pensé entonces, porque ignoraba hasta qué punto este tipo de jornadas se convertirían en la tónica de mi vida.

Pero del luto que ella invocaba como un acertijo del pasado que sólo hallaba explicación en el presente, yo no supe extraer mucho más que el dulce recuerdo de una acción acaso atrevida:

—Entonces te besé...

—Me besaste, en efecto. Y también a Senet y a Akenatón, pero el beso que me diste fue distinto, o acaso yo lo recibí de otra manera, porque había conocido los besos del viejo faraón y sabía reconocer su importancia. Por eso brillaste especialmente para mí ese día: porque te colocabas a la altura de los mayores y parecías llegado para protegerme.

—Y de pronto todo se ensombreció porque me reclamaban en Creta. ¡Nunca lo hicieran, pese que amo a mi isla!

—Fue entonces, y sólo entonces, cuando decidimos mezclar nuestras sangres.

—En efecto: esto no se olvida. El tiempo se ha llevado las imágenes, pero no el sentimiento que las guiaba. Porque tú tenías miedo de la muerte y nuestra separación volvía a ser un anuncio de su presencia. Porque Senet y Akenatón temían lo mismo y porque, en última instancia, yo sabía que, aunque volviésemos a vernos, ya nunca seríamos aquellos niños.

—Y tú dijiste: «volveré de más allá del tiempo para buscarte».

462

—Y he vuelto. Sin esperanzas, porque aunque yo albergara alguna tú no me la devuelves: tú la matas una y otra vez con una voluntad artera que desmiente la belleza de cualquier recuerdo.

—Acaso no he sido yo, sino el tiempo. Él no restituye lo que se lleva consigo. Es en esto igual que la vida. Tampoco ella nos devuelve lo que roba, pero existe el consuelo de que nazcan nuevas luces para iluminarnos, si no mejor, sí de otro modo. Quizá pudiera recibir esta luz ahora que la de Akenatón se ha apagado. Quizá ahora estuviese en condiciones de pedirte lo que otros te pidieron por mí. Debería suplicarte que me llevases contigo, Keftén, muy lejos, sin importarme el lugar, sin importarme la gente y, desde luego, nunca el remordimiento.

—Todo mi ser se enciende ante esta idea y, sin embargo, sé que el precio de mi felicidad sería tu agonía.

—Ninguna será superior a la que he vivido; ninguna se parece a la que siento por Akenatón. El legado que me deja va más allá del amor, sin excluirlo. Es una idea parecida a la que sientes por mí, pero más dura, porque se ampara bajo el poder de una idea sublime. Y al llegar a este punto todo se hace inaprehensible y encadena con mayor fuerza mi voluntad.

¡Fantasma que se me escapa continuamente! ¡Cómo huye de mí cada vez que intento retenerla! Ni siquiera una imagen me está permitida: ni siquiera la imagen de esa entrega que acababa de insinuar. Porque la pasión que sus labios expresaban no asomaba por sus ojos, y sus gestos continuaban siendo seguros, contundentes, propios de quien domina la situación en vez de dejarse llevar por ella.

Toda la ternura que había demostrado durante nuestra conversación desapareció cuando la vistieron para recibir a los enviados de Tebas. Y en el esplendor de sus atavíos, así como en la grandeza de su porte, pareció que la muerte no había visitado la Ciudad del Sol y que la naturaleza volvía a regocijarse en la entrega absoluta de sus dones.

Reinaba gran expectación en las calles porque los tebanos no vinieron a buscar a la futura pareja real haciendo gala de discreción sino exhibiendo toda la pompa destinada a impresionar a las almas cándidas. Ya he dicho, por otra parte, que siempre han sido los tebanos muy dados al oropel, y pocas ocasiones se prestan a demostrarlo en grado tan alto como en la proclamación de un nuevo rey. En justa correspondencia, la Ciudad del Sol se convirtió por unos días en un enorme joyero presto a sacar a la luz sus piezas más preciadas. Los eunucos del harén real vistieron a los dos niños como correspondía a su nueva dignidad, y el propio Horemheb los tomó bajo su custodia como antes hiciera con Smenkaré. Y supe que, en lo sucesivo, se ocupó de ambos como si fueran sus propios hijos, desmintiendo así a aquellos que sólo veían en él a un soldado rudo y violento y, en el peor de los casos, a un advenedizo. Pero, sin duda, Nefertiti seguiría siendo de aquella opinión, pues no se permitió el menor rasgo de simpatía hacia aquel hombre que, sin embargo, estaba destinado a ser el esposo de su hermana.

Ajeno a los sentimientos de los adultos, el faraón niño lo observaba todo con mirada divertida y la actitud un tanto desdeñosa que nos merecen los grandes disparates.

—Que me coronen si tanto les apetece. Debe de ser divertido. Pero yo nunca seré más feliz que aquí. En ningún lugar se juega como en la Ciudad del Sol.

—No tardarás en regresar —dijo Horemheb cariñosamente—. Y todos te querrán más porque verán en ti al nuevo sol de Egipto.

Nefertiti fijó en él una mirada violenta que encerraba todo el odio acumulado durante largos años.

—Si esta promesa no se cumple, maldeciré tu nombre para todas las generaciones de Atón.

—Ya no le quedan muchas —contestó Horemheb—. Y tú lo sabes muy bien.

Pero ella no devolvió la afrenta implícita en aquellas palabras y, en adelante, no quiso responder siquiera a la esperanza. Pasé días enteros sin verla, mandé a Cantú con mensajes que no obtuvieron respuesta, hasta que al final me personé en la Mansión de Atón dispuesto a asaltarla si era preciso. Y una vez más fue Amesis, enlutada como una plañidera, quien se encargó de transmitirme la respuesta de su señora.

—No quiere recibirte, Keftén. No quiere recibir a nadie. Ha decidido permanecer encerrada hasta que el nuevo faraón la llame a Tebas para consagrar la paz de Atón.

Temblé de ira al oír este nombre. ¡Maldito dios y malditos todos sus símbolos! Otra vez se interponía en mi camino arrojando rayos que, si para los demás ya carecían de valor, para mí tenían el poder de la destrucción. Y cada uno de ellos dejaba en mi piel la marca de un nombre: de Nefertiti, sí, imposible de nuevo, inalcanzable otra vez y acaso para siempre. Y entonces la maldije con todo mi corazón porque no se me entregaba y, al mismo tiempo, no me concedía la libertad para que yo pudiese entregarme a la vida.

Tutank-Atón se fue a Tebas llevándose en su sonrisa un pedazo de la Ciudad del Sol. Se llevó consigo sus juguetes, se llevó toda una infancia llena de dulces horas transcurridas a la sombra de Atón, y quienes le conocieron aseguran que nunca habló mal de este dios ni de las gentes que le habían educado en su doctrina. Y hasta los amigos que acudieron a visitarle a su nueva residencia contaron que siempre preguntaba si alguien se ocupaba de alimentar a los peces de Maru-Atón.

Y un día se anunció que tanto él como su joven esposa habían decidido cambiar su nombre con el fin de hacerse gratos al poderoso Amón de Tebas. Que habían accedido al gran cambio para que Amón se regocijase en sus nuevos nombres, pues significaban «el que es agradable a Amón» y «aquel que a Amón complace».

Nefertiti acababa de sufrir su mayor derrota en la persona del niño a quien ella misma había educado: ese niño era, a partir de ahora, el máximo representante del dios odiado. Su nombre

466

de coronación expresaba todo el alcance de su renuncia. A partir de entonces, el rey de las Dos Tierras borraba de su nombre al dios que había adorado desde niño y pasaba a llamarse Tut-ank-Amón.

NEBJPERURA TUTANKAMÓN FUE ENTRONIZADO en Menfis siguiendo así las nuevas directrices políticas consistentes en dar satisfacción a los dioses antiguos mientras se restauraba el prestigio de todos los colegios sacerdotales de Egipto, por pequeño que fuese su culto. Pero la restauración no fue igual para todos. Como sea que los sacerdotes del Amón tebano nunca fueron fáciles de contentar, y mucho menos después de los agravios sufridos, algún astuto consejero advirtió a Tutankamón que sería prudente engrosar las arcas del templo con alguna donación compensatoria. Y aquel niño fue tan generoso que, a fin de congratularse con su Divino Padre, aumentó todos los donativos duplicando, triplicando y cuadruplicando las cantidades de plata, oro, lapislázuli, turquesas y otras muchas piedras preciosas, además de lino real, lino blanco, lino policromo, vajilla, resina, aceite, incienso y mirra, sin poner límite a ninguna de esas cosas gratas...

Mas como sea que el ojo de Amón seguía dirigiendo a su nuevo hijo miradas de desconfianza, alguien tuvo el buen criterio de aconsejar:

—Ofrécele también esclavos. Y nuevas barcas. Y llena los graneros del templo, porque los sacerdotes de Amón están ávidos después de tantos años de carestía.

Seguía siendo Tutankamón un niño complaciente. Del botín obtenido en las últimas campañas de Horemheb mandó fundir todo el oro para forjar estatuas, y de las canteras que habían servido para levantar la Ciudad del Sol arrancó piedras para edificar nuevos santuarios a lo largo de todo el país. Y fue tal el afán de aquellos primeros tiempos que bien pudo decirse que la restauración de los antiguos cultos se hizo con oro y alabastro.

Y un buen día, el niño realizó su mayor declaración de principios explicando al pueblo y a los hombres del futuro el estado de desolación en que se hallaba sumido el país cuando él subió al trono. Para que el viento no se llevase sus palabras fueron inscritas en una gran estela de cuarcita destinada a presidir el santuario tebano de Amón, pero al punto se hicieron innumerables copias destinadas a todos los templos de las Dos Tierras. Y para aquellos que no sabían leer, los sacerdotes proclamaban su contenido en los templos, y los heraldos del faraón lo pregonaron por todos los pueblos y ciudades:

—Tutankamón reconstruye por toda la eternidad todo cuanto había sido destruido. Él ha perseguido a los pecadores devolviendo la verdad a las Dos Tierras. Él ha hecho aborrecer la mentira para que en las Dos Tierras brille la verdad como en los tiempos antiguos. Él ha subido al trono cuando los templos de los dioses y diosas, desde Elefantina hasta los pantanos del Delta, habían caído en ruinas y sus altares estaban profanados. En las grandes salas crecía la hierba y parecía que sus santuarios nunca habían existido: los salones del culto se habían convertido en caminos por donde cada uno podía pasear a su antojo. Las Dos Tierras estaban hundidas en el caos: los dioses nos habían vuelto la espalda. Los soldados egipcios eran derrotados por todas partes. Si uno rezaba a un dios pidiéndole una merced, el dios no le escuchaba; si uno rezaba a una diosa, la diosa no le escuchaba. El corazón de los dioses se había endurecido porque había sido destruido todo lo que los dioses habían hecho por los hombres...

Así son los espejismos del poder. El Nilo apenas había crecido doce veces desde que Tutankamón vio la luz en sus orillas, pero él ya había tenido tiempo de hacer tantas cosas como anunciaban las estelas conmemorativas de su gloria. ¡El magnífico restaurador del más glorioso de los cultos estaba aprovechando al máximo el tiempo que le había sido concedido sobre la tierra!

Mientras mi cerebro intentaba adivinar la opinión que tan sorprendentes sucesos merecería a Nefertiti, mi corazón se estremecía poniéndose junto al suyo. Porque más allá de cualquier opinión, por otra parte fácil de presumir, estaba el dolor que a no dudarlo había de producirle la traición de su pupilo. Y como sea que la imaginaba extraviada en la desesperanza, sentí mi propia alma destrozada y quise colocarla una vez junto a la suya, y aun a sus pies si así me lo pedía.

Alguien me dijo que había sido vista deambulando por sus antiguos aposentos del palacio real, quizá buscando la inspiración del pasado, quizá en un intento por establecer alianzas con los nuevos señores de la situación. Así, olvidando antiguos agravios, fui en su busca como había hecho en otro tiempo, si bien entonces con misiones más gratas u obedeciendo a invitaciones más lisonjeras.

En el inmenso palacio sólo quedaba Ay. Igual que me ocurrió cuando encontré a Horemheb en Menfis, el sabio consejero estaba de paso, llevando a cabo cualquiera de aquellas gestiones que, con el correr de los años, le habían dado fama de eficacia y fidelidad.

Se encontraba ordenando el traslado de muebles y enseres que Tutankamón y Anjesenamón querían tener en su nuevo palacio de Tebas. Que en realidad no era nuevo en absoluto, pues se trataba de la Casa Dorada del gran Amenhotep, donde mi infancia conoció sus mejores horas.

—Estamos saneando los jardines que tanto amaste —me dijo Ay con la más tierna de sus sonrisas—. Estoy seguro de que el faraón los encontrará de su agrado. Al fin y al cabo le corresponde, ya que era el palacio de su padre.

Una vez más me asaltó la duda, pero tuve que quedarme con la perplejidad.

—¿A qué padre te refieres? ¿A Amenhotep o a Akenatón? Porque mira que de los dos se ha murmurado.

—Elige al que prefieras. O a ninguno. Y no preguntes, pues ¿quién puede preciarse de conocer los secretos del trono? Sólo es verdad lo que dice el protocolo. Los propios dioses deben someterse a él.

470

—Conozco esta cantinela desde que llegué a esta ciudad. Estoy definitivamente hastiado. No tengo el menor interés por conocer la larga lista de embrollos familiares que jalonan vuestra dinastía. Ni siquiera cuando viví en la Casa Dorada conseguí saber más de lo que sus muros quisieron contarme. El resto son y serán suposiciones. Como las del pueblo. Hablan y hablan, deducen y deducen, para no llegar a nada... —Y entonces me permití añadir con acento incisivo—: ¡Si supieras que ha llegado a decirse que tú eres el padre de Nefertiti y Mut-Najmat!

Ay guardó silencio, pero no me pareció que fuese en modo alguno un silencio cómodo. Acariciaba lentamente un cofrecillo cuyas incrustaciones de marfil mostraban al desdichado Smenkaré practicando la caza del leopardo.

—Se dicen muchas cosas... —dijo Ay tras su prolongada pausa—. ¿Puedo ser yo el padre de Nefertiti? No sería imposible, pero acaso sea improbable. Ya es demasiado tarde para andar con averiguaciones. Mi mujer Tuya fue nodriza real, siempre estuvimos muy cerca de Nefertiti, y así quedará escrito por mucho que se empeñe un extranjero entrometido en escribir lo contrario.

—No soy un extranjero entre vosotros, y debieras saberlo desde hace mucho tiempo. En cambio, vosotros os empeñáis en ser extraños para mí. Que así quede escrito, como tú dices; pero ten por seguro que yo no leeré esa escritura porque insisto en que no me importan vuestros conflictos del mismo modo que no me interesan vuestros dioses. Lo único que deseo con todas mis fuerzas es ver a Nefertiti y caer rendido a sus pies como un esclavo. Lo que siempre he sido y lo que seguiré siendo a poco que ella lo permita.

—Guarda tu esclavitud para otra dueña. Nefertiti no está en la Ciudad del Sol. Ni siquiera sé si se encuentra en Egipto. Debes creerme. Si lo supiese, no dudaría en decírtelo para que corrieses a su lado, porque nunca como ahora necesitó tanto de sus amigos.

Aunque mintiese habría sido inútil intentar sonsacarle una verdad ni tampoco una mentira porque era hombre acostumbrado durante largo tiempo a guardar los secretos de los reyes y, si bien es cierto que siempre le había admirado por la alta prudencia que sus silencios denotaban, en aquella ocasión resultaban penosos para mis esperanzas y dramáticos para mi amor. Porque seguía insistiendo en que Nefertiti había desaparecido y nadie conocía su paradero.

Así volvieron a transcurrir los días sobre la Ciudad del Sol, cada vez más apagada en sus fulgores. Y, sin embargo, no hubo ocasión para el tedio porque algunos sucesos iban jalonando día a día el camino de lo excepcional.

Corrió la voz de que la tumba de Akenatón había sido saqueada. La espantosa nueva sorprendió a los propietarios de las tumbas de la montaña. No bien se extendió el rumor aparecieron voces comentando que los ladrones de la Ciudad del Sol eran todavía más rápidos que los de Tebas y menos respetuosos, pues pocos casos se habían dado de sepulcros devastados en tan poco tiempo. Por eso, los familiares de los difuntos nobles empezaron a trasladar sus momias a Tebas o a Menfis, y así volvió a reinar en las necrópolis de estas ciudades una gran actividad, porque era necesario apresurar los trabajos de las tumbas que habían quedado abandonadas quince años atrás.

Se vieron desfilar por el Nilo naves cargadas con los cadáveres de ciudadanos ilustres, y se daba la paradoja de que, habiendo sido sepultados según el rito atoniano, ahora navegaban bajo el pabellón de Amón. Pero este leve cambio ya no sorprendía a nadie, pues quien más quien menos estaba empezando a quitar de su altar doméstico las manifestaciones de la religión atoniana cambiándolas por el ojo del Oculto. Y en esto se notaba que la vista de Amón gozaba de excelente salud.

La lenta navegación de los cadáveres sólo era el preludio del regreso de los vivos. Pronto se vio a las grandes familias cargando muebles y enseres en pequeñas caravanas, si habían decidido efectuar el viaje por tierra, o abarrotando las naves de tal modo que nunca se vio en el Nilo tanto tráfico como en aquellas jornadas.

Recordé entonces lo que me había contado Nefertiti: las luminosas imágenes del día en que toda la corte se trasladó a la tierra prometida; la flotilla de naves adornadas de gran festividad, la familia real con todos sus fieles, los campesinos que, a lo largo del Nilo, saludaban su paso cantando himnos solares...

¡Qué diferencia entre aquella flota esperanzada y esa que devolvía a Tebas o a Menfis a hombres y mujeres quince años más viejos, con el porvenir a sus espaldas y la mirada perdida en un mar de incertidumbre!

Debo decir en honor de Tutankamón, o de

quien quiera que guiase sus decisiones, que el abandono de la Ciudad del Sol no respondía a represalias, por mucho que las temiesen sus habitantes. Era, por el contrario, la lógica consecuencia del traslado del poder, la huida que sigue a todos los cambios.

Cesaron en sus cargos el gran supervisor de palacio, el supervisor de los graneros y los rebaños de Atón, el gran visir, el sumiller, el artesano mayor, los jefes de policía, el médico real... Todos emprendieron el viaje acompañados por los numerosos escribas, contables y comerciantes que un día llegaron a la Ciudad del Sol atraídos por su fama y sus riquezas. Navegaron hacia los nuevos centros del poder, donde su existencia pudiera tener alguna justificación. Y fue tal el abandono que incluso la naturaleza empezó a apagar sus luces y las palomas ya no regresaban cada día para posarse en los altares del templo.

En medio del caos, yo seguía buscando a Nefertiti, y en esta búsqueda me sentía enloquecer. Pero nadie me daba razón de su paradero y en realidad a pocos los preocupaba, porque nadie creía que su presencia sirviese para algo. Todo el mundo sabía que el destino de la Ciudad del Sol estaba en manos del nuevo faraón y que sólo su regreso podría devolver el esplendor perdido.

Pero los pocos ilusos que aún quedaban iban perdiendo la esperanza y decían:

—Tutankamón no volverá nunca porque ha probado el poder de Tebas y se le ha metido en la sangre para siempre.

¿De qué estofa era ese poder que podía envenenar a un niño de doce años? ¿O acaso se tratase sólo de un espejismo creado por quienes le estaban utilizando? Era posible que, tras la rotunda representatividad del gran faraón, existiese todavía un pequeño corazón que palpitaba con las enseñanzas aprendidas de Nefertiti. Por mucho que Tutankamón hubiese evolucionado no habría olvidado las lecciones de la belleza ni el cariño de los suyos ni su luminosa infancia. No, no había pasado el tiempo suficiente para que se olvidase de lo bien que se jugaba en la Ciudad del Sol, como él mismo había dicho al abandonarla.

Fue nuevamente el sabio Ay quien me ayudó a comprender la situación, y no con largas disertaciones, sino con la simple exposición de sus propósitos:

—Tutankamón me necesita a su lado. La voluntad que dirige Egipto no es la suya y no podrá serlo en mucho tiempo. Necesita de alguien que le ayude a discernir.

Miré a aquel hombre en cuyo noble rostro resplandecía lo mejor de la sabiduría antigua, tan a menudo ponderada por Senet.

—¿De qué parte estás, Ay? ¿A quién ayudas?

—Ahora me corresponde estar de parte de ese pobre niño, y esto te confirma que nunca debes dudar de mi absoluta fidelidad a la memoria de Akenatón. Tan fuerte es que pienso llevarla hasta más allá de la muerte. Será acaso el último servicio que pueda hacer a quien respeté como rey y quise como a un hijo... —Y, con una sonrisa, añadió—. Pero no vayas a pensar que lo engendré yo, porque te juro que está lejos de todas las probabilidades.

Fue por aquellos días cuando los centinelas de

475

la tumba real contaron que se habían producido nuevos saqueos. Como sea que nadie conocía con exactitud su contenido fue imposible determinar la cuantía del robo. Pero había un detalle mucho más importante y sin duda más dramático que todas las ausencias materiales.

Los ladrones se habían llevado los cadáveres de Akenatón y de las princesas.

La noticia del espantoso sacrilegio corrió como el viento por la Ciudad del Sol y el gran atrio del templo volvió a llenarse de fieles que suplicaban el perdón de Atón y al mismo tiempo exigían su repulsa contra el sacrilegio cometido por los ladrones. Pero los más avisados aseguraban que el sabio Ay se había ocupado del traslado de los cadáveres a un lugar seguro y que ahora estaba haciendo lo propio con el de Smenkaré. Otros aseguraban que todo había sido obra de Nefertiti, quien, desde su escondite, velaba por el eterno descanso de sus seres queridos. Y unos terceros consideraban que Tutankamón, fiel a sus más bellos recuerdos, habría hecho nuevas e importantes concesiones al clero de Amón a cambio de que le permitiesen trasladar los cadáveres a Tebas, donde reposarían eternamente en el Valle de los Reyes.

Mientras el pueblo imaginaba historias fantásticas, que incluían un cortejo de cadáveres ilustres desarrollado en las entrañas del río, yo recordé las largas horas pasadas en la tumba real, el trabajo con mis aprendices, las estampas llenas de vida que habíamos dejado plasmadas en los muros. Y, llevado por un presentimiento fatal, pedí a Ay que me permitiese acompañarle en su visita de inspección.

El espectáculo que se ofreció ante mis ojos fue tan desolador como la desaparición de los cadáveres reales podían serlo para un egipcio. Los relieves que reproducían a la familia real adorando a Atón habían sido martilleados de manera atroz, no sabía por quién ni con qué propósito. Las mismas manos habían actuado sobre mis pinturas, ya fuese arrancándolas con la ayuda de espátulas, ya arrojando sobre ellas un líquido viscoso y negruzco. Y mi alma se llenó de ira porque entre mis flores, mis pájaros y mis juncos no había ningún símbolo religioso que pudiese ofender a nadie.

Al ver mi indignación, mezclada con el dolor más profundo, comentó Ay:

—Deberías volver conmigo a Tebas. Vivir en la Ciudad del Sol ya no tiene sentido para nadie, y mucho menos para ti.

—Es cierto que por tu boca habla la prudencia. Sin embargo, mi verdadero lugar no está en Tebas. Si fuese sensato, regresaría a Creta, junto a mi hijo, porque él es la vida que me está esperando. Pero he convivido con locos durante mucho tiempo y su locura se me ha contagiado. Por esto no puedo resistir el impulso que me ata a esta ciudad.

No quise repetir por enésima vez que mantenía la esperanza de ver de nuevo a Nefertiti, pero el fiel Cantú, que lo sabía, intentó quitármela de la cabeza recurriendo a sus tretas verbales, que consistían en dar muchas vueltas para llegar a un lugar inesperado.

—He oído hablar de locos que conversaban con las ranas y de otros que mantenían colo-

477

quios con los pavos reales, pero a pocos que demostrasen su locura negándose a hablar con su verdad. Y puesto que eres mi amo preferido he de decirte que la tuya está muy clara. Está en tu tierra de origen, en esa isla que es doblemente tuya porque en ella te espera alguien que te ama con locura. Esto debiera bastarte.

Suspiré con amargura antes de contestar:

—Te diré lo que le dije a Ay y lo que seguiré diciendo mientras viva: ansío estrechar el cuerpo de mi hijo más que ninguno en el mundo, pero la obsesión que me ata a esta ciudad es más fuerte que mi deseo.

—Si algún día se te pasa esta manía, te pido que me lleves contigo, porque me muero por ver el baile del toro desde que me lo contó un gran señor muy viajado.

Me eché a reír ante aquella ocurrencia. Pero ni siquiera en la complicidad de su ocurrencia conseguí creerle.

—¡Ay, Cantú, qué mal mientes! ¿Vas a hacerme creer que deseas hacer un viaje tan largo sólo para asistir a un festejo?

—Es cierto que hay otros motivos: cogí mucha voluntad al joven amo y echo de menos sus interminables cháchararas y sus bromas impertinentes. Pero todavía es más fuerte la desesperación que me produce el ver cómo se va derrumbando esta ciudad. Has de pensar que yo llegué con la primera expedición, que es como decir en el cúmulo de la alegría y en la exultación de la sorpresa. Era como asistir al nacimiento de algo que sobrepasaba a cuanto se había hecho hasta entonces y, ahora puedo añadir, de cuanto se hará en el futuro. ¡Que construya templos ese imberbe de Tutankamón! Todos serán iguales a los que fueron antes y en ninguno se verá la luz del nuevo día. Pero la luz se está apagando sobre nuestras cabezas y no podré soportar la negra noche cayendo sobre un lugar que fue tan hermoso. En resumen, mi amo: llévame contigo porque sigo creyendo que Atón es el único dios y esto está muy mal visto últimamente y puede ir a peor con cada templo que levanten los de Amón.

Y así ocurrió, en efecto. Tutankamón continuó dictando proclamas de fidelidad a Amón y levantando monumentos en su nombre, y, aunque todos volvían a tener la grandeza del pasado, ninguno poseía la luminosidad de los santuarios de Atón ni la exquisita intimidad de sus palacios.

Con el paso de los días asistí al progresivo derrumbamiento de la Ciudad del Sol y a la huida de sus habitantes; pero en modo alguno toleré que el fantasma de la desolación se adueñase de mi ánimo. Seguía trabajando en mis pinturas, poniendo en ello gran esmero, como si Smenkaré tuviese que llegar de un momento a otro para disfrutar de mi arte. Sin embargo, los cambios que mi alma se resistía a aceptar acabaron inmiscuyéndose en el trabajo, así como en las relaciones con mis aprendices, cuyo carácter se había ensombrecido notablemente desde la muerte de su compañero Nefreru en los días de la gran epidemia.

Como sea que sólo quedaban cuatro los llamaba cariñosamente mis canopes, porque eran como los cuatro recipientes que sirven para guardar las vísceras del difunto en la larga noche de la tumba, y en mi afecto los veía como fieles celadores de las mías. Pero también di en llamarlos «los hijos de Horus» porque es el otro nombre que reciben aquellos vasos.

Pero ellos ya no reían ante ninguna de mis bromas. Habían perdido por completo la sonrisa y hasta el gusto de cantar en el trabajo. Seguían a la perfección las líneas de conducta que se habían marcado desde un principio, pero su ímpetu juvenil parecía perdido y la alegría que tan favorablemente me influyó en otras horas se había trocado en una expresión de tristeza que no los abandonaba en ningún momento. Trabajaban más horas de las que les correspondían, pero no por placer, como antes, sino porque al terminar los trabajos ya no tenían alicientes. Casi todos sus compañeros habían regresado a Tebas con sus familias y las jubilosas horas de la Ciudad del Sol sólo eran un recuerdo lejano.

Llevados por el pesimismo, empezaron a cometer fallos que, en otro tiempo, hubieran resultado impensables. Pero no me atrevía a reprenderles porque comprendía las razones de su tristeza y me creía en la obligación de aliviarla. Y el antes risueño Sotis se encargaba de rebatir todos mis razonamientos en nombre de sus compañeros:

—Keftén, maestro mío: ¿no ves que estamos perdiendo el tiempo? Nadie aprecia aquí nuestro trabajo. Y, aunque lo apreciasen, ¿que importaría si puede acabar destruido como las pinturas de la tumba real?

—No debéis hablar así —protesté yo—. Muchas obras del pasado fueron martilleadas, de modo que nada quedó de ellas. Otras han llegado hasta nosotros, pero su valor es ínfimo. ¿Quién puede decir lo que ha de permanecer en el futuro? Que yo sepa no tenemos la facultad de la adivinación, pero nos ha sido concedida la de crear, y por tanto nunca debemos adoptar las costumbres de los destructores.

—Perdona que te contradiga —dijo Sotis con una gravedad desacostumbrada en él—. Es cierto que muchos faraones del pasado usurparon las obras de sus predecesores y aun se han dado casos de artistas que, habiendo cincelado el nombre de un Tutmosis en una cartela real, tuvieron que borrarlo para poner el de otro Tutmosis. En tiempos de mi abuelo cogieron imágenes de la divina Hatsepsut y, con un simple cambio de peluca, la convirtieron en su sobrino. Todo esto fue cierto, como tú dices, pero la situación es ahora muy distinta porque lo que venga no será una usurpación, sino una venganza perpetrada en nombre de los dioses y en provecho de la nueva religión. Y es sabido que las religiones ciegan a los hombres y los llevan directamente al disparate.

Pese a su inexperiencia acababan de intuir lo que yo mismo venía temiendo desde que empezó la restauración. Eran las terribles escenas que todos los hombres han visto en todos los países: las matanzas, los ajusticiamientos, las grandes venganzas ejecutadas en nombre de los dioses. Y como sea que su destructiva actitud afectaba también al arte exclamé violentamente:

—Si ha de ser así, maldigo este sentimiento que lleva a los hombres a la ceguera. Maldigo a los dioses que inspiran a los hombres la destrucción de lo que otros hombres hicieron antes. Y si la fe en un dios ordena el triunfo de la intolerancia, maldito sea Amón, Atón o como quiera que se llame. Si es cierto que sólo el Nilo permanece, también lo es que el Nilo muere cada día que el hombre se convierte en verdugo de sus hermanos en nombre de los dioses.

Recorrí aquel palacio que Smenkaré ya nunca ocuparía, las alegres salas dispuestas para un estío que nunca habría de llegar. Y al sentir que mis pinturas no servían para nada decidí que era inútil pedir a mis aprendices que continuasen quemando sus mejores días con el solo objeto de acompañar a un solitario empecinado.

Por esto les di permiso para abandonar la Ciudad del Sol y buscar en cualquier lugar su nueva vida. Pero antes de partir cenaron todos en mi casa y los agasajé como si fuesen más que príncipes, porque el lugar que ocupaban en mi corazón era más alto y sólido que todos los tronos de la tierra.

Antes de tomar el vino del adiós dijo Sekemer:

—Danos tus consejos, maestro, porque a buen seguro que han de ser dignos de un sabio.

—Sólo os daré uno: hemos ejecutado unas pinturas que no han de servir a nadie; pero dejad que os sirva, en el futuro, el placer que habéis sentido ejecutándolas. Y dejad que este placer permanezca siempre en cuanto emprendáis, sea cual fuere su objetivo.

Bebimos abundantemente y paseamos por las calles desiertas entonando cantos melancólicos sin temor a que alguna matrona airada nos echase una jarra de agua o algún miembro de la policía de

Pentú nos obligase a guardar silencio para no despertar a los nobles habitantes de la calle del Sumo Sacerdote. Y nadie nos reprendió porque ya no quedaban habitantes en aquella calle y sólo el silencio contestaba a nuestra algarabía.

Partieron al amanecer los cuatro hijos de Horus, unos hacia Menfis, otros hacia Tebas, pero todos con lágrimas en los ojos porque la ciudad donde habían crecido les mordía el alma como si fuese un chacal de las montañas. Cuando se hubieron ido regresé a mi palacio y subí a la terraza para contemplar la ciudad como en otros tiempos, pero ya nada me atraía en ella y únicamente en la soledad absoluta encontraba una suerte de rara compensación.

Pero en medio de aquella desolación me aferraba desesperadamente a la vida, y sabía que sus posibilidades estaban todavía en mis manos y que éstas habían nacido sólo para crearla.

Continué así, día tras día, llenando los muros del palacio de Smenkaré con pinturas alusivas a los fastos de la primavera y a veces con impresiones del mar que guardaba en el fondo de mi alma. Y como sea que, en la culminación del delirio, aparecía de vez en cuando un simpático caballito marino —cosa nunca vista en los frescos egipcios— empecé a pensar que mi alma estaba más lejos de la Ciudad del Sol de cuanto yo creía. A la grupa del hipocampo podía viajar hasta Creta y allí encontrar el calor que me faltaba en los últimos tiempos. Y entonces me pregunté si mis dedos, hechos para crear, no estarían también creados para acariciar el cuerpo de mi hijo tal como él deseaba. Si más allá de la transgresión en que él vivía no se hallaba algo parecido a mi realización verdadera.

Así continué embadurnando las paredes, día tras día, noche tras noche, sin apenas pausas, sólo las que me inspiraba la fatiga. Y era tal mi descuido que me fue creciendo la barba, y así parecía que llevaba luto por todos los muertos de la Ciudad del Sol, cuando en realidad sólo lo llevaba por la belleza de los recuerdos.

El mío no era el único caso de perseverancia. En su taller de la calle de los artesanos, Thotmés continuaba creando bustos de Nefertiti sin acceder a cambiar de tema pese a los que dictaba el retorno a la antigua religión. Y así seguía compartiendo mi obsesión, dejándose también la barba, hasta que un día me dijo:

—Doy por muerta a la dueña de mi alma; la que, por serlo, se constituye también en dueña de mi estilo. No dudes que, si estuviese viva, regresaría para que yo la recrease con mi arte. Pero no viene, Keftén, no viene porque ha muerto, para ti, para mí, para el mundo que nació a su alrededor como un homenaje a la belleza.

Pero en el fondo, Thotmés sabía que cualquier regreso hubiera sido inútil, como lo eran también los bustos que seguía cincelando. Ningún ciudadano influyente quería tener en su altar doméstico a la reina divina, y en todos los templos estaban siendo retiradas sus estatuas y las de Akenatón para ser sustituidas por las del nuevo rey.

Thotmés se fue un buen día sin cerrar la puerta de su taller, sin molestarse siquiera en recoger sus preciados utensilios, como si ya no hubiesen de servirle nunca más.

Empezó a soplar el viento de los cincuenta días, flagelo ardiente que tuesta las mejillas y deposita en las calles ingentes capas de arena arrancadas al desierto. Así, un día tras otro, la Ciudad del Sol fue quedando sepultada bajo aquella capa blanquecina, parecida cada vez más a un incendio del alma. En los jardines del Maru-Atón, los árboles se habían secado, las fontanas se habían convertido en espesos lodazales y entre los parterres en otro tiempo florecientes anidaban las cobras y los escorpiones. Pero nada de esta miseria conseguía anular la belleza de mis recuerdos. Con el ánimo suspendido en un abismo de vanas esperanzas paseaba entre los escasos transeúntes, observando el puente de palacio, esperando ver a Nefertiti camino del templo. Buscaba asimismo su figura, acompañada de Akenatón y sus hijos, en la Ventana de la Aparición, pero ellos no eran los únicos en mi memoria. No sería de justicia, porque mis horas en la Ciudad del Sol no se habían alimentado sólo de quimeras. En medio de las imágenes que mi obsesión fue forjando día a día, para culminar en este instante fuera del tiempo, una presencia había sido cierta y un cariño sincero y hasta arrollador. Y al recordarlo regresaba a Bercos, le abrazaba en la distancia, buscaba prolongar la calidez de su cuerpo en el intenso calor que él pretendía en el mío.

Regresé a la terraza y busqué el lecho donde, en tantas ocasiones, había contemplado las estrellas junto a él. Me tendí con los ojos fijos en el cielo, pero las estrellas ya no me inspiraban el placer de otras noches. Sentía un relente estremecedor que usurpaba el rescoldo del cuerpo amado. Y sólo sentía vivo el cráneo porque reposaba sobre el reposacabezas que me había regalado Bercos y que forjó con gran pericia un orfebre que ya no estaba en la Ciudad del Sol.

Toda mi noche estaba llena de carencias. Y, preso en ellas, caí dormido sin saber el tiempo ni el lugar, sin preocuparme las horas de mi vagabundeo por irreales zonas pobladas de fantasmas del pasado y espectros de los días más inmediatos.

Me hallaba deambulando entre nubes habitadas por hipopótamos alados y cocodrilos con cabeza de pájaro fénix cuando sentí que unas manos me zarandeaban, primero con dulzura, después violentamente. Y entre las tinieblas del letargo me parecía distinguir la voz de Cantú. Una voz que presentaba la excitación de la urgencia y el placer de la alegría.

—Despierta, amo, despierta. Un sueño ha venido a visitarte y, si estás dormido, no podrás apreciarlo en todo su esplendor.

Por un momento le tomé por loco. ¿Qué sueño era éste que no podía aparecer dentro del sueño? ¿Y cuál podía preciarse de ser feliz en aquella ciudad que ya vivía inmersa en la pesadilla?

—Es Nefertiti, señor. Te está esperando. Aquí, en esta casa, como tenía que suceder para demostrarnos que Atón sigue siendo justo.

Y mientras yo me vestía apresuradamente, él no dejaba de levantar los brazos al cielo profiriendo todo tipo de alabanzas a Nefertiti, a Atón y hasta a algún dios secundario, pero siempre eficaz a la hora de las dádivas.

Corrí hacia el vestíbulo en busca de la imagen tanto tiempo anhelada, pero no conseguí localizarla en un primer momento porque ante mí se hallaba un grupo de mujeres enlutadas y todas parecidas entre sí. Todas llevaban tenues velos negros que las cubrían enteramente, igual que la propia Nefertiti. Pero ellas, además, ocultaban su rostro tras la negrura, de manera que parecían un cortejo de fantasmas.

Sin preocuparme por su presencia me arrodillé ante la reina amada, tomé sus manos y las besé una y otra vez sin que ella opusiera la menor resistencia. Y en aquel delirio no paraba de formular preguntas que brotaban de manera atropellada: ¿de dónde venía, qué había estado haciendo, por qué se ocultaba y a quién temía? No obtuve ninguna respuesta. Ella se limitó a esbozar una sonrisa de indescriptible serenidad, y su voz sonó como una melodía, triste y nostálgica por lo perdida.

—Podría decirte que llego de más allá del tiempo, como tú has dicho en tantas ocasiones, pero mentiría porque no me he movido de este tiempo nuestro. Para mi desgracia lo he vivido intensamente.

Seguía yo con mi retahíla de alabanzas, pero ella no me prestaba la menor atención. Se limitó a acariciarme la frente mientras decía:

—Dame agua, Keftén, porque llego de muy lejos.

Cantú se apresuró a atenderla y, acto seguido, cuidó que los demás sirvientes hiciesen lo mismo con su séquito. Y aunque Tueris se asustó porque nunca había visto tantos enlutados fuera de una ceremonia fúnebre, todos quedaron tan bien servidos como si acudiesen a un festín.

Nefertiti no esperó a mis preguntas. Había venido para ofrecerme las respuestas sin necesidad de más preámbulos. ¡Tan bien conocía mis cuitas y de tal modo se compadecía de ellas!

—No puedo decirte de dónde vengo para no comprometer a quienes me han mantenido escondida. Pero vuelvo a decirte que en modo alguno he desatendido el tiempo que Dios ha puesto en mis manos. He podido conocer el sabor de la derrota. He asistido, indefensa, a la destrucción de las cosas bellas que creamos Akenatón y yo.

—No hables de destrucción —dije—. Ahora que has vuelto, el mundo renacerá.

—Es posible, pero no en la forma en que lo soñamos. Conocerás, sin duda, la proclama de Tutankamón, porque sus heraldos la han leído en todos los pueblos de Egipto. Construye templos sin cesar, destruyendo el recuerdo de los que construimos nosotros... —De pronto se interrumpió. En su semblante inexpresivo apareció una mueca de ternura—. ¡Pobre niño perdido entre buitres! ¿Qué será de todo cuanto le enseñé? ¿Qué dirán los sacerdotes de Amón cuando les recite los himnos solares que aprendió desde su más tierna infancia? Porque no los ha olvidado, Keftén, por mucho que sus discursos indiquen lo contrario.

—Si así piensas, ¿por qué no acudes a su lado?

—Nadie me lo ha pedido. He esperado que lo hicieran; pero ya nadie recuerda que fui la reina de Egipto, y quienes lo recuerdan luchan para

488

que sea olvidado. Así, en un día no muy lejano, se olvidará que Egipto fue la Ciudad del Sol. Que toda la belleza del mundo estuvo contenida entre sus muros.

Ya que cuando era poderosa nunca conseguí rozar su piel, ahora que estaba vencida hubiera dado todo mi ser para acogerla entre mis brazos, sin miedo, sin reservas, no para hacerla mía sino para que supiera que estaba a su lado. Quería acunarla, mecerla, hacerle sentir toda mi protección, como hubiera hecho con Bercos.

¡Bercos y ella! ¡Qué extraña mezcla en mi alma! Formas distintas de amor, de deseo, de rechazos y logros, todo unido en una misma obsesión.

—Vengo a decirte que avanzo hacia la desaparición... —siguió diciendo ella—. Por esto he regresado: para dirigirme a ese lugar que me está esperando desde hace mucho tiempo. —Y ante mi horror añadió—: Sólo conocen mi destino los fieles que me acompañan. Han jurado guardar silencio. El día en que todo termine se repartirán por el mundo y nadie conocerá el lugar de mi tumba. Ni siquiera tú, Keftén, porque eres tan loco que serías capaz de seguirme.

—Y lo haré, no lo dudes.

—No lo harás. No te daré tiempo para que contemples el amanecer en la Ciudad del Sol. Ni siquiera para ver cómo mi carro se pierde en el desierto. Cuando salga de esta casa, un oficial de mi escolta te conducirá al muelle. Hay allí una nave que te está esperando para sacarte de Egipto.

—Te equivocas, Nefertiti. Tú no puedes escribir los renglones del destino. Y siempre supe que el mío era seguirte.

—Puedo velar por tu seguridad y aún me queda algo de poder para ordenar que se cumpla. No te molestes en protestar. ¿Ignoras lo ocurrido en la tumba real? Los enemigos de Akenatón no han vacilado en profanarla, como tampoco vacilarán en perseguir a nuestros amigos. Y no quiero que estés aquí cuando esto ocurra.

—Estás desvariando, mujer. Tutankamón nunca levantaría la mano contra ti.

—Puedo responder de él y del noble Ay. Incluso Horemheb me ofrece muchas garantías, ya que a fin de cuentas va a ser el esposo de mi hermana y es un hombre que ha demostrado gran fidelidad a nuestra dinastía. Pero ni Horemheb ni Ay ni mucho menos Tutankamón son el verdadero poder de Egipto. Tras ellos se levanta el martillo de Amón, y su voluntad es la que debe prevalecer a partir de ahora. No van a tener piedad porque nosotros no la tuvimos con ellos. Y del mismo modo que nadie verá a Nefertiti derrotada, nadie me profanará en la muerte.

Nunca como entonces odié aquella palabra, nunca aborrecí tanto sus efectos. Para el mundo equivalía a sepultar la belleza en la nada absoluta. En mi caso era el amor encerrado en el vientre de una montaña desconocida.

En un último intento de disuadirla invoqué las ceremonias que todo egipcio considera imprescindibles para alcanzar la vida eterna.

—No necesito honras fúnebres porque Dios me dará todas las que pueda necesitar. Si su revelación fue tan intensa que me llevó hasta aquí, bastará para conducirme hasta la eternidad. En ella confío para recobrar algún momento de mi vida que se perdió para siempre. Cuando todos los sueños han muerto no vale la pena vivir.

—Te olvidas de mí. Yo también te soñé. Te he estado soñando con mayor fuerza que todos los sueños del mundo. Ya que no pude estar contigo en la vida déjame seguirte en la eternidad.

—Esa eternidad pertenece a Akenatón y al sueño que tuvimos juntos. Nos ha sido negado el presente, también el futuro. Sólo la eternidad nos queda. Nuestra memoria será borrada de las inscripciones de los templos y aun de la memoria de los hombres. Matarán al sol para siempre. Ya no volverán a tintinear las estrellas. La noche se llenará de aullidos. Ningún arpa reclamará la belleza de la vida porque el Nilo será una tumba inmensa y nuestra historia un cadáver entre lotos. No sobreviviremos, Keftén, si alguien no se encarga de hacerlo. Sólo hallaremos nuestra continuidad en la raza de los elegidos, y tú estás entre ellos. Tú, Senet y acaso tu hijo... Sí, Keftén, hermano mío. Tú tienes el don de recrear la vida en tus pinturas, Senet el de conservar las palabras, Bercos posee el envidiable pájaro de la juventud que sobrevuela todas las catástrofes. Quién sabe si a través de las edades, en naciones que todavía están por nacer, unas pinturas, unas letras, un suspiro joven rescatarán la memoria que ahora pretenden borrar para siempre. Por eso yo te pido que, aunque no creas en nada, cuentes a todos lo que has visto. Debes contar que, un día, la arena del desierto se trocó en oro y hasta el Nilo desbordó los cauces que los dioses le habían concedido. Dirás también que se abrieron las tumbas y surgió una multitud de almas luminosas y cada una pregonaba el derecho a sentirse libre. Cuenta que un día, en medio del desierto, existió un edén consagrado a la belleza. Cuenta que existió la Ciudad del Sol y, de este modo, me habrás rendido un servicio más fuerte que el amor y aún más útil que la vida.

Se incorporó lentamente, como si ya no le quedasen fuerzas para dar el último paso; pero, cuando una de sus doncellas intentó ayudarla, todo su cuerpo se enderezó y así pudo aparecer, altiva e imponente, como en los días en los que presidía las grandes ceremonias de Atón.

Así avanzó hacia el grupo de enlutados que la aguardaban, sombras tan patéticas como ella misma, últimos residuos de una creencia que no tardaría en borrarse del corazón de los hombres. Y entre aquella ola de muerte sólo se me ocurrió preguntar:

—¿Me has amado, Nefertiti? Aclárame esa duda que me asalta desde niño.

Fue entonces cuando vi por última vez la maravillosa sonrisa de sus años infantiles.

—¡Qué vanidoso eres, dulce Keftén! ¿De verdad te importa tanto conocer mis sentimientos? Pues bien, si me oyes decir que te amé, deberás decir que lo has soñado. Pero si me oyes decir que no te amo, deberás creer que es una pesadilla. Sólo una cosa es cierta: me llevo unas gotas de sangre tuya a la tumba. Su pálpito es lo último que he de sentir cuando Dios me lleve a su lado.

Me dejó con la perplejidad en la mirada y el alma llena del convencimiento de que en algún momento de nuestra historia pudo haber sido mía.

Quise correr tras ella, postrarme a sus pies, retenerla con todas mis fuerzas, pero los centinelas me cerraron el paso como habían hecho otras veces. Y Cantú me tomó del brazo y lo apretó con todas sus fuerzas, con la complicidad de un padre muy anciano.

—Piensa que lo has soñado, noble amo. Será mejor para ti durante el tiempo que te queda de vida.

Ella se iba perdiendo en la noche. Grité varias veces su nombre sin resultado alguno. ¿O acaso ya no era el mismo?

Si los egipcios la llamaron Nefertiti porque trajo la belleza, ¿cómo la llamarían ahora, que se la llevaba consigo para siempre?

Se alejaba sin mirar atrás, el manto ondeando entre las túnicas negras de su séquito, todos avanzando hacia la eternidad. Se perdía, irremisiblemente, en una imagen dominada por la oscuridad. Y así se va alejando ahora en la memoria: es una tenue sombra encerrada en el aire dulce de un suspiro, es el pausado humear de una pavesa nacida de un fuego no vivido; y, al final, deviene como la nieve de mis montañas, nieve cuya blancura se hubiese ensuciado con la escoria de la realidad. Desaparece dejando en mi alma mil ecos de músicas perdidas, voces dolorosas de la historia, que incluso la historia ha de escondernos en las leyes implacables del olvido.

Y volví a invocar su nombre, una y cien veces, pero ante mí sólo se abría un inmenso espacio baldío azotado por los vientos invasores.

493

Tal como ella deseaba, el oficial de su escolta me transportó hasta una nave que estaba aguardando en el muelle. Cantú llegó al poco rato cargado con algunas de mis pertenencias que juzgaba imprescindibles para la travesía. Zarpamos, así, a toda urgencia, sin que ninguno de los marineros quisiera mirar atrás. Pero yo me volví para contemplar por última vez los edificios que me habían maravillado en tantas ocasiones. Se fueron alejando las calles desiertas, los templos vacíos, los palacios agobiados por el peso de la arena. Y, al doblar un recodo del río, la Ciudad del Sol se perdió para siempre en el recuerdo.

Después empezaron a transcurrir aldeas y ciudades como transcurre el tiempo en la vida del hombre. Pasó el Nilo, pasó el mar, pasaron las costas de muchas islas, hasta que un día, al abrir los ojos, descubrí a Bercos esperando sobre una roca de Creta. Y en ese momento el tiempo se detuvo, la creación fue profanada, el pasado y el presente se reconciliaron en un mismo grito de júbilo.

Porque ese día el tiempo se detuvo y, así, pude exclamar:

—¡He llegado!

¿Lo soñé acaso? ¿Existió realmente la Ciudad del Sol? ¿Fueron ciertas sus calles en algún incierto lugar de la memoria del mundo? ¿Fue una quimera aquel último espectro de Nefertiti perdiéndose en la noche? ¿Y si también ella hubiese sido el sueño de un orate?

¡Cuántas preguntas inconsecuentes para la única respuesta que me importa! La única que, al referirse al futuro, concierne a la verdad última de mi vida.

Dije al comenzar mis recuerdos que quería ser el mendigo que cuenta historias a las puertas de los templos, y así he escrito la crónica de mis días en el Nilo, y así las evoco ahora, desde un palacio de alegres colores abierto al bravío oleaje del mar de Creta. En la exuberancia de esta primavera, que arranca a los campos destellos infinitos, nadie se acuerda de la ciudad de Akenatón. Aquel llano espectral quedó a lo lejos, aplastado por las montañas de mi isla. No existen, aquí, destellos místicos. La naturaleza celebra su plenitud sin otro reclamo que el que debe a sí misma y que a sí misma se ofrece. Aquí, el Nilo está en los cielos, como dicen los egipcios, y cuando creemos que este Nilo celeste ha muerto nos sorprende desparramando copiosas lluvias que, al rozar las cumbres del monte Ida, se transmutan en ese milagro que los pastores llaman nieve. Y el mar nos manda sus mensajes como anuncio de otros mares cada vez más vastos, camino de intrigas incesantes que apetece recorrer en la incesante celebración de la aventura.

Ahora el mar me inunda, el mar se introduce en todos los poros de mi piel, y acabo siendo el mar.

Nada sé que no supiese antes de poner los pies en la Ciudad del Sol, y en ningún dios de los que abominaba he llegado a creer; pero, en el cansancio que la edad me inspira, las carencias de la razón se ven sustituidas por los azogues de un sentimiento que todo lo puede. Por eso sé que el Nilo no ha muerto en mi interior, antes bien se muestra celoso del imperio que está ejerciendo el mar; y, siguiendo los dictados de su orgullo secular, el Nilo crece, se desborda, lo inunda todo a su paso y deposita en mi alma el limo que ha de fecundar mi creencia en la vida.

El joven Bercos se zambulle a diario hasta profanar el origen y la cuna de las olas. Busca continuamente el hipocampo que le prometí en mis pinturas y, al fracasar en su intento, jura que seguirá buscando durante todos los días de su vida. Por fortuna no la ha comprometido por entero en esta empresa única, porque un día añadió la verdad fundamental de toda búsqueda. Dijo que, si no encontraba su caballo de mar, lo pintaría para darme placer y que, si al cabo de un tiempo continuaba sin encontrarlo, lo escribiría para que Senet lo entendiese.

En los garabatos de este joven ideal he comprendido hasta qué punto mi vida no ha sido inútil. Ha empezado a ayudarme en mi trabajo, demostrando gran pericia en pinturas que en nada se parecen a las mías. Por lo menos eso dice Senet, cada día más sarcástico a medida que va envejeciendo. Y, al advertirme sobre los progresos de Bercos, cree intimidarme porque algún día me superará. Entonces me recuerda ciertas palabras de mi viejo maestro de pintura; de Ptahotep, sí, aquella mañana en que le encontramos llorando en la Sede de la Verdad porque ya no entendía el arte nuevo que practicaban sus hijos:

«Te digo que deberíamos tener valor para quitarnos de en medio al llegar a la vejez. Porque no hay nada más triste para el hombre que sobrevivir a su tiempo.»

Esto dijo Ptahotep, y debería creerle, pues fue mi maestro más querido. Sin embargo, la madurez me ha enseñado a sobrevivir apreciando las cosas nuevas que representa Bercos y, en lugar de desgarrarme el alma porque no las entiendo, busco la generosidad de asumirlas plenamente para, así, comprenderlas algún día. Me niego, pues, a morir con la muerte de mi tiempo y revivo continuamente con la maravillosa perplejidad que me provoca la evolución de mi hijo.

En esa felicidad incomparable, que pone mi vida al servicio de una vida joven, una sensación indescifrable me deja cada día a merced del pasado. Así llegan las voces del Nilo y todos sus recuerdos. No los superan los mensajes de los astros que rigen la indomable belleza de Creta. No faltan estrellas en este cielo, pero ninguna se parece a Nefertiti. Entonces miro a la luna y le hablo sólo a ella. Porque nunca he llegado a olvidar que también en su forma plateada se encarnó la más amada de las reinas.

¡Señora de la Gracia!

Eso le digo, con un hilo de voz que viaja hasta más allá del tiempo y va a perderse en esa dimensión inconsecuente donde el tiempo no existe. Por ella me pregunto si cada vez que edifico un sueño no estoy forjando su derrumbe. Si es cierto que los amaneceres más bellos ya nacen predestinados al ocaso. Por esta ley soy hijo de la negación; pero, gracias a la estrella llamada Bercos, la negación desaparece y, con los brazos abiertos al cielo, formulo la afirmación de la vida.

El hijo amado y la majestad reverenciada.

¿Por qué siguen pugnando en mi alma tantos extremos jamás satisfechos? Por ellos, por su conciliación definitiva, sobreviviré a los estragos del olvido en favor de un recuerdo. En la inmensa fertilidad de la memoria evocaré la miseria de las ruinas, el misterio que agoniza en el desierto, enviando mensajes indescifrables a la inmensa generación de los soñadores. En nombre de esta raza caminará mi alma cada día hacia el llano desnudo, hacia el palacio que ya no existe. ¡Fecundo páramo, tan pródigo en remembranzas sublimes! En alguna de las tumbas jamás ocupadas resuenan poemas que nadie ha escrito. ¿Me aventuro al suponer que serán escritos algún día? Quede libre la inspiración para que los soñadores, garantes de lo eterno, vuelvan a pronunciar con reverencia el nombre de la Ciudad del Sol, muerta sobre su horizonte. Y que esos mismos soñadores celebren hasta más allá de los planetas el rostro de aquella cuya existencia habrá de ser loada por toda la eternidad de la belleza:

Tú, inmortal Señora de la Gracia,
Nefer-Neferu-Atón-Nefertiti.

FIN DE LA NOVELA

POST SCRIPTUM

Debido a las exigencias propias del género novelístico, esta novela se ha tomado algunas libertades con la historia, libertades tanto más necesarias si se piensa que la amada Clío es parca en explicaciones cuando se trata el gigantesco tema de la revuelta amárnica (1) y de cuantos estuvieron asociados con sus avatares. Entre lo poco que sabemos y lo mucho que este poco nos confunde, el escritor se ve obligado a tomar una serie de decisiones tajantes, dramáticas a veces, en provecho de la verosimilitud narrativa.

El lector que no carezca de lecturas previas habrá encontrado a faltar algunos personajes de los que los egiptólogos nos han venido hablando en los últimos años. Las relaciones de parentesco de la familia real amárnica constituyen uno de los problemas más espinosos en la historia del antiguo Egipto y son tema de continuas y contradictorias especulaciones. Pese a que en este libro he intentado contemplar las más importantes, algunas han tenido que ser descartadas. Así he obrado con una

---

(1) Todos los temas relacionados con el período de Akenatón reciben el calificativo «amárnico», a causa del nombre actual de la zona donde se levantó la Ciudad del Sol (Tell-el-Amarna).

probable segunda esposa de Akenatón, Kuya, y una hermana menor de éste llamada Baketatón, hija de Amenhotep III y Tii, por citar dos casos de personajes próximos al faraón. Esto es también válido para la interminable sucesión de cargos públicos y religiosos de la Ciudad del Horizonte de Atón. Y como sea que la ambigüedad, si no el desconocimiento más absoluto, sigue presidiendo estas relaciones, he creído más honesto no aportar falsas soluciones y convertir la duda en tema argumental.

En cambio, en los aspectos humanos, he asumido el tema de la pederastia de Akenatón, así como el de su relación con Smenkaré («¿una relación Adriano-Antinoo avant la lettre?», se preguntó en su día la eminente Christine Desroches-Noblecourt).

Por supuesto, las limitaciones que me impone la novela como género no me han permitido aproximarme siquiera a las pintorescas tesis de Julia Samson, según las cuales Smenkaré no sería otro que Nefertiti.

Otras libertades importantes se refieren a los episodios de la gran epidemia, suceso no comprobado hasta hoy, pero sí largamente comentado por los historiadores más recientes, como una de las posibles causas de la mortandad en el seno de la familia amárnica. Llegase o no la epidemia a Egipto, se han comprobado sus estragos en los países vecinos, según consta, además de otras fuentes, en la correspondencia de los archivos de Amarna.

Es igualmente inventado el episodio de la princesa hitita, hija del rey Supiluliuma. Si bien una alianza de este tipo no sería ilógica en el marco de las relaciones internacionales durante el período

500

amárnico, en el presente caso está tomada de una anécdota cronológicamente posterior, acaecida tras la muerte de Tutankamón. *(El episodio es famoso: una reina egipcia no identificada —¿sería Anjesen-patón o Nefertiti?— pide al rey hitita que le mande a uno de sus hijos para compartir el trono de Egipto. El príncipe es asesinado por el camino.)*

También ha entrado la fantasía en las alusiones de Keftén al rey Minos, de Creta. Ya en el terreno del mito, han sido descolocados de su cuadro cronológico dos sucesos importantes en la historia de Creta: la invasión micénica y la explosión de la isla de Thera.

Éstas serían las traiciones más clamorosas a una Historia que, insisto, continúa ocultándonos sus verdades. Estas traiciones, hijas legítimas de la libertad del novelista, aparecen también en el campo lingüístico, donde el lector habrá encontrado algún anacronismo que precisa de justificación. Pese al cuidado extremo en el estilo, no se me escapa que seguir hasta sus últimas consecuencias un pastiche *del habla antigua habría sido más que peligroso, irrisorio. He intentado hallar un compromiso entre unas formas verbales que desconocemos y su equivalente moderno, intentando que respondan a las características del personaje y al tono lírico que presuponemos a este tipo de rememoraciones. Así y todo, algunos anacronismos —como la palabra hipocampo— pueden parecer escandalosos al ser pronunciados por el protagonista, que suponemos se expresa en lenguaje pre-helénico.*

Las dudas se han planteado con mayor dramatismo en el tema de los topónimos: la mayoría de lugares que el lector puede identificar fueron *bautizados por los griegos, luego por los romanos, después por los coptos y, finalmente, por los árabes. Teniendo en cuenta que las dos principales ciudades de Egipto —Tebas y Menfis— aparecen normalmente en su acepción helenista me he creído en libertad absoluta para aplicar un criterio ecléctico con todos los nombres geográficos, ya de ciudades, ya de regiones. (He mantenido formas griegas en algunos casos concretos, pero renunciando a ellas cuando su identificación con aquella cultura es demasiado evidente. Así, Hermópolis, que los colonos griegos identificaron con su Hermes, ha sido devuelta a su nombre original y, por supuesto, a su identificación con el dios Thot, tan importante en esta novela.)*

Planeado desde hace más de veinte años, este libro es deudor de innumerables autores no sólo relacionados con la cuestión amárnica sino con la historia y la cultura egipcias en general. La lista de préstamos sería, pues, exhaustiva, tanto como el intento de elaborar una bibliografía sobre los temas principales aquí tratados. Conviene, sin embargo, destacar algunos préstamos naturales, que es como decir inevitables: las obras sobre las tumbas de Amarna debidas a Garis Davies, la de la tumba real debida a G. T. Martin, los estudios sobre la Ciudad del Horizonte de Atón de varios autores, y en el terreno de la personalia, *las ya canónicas biografías de Cyril Aldred sobre Akenatón, la de Desroches-Noblecourt sobre Tutankamón, las aportaciones de Julia Samson en torno a la familia real y el interesante y desmitificador ensayo* Akhnaton, the Eretic King, *de D. B. Redford. A este último título se deben, casi literalmente, las referencias a la corres-*

pondencia internacional de la corte amárnica y agudas reflexiones críticas sobre los aspectos más extravagantes del culto atoniano.

Para la descripción del estado de crisis —y sobre la sabiduría egipcia en general— se ha recurrido a los libros de proverbios y a los textos de los profetas llamados «clásicos»: Kaggemy, Merikara, Ani y Ptahotep. Por razones de seguridad he tomado como base traducciones ya existentes y que se citan abajo (2), a excepción de la curiosa obra de Tabouis La vida privada de Toutankamon que, editada por Editorial España en 1931, no especifica el nombre del traductor.

Con el propósito de no verme influido por ideas ajenas al espíritu inicial de la novela —espíritu que, insisto, va más allá de una biografía— me he resistido a leer las distintas obras de ficción que, en los últimos años, han ido apareciendo en el mercado internacional. En este aspecto, cualquier coincidencia que no sea con los temas afines a mi propia obra será involuntaria y en absoluto deseada.

TERENCI MOIX

(2)   Manuel Vázquez (*Nefertiti*, Plaza y Janés, 1976), y Flora Setaro (*La sabiduría de los antiguos egipcios*, de William MacQuitty, Ediciones Lidium, 1978). Para la traducción de los himnos de Akenatón, la traducción francesa de Pierre Grandet (Éditions du Seuil, 1995).

Este libro se imprimió en los talleres
de Cayfosa Industria Gráfica
Ctra. Caldes, km 3,7
08130 Santa Perpètua de Mogoda
(Barcelona)

Reconstrucción ideal del centro de Aketatón, llamada «Ciudad del Horizonte de Atón».